U0926014

曹纪平 著

团结出版社

图书在版编目（CIP）数据

星月亲水 / 曹纪平著. -- 北京 : 团结出版社,
2017.6（2020.2重印）

ISBN 978-7-5126-5243-9

Ⅰ. ①星… Ⅱ. ①曹… Ⅲ. ①长篇小说—中国—当代
Ⅳ. ①I247.5

中国版本图书馆CIP数据核字(2017)第128208号

出　　版　团结出版社
（北京市东城区东皇城根南街84号 邮编：100006）
电　　话　（010）65228880 65244790
网　　址　http://www.tjpress.com
E-mail　65244790@163.com
经　　销　全国新华书店
印　　刷　三河市京兰印务有限公司
装帧设计　成都天恒仁文化传播有限责任公司

开　　本　170mm×240mm 1/16
印　　张　24
字　　数　379千字
版　　次　2017年6月第1版
印　　次　2020年2月第2次印刷

书　　号　ISBN 978-7-5126-5243-9
定　　价　59.80元

一

赵启航放下背包，脱下夹克衫，翻出尘封的被褥，抱到外面两树间的铁丝上晾好，他要让太阳的热能温暖他的被子，把霉味散去，消消毒，消除这几年的霉运。

他找来水桶，到河边盛满水，把脱漆斑斑的八仙桌擦了又擦，他是个爱干净的人，今天他要把自己的小窝彻底清理一遍。

找来榔头，又翻了又翻家中的抽屉，找到几根铁钉，把摇摇晃晃的凳子修理好，然后把凳子搬到河边，仔仔细细地洗干净。

他把床铺掀起，把床下的灰尘、杂物统统清理掉，然后支好床铺，他今晚可得在这小床上度过他回到家乡的第一夜。

家徒四壁，把墙上变了色的、披披挂挂的报纸统统撕掉，把小屋里的蜘蛛网之类的杂物陈灰掸净，又把唯一的窗户洗刷干净，等明儿再去找些玻璃，得把窗户修好，免得风儿日夜与他为伴。

扫帚已秃了头，艰难地把地面扫净，结实的泥土有些潮湿，但不管怎样，小屋已是“窗明几净”了。

汗水已经浸湿了衣衫，赵启航从背包里找出毛巾，擦了擦还算英俊的脸庞。他愿意流汗，他勤劳肯干，他身强力壮。看到眼前净洁的小屋，心中暖暖的，他得意地笑了笑，有点自豪呢。

门外的场地杂草丛生，仅见隐隐约约的小道，那是多年前走过的，也许九婆婆偶尔也来走走，看看这家中有没有窃贼光顾吧。赵启航找来镰刀，从门前开始清除起杂草来。

经过一下午的奋战，门前清爽多了。想起还没有吃午饭，早上毅然决定回家乡的他，竟然忘了买些米、食物什么的带回来，腹内空空，着实是饿了，他想起回家时路过的小店，店里一定会有面条吧。

他急忙跑过去买了二斤挂面，还好，家中还有些干草，他熟练地生火煮了面条，赶明儿还得去买只水瓶，好把自己过得安稳点，他边吃边想。

夜幕不经意间已经覆盖了整个村庄，小屋已经完全浸没在无边的黑夜里。周边已经没有多少住户了，邻居们早已把新居砌到居民点上去了，幢幢别墅，灯火通明，富丽堂皇。室外的棵棵大树静静地陪伴着他，满地遍野的杂草、垄埂、高岸低田，默默地陪伴着他，秋虫没了跃动的鼓燥，好像都去休息了，不想来打扰他，江中偶有汽笛由远及近地低鸣着。一切都是安静的，连狗吠声也听不到。

赵启航和衣躺下，虽然一整天的紧张劳作，出了不少汗，想像平时一样，躺在偌大的浴缸中泡泡澡。但是一想，还是算了吧，那都是过去的幸事了，一切还得从头开始。

今晚什么也不做，什么也不想，他最急需的是要好好放松自己，深深地睡一觉，他悠然进入梦乡。

童年，打从有记忆起，每每还是感到快乐的，有九婆婆的关爱，有哥哥们的照顾，有小伙伴们自由自在的空间，日子过得挺开心。不知道外面的世界有多精彩，也就不知道自己的童年过得是否快意。总感到自己的童年是快乐的。

赵启航的童年，不知道什么山珍什么海味，更不知道玩具幼儿班什么的，没有电视可看，甚至没有书可读，只有教科书，如果能找到一本小说那高兴的劲头实在是大。如果能搞到一部袖珍收音机就算是天大的喜事了。放学总是飞奔而回，放下书包，喝上一碗稀饭，然后就匆匆忙忙奔出家门，要么和小伙伴们疯，要么就去割草喂猪喂羊。总之书是不去看的，作业早已在学校写好，九婆婆也不过问成绩好坏，只要天天去上学就行。如果逃学不上课被她知道那就完了，一定会被打得半死，只有求饶下次不敢再犯的分了。

每年春夏季也有十分开心的日子，在这个季节，能吃上新鲜的蚕豆，用线一穿，放在菜粥里一煮，香香的，别说吃得多开心。还有黄瓜、番茄，还有桃子、梨子，还有菜瓜、香瓜等等，甜甜蜜蜜，口津欲溢，红扑扑的小脸蛋挂满了幸福，开怀天真的笑声伴着岁月飞扬。

夏日，是鱼蟹虾的天下，只要下水稍稍动一下，一碗小鱼之类的小菜就不在话下了，小鱼与黄豆那么一煮，啊，稀饭就着鱼和豆，一连能吃上好几碗，只是不知道九婆婆的难处。

到了秋季丰收的季节，最喜欢半夜被叫醒，迷迷糊糊吃上一碗糯米粥，那是九婆婆、田风、田野开夜工的“夜宵”呢。

自家的山芋当然是不够吃的，生产队自然有分的，山芋粥在幼小的心中也是最好吃的。山芋可以煮粥吃，可以放在米饭上蒸着吃，什么样的美味都不想，尽情地吃着自己动手炕的山芋，灿烂的笑容天真无邪，看得九婆婆心怡神畅。

遇到荒年，幼小的心也会明白一些，有时实在饿了就围在生产队养猪的大妈身边，帮她生火扫地，切草拌料，吃上一块豆饼或一只小山芋就心满意足了，每每都能感到：喂猪的山芋最香最好吃。

这一梦醒来已是早上八点多。窗外明媚的阳光唤醒了他，今天做什么呢？得先去买生活用品。摸了摸衣袋，翻出口袋中所有的钱，认真数了数，还有82 元，背包中，一身换洗的衣裤，一把自动剃须刀，这是他所有的家产。

赵启航干笑着，坚毅地走出家门。

二

九婆婆站在灶台前洗着锅碗，背影是那样的熟悉，高高大大的，腰板还是那样的硬朗，一身布衫洗得有些发白，只是头发已然花白。赵启航见到九婆婆，分外的亲切，快步入室。“九婆婆。”赵启航脆声高呼。

九婆婆猛然听到叫声，吓了一跳，回头一看，笑花立刻布满了脸庞。“航航啊，航航。”九婆婆兴高采烈地抓住赵启航的手。

“什么时候回来的？”九婆婆上下打量着启航，切切的笑意，很是幸福，很是关心，很是意外。

“九婆婆，我昨天回来的，你好吗？”

“好，好，好。”九婆婆叠声连应。

“昨天回来的？那昨晚你住在哪里的啊？”

“住小屋，九婆婆，你还是一个人住吗？你还是搬到城里与海哥一起住吧，这里都没有人住了。”

“不去，不去，这里好，习惯了。”

“你昨晚住哪儿？”九婆婆似是没有听清赵启航的回答。

“住小屋。”赵启航高声又答。

“住小屋？”九婆婆疑惑，“那儿能住？航航，不许说谎，说谎我打你。”

“前天我还过去看过，没事，你那房子我给你看着，你放心。”九婆婆认定这个小航航是逗她玩的。

九婆婆昨天去了城里，儿子江海开车回来接她的，江海执意要留母亲住下，可是她老人家就是不肯，惦记着乡下的家呢，很晚时分江海才又把母亲送回来。

九婆婆不知道启航回家，启航突然来到她身边，着实吓了她一跳。

“九婆婆，我真的是住小屋了，哪里都没有自家好，我回来了，我就住小屋，以后没事我就来陪九婆婆说说话。”

“你说什么？你说你就住小屋了，你不走了？”九婆婆心里咯噔了一下，急急地问。

“不走了，我就住小屋了。”

“这……那……”九婆婆惊讶着，语无伦次，她不相信航航说的话。

“你住小屋，不可能，走，带我去看看。”

赵启航想解释什么，看着急急的九婆婆，没有再说什么，搀扶着九婆婆往小屋走去。

“样子全变了，你真的昨晚住小屋了。”

“屋子这么干净，航航，你真的要长期住在这里？你不回城里了？”

看着一尘不染的小屋，九婆婆又转到屋后的灶屋看了看，九婆婆相信了。

“为什么你要住小屋了？你城里那大房子呢？你怎么了？孩子，你是怎么了？”九婆婆心疼起这个她一手带大的赵启航。

“一定是出了大事了，航航，你对九婆婆说说。”九婆婆一把抓住赵启航的手，期期艾艾地问这问那。

“九婆婆，回头我再对你老详细说。”

“村里哪里有米买？”

看到这一切，九婆婆心酸起来。

航航是她看着长大的，也是她一手带大的。赵启航的父亲在小启航三岁那年，清大早出江打鱼，不慎掉入江中，会水的被水淹死了。他的母亲不堪苦难，跟着隔别村的另一个捕鱼人王根明远走高飞了。九婆婆无奈，只好把小启航领回家，权当自己多生了一个小子。

赵启航是与田风、田野、田江海一起艰难长大的。哥几个倒还争气，从小就有灵性，也有志气。1980 年，田江海考取了南通船舶学校，1985 年，赵启航也鲤鱼跃龙门，考取了南京化工学校。田家真是祖上积德，鸡窝里飞出了两只金凤凰。

田江海毕业后回到家乡，经过多年的打拼，终于坐在了交通局一把手的椅子上，赵启航也在乡镇工业局当上了高级工程师，在市场经济的冲击下，赵启航下海，发了财，还当上了金龟婿，前程似锦。

而今航航竟然回到家乡，回到风雨飘摇的祖上留下的唯一小屋。还要长期住下来，九婆婆越想越难过，老泪纵横，哽咽着。

“航航，不怕，有九婆婆，我带你去买米。”

赵启航置办好柴米油盐，划好玻璃，回到小屋，弄好窗户，胡乱弄点吃的，填饱肚子，躺在床上，想起回到家中竟然没有带一点点礼物来孝敬九婆婆，心中疼痛起来。

赵启航自小就一直喊着九婆婆，一下子竟然喊了四十多年，对九婆婆的感情那是自然没说的，从小就特别听九婆婆的话，下定决心长大后要好好孝敬九婆婆。

现在已是身无分文了。

怎么办？赵启航思考着下一步该怎样走。

三

“首先得活下去。”

“对，想法子尽快致富。”

想到得活下去，赵启航自己也笑起来，他自信满满，天无绝人之路，我身强力壮，只要自己脚踏实地，生活应该不成问题的。

想到尽快致富，赵启航重重拍了下自己的脑袋，“不准异想天开。”他自己给自己下了命令。

江边正在搞开发，建设工地塔吊林立。赵启航决定下午就去江边工地，看看有没有自己能干的活儿。

走在熟悉的江堤上，儿时的往事历历在目。海哥挑着副大竹篮，自己扛着草耙，枯枝落叶装满一担，回到家中，九婆婆脸上乐得笑开了花，“海儿有出息了，航航多听话。”海哥赶着羊，自己跟在后面转悠；海哥坐在堤坡上看书，自己捡石子向江中使命地投掷；海哥割草，自己帮着向篮子里装；海哥钓鱼虾，自己忙前忙后跟着跑。海哥下江游泳，可是几个哥哥就是不让自己下水，凡是下了水，海哥一定回去告诉九婆婆，九婆婆不由分说就是打，赵启航记不清被打了多少回。

长在江边，至今自己还不会游泳呢。

胡思乱想着，赵启航走进了江边工地。

赵启航在工地项目宣传栏前驻足很久，搞清了开发事项的远景宏图、建设规模、投资金额和执行主体。

从小一起长大的村上小伙伴田明珠也在工地上，赵启航找到田明珠，问这问那，问明白了工地还差帮工。

赵启航说明了来意，也不管田明珠诧异的神情，拖着他就去找工头。

工头，四十多岁，一看就是精明的主儿。

“我叫李八斤，以后就叫我李头。”

“姓名？”“赵启航。”

“年龄？”“44。”

“手机号？”“没有手机。”

“这，怎么可能，落伍了。”

“住址？哦，就住在这江边，和田明珠住在一个村的，明月村，是吧？”

“是。”

“好，你就推车送水泥砂浆吧，上午七点半上班，下午五点半下班，一天80块，不要迟到，试用7天。”李头是个爽快人，做事雷厉风行。

“谢谢李头。”

赵启航又在工地上转了一圈，工地情况已了然于心。从堤顶公路下来，一条宽约5米的水泥道两旁，对称栽着香樟，香樟已显高大，路两旁已有树荫；水泥路一侧是通江港，另一侧就是李头他们承包的江滩建设工地，江滩外围又建成一道江堤。

“头道江堤与二道江堤之间，利用江滩优势，建成集水塘、农场、柳件加工厂为一体的庄园，该是多好啊。”这一意念在赵启航脑海中一闪而过。

李头他们经过三年多的建设，江滩建设已初现规模。约四十间的工棚排列在江滩宽阔的水塘边，工棚依塘而筑，塘边杨柳成行，水杉成排。工棚外还浇上水泥场，那是让工友们工余时集中玩闹的地方，有时也开开宣誓大会什么的，也是大家看电影的场所。

有6间工棚还装上了空调，食堂在工棚的东头，足足可以容纳百十号人就餐。工友们来自江心市的多个镇，这个江滩开发项目是市里重点工程，集中力量搞开发。

“这里是我重新出发的第一基地。”赵启航走在回家的路上这样沉沉地想着。

四

赵启航回到小屋的时候，九婆婆已坐在那里等着。九婆婆见赵启航到了门前，忙掀开锅盖，盛了一碗粥，端出一盘炒好的青菜。

“航航，饿了吧，快吃，我吃过了。”

赵启航泪如雨下。10 年了，10 年，这样的温馨何曾拥有过，每每回到家中，不是冷眼就是刺语，不管他如何小心翼翼，不管他如何勤奋努力，也不管心情如何，身体怎样，豪门让他压抑得透不出气来。而如今刚回来第二天，九婆婆就把人世间的温暖又带到他身边，赵启航的泪水一下子夺眶而出。

“九婆婆……”

赵启航哽咽着，再也抑制不住久郁的愤闷，像受到委屈的孩童，一下子放声恸哭起来。

“航航不哭，航航不哭，航航最勇敢了。”九婆婆抹着泪，怔忡忡地看着赵启航，虽然启航还没有把事情的原委向她倾叙，但老人家心里已隐隐感觉到了什么。

“男人的眼泪不轻易流，你忘了？”九婆婆坚强而刚毅的话语止住了赵启航的涌泉。

“男儿有泪不轻弹，孩子，咱们不进城了，就住在这儿，别怕，有九婆婆在。”

赵启航一口气吃了两碗粥。

淡菜稀粥堪比鱼肉海参有滋有味。

九婆婆的关爱，一幕一幕在他脑海中像回放的电影，清晰犹如发生在昨天一样。

幼稚不更事，好玩是男童的天性。小启航天性活泼，少年时代不知闯了多少“祸”。

捉鸽子时把头撞到绞面机的螺丝上，鲜血流了一脸，害怕九婆婆生气，找了一顶帽子戴上，还以为九婆婆不知道，九婆婆收工回家，看到小启航害怕的眼神，知道他又做错了事，定神一看，衣领血迹斑斑，心疼得九婆婆连忙抱着他赶到大队医疗点包扎。

割草回来，小手被镰刀划破，衣袖上的血痕被九婆婆发现。“做事要小心，这么毛里毛躁。”训斥完后捧着小航航的手，心疼不再说什么，本想要好好打他一顿的，然而忍住没有打他。

九婆婆找来布条，小心翼翼地为他包好。九婆婆严峻的面色让海哥不敢说一句话。

“也不好好带弟弟，明天你多割两篮羊草。”九婆婆命令道。

“知道了。”田江海低头应道。

江海、启航和别人打架，不管有理无理，回到家中肯定要被九婆婆痛打一顿的。九婆婆的真理就是不许打架，自强不息。有时间打架，还不如回家看书。

小航航缠着海哥玩掼纸炮游戏，忘了煮饭，饥肠咕咕叫的九婆婆把田江海重重打了一顿，赵启航躲到灶堂，看着边抽泣边生火的海哥不敢吱一声。“不许哭！”九婆婆见田江海哭了，火气更大，拿起竹条又是一顿打，比先前打得更加厉害。

“你们给我记住，任何时候男人都不许哭鼻子！”九婆婆怒吼着。

从此以后，田风、田野、田江海和赵启航有了刚强的倔劲，任凭多么委屈，他们哥几个都坚强地昂着头，走自己的路，信念坚定，毫不动摇。

“今天你去工地了？明珠在工地上呢。”

九婆婆意在分散赵启航的注意力，关切地问他。

“九婆婆，我找到明珠哥了，他还带我去找工头呢，那个李头还真有趣，让我明儿就去上班呢。”

赵启航知道九婆婆的性子，知道她很是爱怜自己，一露白齿，灿灿笑了一下。

“这就对了，不要怕任何困难，现在时代不同了，还愁没有饭吃，还害怕会饿着你？男人要坚强，男人不惧怕困难。你给我好好听着，劳逸结合，不允许拼命干活。”

“今天你哭了不是？我今天不打你。下次再哭，小心我打你，往死里打。”

“九婆婆，我听到了。”赵启航连连应道。赵启航起身赶忙收拾饭碗，洗涮锅盆。

九婆婆看着启航洗锅洗碗洗盆的样子，放心了，航航还是过去的航航，没有变懒。

小时候，一家的锅碗由江海和启航全包了。这哥俩很懂事，大人白天在生产队劳动，苦力活往往让他们累得站不直腰，我们得为大人们分担点家务。

“大哥二哥他们小小年纪已经帮助母亲操持了，我们还小，没有力气去生产队劳动，家中的家务事我们就包了吧。”

江海和弟弟分工合作，洗草切菜之类的事儿由江海做，放盐放水之类的大事由江海一人负责。启航往往被分配做零活，坐在灶堂烧火是必须的，洗锅由江海来做，洗碗筷之类的由启航去做。

小小的启航还蛮会做事的，做事前都要好好想想，怎样做才又省力又省时。

赵启航与田江海从来不打架，因为田江海往往让着启航。

“等九婆婆回来收拾你，看你往哪里跑。”每当哥俩争执时，启航就搬出九婆婆来吓唬江海。

江海憨厚，也不和启航计较，“我是哥哥你是弟弟，我让你就是了。”江海也害怕被母亲痛打，不敢惹母亲生气。

江海比启航大五岁，江海读书十分上心，不见他花多少工夫去读书写字，可是每次考试他总是名列前茅。

启航鬼机灵，性情一向很温和，全生产队的人都喜欢他。

“奶奶、爷爷”“妈妈、婶婶”“伯伯、叔叔”“哥哥、姐姐”的叫个不停，嘴里像含着蜜，乐得大人们每每见到他时都要摸摸他的头。

赵启航边洗边想着往事。

“航航，今晚你早点睡，我回去了。”

九婆婆的叮咛声打断了他的思绪，赵启航赶紧回过神来，送九婆婆回家。

“九婆婆，你早点睡。明早我去工地上班了。”

“好，好，上班小心点。”

赵启航往回走。九婆婆的家，不，自己从小长大的家，离父母亲留给自己的小屋相距约 500 米，这条路不知道走过多少趟，对一草一木他都有深深的感情。

夜幕下，赵启航缓缓地走在小路上，脑海中全是儿时的情景。

用麻秆叠成手枪，天天别在腰里，可神气了。编个草环戴在头上，伏在草丛中，像罗盛教一样一动不动，和一帮小伙伴们学着电影里解放军叔叔，守护着生产队里的桃园梨园，守护着集体的瓜果粮食，肚子再饿也不会去摘一只桃子、一个西红柿、一根黄瓜。

“好好学习，天天向上。”那时还不懂这句话的真谛，只知道要认真读书，回来后不被九婆婆打就好了。

“打你”想着九婆婆的口头禅，赵启航会意地笑了，在黑暗里，他又一次记起了这句话。

“这辈子，有九婆婆管着，就不会迷失方向。”想着想着，不知不觉到了小屋。

睡吧，明天还得早起。

赵启航美美地踏踏实实地睡着了。

五

接下来的一周，赵启航干得特别卖力。

“赵启航，不要这么卖命，小心你明天做不动。”田明珠警告着。

田明珠是赵启航小时的玩伴，他上到初一就辍学了，家中实在是供不起他继续读书，13 岁时就跟着别人到外地学做瓦工，风里来雨里去，练就了一手好手艺。在人人依靠权势的当下，他没有去城里找江海哥帮忙接工程，也没有去城里找启航介绍做事，他心甘情愿做他的小瓦匠。

“要是去找江海哥，九婆婆一定会骂江海哥的。”田明珠对启航说道，

“要是去找你帮忙，九婆婆也一定会骂你的，所以我就不敢去找你们。”

“不是骂，是打。”赵启航说完这句话忽然有些后悔。

启航有些不自在，在自己位高权重的时候没有好好帮助田明珠，好似全然忘记了少年的友情，这会儿还抬出九婆婆来，心中着实有些懊恼。

“明珠哥，对不起，我没能帮到你。”

“咳，没有，你对我帮助大着呢，我娘每次说到你时，都让我向你看齐呢。”

“你聪明好学一直是我的榜样。这几年我过得还好，别墅都住上了，我满足呢。”田明珠真诚地说道。

“我现在也是小瓦匠头了，事业小有成功呢。”田明珠语气中透着自豪。

田明珠，除了江海哥外，是赵启航小时候最要好的玩伴。细细长长的个子，虽然比自己大不了多少，可是他比自己懂事，他是家中的老大，也是他父母的依任，家中还有两个妹妹，他母亲又体弱多病，小小年纪就得撑起家的重荷，赵启航的思绪又放飞起来。

“大婶身体怎么样了，还好吗？好久没有见到她老人家了，上次回来我特意去看望她，可她去了你大妹家，真想她呢。”

“马马虎虎吧，老毛病了，就是体弱。”

“等下雨了我就去看望她老人家。”

“吉人天福，她不会有事的。”

“你也更见壮实了，嫂子惯的吧。”

赵启航看了忧忧的田明珠一眼，宽他的心，和他说起笑来。

说起田明珠的母亲，赵启航永远也忘不了她的恩情。

在赵启航 7 岁那年，年底生产队分粮了，小孩们在晒场上欢呼雀跃着，小启航和小朋友们一样心中兴奋着，有米饭吃了。

生产队会计拨着算盘，算着工分，统计着平时跟生产队称借的粮食，一户一户地核对着账。

有节余的就能分到粮食。

“九婆婆家，总工分 529 分，应分粮 317 斤，平时已称了，会计又仔细地算了一下，已称了 350 斤，多拿了 33 斤，今年缺粮 33 斤。”

九婆婆一听，头都炸开了，带着大儿田风、二儿田野，拿着空空的麻袋黯然回家。

江海、启航听到自家缺粮，兴高采烈的心情一下子飞到九霄云外了，尾随着大人们回家。

九婆婆带着一家人回到家中，关好大门，痴坐在床沿上，今年过年怎么办？来年春天怎么办？九婆婆挺拔的腰没有弯下，只是在想着怎么办。

在那愁吃愁穿的年代，最怕春季三月，那是最难的几个月。

大哥田风伏在桌上，二哥田野坐在小凳上发愁。

江海在油灯下写起作业来。

启航愣愣地依在九婆婆身边不吱声。

家中一点声息都没有。

“九婆子，开门。”

没有一点动静。

“马九英，开门。”

九婆婆好像什么也没听到，就是不开口，端坐着，一动不动。

“我是纪英，你开门，我给你送米来了。”

田纪英大婶敲了好久门，九婆婆一家人就是不肯开门，一家人默默地坐着。

纪英大婶自嫁到田家，就改了姓，自己的姓已然记不得了。

“妈，我们回去吧。”小明珠拉着他母亲的手，哭喊着。

九婆婆终究没有开门，没有接纳田婶家的救济。

“你们给我好好记着，不允许拿人家的粮食，别人家也很苦，很难。”

“田风、田野，你们放工后去钓鱼钓虾，不要掉到水里去。”

“江海，你照看好弟弟，在家好好念书。”

“航航，你不要贪玩，上学不准迟到。”

九婆婆吩咐道。

九婆婆，大人们叫她九婆子，她的名字叫马九英。她会讲许多故事，农闲时，她给大人小孩讲狼外婆故事，讲得绘声绘色，有时还扮成狼外婆的样子，村上人都很喜欢听她讲故事。不知是哪一位喊她九婆子，喊着喊着，人们就不再喊她的本名了，同辈们喊她九婆子，小辈们就叫她九婆婆。

小启航自会讲话起就随村上一帮小朋友亲切地叫她九婆婆，在他父母一故一飞后，小启航被九婆婆领回了家，启航叫不习惯“妈妈”。依旧叫她九婆婆。

“好，以后你一直都叫我九婆婆。”

这一叫，叫了四十多年了。

纪英大婶和九婆婆相处甚好，两家经常在一起。明珠和启航差不多大，自然成了好玩伴。

“赵启航，你在想什么？你怎么回事？放着偌大的公司经理不干，回来做这苦力活？为什么？”

这个问题田明珠已经问过好几遍了，今天还是不死心，要问个究竟。

“过几天再告诉你吧，我的好哥哥。”赵启航不想把自己的遭遇和盘托出，敷衍着，推着小车干活去了。

“唉，这个赵启航。”田明珠无可奈何地摇了摇头，抹了抹汗，继续砌着他的墙。

江风吹在脸上，怪惬意的，有种心旷神怡的感觉。很久没有这么惬意了，赵启航任由江风吹拂，真想张开双臂，对江而吼。

江风帮他吹干了衣衫，汗水真的好闻，流汗真的好快活。赵启航精神抖擞，浑身的干劲喷涌而出。望着滔滔的江水，一望无际的江滩在他眼前招摇，一种莫名的希望在他胸中腾起。

六

李八斤把赵启航一周的表现全部看在眼里。起早摸黑，几乎每天都是第一个到达工地，他走路很快，到工地后把放好米水的饭盒放进蒸笼里，然后到厨房帮忙冲开水。他也是最后一个离开工地的，其他工友们回到工棚休息，他总是要把工地整理一遍，好在第二天早上做工时方便些。

“这小子还真行，有脑子，有体力，勤劳，能吃苦。”李八斤打心眼里喜欢上赵启航了。

“赵启航，你录取了，就留在我们工地上吧。”

“我们工地大概还有半年就差不多完工了，你好好干。”

“我不会亏待你的。”李八斤高声快语地说着。

“这是你这个星期的工资，先回去买个手机，好跟你联系。”这个时代还没有手机，通讯都成问题，有时要找赵启航得花好长时间，李八斤真想与赵启航多多联络。

李八斤还算是个讲义气之人，他很有人缘，很得工友们的欢心。他不扣克工友们的工资，大伙儿都愿意跟他干。

四十出头的李八斤身高马大，膀子上、胸脯上肌肉一块一块的，很男人味，是女人特喜的类型。他有时十分凶狠，他的老婆姚霞有些怕他。他喜欢喝两口，但酒量不怎样，有时一高兴就会喝醉，摇摇晃晃地回到家中，总是吼几声，让他老婆倒水服侍，稍有怠慢，就扔东西。

他老婆见他很晚不回家，打电话找他，李八斤有时感到热乎乎的，赶快回家，抱着老婆不放手，一有性起，也不管是房间，是客厅，是厨房，就和老婆恩爱起来，十分粗野，他老婆倒也十分受用，嘴上唠叨，心中却快活着。

李八斤有时又蛮横不讲理，摩托车车胎没气了，只好趟着走，他老婆找他，就吼，就扔东西，居然把摩托车推到港里去。姚霞又好笑又好气，第二天只好找来人手，帮忙打捞。

李八斤身强力壮，在市场上打拼多年，能赚钱，更能花钱。郭小美经常在他面前转悠，也乐意与他上床，她开了一间理发店，经常缠着李八斤，让他住在她那里，为这事，姚霞和李八斤闹，与郭小美厮打。最后还是姚霞吃亏，李八斤总是帮着郭小美来对付姚霞，姚霞也无可奈何这个杀千刀的。

李八斤虽然有与女人乱来，人还是讲意气的，真是应了那句“对熟悉人苛刻，对陌生人宽容”那句老话来。

“行，谢了，李头。”

赵启航拿着 560 元钱，心中的热血翻沸起来。曾几何时自己拿着这几百元钱得意过？自下海后，千元万元在他眼里就不是事儿。而今，这区区 560 元，倒让他心神激荡起来。

赵启航决定立即去了趟超市。

挑选了桂圆、燕麦、牛奶、饼干等，一式两份，买了两大包。还在超市里买了一本书——《成功与失败》，高高兴兴回到村里。

他拎着一包礼品，径直去了纪英大婶家。

“田大婶，田大婶，我来看你了。”

田纪英听有人在叫她，一听是启航这孩子的声音，披衣下床，忙打开门，“啊，是航航啊，快进来。”田大婶拉着赵启航的手，让他进了楼房客厅。

“听明珠说你回乡了，是吗？又给我买这么多东西，孩子，你还是这样孝顺。”

“婶婶，我好想你啊，一回来就想来看你，上班没顾得上，今天有空，特意来看望你老。身体好吗？”

“好，好，孩子，我好着呢。航航，你瘦了，黑了。”纪英大婶笑花满面，说完话想要给赵启航倒水。

“不用，我自己来。”

“你老坐，我给你倒水。”

赵启航倒了一杯水，恭敬地端到纪英大婶面前。

“大婶，你喝茶。”

“没有给你老带什么好吃的，这牛奶你早上起来喝一瓶。多吃点，保养身体要紧。”

“航航，你太客气了。我一直在明珠跟前夸你呢，你要好好带带他。”田纪英大婶一脸的慈祥，他十分疼爱他的儿子田明珠。

“婶，明珠，出息了。他能干呢，李头今天还表扬他呢。”

“你老放心，我会跟明珠哥好好相处的，我还要他多多帮助我呢。”

“婶，最近有没有去医院检查检查，检查了就放心了。”赵启航临别时关心地劝慰着纪英大婶。

纪英大婶当初噎不下饭，到县人民医院一检查，医生说是食道癌，要住院开刀。

“那要花多少钱啊。”田婶坚决不肯住院治病。

“一儿两女还没有成家呢，不能让他们跟着我受累，自己挺一挺就过去了，反正我也活这么大了，不能倾家荡产。”这就是每一个母亲宽大的胸怀。

赵启航加快步伐来到九婆婆身边。

“航航你还真的去买礼品给我啊。快吃饭，别饿着。”九婆婆接过手提袋，给赵启航盛了碗饭。

“我就知道你一定会去买东西看望你纪英婶的，也知道你也会给我买的，我就在家给你做了饭。刚才珠儿来过，找你呢，说你发了工资了。”

九婆婆也不跟启航客气，他知道启航的孝心，以前每个月都要给她买些食品的，启航忙时来不了，就让开车的师傅送过来。为这事她还骂了三儿江海一顿。幸好，没有打他，儿已长大了，又当了局长，得给儿子面子。

“你就知道让我住到城里来，你就是不想经常回家看我，看航航每个月都回去看我，我不在意送什么东西，我要你们的孝心。”

“娘，我不也是每月都去看你吗？”

“我要你经常回家，其实就是看你有没有变坏，你要是变坏了，娘可要狠狠地打你，往死里打。”

“让娘打你。”这也是江海妻子王玲美的撒手锏。

“航航，工地帮工也太苦了，过几天你去城里，让你海哥给你想想法子，看看有没有轻松一点的事好做。”

“九婆婆，你让我去找海哥，你不打他啊？”

“这……是要打。”九婆婆一愣，自己也大笑起来。

“九婆婆，明珠哥人呢？他有没有说什么事啊？”

“哦，他说晚上让你去他家吃饭，他大妹回来了。”

九婆婆乐呵呵地说着，给启航盛菜去了。

七

“启航哥，启航哥。”田明兰远远地看见赵启航，欢跳着，挥舞着双手，高声喊着。

"兰兰，"赵启航快步走到田明兰跟前，上下打量了一下，"哈哈，小兰子长大了，长高了。"

"胡说，怎么还长高啊，就会逗人。"

"黄毛丫头十八变，三十八也大变。"赵启航笑盈盈地看了又看这个小妹妹，"越来越好看了。"

"航航哥就会欺负人，好了，快进来坐，我嫂子晚饭快做好了。"

"嫂嫂好，弄这么多菜啊。"赵启航开心地与王丽琴打着招呼。

"启航来了，快坐，都是农家菜，不比你们城里。"田明珠的妻子王丽琴满脸笑意。

"我让明珠去买酒了，顺便买些猪头肉回来，这是你最爱吃的，你哥儿俩好好喝一杯。"

"嫂嫂还记得我喜欢吃猪头肉。哈哈，要不要我来帮你烧火？"

"不用，不用，你看这不是用上了天然气了吗，不用大灶了。"王丽琴快人快语，笑时十分好看。

"你和小兰到客厅坐吧，你们也好久没有遇上了。"

"航航哥，你回来也不去看我。听我娘说你回乡里来了，我还不相信，今天刚好厂里放假没事做，就赶过来了。"

"你怎能住那小屋呢？明天我去帮你把屋子收拾一下吧。"

"又想什么鬼主意？"赵启航装着一本正经地问道。

赵启航、田明珠、田明兰还有田明梅，经常在海哥的带领下在那小屋玩，反正那儿没有大人去，最安全了，割好羊草就躲在里面玩。海哥与明珠哥经常捉弄兰兰和小梅，往她们脸上涂过墨汁，抹过桑果，骗她们说"这是化妆，最好看了。"

小梅喜得哈哈笑。

兰兰可不干了，总能想到法子反击。

田明兰悄悄地把他们的纸炮藏到外面的草丛中，任凭他们哥几个再聪明也找不着，只好去求兰兰。

趁他们哥几个在河里游泳，田明兰就把他们的衣服抱走，让他们光着屁股，每干此事，启航都是帮凶。

兰兰跟启航最要好了。

实在没有办法斗他们哥几个，就抬出九婆婆。“让九婆婆打你们，看你们还敢不敢欺负我。”

赵启航呆想着往事，听兰兰说要去帮他收拾小屋，回过神来。

“哦，不用，我自己已经打扫干净了。”

“真的？不准说谎，小心我告诉九婆婆，打你。”

“真的已经打扫一新呢，还窗明几净。”赵启航四顾寻找着什么。

“张小龙呢？他有没有欺负你？”

“他出差去了，到河南驻马店去了，还没有回来。”

“你儿子张启雄呢，上大二了吧？”

“亏你还记得，住学校呢。”田明兰给启航续盛了水。

“对了，航航哥，你怎么回乡下了，你的公司呢？你怎么一个人回来了，慧娟嫂嫂呢？”一连串的追问，迫切的眼神，想知道航航哥的一切，奇怪航航哥的反常举动。

“赵启航，来喝一杯。”田明珠先干了一杯。

“好，哥，喝一杯。”

“请田婶也来吃吧。”

“我妈吃过了，已躺下了，我们喝。”

“干。”

哥俩喝得好开心。

王丽琴和田明兰在厨房炒着菜。“嫂嫂，这天然气好是好，干净卫生，就是没有大锅灶来得快。”

“就是，你也不要着急，去吧，去和你航航哥喝酒去。”

田明兰脸红了，不好意思起来。

“你们两小无猜，小时候你不是还扮过你启航哥的新娘吗？”王丽琴打趣田明兰。

“嫂嫂你，你坏死了，我告诉九……”一想不对劲，九婆婆除了打江海哥、航航哥、田风、田野他们，可是没有打过别人，这时候对嫂嫂抬出九婆婆，唉，没用。

田明兰端着菜来到餐厅。

“兰兰，等张小龙回来，我要陪他喝一杯。”赵启航看到田明兰脸红红的，知道她嫂子王丽琴一定嬉羞她了。

八

“启航，我们送你回去。”

田明珠酒也喝得差不多了，王丽琴不放心田明珠一个人去送。

赵启航坚决不要田明兰送。

田明珠和王丽琴搀扶着赵启航出了门。走出居民点，走在黑灯瞎火的泥土路上，江风一吹，他们哥俩都清醒了一半，其实他们并没有多喝，一瓶酒还剩着不少呢。

送赵启航回到小屋，王丽琴夫妇往回走。“你说赵启航这是怎么了？一个大老板怎么一下子落魄如此呢？”

“怎么问，他就是不肯说。”

“过些时候再说吧！”田明珠憨憨地说道。

“我们坐会儿吧，好久没有在这荒郊野外闲坐了，反正妈也睡了，兰兰也喝了些酒，这会儿肯定是睡着了。”王丽琴提议道。

田明珠、王丽琴并肩坐在堤坡下的草丛中。

夜空如洗过一般，墨蓝的天空，几颗星星在眨着眼，江风微送，令人心旷神怡，这初秋的夜晚格外让人惬意。

“明珠。”王丽琴依偎在田明珠胸前。像以前谈恋爱时一样，情意绵绵。亲吻、抚摸、吮吸，王丽琴软软躺下，天为帐，地为床，他们忘情地媾合在一起。

秋虫啁啾，树影绰绰。江边少有人走动，在这幽静的夜晚，整个江边都是他们的。

“明珠，看你流了多少汗。”

王丽琴掏了一下口袋，刚才出来得急，什么都没有带，她就用袖子替田明珠擦着汗。

“流汗才快乐，我要为你流汗。”

男人为女人流汗是应该的。男人流汗让女人热情奔放，让女人满足享受，让女人温柔若水，也让女人小鸟依人。

“我要做你的好女人”王丽琴呓语连连，还沉浸在幸福的天堂里。

“明珠，你说什么是好女人？”

“好女人，就是孝顺的女人。”

“那我就做孝顺的女人，不让你夹在我和妈之间左右为难。”

“其他的我也说不上，反正好女人要有像这江边一样，有宽阔的心怀。”

“那我就做心胸宽广的女人，像这无边的江滩一样宽广，不，像这天空一样的宽广。”

“可是，你不能在外面找其他的女人。”王丽琴心眼突然又小了起来。“除了这一样，我可以做到心眼大。”

田明珠笑了，这才是我的好女人。

“你要一直为我多流汗，不允许为别的女人流汗。”王丽琴又娇柔起来。

“我就要为你多流汗。”田明珠坚定地说。

九

田明兰和母亲说了一会话，见哥哥嫂嫂还没有回来，就到楼外走走。不知不觉地信步走出了居民点，走在了通向航航哥的那条曲径小路上。

“航航哥为什么要突然回到乡下呢？发生了什么变故？”田明兰百思不得其解。

田明兰吃晚饭时，时不时地打量着赵启航，见他和明珠哥有说有笑，谈笑风生，好像在他身上什么事也没有发生过一样。

“航航哥究竟是怎么了？”牵挂的心管不住信游的脚步。猛抬头，已经来到了小屋前。

记不清上一次来到小屋是什么时候了。好像启航哥到南京去上学后就很少来到这里。航航哥毕业后分在县城工作，田明兰和赵启航一起来过这小屋。田明兰偶尔回家，会偶尔陪母亲来看看小屋有没有被风吹倒，被雨淋坏，总之是很少来这里了。本想让童年美好的回忆随时光的流逝冲得一干二净的，想不到，10年后，航航哥竟然又住进了这间小屋。

听母亲说航航哥又回来了，随风飘逝的牵挂，石沉大海的记忆竟然瞬间复活。

门前场地的杂草已经清理得干干净净，航航哥还是这么爱干净，他没有变，他还是我认识的航航哥。

小屋是不是也是井井有条呢？也许一定是吧，看他门外都整理的如此温馨，家里也一定很是温暖吧。

小屋四周空空荡荡的，除了500米开外的九婆婆还住在那，已没有别的住户了，要是航航哥不到城里去，要是航航哥没有到南京读书去，也许，也许这小屋早已不复存在了，早已砌到居民点上去了。也许我能……

兰兰站在小屋前胡思乱想着，见屋内还亮着灯，想敲门唤航航哥，手举到半空，忽然停顿凝住，他此时会在做什么呢？会不会也想到我？

“不会，不会的，他已成家了。”

兰兰的心突然又悲哀起来。自航航哥考取了南京化工学校后，母亲就让自己嫁人了。其实她是懂母亲的心的，一次偶然的机会听到母亲和九婆婆讲起她和航航哥的事，心跳得很是厉害，好像马上就要跳出胸膛，红着脸逃开了。

自从听到母亲的意思后，再次见到航航哥时总是有些不自在，心中希冀着什么，又担心着什么，和他在一起劳动、学习、玩耍时，心中总是甜蜜的。

“进来吧”三个字突然在她耳边响起。门开了，航航哥笑盈盈的站在门前。“你一到我就知道了，夜静呢。”

赵启航把田明兰让进小屋，为她倒了杯白开水，请惊慌失措的兰兰坐下。

“啊，航航哥，家里收拾得这么干净。”田明兰没话找话说着，心慌得很。

少妇田明兰四下打量着，家徒四壁，除了一张旧得不能再旧的书桌，一张剥了漆的八仙桌，四张凳子，一张小床，没有其他任何物件。床头放着一本书，折了页。

“航航哥，你怎么知道我会来？”

“第六感应。”赵启航风趣地说道。

“除了问我为什么会回来，其他都可以问。”赵启航看着满眼疑惑的田明兰，先封住了她的口。

“张小龙还好吗？他对你不错吧。”

“你现在还在江上柳器厂工作吗？一切还好吧。”

“好呢。”田明兰低低地应了一声。

“你去上学的前夜，还记得吗？”

空气凝固，万籁俱静。对面而坐的赵启航、田明兰久久没有再说什么。

不知过了多久，赵启航站起来，转身拿起夹克衫，“不早了，我送你回去。”

两肩相并，走在寂静的小路上，从小屋直到田明珠别墅前，两人都没有开口。田明兰开车回家去了，留下赵启航寂寞的身影，在这无边的黑夜里蹬蹀在回归小屋的曲径上。

田明兰开着车，忽然痛哭起来。

两小无猜的他和她，整天泡在一起还不觉得什么，反正和他在一起是开心的，是无忧无虑的，自从听到母亲和九婆婆的对话后，少女的心已经把赵启航整个的身影全部纳入，希望赵启航能高中，又希望他落榜，矛盾的心理折磨着她。发榜后，她第一个冲到赵启航的身边，“中了，中了。航航哥，你考取了。”她是如此的幸福，当时什么也没有想，只是兴奋不已。

离开学的日子越来越近的时候，田明兰似乎有了沉重的心思，母亲看在眼里，也不挑明，任由这个傻丫头心事重重吧。

上学的前晚，一家人吃过晚饭后，赵启航依旧住在小屋。刚坐下，田明兰就跟进来了，盯着赵启航看，似乎想看穿他的心思。

赵启航有意无意地避开她的眼神，时而灿灿一笑，时而游离远方。平时天真烂漫的小姑娘，此时像变了一个人似的，静静地坐在那里。赵启航心潮澎湃，想走到她的身边，又迟疑不动，不知进退。

田明兰猛然站在起，扑过去，紧紧抱住赵启航，哭泣个不停。赵启航木木讷讷的，好久后，搬过她的头，在她的额头轻轻一吻。

“别这样，我明天就要走了，你在家好好听话，有什么事去找我九婆婆。”

多年后，田明兰想到赵启航的那轻轻一吻，幸福还是在她周身上下乱窜。她真悔恨，为什么当夜要走呢。

赵启航一路胡思乱想着，“我不能伤害她”一直在他脑海中盘旋。

少女的心思不是每个男人都懂的。

“愿得一心人，白头不相离。”一心人又在哪里呢！

十

接下来的日子赵启航过得还算平稳。白天在工地上推车运送水泥砂浆，晚上回来吃过晚饭之后向九婆婆请安，到江堤上坐坐，生活无忧了，也不能就这样平凡地生活下去，他警告自己要永不放弃。看着这无边的江滩，对岸已是灯火辉煌了，我们这边一到夜晚就限入无边的静寂沉沉。

“我该做些什么呢？”赵启航这样想着，努力厘清自己的思路，他想要大干一场，不管前途多么艰辛，义无反顾地向前闯是自己的责任。

忽然想起自己已经回乡十天有余了，还没有去看望大哥田风、二哥田野，决定近日要去看望一下他们。

想起田风田野，心中不免又悲叹起来，他们的命运也许与自己有直接的关联吧。

大哥田风，生性慈善，平时话语很少，他是家中兄弟们的老大，看着母亲整天在田间劳作，心痛不已，放学回来，书包一放，就赶到田里帮母亲的忙，好让母亲有歇息一刻的机会，他要用他稚嫩的双肩为母亲分担沉重的担子，让弟弟们好好上学，将来的天下是他们的，不能让他们一辈子受苦受累。

边上学边劳动也不是办法，“我得回家种地。”田风向九婆婆提出自己的愿望时，九婆婆抱住了田风的头，“好孩子，让你受累了。”

从此，十六岁的田风和村里的壮年劳力一样，日夜劳作在田间地头。

看着整日劳动在田里，日子过得还是如此艰苦，田风决定要去煤矿工作，到父亲战斗过的地方去。起初九婆婆坚决不同意，后来也是实在拗不过田风，就同意了。

“这都是命中注定啊，让他到外面的世界去闯闯，也许更好。”

田风就这样到9424煤矿去了，去当煤黑子，去为家、为母亲分忧解难。

二哥田野是学习的一块好料，顺利考取县中，可是学费交不起，向学校提出辍学，戴老师深感可惜，向九婆婆提出由她分担田野的学费，田野在县中上了一个月的学，九婆婆实在难承重压，田野还是放弃了学业，回乡务农，力所能及地帮助九婆婆渡过难关。

田野好学，又勤快，所谓穷人的孩了早当家。挑河泥，挖墒沟，割稻收麦，翻田栽秧，样样抢着干，很快得到生产队长的赏识，让他担任生产队会计。两年后，又得到大队书记的认可，被调到大队里当了会计。

赵启航永远也忘不了，二哥田野是弟弟们的保护伞。早上起来，遇到大雨天气，生产队就不出工了，二哥自己安排自己的任务，起先背起江海就走，送他到学堂上课，中午送去中饭，晚上早早等候在校门口，他又要背江海回家。后来，启航到了上学的年龄了，江海大些了，下雨天，田野又义无反顾地背着启航去上学。

想起二哥，赵启航情不自禁地站起身来，想立马去看望他。

夜已深沉，也许二哥已经睡了，赵启航又坐下，今晚他有点难以入眠。望着这滔滔江水，看着从小泡过的地方，这是他的衣胞之地，几十过去了，风景依旧，忽然觉得自己肩上的担子分外沉重起来。

“大哥日子过得怎样了？”

想到大哥，赵启航的思绪又放飞起来。

以前田风在9424煤矿采过煤。瘦小的身子确实吃不消，挖不过别人。一天挖下来还不及工友半天挖的。班长也没有法子，盯看了好几天，田风确实是很卖力的，不是偷懒的，也不是故意的，可是就是挖不出煤量来，他天生的力气小，总不能天天打骂他吧，算了，记工只能给他减半。

田风在煤矿过得并不开心，总是感到没有力气，双脚像是灌了铅，臂膀有举不起来的感觉。吃饭抢不过别人，洗澡抢不到位，在工友们的眼里，他就是一个小屁孩，总是拿他开心。看到田风为人很善，不和别人为恶，大伙儿也就不怎么欺负他，任由他自生自灭吧。

除了生活开支、来去路费，年底所剩无几，回家过年了，把挣来的钱全部交给九婆婆，九婆婆也不问多少。在九婆婆眼里，田风自己能养活自己已是很了不起了。看到儿子消瘦的身影，心里难过极了。

有了田风在外挣来的钱，还有田野挣来的工分，一家人过年是没有问题了，九婆婆决定今年过年要为田风、田野、江海、启航每人做一件新衣服。

裁缝请到家里，做了两天。九婆婆用零头布、坏衣服之类的布料为江海和启航做了两双布鞋，他们上学呢，不能让他俩太寒碜，他们是我们田家的希望。九婆婆让田风田野各自买了双解放鞋。

一家人开开心心地过年、跑亲戚。

过了正月十五，田风又出发了。九婆婆送他到村头，“做不动你就回来。”

田风不敢在母亲面前流泪，“男儿有泪不轻弹，再困难也要挺住。”母亲时常教导他们，母亲的严厉，他心里是清楚的，母亲打他们从来不心软，下手也狠，她是要让他们哥几个牢牢记住教训。

矿上开始分时段分井口分班组承包了。田风自然没有人要，没有一个班组要他，他下不了井，矿长看他孤苦，就让他在矿里做些力所能及的杂活，工资当然很少。田风觉得在这里凭力气挣钱，自己混不下去了，坚持了一年，离开了煤矿。

母亲也不让他再去矿上了，就留他在家里务农。

生产队按人口分田了，九婆婆家分了 8 亩承包地。她和田野也忙不过来，正好让大儿田风回来帮忙。

分田了，农机用不过来。田风到底在外闯荡了三年，见识也广了，他向母亲提出想买一台拖拉机。这一想法得到母亲和田野的赞同，东拼西凑，买了一台手扶拖拉机。田风田野都学会了开，田野还对拖拉机进行了一番研究，小毛小病的故障他手到病除。

有拖拉机耕田，农活轻多了。自家的农活做完后，还能给别人家帮忙。适当收取油钱和工钱，在大多时候还是只收油钱。生产队欢声笑语多起来了，整个村子开始有活力了。

田风和田野他们哥俩和生产队的其他壮劳力又组建了拖板车运输队。任凭力气挣钱，运粮、运工厂产品，运水利设施，只要有活干，他们就承接下来。每天都有钱进入口袋。田风田野每天都把挣来的钱交给母亲保管，仅留一点零花钱备用。

“啊，二哥，救我。”赵启航中午给田风田野送饭，在等大哥二哥时，在公路上窜来窜去，拖拉机上一个黑脸汉子跳下车厢，一把将赵启航抱起，向行进中的拖拉机跑去。刚好这时田风田野他们板车队到了，看见启航被人家抱走，放下板车，像箭一样冲过去。黑脸汉子无奈，只好放下启航，跳上拖拉机溜了。

“好险，差一点你就要被人家抱走了，航航，下次不要在公路上乱跑。”大哥田风拍着启航的背，哄着惊慌失措的弟弟。

九婆婆知道了，狠狠地打了赵启航，“让你顽皮，让你窜，被抱走才好。”吓得赵启航不敢吱声，“下次我不敢了。”赵启航向九婆婆保证着。

日子终于好起来，温饱似乎不成问题了。九婆婆手头也宽裕了，她决定要新盖三间瓦房。

九婆婆问田明珠盖三间瓦房得花多少钱，砖头、木料、石灰、工钱，田明珠一一算给九婆婆听。“那你就给我砌。”九婆婆把砌房子的主要任务交给了田明珠。

田明珠召来一帮人，工地开工了。田风田野特别卖劲，启航放学后，背着书包总是先到工地上看看，心中高兴极了，“有新房子住了。”他赶紧写信给海哥，向江海报告喜讯。

房子上梁那天，全生产队的男女老少都来庆贺。背着桌子，扛着长凳，把九婆婆新家排得满满的，外面的晒场上也放了几桌，大伙儿开心地喝着说着闹着，这一天九婆婆最开心，在多年后田风田野独自砌房造屋中，这样的场景就没有出现过。

32 岁的田风终于成亲了，小他 6 岁的隔别生产队的朱秋艳成了他的新娘子。接下来儿子田新语出世了，又过了两年，女儿田新青也来到了人世间，日子开始过得红火起来。

30 岁的田野也有了对象，城边的闻小凤进了田家大门。女儿田新凤、儿子田新晨让他们家里欢声笑语不断。

夜深人静，秋风已凉。黑绰绰的树影、屋影，还有移动的船影，布满了赵启航的双眼。他猛地打了一颤，抬头一看，月亮早已过了头顶。不早了，已过半夜了，快回小屋睡吧，明天去看望大哥田风和二哥田野吧。

十一

第二天早上起来，天空中飘起了雨。吃过早饭，雨越下越大，今天肯定做不成事了。下午去看望兄长吧，赵启航拿起《成败与失败》躺在床上看起书来。

忽然想起兰町来。

“赵启航，职称评定下来了，你年纪轻轻就获得评委的一致好评，破格评定你为高级工程师。”当时的情景犹如在眼前发生一样。

乡镇局人事科长兰町宣读了局里的聘用决定，大伙儿一下子围到赵启航跟前，抢看着局里的红头文件。

兰町岁数与赵启航差不多，人很圆滑，但也很有才能。南京师范中文系毕业，写得一手好文章。

他，血气方刚，志存高远。

兰町大学毕业后被分配到乡镇工业局任文书，与赵启航住同一个宿舍。两个年轻人在一起，天南海北，人文地理，江山河流，经常讨论到深更半夜，好在他们都很年轻，好像有使不完的力气。第二天起来，风采依旧，精气神散发出朝气蓬勃。

“赵启航，你今后有什么打算？”晚上以兰町为首的一帮青年男女，狠狠地涮了赵启航一顿，回到宿舍，两个年轻人睡不着，又说起理想这一话题来。

“我只想好好当我的高级工程师，走技术路线，改造我们的工业创造能力，江心造是我的理想追求。”

“兰町，你追求的目标是什么？”

“我当然是想当局长了。”兰町自信满满地畅谈自己的理想。“只有当了局长，才能发挥自己的聪明才智，否则全是白搭。”

“这就是党指挥枪的要义之所在。”深更半夜时分，兰町作了总结性发言。

兰町为自己的从政道路在打拼着。

当上乡镇工业局的高级工程师后，赵启航的工作异常繁忙起来，仅下工厂就花费了他大量的时间。他要到各乡镇企业调研，他要时常参加企业的洽谈会，论证会，项目引进会。总之，赵启航是忙碌的，回宿舍的时间迟了，出差次数也多起来了。

不久赵启航当上了技改部部长。事业进展顺风顺水，他每天开心地工作着，奋斗着。

赵启航当然有自己的梦想，也许幼时的艰辛让他更为现实，他要让关心过爱护过自己的人都过上好日子，他必须回报父老乡亲们，尤其要百倍地回报九婆婆的养育之恩。

江心市的地理位置相当特殊，四面环江，资源在外，产品销售也在外，全部业务几乎全凭成千上万的供销员的二条腿跑来的。

做供销员最容易发家致富了。赵启航在高考前也曾想过，如果不能考中，那自己一定要到外面去闯，做供销员。没有想到自己成功了，成了生产队里第二个秀才。

“九婆婆，你家航航也有出息了，了不起，江海前些年刚刚考走，今年航航又争气了，你家两个国家户口了，吃公粮了。”一村的人都为赵启航高兴着。

九婆婆乐得整天嘻嘻笑，这多年的艰辛值了。

“孩子，你要好好学习，毕业后回来帮我们发家致富。”老队长许秀英在赵启航整装出发时叮嘱着。

“你看我们这田、这堤、这江多好。”许队长又叮咛了几句。想不到事隔多年后，赵启航真的还是回来了。

一生产队的人都来送赵启航到大城市去读书。

田明兰在赵启航出发前天天绕在航航哥面前，和九婆婆一起帮启航准备上学的物品，脸盆、蚊帐、被子，衣服，最后连支蚊帐的竹竿也准备了。

明兰忙碌着，喜上眉梢，只是夹杂着几分害羞。

赵启航看得明明白白，他在心里也喜欢着这个明快的小姑娘，他们太过熟悉，一起长大的，亲密无间。

“我会写信给你的。”这是与明兰道别时说得话儿，但终究没有兑现，一封信，一个字也没有写成。

赵启航在学校里只知道读书，图书室——宿舍——教室，几乎是他三年学校生活的全部路线。

赵启航又想起有一天兰町蹦蹦跳跳地闯进宿舍。“赵启航，明天我要请你喝酒。”他手中举着一封信。

“什么喜事？”赵启航头也不抬，继续着手头上的工作。

“我女朋友来信了，她说她明天来看我。”

“老兄，呵呵，明天嘛，把这方天地借给我用。”

“没问题，我明天出差，你好好享受。”

兰町又蹦跳起来，“航哥万岁！”

十二

谢玉环白白胖胖的，1.7 米的个头，让人过目难忘。她模样喜人，最会笑了，一笑，白齿展露，仿佛是玉做的，她是兰町的大学同学。

谢玉环长大城市里，有典型的大都市风采，庄重，沉稳，聪明好学，能说会道。

她是一个让男人动心的女人。兰町在大四时开始追她，毕业后更是日思夜想。一周两封信，半年时光，数十万字的情书堆放在两人的案头。两情笃笃，如今，她只身要来到兰町身边。

第二天一早，兰町把宿舍清理了一下，赵启航果然如他所说，向李局长说明要出差的意图，李全才局长满口答应，部下主动请缨，他当然高兴了，乡镇局的发展还得靠这一帮年轻人呢，不能打击他们的积极性。

兰町到车站接到了谢玉环，江心市也没有什么地方好玩的，“我宿舍同事出差了，我们回去吧。”

一进宿舍，两人就紧紧搂在一起。“我好想你，昨夜没睡着，计划着今天的事。”谢玉环脸红了，像熟透了的苹果。

两人翻天覆地起来，“到地上去。”谢玉环一点羞涩也没有了。兰町汗流浃背，谢玉环香汗盈盈。

幸福如翻江倒海一般在他们周身乱涌。

“你吃了我吧。”谢玉环喃喃呓语着。

兰町向李局长请了三天假，他要专门陪谢玉环。

早上一醒，兰町毫不吝啬自己的感情，又奔驰在无边的原野上。

兰町出门买了包子和油条，就着白开水，两人吃了早饭。谢玉环帮兰町整理好书桌，看了他写的几篇文章，“也太官气十足了吧。”谢玉环似乎在点评着。

“李局长喜欢呢，合他的口味。”兰町在谢玉环身后抱住她的腰，厮磨着她的秀发。谢玉环回过头来，迎合着兰町的吻。

谢玉环又翻了翻案头她写的情书，厚厚的一叠。

“我都写了这么多？哪来的这么多话呢。”谢玉环抽出一封，细细地读起来。

带着，海水的咸润，轻风的柔情，
一缕的香纯秀餐心醉，
飘落在圣洁的嫩蕊上，顾影自怜，
琼花窃喜，在碧波旁妖艳娇放。
智慧的坦途闪烁荣光，

求真索骥，浩海里自由滑翔，
霁月光风欢快溢满了胸膛，
像晨曦中的云雀一飞冲天。
仙逸的身影伟岸修亭，
柳曼絮飞，依恋情意绵长。
徜徉在梧桐间放声吟唱，
秋波荡漾，涟漪点点圈圈。
三百六拾个月圆逝如银梭，
一生的心语撒落在行间字里。

谢玉环情意绵长，深情款款，又献给兰町一个长吻。

忽然想起前天仲校长写来的信件，不禁面红耳赤起来，看着兰町，急忙回过神来。

“你看赵启航的床和书桌多整洁。”谢玉环从无数封兰町的来信中早已知道他的室友叫赵启航。

“赵兄讲义气，这不，把宿舍让给你了，他故意找李局长要出差的，他可是为你着想呢。”

“为你。”谢玉环娇声娇气，盈盈一笑。

“为我们。”兰町搂着谢玉环，笑意荡漾在他们的脸上。

谢玉环在毕业后，一心想着要和兰町好。和兰町在学校的往事，时常在脑海里浮现。餐桌上，她总是要把米饭弄一点给同桌吃饭的兰町，八人一桌，站着就餐，肥肉之类的，谢玉环总是夹给兰町，也不怕同学们笑话。“他是我们班的运动员，得多吃点。”谢玉环和同学们嬉闹时总是如是说。

兰町常去图书馆，谢玉环抛开好玩心理，拉着好友肖迪也经常出没在图书馆里。有时远远地望着，有时就坐到他身边。当两目对视时，兰町窃窃地笑，弄得谢玉环怪不好意思的。

兰町比赛时，别的同学跑到终点看最后的冲刺，谢玉环却在起点，为兰町抱衣服。兰町得到跨栏冠军，把奖品——一条毛巾送给了她作为回报。

兰町爱运动，爱学习，对班里的新闻知之甚少，甚至连谢玉环的父母来过学校好几次都不知道。那段时间只见谢玉环不怎么开口，好像是有心思的，他也没有过问。

“又是一身汗，看你喘得。”谢玉环关心地说道。

“你父母同意我们俩吗？你和家人讲过我吗？”兰町认真地问。

“还没，过段时间吧。”

兰町似乎看到谢玉环有点不对劲。

十三

快近中午，赵启航合起书下了床，弄了点吃的，顺便到超市买了一斤茶叶，大哥不好酒，就是爱喝茶。

“大哥。”赵启航一跨进大哥家的大门就高声喊起来。

“你来了。”田风话语有点冷。

看样子大哥的气还没有消，赵启航心想着。“我给你买了斤茶叶。”

“还买东西做啥。听说你落难了？”大嫂朱秋艳赶忙接过茶叶，“你吃过了吗，小航？”大嫂壮实，她很关心田家小叔子们。自嫁到田家，她很喜欢田家的习俗，尤其喜欢婆母严厉的家训，在她看来，一切都是为着田风他们兄弟好，也省得自己在田风面前唠叨。

最近一段时间，他发现丈夫话语更少，有时背地里还唉声叹气，问他有什么烦心事，田风总是一句“你不要管”，就再也没有下文了。

大嫂朱秋艳仔细回想了几番，发现就是田风上次去了一趟城里，回来后就这样了。虽然不知道田风干什么去了，她猜想可能有什么与城里有关的事。

而今刚好半个月过去，启航回乡务农了。这让朱秋艳心里七上八下的，他兄弟俩肯定有什么事。“小航，你哥自上次去城里回来后就话语少了。”

赵启航心一阵疼痛，是自己对不起大哥。半月前的一个下午，田风到城里找赵启航，哥俩也好久没有见面，田风突突然出现在他的经理室，赵启航开心得又是倒茶又是递烟，身体怎样，家中可好，九婆婆好吗，问这问那，晚上硬是要田风去他家里吃饭。

赵启航立即打电话回去，让岳母多做点菜，说自己的大哥来了，晚上回家吃饭。他又打电话给妻子李慧娟，让她早点回去。

下班后赵启航亲自开车带大哥田风回家，大门紧锁着，岳父岳母还有李慧娟都不在家。打开门，让大哥坐下，然后到厨房倒水，厨房冷冷清清的，没有谁在家做晚饭，“他们都去哪了？”赵启航打电话给李慧娟，通了没人接，又打电话给岳母，平时都是岳母在家做饭。岳母的电话也通了，就是没人接。

赵启航拎来开水，给大哥泡了杯茶，又说起家常话来，等李慧娟他们回来。可是等了一个小时，还不见他们回来。外面华灯已放，夜晚如同白昼。赵启航不见岳母他们回来，心中隐约知道了什么，“走，大哥，我们到外面去吃。”

赵启航带大哥在街上餐馆里吃过晚饭，然后开车送田风回乡下。“李慧娟他们做什么去了，你不是打电话给他们了吗，不会有什么事吧？”田风关切地问道。

“没事，我们回去。”一路上哥俩谁也没有再提这个话题。只是赵启航的脸色不好看，田风看在眼里，心里好像有点明白，“是不是你丈母娘不喜欢我去啊？”“不是，哥，你不要瞎想，怎么可能。”

“哥，你早点睡吧，我回去了。”赵启航开车回家。

“你那穷鬼老大来做什么？是来借钱的吧？你把家全部送给他好了。”岳母吴丹青看到赵启航一进门，就厉声炮问。

“赵启航，你是不是借钱给田风了，说！”李慧娟脸黑气喘。

岳父李全才坐在沙发上。“你们少说两句，启航怎么会呢，不要胡说。”

赵启航一言不吭，径直走进书房。反锁上门，泪如涌泉。“豪门相欺，哪有穷人待的地方。”

“败家子。”门外的丈母娘还在骂赵启航。

李慧娟猛推着门，用脚踢着。“赵启航，你拿了多少钱给你老大？你给我说清楚。”

母女俩在书房外高一声低一声逼问谩骂着。

这一刹那，赵启航的心碎了。“男儿有泪不轻弹。”他擦了擦泪，拉开抽

屉，拿出记的流水账，足足有三本。这么多年来，自己的工资全部交给李慧娟保管，收入累计，自己挣来的钱已不下六千万了，他有一个习惯，就是记账，收支全记。

堂堂一个经理，经营着偌大的公司，居然连支配自己工资的资格都没有，大哥压根儿就没有提出向他借钱，他只是想来看看自己过得怎样，怎么总是忙忙碌碌，回家打一个照面就走。

赵启航任凭岳母、妻子的污辱，在这个家，他已不知暗地里流过多少次泪了，他不愿向任何人吐露半点，当然在九婆婆那里总是装尽笑容的。

今晚赵启航又一次流泪了，他的心已经彻底碎了。

男人流泪心就碎。

赵启航在书房里坐了一整晚，他决定了，毅然决然地决定了：他要抛弃这个家，与李慧娟彻底决绝。

“躞蹀御沟上，沟水东西流。”

李慧娟，让他心痛。赵启航当上技改部部长后，经媒人介绍，局长李全才的千金成了他的妻子。

“李慧娟，有个李慧娟呢。”袁副局长在赵启航请他喝酒喝醉后吐了半句，当时赵启航也没在意。结婚后，赵启航耳闻了关于李慧娟的故事，心里不爽，“那是过去的事了，过去的让他过去吧！只要她好好跟自己过日子，也就算了。”“也不可能吧，她怎么会呢？”他也不相信那些耳闻是真的，赵启航在心里一次次原谅了妻子。

在乡镇局工作被人在背后指指点点着，赵启航心中难过起来，愁苦万分。下海风潮在江心市盛行，年轻一点，特别是有一点文化的人，那是坐不住的，都想跳出单位，到外面的世界去闯一闯。

赵启航决定抛弃总工、技改部长的身份，不愿当官了，远离是非之地吧，他下海经商了。

经过十年的打拼，他成功了，他的企业如日中天，订单像雪花一样飘来，总资产已超过十亿元。家里盖起了洋房，当然财产是属于岳父岳母的了，他在城里另外买了一套商住房，一个人想清静时，就去坐一坐，总之他是过上了上等人的生活。

李慧娟执掌着公司的财权，公司也有财务总监，有一系列的财务规定，虽然李慧娟很霸道，总想独揽大权，但她也没有办法，经常与赵启航吵闹，“公司是自家的，钱当然也是我的。”可是赵启航有自己的管理之道，公私分明。

赵启航在事业上如鱼得水。

可是，回到家中，他依然没有得到应有的尊重。公司的启动资金是李全才一人出资的，赵启航只是个管理者。岳母蛮横，不讲道理，不给他留任何面子。高兴了，阳光还是照进这个家的，不高兴了，山雨欲来风满楼。

赵启航四处奔波，回到家中，岳父岳母李慧娟他们往往早已吃好，他们从来不会等他回来一起吃，他只好冷菜冷饭，将就着，过惯了穷日子的赵启航并不在乎这些，吃饱就行。

生活不规律，李慧娟的心又不在赵启航身上，经常让他独自一人睡，喝醉了酒回来，根本就没有人服侍，半夜想喝茶，空空如也。

经常应酬，方方面面的关系都要顾及，特别是客户来考察，当然得陪他们了，喝酒是常事，胃也就不太好，有时疼起来，浑身虚汗直冒，岳父岳母只把他当作赚钱的工具，城里人，又是官员家庭，他们打心眼里瞧不起乡下人，总是要另眼相看。不管赵启航如何不舒服，他们的心中只有自己，只有荣耀，只有自己的花天酒地，乡下人穷鬼是不配享乐的。

算起来也有十年了，赵启航虽然腰缠万贯，但还不如当初在乡镇局过得开心。和兰町他们厮混在一起，天南海北的侃侃而谈，三五个一约，就出去喝上几杯，何等的意气风发，何等的快慰人生。

赵启航如果不是看着公司里几千号工人的情面，他早已离开不干了。

今晚，赵启航受到空前的打击。不能再这样下去了，不能再为别人而活着，得为自己的人生另有打算了。

第二天，他把身上的车钥匙、家门钥匙、公司有关钥匙，手机、电脑等一股脑的放在书桌上。他找来了背包，装上一套换洗的衣服，一条毛巾，还有一把剃须刀，穿着夹克衫，毅然净身出门，回到了阔别 19 年的家乡。

面对大哥的冷态，大嫂的疑问，赵启航无法说明个中原因，他因为大哥的面子尽失而愤然离开城市，他心疼大哥，没有大哥，哪来的自己悠然读书学习，是大哥放弃了自己的学习机会，一心一意帮着九婆婆持家过日子，度过那艰辛的岁月，自己和海哥才能安心读书。

赵启航的疼痛只能往心里装，他不能对任何人讲，不能对田风说，不能对大嫂朱秋艳说，更不能对九婆婆讲，他心里只求大哥能够原谅。

十四

二哥田野在他工作得心应手的时候，被大队开除了。大队书记给了他两个选择，要么让闻小凤去做流产手术，要么把田野开除掉，不能再做大队会计，同时社办厂也要开除闻小凤。

田野和闻小凤商量怎么办，已育有一女田新凤了，他们希望再生一个男孩，好传宗接代。工作的事好说，没有就没吧，反正我们有责任田可种呢，三年自然灾害那么困难，母亲都挺过来了，现在条件好多了，还怕活不了？不怕，我们共同进退，“好，那就这么决定了，希望以后不会后悔今天的决定。”最后他们决定要把孩子生下来。

田野回到了生产队，他没有再选择守着这几亩地，也没有到工厂去做工，他决定自己单干。做什么好呢？他第一个反应就是搞运输。

“小凤，我决定要买拖拉机，运砂石，搞运输。”“好，我会永远都支持你，你放手做吧，家里有我。”

崭新的手扶拖拉机买回来了，田野认真研读了说明书，策划着未来的发展方向。他本来就会开，那会儿是犁田，现在不同了，有了车厢，可以装载货物。

田野去了几个建设工地，与承包头商谈着运输事宜，从此以后，他主要在码头、工地之间来回跑。砂石他一人上货一人下货，身上的衣服湿了干，干了又湿。

“是儿子。”九婆婆从产房里出来，高兴地对守在门外的田野、田风、朱秋艳说。

田风、田野都有了一子一女了，他们幸福地急忙回家，买鸡蛋的买鸡蛋，烧水的烧水，送饭的送饭，一家人忙碌着。

九婆婆跑到村小店给赵启航打电话，向他报告喜讯。赵启航当晚就回到乡下，看望侄儿，向二哥道喜。“嫂嫂，我又有一个侄儿了。”

闻小凤看到赵启航专门回来贺喜，自然喜上眉梢。“你也早点找对象吧！”闻小凤拿小叔子开起心来，“给你侄儿起一个名字吧。”

“就叫田新晨吧，象征着生命就像每天升起的太阳一样是全新的。”

田野、闻小凤有了田新凤和田新晨了，喜上眉梢，再苦再累也值得。

九婆婆听后十分认真地对赵启航说：“航航，你今年好找了，成家要紧。”

“知道了，我加紧。”赵启航又看了看小侄儿，真想抱一抱，可是，太小了，他不敢胡来。

“新晨，等你长大些，叔叔带你到城里去玩，去骑马。”说得闻小凤心中甜甜的，九婆婆乐呵呵地直笑。

田野更加卖力了，起得比以前更早，归来更晚。江心市基本建设如火如荼，工地砂石需求量大，承包头又要赶进度。田野来不及，回到生产队找到儿时的玩伴许晶，“你也去买一辆拖拉机吧，现在搞运输有钱赚呢，我们都有力气，不怕苦。”

许晶是队长许秀英的独苗儿子，小时候和田风、田野、田江海、赵启航、田明珠是一伙的，他们常常聚集在一起。

“航航，你带晶晶搞运输，我赞成，你们要多多帮衬。”许队长现在也没有先前忙碌了，生产队的田分户承包了，她轻松了。

许晶比田野大两岁，他很早就娶了妻子，胡红云与许晶结婚还不足20岁，婚后三年里生了一双儿女，儿子叫许及时，女儿叫许雪梅。

许队长心中快乐着，帮着许晶夫妇把许及时、许雪梅带大。胡红云还算孝顺，与许晶过着农村平凡夫妻的美好生活，虽然物质条件不是很好，但也是不愁吃喝的。

“把许江华也带上吧，他家日子还没有好起来。”

许江华是许队长的邻居，从小多灾多病，让他父母烦了不少心，在他21岁时，经媒人介绍，与张媚结了婚，育得一儿，夫妻开心万分。

“叫什么名字好呢？”夫妻两人一时没有主意。

“就叫许壮吧，盼他长得结结实实的。”许队长给小孩起了名。

生产队的第一个运输队组建起来了，大伙儿让田野做他们的头，田野也不推辞。“我们有难同担，有福共享。”田野坚毅地说。

运输砂石是个重苦力活，没有力气是不行的，仅装货这一项，就累得要命，可是田野、许晶、许江华他们坚持了下来。流汗归流汗，可是钱也来得快，他们的日子一天比一天好起来。

“我们这样凭力气上下货也不是法子，得想想法子把拖拉机改造一下。”他们把这一想法与赵启航说了。

“行，我来想办法。”

赵启航把他们的拖拉机改成了自动下货，手闸一拉，车厢慢慢地抬升，一车的货很快就倒了下来。“上货，你们就不必再一铲一铲地装了，现在货场有自动装载机了，你们要轻松点，钱不能全由你们来赚。”

田野他们听从了赵启航的建议，他们只要把车开好就行。一天能多跑好几趟，赚的钱比平时更多。“赵启航这小子还真行，一句话点醒梦中人，下次我们请他喝酒”许晶高兴地说，“行，过几天我去请他。”许江华力气小，小小技改让他轻松多了。“启航喝酒不行，到时你们可不要让他多喝。”田野事先提醒他们。

第三天，赵启航就被叫回来了，九婆婆特意做了好多下酒菜，闻小凤到熟食店买来猪头肉、花生米，哥四个喝开了，像小时候围在一起煮黄豆，吃得好开心。“手扶拖拉机速度慢，你们可以买带方向盘的大车，一次装得又多，速度又快，最主要的可以遮风避雨，你们也没有必要雨天一身湿，晴天满身汗了。”吃到最后，赵启航提出了建议。

“好，明天我们就去看看。”田野、许晶、许江华同声说好。

运输队又有村上其他几个加入了，“队伍扩大了，得有人去接业务。”他们商量好让许江华去跑，这小子能说会道。

运输队的生意越做越好，他们实行平均主义，本来他们就不偷懒，个个争着干，没必要搞什么多劳多得，“我们从小是一块长大的，没有分个彼此，现在，我们依然有难同帮，有福共享。”田野是没有委任状的头领，他的话大伙儿就爱听。

运输业务干得红红火火。

“二哥，你现在身体吃得消吗？”赵启航迈进田野的别墅，和二哥打上招呼。田野在家看报纸，今天没有事做，确实也感到有点累，就没有出工。

“你怎么说回乡就回乡了？发生了什么事？”田野关切地问。他知道启航这个弟弟的为人和才能，没有大的变故是不会放弃的。

“二哥，我就想换个环境，想在家乡发展，顺便也好照看九婆婆。”

“娘有我和田风呢，你没有必要专门辞职啊。”

田野给赵启航倒了杯水，让他坐下说话。“你不明不白地回来了，娘有没有打你？”

“我又没有哭，九婆婆没有打我。”赵启航与二哥坐下，拉起家常来。“你到底有什么打算，看我能不能帮上忙。”

“还没有想好，办法总是有的，办法总比困难多嘛。”赵启航自嘲地说，“你看我现在过得不是还好吗？”

田野留赵启航在家吃晚饭。闻小凤去接九婆婆，顺便去了大哥家，请朱秋艳和大哥田风一同来家里吃饭。

这是赵启航回到家乡，与大哥田风、二哥田野一起吃的第一顿饭。他本来不想去麻烦大哥大嫂、二哥二嫂的，他要等发了工资然后去请他们一起聚聚的，也想到要请海哥回家来聚聚。

十五

田明兰特意去了一趟城里，先到移动公司挑选了一款手机，用自己的身份证办了卡，预存了1000元通话费，把手机号储藏在自己的号码簿里。“航哥”她保存好后，脸竟然有点儿发烫。

她走进江心市最大的商场，在男装前踱蹀了一上午。她精心挑选了一身西装，一条领带；天已渐冷了，看他赵启航还穿着单衣，又买了两件羊毛衫，四条裤子；到衬衫柜台，一下子买了十件长袖衬衣。买了一套折叠衣柜，和二十副挂衣架。

她到车行看了看摩托车，写好送货地址，“今天下午就送到。”田明兰吩咐道。

想想还有什么要买的，都买好了，就转到茶叶行，买了两斤上好的茶叶，要了一只杯子。装好后一想，田风最喜好喝茶了，又给田风买了两斤。

走出茶叶行，她去了超市，给老妈和九婆婆买些好吃的。

田明兰得喜起来，高兴着自己一大早起来后的决定，不管航航哥答不答应，得给他置办些生活必需品，“他不要，就当着他的面扔进河里去。”田明兰想到这一点，又得意地笑起来。

车开到市中心江洲集团前，田明兰想下车上去，去问问李慧娟，赵启航究竟怎么了，刚想下车，转而一想，航航哥什么也不肯说，我不能冒失，否则，航航哥可要发怒了，航航哥一般不会动怒，发起威来，九婆婆也会让着他，自己还真的有点怕他呢。“以后再说吧。”田明兰开车出了城。

“城里有什么好，航航哥回来也好，我们乡下多美。”田明兰自我打趣着。想象着晚上航航哥回来看到这一切是怎样的一种表情，她又得意地笑开了。

田明兰先去九婆婆家，和九婆婆一起去了小屋，在床头一角支好折叠衣柜，把衣服一件一件取出挂好，取出茶叶和泡茶的杯子，放到书桌上，撕开茶叶封口，她怕赵启航拿去送人。“还是把杯子洗一下吧。”田明兰除去商标，认真清洗起来。

坐在八仙桌前，看着自己的劳动成果，洋溢着喜悦的心情。忽然想起忘记买皮鞋了，她在商场时曾仔细想过还有什么没有买，老是觉得还有什么没有买，可是就是没有想起来。

田明兰有些懊恼，“明天再去买吧。我把九婆婆请来，看你敢不接受。”田明兰思着想着，转到后面厨房帮九婆婆烧水做饭。

赵启航在老远就看到自己的小屋亮着灯，“一定是九婆婆给我在煮晚饭了。”他紧赶着，快步走到小屋前。

“来客人了？”门前停了一辆崭新的摩托车，“会是谁呢？”

“九婆婆，我回来了，我……”他愣住了。

“喊啊，喊我九婆婆。”田明兰窃窃地看着惊讶的赵启航直笑。

“你，你怎么会在这？九婆婆呢？”

“航航啊，快吃饭。”九婆婆端来菜。

田明兰赶紧到厨房去端碗，三碗粥，三双筷子。

赵启航看到书桌上有听茶叶，旁边还有只杯子，床头还有衣柜，他走到衣柜前，拉开拉链，满满的一柜子衣服，全是新的，“这，田明兰，你？”

田明兰骄立着，双手背在后面，笑逐颜开地看着赵启航。“你给我拿回去，我不需要你的怜悯。”赵启航的脸色不好看起来。

“你干什么？这是我的主意，是我让兰兰去办的。”九婆婆站到赵启航面前。

“田明兰，你看我落魄，可怜我啊。”

“你？”田明兰一下子眼泪掉下来了，真没想到赵启航会这样说。

看到赵启航气乎乎的样子，又看到刚才还满面春风的田明兰在流眼泪，九婆婆咳了一声，“航航，你做什么？明兰做得对。吃饭，你们给我吃饭。”九婆婆命令道。

赵启航飞快地在脑海里转了一下，这是田明兰自己所作所为，一切都是为我好，这份情，我一辈子也要记住。

“明兰，谢谢你，你的情意我领了。东西也收下，下次不要再给我买什么，已经足够了，我会坚强的，我会好起来的。这份情，我一定要还。”

“谁要你还了。”田明兰也爽心起来，“好，航航哥，吃饭，你看，九婆婆也饿了。”她刚才还真在担心九婆婆会打他呢，见赵启航爽快接收了，内心又得意起来。

十六

赵启航有了摩托车，不用天天起大早了，下班也很快就回到小屋了。工地的工棚已挤满了工友，他也不想给李八斤增加负担，况且每天晚上还要去看九婆婆，他就一直住在小屋。

“赵启航，发财了，骑上摩托车了，好，这样好，上下班快，也省得太辛苦。”李八斤见赵启航英姿飒爽地骑着摩托车进了工地，和他说笑起来。“等会儿来我办公室一下，我有事找你。”

赵启航急急地连推了三车砂浆，骑着摩托车到工棚办公室去见李头。

“赵启航，看你这几天的表现让我大吃一惊，你是个有能力的人，你来三天就开始研究如何又快又省力气地运送砂浆，你把二轮推车改成三轮的，这样省力又不会翻掉，运载量又多，就这一小小的改动，工人们直夸你，你有榜样的力量呢。”

“我得好好谢谢你，我的赵大经理。”李八斤客气地让赵启航坐下。准备给他倒水。“李头，我来。”赵启航挺喜欢李八斤的，第一次见面，李八斤就让他可以喊他李头。

赵启航给李头续水的时候，猛然听李头称他赵经理，心里吓了一跳，怔怔地看着李八斤。

“哈哈，李局长的金龟婿、江洲集团的经理、乡镇局的总工、技改部长、田局长的弟弟。”李八斤一连串地讲清了赵启航原来的身份。

“昨天不是县里来人参观了吗？你那老丈人李全才局长也来了，他看到你了，临走时他都对我说了，说你抛下偌大的公司不管跑了，他说想不到你会在我工地上出现。”

“你看到最后走的那辆车了吗？”

“没在意。”赵启航低低地说。赵启航不安起来，望了望李八斤，不知道李头究竟知道多少。

“那最后走的，是你哥，田江海。”

“李局长前脚走，你哥后脚就进到我办公室了。你怎么回事，李局长说不知道你究竟为什么跑了，你哥也在关心你，赵启航，你唱得是哪出戏啊，你为什么要到在我的工地上来做苦力活？”

赵启航心中一惊，海哥也来江边工地参观了，他看到我做苦力活了，他会怎样想呢？

田江海在车里看到熟悉的背影，看到赵启航卖力地干活，想起前几天母亲专程到城里找他说启航的事来。

九婆婆在赵启航回到乡下住下第四天就去了一次县城，她是让田明兰开车送的。

“妈，跟我去一下商场吧，看你的衣服都旧了，让儿媳为你买一件吧。”王玲美摇着九婆婆的膀臂哀求着。

“玲美，娘知道你的孝心，娘心里高兴呢，你好好服侍着江海，让他安心工作，就是对娘的最大孝顺，娘心里有数呢。”

“你给娘也买了好多衣服，可是娘穿在身上不自在，都放家里了，娘习惯了穿粗布衣服。”九婆婆慈祥地说。

“那好，妈，过几天我去找自纺布，听说苏北农村有几户人家自己纺布自己享用呢，我去找找看。”三天后王玲美还真的去了苏北，给九婆婆买来自纺布，给她老人家做了几件新衣服。

王玲美依在九婆婆身边撒着娇，她是儿媳妇，更多的时候像是女儿，关心体贴着婆母，田江海几次回乡下要接母亲到城里住，都是王玲美催促的，她不放心婆母一人住，“要是她老人家有个三长两短的，那可怎么好。”

田江海把母亲接来，最后还得把她老人家送到乡下，无论王玲美怎样求婆母也没有用。

“奶奶，你就住下来吧，我要和你玩。”九婆婆每次来到城里，田建都不放奶奶走。

“听话，建建，奶奶在城里睡不着，不习惯，奶奶也想你呢，这不，奶奶不是经常来看你吗。”

“你要好好读书，听你妈妈的话，你爸爸不学好，你告诉奶奶，让奶奶打他。”田建活泼跳起来，“田建不听话，奶奶也要打我。”

九婆婆开心地大笑起来。

九婆婆每次到城里去，总要吃过晚饭才回乡下，主要原因还是要等孙子放学回来，好和他说会儿话。

田建听了许多爸爸被奶奶打的故事，心眼里认为爸爸被奶奶打那是一种无比幸福的事。

田江海下班回来了，“妈。”

“江海，你知道启航回乡下住了吗，他不在公司上班了，他和明珠在一起，你知道是怎么回事吗，问他，他又不肯说，嘴紧呢。”九婆婆叨叨直说。

“妈，我也好久没有见到他了，你说他在工地上和明珠一起做瓦工？”江海怀疑地问道。“不是的，是做小工，推车送水泥砂浆。”九婆婆忧忧地惋惜着。

“妈，你还不了解他啊，一定有什么事儿让他铁了心。让他冷静几天吧，过几天我去找他，和他谈谈。你也不要逼问他，让他过几天自由自在的生活吧。”

本来九婆婆是来找江海出主意的，江海反劝起母亲暂时不要问赵启航的事。九婆婆还真的没有问，也没有打他的想法，忍着性子帮着启航做些力所能及的家务活。

那天田江海在江边工地真的看到了赵启航在做苦力活，心中一阵疼痛。“走，回城。”田江海吩咐司机把车开走。

“用上手机了，又有摩托车开了，你哥给你买的，还是你自己买的？”李八斤对赵启航有了无限的兴趣。在江心市，江洲集团是有名气的，是纳税大户，也知道有个赵经理在掌舵，只是没有和他打过交道，不知道这个掌舵人竟然是眼前的赵启航。

市领导组织政府组成人员到市重点工程考察，最后一站就是这江边水利建设项目工程。工程已近尾声，市政府领导要实地考察一下，年终也好晒晒成绩单。

李全才当然也在考察组之列，他本打算早早离开的，又担心被市领导发现，只好陪同到底，想不到，竟然在这里见到了赵启航。

赵启航离家出走的事，是在他晚上下班回来后听老婆吴丹青讲的。

“老李啊，姓赵的那小子可能跑了。”李全才一进家门，吴丹青就嚷开了。“怎么可能，他会跑到哪里去？”李全才不相信，要走，至少也会打个招呼吧。“是不是又出差了？”李全才疑惑地问着。

“不是，这回不是了，你看看吧。”吴丹青领着李全才进了赵启航的书房。“你看这手机，这车钥匙，这公司的钥匙，这家里的钥匙，全在这里。还有，你看，他的账本，他还有账本。”

“没有带手机，钥匙全放在这儿了，他是真的走了，我了解他。你们也真是的，你们对他也太刻薄了。”李全才抑郁起来。

“你什么时候发现的？”李全才怒问道。

近中午时分，吴丹青见赵启航的车子还停在外面，以为他今天不去上班，喊了几声，不见应答，怒气冲天地闯进赵启航的书房，门是半开着，进去一看，没人。刚想大骂，忽然桌上的手机响了，“赵启航，电话”仍然没有人应答。她只好接，是公司打来的，说有要事找赵经理。

“他没有去上班？”

“没有看到赵总。”公司接线生回答道。

吴丹青并不着急，她好奇地坐下，翻看桌上的账册。她一页一页看下去，原来赵启航为我们家挣了这么多钱，他所有的用途全都写得清清楚楚，其中最多的就是请客费用。

一个下午，吴丹青终于把账目全部看了一遍，居然没有发现给他自己家里拨过一分钱，给他九婆婆、田婶买的礼物数量、金额，账面上全部反映出来。“这真是奇怪了。”吴丹青自言自语地说。

“你一整天也不打电话给我，你真有能耐了。”李全才忽然有点讨嫌起吴丹青来，“有没有打电话给慧娟？”

“打了，她不在江心市，她到青岛玩去了。”

“这个疯丫头，又和那个冷三去玩了？你看你，怎样教育女儿的。”李全才责备起吴丹青。

“养不教，父之过。老祖宗都这么讲，是你没有管好自己的女儿，还说我。”吴丹青顶了几句。

想不到，赵启航在江边工地上做苦力活。“李经理啊，过一天你问问赵启航，看他回不回公司上班了，就说我让他回去上班的。”李全才不想直接找赵启航，不想问他个明白，他也知道赵启航在自家受到了不少委屈，委托李八斤出来做个和事佬。

李全才默默地坐在小车上，回城的路上一句话也没有讲，铁青着脸。“李局，去哪？”司机小施问。

“去江心路吧。”施广发把李局长送到江心小吧，这是李局长的习惯，他心中一有事，就会来到这江心小吧坐坐，喝喝茶，抽抽烟。

施广发也看到赵启航了，他真想把车停下与他的航哥说几句话，可是，李局长坐在车上，他可不敢造次。

施广发知道晚上不必去接李局，李局会自己回家的。施广发离开江心小吧立即打电话给兰町，“兰总，我看到航哥了，他在江边工地上打工呢。”

“这怎么可能。”兰町全然不信。

“是真的，我看得真真切切，是他，是赵启航，好像晒黑了许多。人倒还精神，看上去还十分健壮呢。”施广发仔仔细细地讲述着看到的一切。

“好，明天我们去找他。”兰町满腹疑问，约好施广发明天去江边看个究竟。

“李局，你来了，还是老地方？”李全才点点头。毛碧娇把李全才带进了没有牌号的房间，上茶点烟，唤服务生送来果盘，然后与李全才对面而坐。

江心小吧十分精致，依水而筑，门前潺潺流水，悦耳动听，小吧设计者动了一番脑筋，驱水循环而流，没有异味，水好像是活的。水渠边，种栽了一排排菊花，此时正值晚秋，菊花开得正艳，黄色的，红色的，白色的，紫色的，叶儿尖尖，有的打着卷儿，有的向远处直伸，在地灯的彩照下格外的清纯靓丽。

李全才坐在窗前，看着外面的菊花，看着流动的水面，看着滟滟的五颜六色，听着低吟的音乐，“皑如山上雪，皓若云间月，闻君有两意，故来相决绝……”优美的天籁之音在耳边回响，心情好多了，渐渐地把江边看到的一幕抛到脑后。

古色古香的室内，装饰典雅，光线柔和，佳人相陪，香体软若无骨，李全才沉浸在靡靡之音中，犹如进入温柔乡，好舒坦。自偶遇毛碧娇后，李全才的心思全在这儿了，妻子霸道，太过张扬，不讲情面，一点也不注意外界影响，他有点讨嫌起这糟糠之妻了。“吴丹青哪有这毛碧娇小鸟依人，温顺可心呢。”

“你今天还回去吗？”毛碧娇小心翼翼地问。李全才看着毛碧娇楚楚动人的明眸，心中忽然温情起来。“喂，丹青啊，我今晚不回来了，下午出差到省城，陪领导有事，大家都喝了点酒，不回江心市了，你早点休息吧。”

“怎么突然出差了，外面有小情人了吧？”吴丹青没好气地嘟囔着。

“不要胡说，我是和钱书记一起到省城的。”李全才挂了电话，搂着毛碧娇亲热起来。

毛碧娇四十开外，保养得十分好，身材妖佻，不胖不瘦，肌肤一看就让人想象力量非凡，活力四射；大大的眼睛，水灵灵的，像是会说话似的，格外的让人心动不已。

毛碧娇仪态端庄，举止淑雅，天生丽质，容颜姣好，直逼西施。

她招蜂引蝶，招来无数男同胞的青睐，也招来丈夫的眼泪，她丈夫心碎了，不堪重压，与她办了离婚手续。

现在毛碧娇是个自由身，谁也不好再说三道四了。“小娇娇啊，你也不能再在外面这样混了，重找个对象结婚吧。”李全才怜惜地劝导她。这是李全才的真心话，他不忍看到毛碧娇过单身生活，她应该有自己的幸福生活，而且应该比任何女子都要过得有滋有味。她有了家，李全才才能感到安全、幸福。

“局长大人，你放心，我不会缠着你不放的，你有家室，你有地位，你是个有情有义的男人，我和你在一起，感到十分的安全，我不会去害你，更不会去损你的名誉，也不会逼你回家离婚的。只有你没有把我当作荡妇，我很开心。”

李全才把毛碧娇搂得更紧。是的，他在毛碧娇身上看到女人特有的魅力，这个毛碧娇给自己带来无穷的欢乐，给自己带来力量和自信。与吴丹青在一起很少出汗的，但与毛碧娇在一起，有一种本能，让他精力旺盛，让他感到做男人的自豪。

十七

兰町和谢玉环恩爱了二年之久。兰町是真心爱着谢玉环的，每次恩爱过后，都向谢玉环求婚，问她家里答应了没有。谢玉环起初还在敷衍他，久之，无法再拖着说谎了。

“我母亲不同意我俩的婚事。”

“我们就这样得过且过吧。”谢玉环深情款款地说。

“不行。”兰町斩钉截铁地说。“那你怎么想？”兰町追问道。

“我也不知道。”谢玉环躺在兰町怀里，模棱两可地说道。“你怎么能这样？”兰町有点愤怒了，相恋了近二年，就得到如此的结果，他不甘心。

接下来的日子，谢玉环依然经常到江心市看望兰町，每次来，他们都要大战几个回合。谢玉环心满意足，好像两人就这样最好，一辈子都这样更好。可是兰町却不想这样不清不楚的，他要的是稳定的家，他还有好多事要做，他要在事业上有所发展，他有更大的理想，就是要做人上人，他要奋斗，他要当局长，早早成家，他好精力百倍地投入到工作之中去。

兰町去了省城，在谢玉环宿舍住下，他准备直面她的父母，向她父母请求，让他们的女儿嫁给他。谢玉环要了兰町之后，穿好衣服上街买菜去了，她要好好款待兰町。

兰町倚在谢玉环的床上，半躺着。顺手翻着床头上的一本书，忽然一封信从书里掉了下来，“小玉，你好。又快到了我们相约的日子了，这次你不要过来，我正好出差，我去你那儿，你在宿舍等我。爱你的旺儿。”兰町呆住了，再看落款：仲高旺，日期就是昨天。

仲高旺，难道是我们的语文老师，是我们的仲校长？兰町犹如五雷击顶，过了好一会儿才回过神来。

兰町翻着谢玉环的抽屉，想看看这个仲高旺到底是谁。抽屉里化妆盒下，压着好几封信，看着笔迹，是仲校长的，再细看书信内容，太肉麻了。兰町把先前看到的信重新夹在书里，又把后来看过的信原样放好，他冲出了谢玉环的宿舍，一路小跑，一直跑到车站，买了张返程车票，逃回江心市。

兰町自己也不知道是怎样回到江心市宿舍的，赵启航下海了，施广发成了他的室友。刚好施广发跟李局长出差去了，他一个人关上门，栽倒在床上，蒙着被子大哭起来，“这是我深爱的人吗？谢玉环，你到底为了什么？你怎么能和我们的校长这样呢？你怎么可以骗我呢？还说你父母不同意我们俩，你太荒唐了。”兰町在心里把谢玉环恨了个透。

兰町不服气，多么希望那仅是老师对学生的关切之语。他向李局长请了二天假，去了南京，回到学校，他想找仲校长理论个明白。没有找到仲校长，他到班主任家里去了一趟，“听说你在和谢玉环在谈恋爱？”

不见兰町回答，班主任意味深长地说，“还是在你们江心市找一个吧，小夫妻分居两地不好，你们江心市那么富足，好姑娘多得是呢。”

兰町彻底绝望了，班主任的话中有话，已然说明了一切。“谢玉环，你真是太好了，你太会爱人了，你害苦了我。”兰町气极，高一脚低一脚回到江心市，整日神智难清，又无法与人叙说，愁苦只能往心里堆积，兰町病倒了。

“不要拿别人的错来惩罚自己。”

要是赵启航在就好了，至少也有个倾诉的对象，来医治受伤的心。

兰町独自修复着自己破烂不堪的心情，兰町受到深深的伤害。

理想抱负化为乌有，忽然觉得待在机关太没有意思了，他不想让谢玉环找到自己，决定离开江心市到外面的世界去闯一闯。他步了赵启航的后尘，辞职不干了，这么多年的学习努力算是白费了，大学是白上了。

兰町走在创业的艰难路上。

其实他大学并没有白上，他出去跑供销，满腹的才华施展之地正是市场。一笔笔合同，让他取得了成功，虽然没有赵启航那么幸运，但他也是腰缠万贯了。

兰町在施广发那儿得到赵启航的消息后，一夜没有睡着，想着他与谢玉环之间的点点往事。“宽以待人。对，应该宽以待谢玉环。”不是她，也许自己还得在官场上打拼。

兰町终于还是恨不起谢玉环。

“就是当上局长又如何呢。”兰町从梦中醒来时，已是太阳高照了，他赶忙打电话给施广发。

他们一起要去江边看望老友赵启航。

十八

“无限风光在江畔，这边景色独好。”兰町、施广发在江边工地上找到了赵启航，兰町诗兴大发，打趣着赵启航，施广发又仔细上下打量着赵启航。

“我缺胳膊少腿了？”赵启航打了施广发一拳。“你们俩还算有良心，来看看老哥哥。这不，老哥好着呢，看我多开心。”

“对，男人流汗是一件很开心的事，男人能流汗，说明健壮结实。”兰町幽默地开着玩笑。“你这衣胞之地，看来是你的发祥之地了。”兰町也很欣赏这江水这江滩这堤坝。

“准备怎样大干一场呢？消沉不是你的性格，心中可有方案了？”

兰町和赵启航差不多共同居住了四五年，对赵启航，他是放心的，他兰町最佩服的人就是赵启航了。

兰町失败的初恋，让他断了当官梦，毅然辞职下海经商，也是因为赵启航下海了，远离官场，可以做真正的自我，想干什么就干什么，方向全由自己把握，不必被别人牵着鼻子走。

人生的道路得自己走，命运由自己掌握才安好。

兰町在心里由衷地感谢赵启航呢。

三人走在外滩的临江堤坝上，堤内水榭亭台合理布局着，原生态水塘波光粼粼，水杉成排，杨柳成行，芦苇成阵，垂杨丝舞。滔滔江水在他们身边东流，阳光在水面上折射耀眼，江水热情地奔向大海的怀抱。船舶连成串，在江面上穿行，汽笛时不时地高吼一声，悠扬致远。

三个中年人的心随着这滔滔江水在跳动，这江边，在他们看来，具有无限的魔力，紧紧抓住他们的心。

兰町、施广发相信赵启航来到这里，一定会有他的道理。现实生活让他们的理想不再虚无缥缈，脚踏实地才是男人成熟的标志。

“工棚，李头那儿，等你，多买几瓶。”兰町让施广发开车去买酒，赵启航领着兰町在工地上转了一会儿，来到了李头的办公室。

“李经理，这是我的好兄弟兰町。”

“李经理好。”兰町递过烟，热情地和李八斤招呼着。

“是赵启航的朋友，你好，在哪里发财？”李头忙让座、倒茶。

兰町离开乡镇局后，离开了江心市，一气之下，跑到新疆去了。

“不到新疆，不知道中国之大。”他要看看新疆到底有多大，终究还是没有全部转过来，去了几座有名的城市，最后在克拉玛依油田停住了脚步。

兰町在克拉玛依住了三年，对油田情况于心，自然而然地得到了很多阀门业务订单，放到哪儿去生产呢？经过若干次比对、权衡，还是决定放在家乡江心市来生产，恋乡情结严重啊。

兰町发了油田的财，做了油田的女婿，妻子虞雪莲温柔贤惠，美丽大方。虞雪莲出生在油田，长在新疆，性格豪爽。

几次与兰町接触后，发现这是上天送给她的最大礼物，月老也许在500年前就给他们订下了终身。初识，相知，热恋，决定非他不嫁，仅仅三个月。虞雪莲的母亲严霜也对兰町有好感，对女儿的一见钟情没有说什么反对意见。

“你可要想好了，非兰町不嫁？”虞雪莲的父亲虞杰豪是个知识分子，在油田中学教书。跟兰町交流了几次，发现自己也十分的喜欢这个小伙子，对女儿的看人眼光也深表赞赏。

“好，那就为你们置办婚礼了。”虞雪莲的父母忙碌了一阵，全部置办妥当。“小兰，你家乡还有谁来参加婚礼呢？”

“我父母过来，还有我的两个好朋友。”

赵启航、施广发被邀请去了克拉玛依。施广发还学会了跳新疆舞。

“你在想什么？”赵启航碰了一下兰町，兰町回过神来，又和李八斤有说有笑起来。

“李头，你真好，有肚量，有本事，心胸开阔，要是换了别的经理，可能就要给赵启航穿小鞋了，或者要扣他工资了，至少也会脸色不好看，他这大半天尽和我们说话，耽误上班呢。”

“哈哈，没事，你这赵启航兄弟啊，可帮了我不少大忙呢，仅在职工中以身作则当榜样这一件，我的工地进度就要提前二个月了完工了，你说我赚了多少。”

“中午我们一起喝一杯吧。”兰町建议道，“好啊，我也想和你们多亲热亲热呢。”李头爽快答应。

施广发买了一箱白酒，带来三斤猪头肉，李八斤吩咐食堂另炒了几道素菜，没有酒杯，就用大碗，他们四人喝了整整三瓶。

“下午不准开车，不要走，晚上我请客，继续喝。”李八斤好像有点过了，舌头不听使唤，话也说不连篇了。

十九

李慧娟接到母亲吴丹青打来的电话，并不着急，“随他去吧，爱到哪就去哪，不要管他。”吴丹青也没有法子，搁了电话，找人去打麻将了。

李慧娟和冷三在飞洋码头登上天发06号游船，开始了他们的快乐之旅——乘游船观海揽胜。

游船是开放式的，可观看四周景象。游船在蔚蓝色的海水中欢快地向海中航行，速度不是很快，和游客们轻松的心境一样，无忧无虑地与风景亲密接触。

李慧娟倚在冷三身上，远看大海，无边无垠，海天一色。不知名的岛屿在海水中浮现，朦朦胧胧的，像婴儿的摇篮在晃动。

游船到达小青岛附近，岛上树木葱茏清晰可见，白塔玉立。“那是引航的明珠。”李慧娟兴奋地说。

小青岛又称琴岛，在岛上听海涛声别有一番风韵。有堤坝与陆地相连，堤坝上人来车往，游客兴趣着小青岛，小青岛是青岛的象征，青岛口、青岛市等名均源于此。

冷三不时地举起相机，给李慧娟拍着风景照，“把美丽的海景带回家。”李慧娟幸福地跳跃着。

“看，栈桥！”李慧娟依舷兴奋地叫着。

400 多米长的栈桥直伸海中，栈桥上游人如织，摩肩接踵。栈桥的南端二层八角的亭子就是著名的“回澜阁”，那是百年青岛的标志。

李慧娟回看海边，天空中翻舞着各式各样、五彩缤纷的风筝：金鱼红，头上尾下，尾巴不停地游动着；五彩蝴蝶，在海风中相对曼舞；墨色老鹰，很是招摇，在白云的爱抚下，展翅飞翔……放五彩风筝已不再是孩子们的专利了，中年人、老年人也其乐融融，放飞着心情。

岸边沙滩上，大人小孩一起玩娱，捉小虾，找贝壳，神情是那样的专注；栈桥公园，花木掩映，藤绕长廊；迎客松敞开胸怀，笑逐颜开；游客们斜背小包，照相机挂在胸前，脚穿旅游鞋，信步景区游，怡然自得，徐霞客看到此景，不知要生何感想，大概要慨叹不及了吧。

一大一小白色半球对径而立，依水而建的建筑物格外醒目。虽然夜销万金的皇宫游乐场没有往昔的辉煌，但其风格独特还是吸引无数游客目光。青岛人钟爱蓝天、碧水、绿树、红瓦。红瓦别墅，风情万种，那是青岛人的天堂。

青岛沿海为基岩港湾式海岸，岸线曲折，岬变相间，海湾星罗棋布，浮山湾、太平湾、汇泉湾、青岛湾、团岛湾等等，形态各异。青岛地处北温带季风区域，属温带季风气候，市区受海洋环境的直接调节，来自洋面上的东南季风及海流形成优雅的人居环境。

“环青岛湾，最具现代气息的还是高耸的建筑群，展现现代文明，背靠峻山，面对大海，清新自然，洁净浪漫。我们要是在这里住下多好！”李慧娟憧憬着。

李慧娟和冷三的青岛游，人是快乐的，心情是开朗的。

“冷三，快来！”他们在青岛海边尽情地玩耍着。

冷三水性真好，一个猛子扎下去，能窜出老远。李慧娟套着救生圈，在海浪的推举下，上下翻腾，冷三可不敢大意，时不时游回到她的身边，像个保护神。

李慧娟游累了，回到海边更衣室，冲了一把热澡，又坐回到海边的凉棚里，看着冷三矫健的身躯在碧波里自由自在地破浪前行，心中有点得意。

“谁叫你不会游泳，还生长在长江边，旱鸭子。”李慧娟憎恨起赵启航来。

“只知道工作、工作，除了工作还是工作，一点也不浪漫。”打从和赵启航结婚起，在心里就对赵启航不满，她喜欢浪漫的生活，喜欢在温柔乡里酣睡。

高中时开始谈恋爱，为此吴丹青愁苦不堪，李全才也无可奈何，后来委托人介绍嫁给了赵启航。赵启航是个优秀人才，李全才打心眼里喜欢他，见赵启航也没有作深入调查，想当然，以为家教好，就认同了，李全才心中的一块石头也就落了地。

可是，老婆吴丹青不知进退，不知好歹，认为赵启航家境贫寒，人也长得不是很帅，很一般化，女儿嫁过去会被笑话，虽然赵启航很能干，但吴丹青还是对赵启航百般刁难。

女儿不争气，结婚前与人谈恋爱也就算了，结婚后还是与其他男人不清不楚的，这让李全才放下的心又悬了起来，担心起来，在家里，老婆霸道，他心酸不已。

男人一旦不想与老婆争吵了，什么事都让着她时，那这个男人的心也就飞到别处去了。

李慧娟时不时约冷三出去玩，冷三是个花花公子，对男女的风情月事很是在心，他的出现，让李慧娟眼睛一亮，犹如久旱遇甘霖，她如痴如醉地享受着。

从青岛玩到威海，又从威海玩到蓬莱，反正她有的是时间，也不愁钱花，赵启航是她的摇钱树，赵启航拼命地赚钱，李慧娟与其他男人拼命地花钱，赵启航是悲哀的。

一个男人管不住女人的心，无论怎样说都是无能的。

男人的心是玻璃做的，捧在手心，是透明的，是晶莹的，是润滑的，是可爱的，也是温柔的。一旦滑落，瞬间立碎。

赵启航的心被李慧娟一手撕碎了，李慧娟无论如何再也无法修复了。

赵启航认识到了这一点，心中的愤怒可想而知，他一忍再忍，终于在请大哥去家里吃饭遭到冷遇和百般侮辱后爆发了，彻头彻尾伤害了他那宽容的胸怀。

抛弃一切，从头来起。

李慧娟从山东回到江心市，公司全乱了套，找不到赵经理，许多决策之事搁在那，员工议论纷纷，说什么的都有，当然也有对李慧娟指指戳戳的。

李全才没有办法，指望李慧娟是没有用的，让吴丹青去管理，只会越来越乱，他有心让毛碧娇来管理，又担心后果难以收拾。他只好赶鸭子上架，硬着头皮让吴丹青的弟弟吴珂出任经理。暂时什么也不去想了，赚不赚钱以后再说吧，先把眼面前的局面控制住才好。

江洲集团的前程看来是到头了，李全才忧心如焚，却也是无可奈何，一切让时间来决定吧。

公司、家庭，摇摇欲坠，李全才上班无精打采，没有了先前的灵性与生机了，躺在毛碧娇的怀里叹息不已。

二十

张小龙从河南出差回来了，田明兰问寒问暖，问这问那，情意绵绵。张小龙好久没有回家了，一笔合同费了不少周折，在河南境内跑来跑去，终于签订好合同，他连夜坐火车回到了江心市。

田明兰里里外外忙个不停，又是洗又是煮的，让张小龙感觉到还是家里最温馨，妻子最疼爱。

在赵启航考上南化后的第二年，田纪英接受了张家送来的聘礼，让女儿田明兰嫁给了张小龙。对于张小龙，能娶到田明兰这样的妻子，用张小龙自己的话说，那是八辈子积了德，他娶到了一个漂亮、温柔、能干、善良、大方的好女人。

田明兰自己也说不清到底喜欢张小龙哪里，只是经媒人介绍，与张小龙也算是一见钟情。

在那物质文明并不发达的社会，人的情感是那样的容易得到满足，似乎每个人的心灵都是那样的清纯。

田明兰的清纯得到了张小龙的深深回报，赵启航的清纯，得到的回报是碎裂，这也许就是人们常说的命运吧。

张小龙准确地说也生长在江边，只是离江稍远些罢了。他高中毕业后走出明星村，走出江心市。

年轻人在社会上闯荡所学，比坐在学堂里接受间接知识来得快，社会的风风雨雨，社会的大熔炉能造就一大批人自学成才，而且能快速成长。

书本上学不到的知识在社会这个大学堂里到处都可以学到，很实用，也很需要。张小龙其实也酷爱学习，他出差在外，零花钱大都用在买书上，他深知有知识总比大老粗好。

张小龙深夜睡不着时就写情书，让读到情书的田明兰更加思念他。在电话欠发达的年代，他们只好写情书，后来有了传呼机，再后来有了手机，通讯快捷了。

有了手机，张小龙就再也没有给田明兰写过情书。思念意头一起，拨几个数字就可以通话了，田明兰其实很喜欢张小龙写来情书，那种期待是多么的幸福，盼望着邮递员，盼望着邮递员高喊“田明兰，你的信。”每当听到这样的喊声，幸福感就会飞出胸膛。

今天的张小龙翻身了，经过近 20 年的努力，他终于在供销员队伍里扎稳了根，业务订单每年都有好几千万，得到的回报当然丰厚了，他为田明兰买了三层连体别墅，今天儿子张启雄不在家，又好久没有回来了，心中痒痒的，特别亢奋。

“在家有没有想我？”张小龙抱着田明兰又是亲又是摸，他们俨然是个刚结婚的小夫妻，情切切，意绵绵。

田明兰好像飞入天堂，成了神仙。

田明兰浑身滚烫，幸福的泪花，美丽地绽放在枕边。

久别胜新婚，天天在一起，也许没有如此的曼妙吧。

张小龙回到家乡第二天，田明兰便带着他回娘家，然后去拜见了九婆婆，晚上去了赵启航的小屋。

赵启航还真的和张小龙不怎样熟识，那时赵启航在南京学习，毕业后又在城里工作，过年过节时，张小龙又得在自己家中，赵启航与张小龙谋面的机会并不多。但是，彼此的情况还是互相了解的，他们中间有一个田明兰。

田明兰经常在张小龙耳边谈起赵启航，航航哥长航航哥短的，让张小龙早就想见识见识这个赵启航了。今天相见，彼此都感到十分的和悦，印象都很好，有一种惺惺相惜的意味。

田明兰在这两个男人之间并不感到别扭。一个是自己深爱的男人，一个是自己两小无猜的玩伴。田明兰也不知道自己喜欢和哪一个在一起更开心，总之，和他们两人在一起就觉得十分的幸福。

张小龙长期驻扎在河南，郑州、驻马店是他落脚的主要地方，他在驻马店还开办了一个开屏厂，做着卷材生意，张小龙本打算让妻子田明兰去打理的，可是，家中有老父老母，走不开，自己的业务订单也在江心市做，况且田明兰也不大喜欢河南，张小龙只好聘他弟弟到厂里负责，这几年生意做得红红火火，张小龙整天笑逐颜开，悠然自得，在河南、江心市两地跑，倒也觉得十分受用。

“启航哥，你干脆到河南去吧，驻马店生意我弟弟照顾不过来，你有经验，你去当经理吧，薪酬你不用担心。”张小龙真诚邀请赵启航加盟。

“谢谢你的好意，我现在只想好好休息一下，以后再说吧。”赵启航不好意思回绝张小龙的好意。

太阳东升西沉，江水潮涨潮落。

秋去冬来，日子一天一地过去，工地已进入收尾清理阶段。赵启航依旧早出晚归，张小龙又奔波在去河南的路上，田明兰眷恋在这两个男人之间。

二十一

江边水利工程终于竣工了。江心市有上万亩滩涂，市政府为了在全市树样板工程，经反复规划，在长江支航道明月村一带搞样板，明星村也有一隅在列，市政府经过酝酿后，决定给这个样板水利工程起一个好听的名字——“星月亲水”。

“星月亲水”闪亮在江心市的版图上，星月亲水公园也好，星月亲水湿地也罢，总之是带有诗样意境的。“星月亲水”里，有亭阁，有栈道，有荷池，有清塘，有成片成片的柳条，有排排行行的绿荫，有原生态的芦苇地，也有群羊出没的野草蔸。

庆祝仪式结束后，星月亲水很快就清冷下来。李八斤拆除运走了所有的建筑设备，叫来赵启航。

“你和田明珠住在明月村，这四十多间工棚你们找人拆掉吧，砖头、空调、厨具之类的，抵算你们的工钱。”

李八斤与赵启航他们结清了工资。

“赵启航，你出工正好 80 天，这 6400 元是你的工资。你表现不错，你的奖金和大伙一样，2600 元。”

“哦，对了，拆除时注意安全。今后有什么事，可以到公司找我。春节后，我的新工地又要开工了，你来吧。”

“反正这里交给你了。”李八斤开着奔驰走了。

赵启航在春节期间，带着田明珠天天在星月亲水转悠，蹀躞在四十多间工棚前。“拆除太可惜了。”赵启航自言自语道。

“那我们能利用它们做什么呢？”田明珠问道。

“不能拆，一定会有用处的，赶明儿我就住在这里守着。”赵启航搬到了星月亲水工棚住下了。

空荡荡的四十多间工棚隐匿在树丛中，赵启航隐约感觉到商机来了。“只要稍加整理，这里就是一处休闲胜地。”

田明兰帮助赵启航清理李八斤留下的工棚，从厨房开始清洗，把整个厨房打扫干净。又把装有空调的房间清扫好，好让赵启航住居。“也好，这里比那小屋强多了，只是更加寂静，不知道赵启航一个人晚上怕不怕。”田明兰心里想着。

一连四天，田明兰才把所有的房间清理干净，偌大的水泥场也用水冲刷了一遍。看着这一大排房屋，田明兰心里安稳多了，赵启航不用再被风雨相欺了。

李八斤是个讲义气的人，撤离时没有把架设的电线拆走，工棚水电还能正常使用。

九婆婆、朱秋艳、闻小凤也来了，她们看到房子周边还有好多空地，于是她们一帮人选了一块地整理好，回家拔了些菜苗，栽了一大块地，厕所里有现成的粪，朱秋艳回去挑来粪桶，把菜地浇了一遍。

到了正月初八，兰町、施广发开车来到江边工棚前，还跟了一个风度翩翩的时髦女人。“过年好，赵启航，你成了大财主了，这么多房子啊。”

“你们好，新年快乐。”赵启航迎出门外。“哦，虞雪莲也来了，今年你们在江心市过的年啊，快进来坐。”赵启航高兴地倒茶倒水，忙打电话让田明珠也过来。

兄弟四人寒暄了一会儿。“赵启航，看来你有想法了。”“守着这么多的房子准备做什么？”“有什么吩咐尽管说，我们尽全力帮忙。”兰町和施广发东一句西一句说开了。

“这几天我盘算了好几遍，准备变废为宝，想把这里搞一个修身养性的地方。”赵启航成竹在胸地说道。

“这里隐蔽，开一个赌场更好。”施广发开着玩笑。

“开一个谈爱说情的场所。”兰町又想要作诗。

“办一处自娱自乐的场所。”赵启航兴奋地说了自己的想法，这里风景好，看江水滔滔，游原生态湿地，钓鱼自乐，烧江鲜，看书学习等等，环境优美，是个怡养情操的好地方，只要善于经营，一定会有客源的。

“那要好好装修一下，造一个温柔乡”，“最好每个房间都装上洗手间”，“好不过把这四十间房子门前的场地分割成庭院”，大家你一言我一语地讨论着。

“装饰的事我在行，我看现在先别大搞建设，把外墙漆成彩色的，既吸引人，又不用花很多钱。”田明珠认真比画着，好像明天就要开工似的。

“室内用竹片装饰，生产队里竹子多得是，就地取材，方便省钱又漂亮。”大家都赞成田明珠的想法。

“起什么名字好呢？”施广发自言自语着。“秀才，你说说看。”

兰町想了一下，“刚才赵启航大经理已经讲过了，就叫怡心养性天地宽吧！”“太长了，记不住，还不如就叫做星月园呢。”叫“星月亲水园”吧，大家又七嘴八舌争论开来了。

“让我再好好想想吧。”赵启航认真地说道。

“吃饺子了。”朱秋艳朗声喊着。

就在大伙儿讨论这里能干什么的时候，田明珠打电话给田野，田野喊来妻子闻小凤还有大嫂朱秋艳，九婆婆她们带些面、肉、菜之类的，到启航这儿帮忙弄午餐。

吃完午餐，赵启航、兰町、施广发、田野、田明珠他们又聚在一起商量发展之策，九婆婆、虞雪莲、朱秋艳、闻小凤在一起剥着瓜子、花生之类的年货。后来王丽琴、田明兰也来玩了，田明梅笑意盈盈地偷偷地在赵启航背后猛一掌，吓了赵启航一大跳。

“嗨，田明梅，我们的专家医生，你可回来了。”赵启航端详着眼前的大姑娘，“越发美丽了。”说得田明梅开心地咯咯大笑起来。

“你们过大年的，在策划着什么？想发大财啊，别忘了我。”田明梅快人快语道。

“九婆婆，你们别弄晚饭了，我们去城里吃饭去。”兰町也习惯地喊着九婆婆。“好，我赞成。”田明梅跳起来，“我打电话给大哥他们。”

二十二

兰町在江心食府订了两张大桌子。

九婆婆、田婶上座，兰町、虞雪莲，田风、田野、田江海、赵启航、田明珠、张小龙、施广发、王玲美围在两位长辈身边坐下，以朱秋艳为首的女将带着孩子们坐在另一桌。

“九婆婆、田婶，祝你们身体康健，长命百岁。”兰町带着媳妇虞雪莲、儿子兰朝晖先给两位长辈敬酒。

田江海、王玲美站起给母亲敬酒，给田婶敬酒，“祝你们幸福快乐，儿孙满堂。”田建赶忙跑过来，“祝奶奶长命百岁。”

接下来田风站起来，叫来媳妇朱秋艳、儿子田新语、女儿田新青给母亲和田婶敬了茶。

田野携带闻小凤也给母亲、田婶敬了酒，“祝母亲大人身体健康，祝田婶长命百岁。”田新凤、田新晨也跑到奶奶面前，“新年发大财！”说得大家哈哈大笑。

田明珠和王丽琴带着儿子田新天给九婆婆、母亲敬酒，“新年快乐，万事如意。”

张小龙、田明兰端起酒杯，走到九婆婆、田婶面前，先给九婆婆、田婶她们倒满水，“祝你们：新年吉祥，身体健康，万事顺意。”张启雄跑过来，“新年发财，红包拿来。”孩子们又闹开了。

施广发站起来给九婆婆、田婶敬酒，“祝你们全家幸福安康。”

田明梅欢快地跑到九婆婆面前，“女儿给九婆婆敬酒，祝你老身体健康，笑口常开，长命百岁。”然后又跑到母亲面前，给母亲斟满果汁，“祝亲爱的妈妈身体健康，生活快乐。”

九婆婆没有女儿，她最喜爱田明梅了，喜爱这个小捣蛋，把她当作女儿一样看待，田明梅自己也把自己当作九婆婆的女儿。

赵启航站起来，给九婆婆鞠了一个躬，“感谢九婆婆的养育之恩，我都这么大了，还是让你老为我操心，孩儿给您老敬酒，祝你老身体健康，万事如意。如果我不学好，你还是要打我。”赵启航的一席话，让大家都笑起来。

“奶奶，孙儿我不学好，你也要打我。”田建跑过来，依在九婆婆身边。“奶奶，我不学好，你可真的要打我。”

“祝田婶健康长寿，笑口常开。”赵启航又给田纪英拜年。

田风的一双儿女跳过来给奶奶拜年，给叔叔婶婶们拜年。

大伙儿又是你一言他一语的，吉祥话、祝福话、希望语闹个不停。

“来，启航，喝酒。”田江海端起酒杯和赵启航喝了一杯，田江海喉咙动了一下，想说什么，终究没有说，他不想扫大家的兴，硬生生地把到嘴边的话噎了回去。

九婆婆笑对田明梅，“梅子啊，你都快 40 岁了，还不找对象结婚，你看这一大家子，在一起多开心啊，什么时候把对象带来给九婆婆看看。”

“九婆婆，这，那个航航哥、施广发不也是单身吗？不急，不急。”田明梅大大方方地说笑着。

“胡说，你航航哥不是已经结婚了吗？”

“广发，你结婚了没有？”

“丈母娘还没有出生呢。”施广发打趣着。

“小梅啊，条件不要放得太高，好找对象结婚了。”田婶接过话题，嗔嗔地看了田明梅一眼。

“航航哥今天不是没有对象吗，他不也是一个人过年的嘛。”田明梅申辩着，转过头来又和侄儿侄女们闹起来了。

“难得今晚聚在一起，大家好好乐乐。”施广发去找服务员把音响打开，田明梅、田新青抢着去点歌，会唱的轮番上场，王玲美、王丽琴、朱秋艳甜美的歌声响彻餐厅，田建、田新语、张启雄个个都想成为麦霸，唱了一首又一首。

田明兰一直在暗暗地关注着赵启航，航航哥回到家乡已近四个月了，始终不见慧娟嫂子来找过他，难道他们已经离婚了吗？他们结婚已经十年了，怎么还没有要个孩子呢，田明兰在心里嘀咕着。

其实李慧娟怀过三次孩子，赵启航白白高兴了三次，如果有了孩子，也许这辈子也就夹着尾巴过下去了。每每看到其他孩子活蹦乱跳的时候，他心里总是很难过，最后还是恨起自己来，是自己的笨，在婚姻问题上太笨了，真是一失足成千古恨啊。

李慧娟怀第一个孩子的时候，反应很大，吴丹青十分高兴，李全才也松了口气，也许有了孩子，女儿能够收敛些，也许她和赵启航能够过上安稳的日子，那段时间，他一直没有再去江心小吧，一下班就回到家里，有时还特意买些补品回来。

可是让李全才没有想到的事发生了，李慧娟居然独自把孩子做掉了。“你为什么要这样做？赵启航知道吗？为什么？”李全才怒吼着。

“我还小，不想要孩子。”李慧娟轻描淡写地敷衍着李全才。

吴丹青隐约猜到女儿此举的用意，赵启航现在有名气，有地位，公司正欣欣向荣呢，一旦把孩子生下来，他花几个小钱去做亲子鉴定，如果不是他的孩子，后果是不堪设想的，把赵启航惹急了，他可能什么事做得出，弄死慧娟都是有可能的。

李慧娟因为不能确定怀的是赵启航的孩子，无意中对母亲说出了半句担心的话，当时吴丹青没有在意，也没有认真，想不到女儿这么快就作出了决定，自己去医院把孩子做掉了。

后来的二次，李慧娟如法炮制。赵启航也无可奈何，委屈、憎恨只能埋在心底。

田明兰看到赵启航眼中的隐忧，站起身来拉着张小龙走到赵启航跟前，“来，我们去点歌，大过年的，我们应该高兴才是。”硬拖着赵启航去点歌，回头瞪了一眼田明梅。

田明梅伸了伸舌头，做了一个怪样作为回报，又和田新晨、田新凤、田新青、张启雄、兰朝晖闹起来。

两大家人、另加兰町夫妇、施广发他们度过了一个欢乐祥和的夜晚。

二十三

元宵节过完后的一天，赵启航早晨起床后，认真梳洗了一番，穿上田明兰买来的西装，系好领带，穿上后来田明兰买来的皮鞋，照了照镜子，还挺帅气的，他已有四个月没有认真打扮过自己了。

昨天和田明兰说好的，今天上午要去一下县城。田明兰早早把车开到星月亲水，看到赵启航西装革履，神清气爽地走来，心中一喜。“原来航航哥这么帅气，这么有风度。”想起赵启航这四个月在江边做苦力之事，不禁心中又是一酸。

“愿得一心人，白头不相离。”

唉，命运作弄人。

赵启航到江心建安公司给李八斤拜了个晚年，顺便询问了一下星月亲水的主管单位是哪一家。

“赵经理，好帅啊，过年好。”李头打趣着赵启航。

“至于谁主管星月亲水我也不知道，资金是财政局拨付的，工程款我已与财政局结清了。”

“你想承包？想做什么呢？”李八斤关心地问。

“没什么，我就是想了解一下。”辞别了李八斤，赵启航去了一趟财政局，也没问出个结果。

“我得去一下市政府。”田明兰又把赵启航送到市政大院。

赵启航径直去找陈达夫。

陈达夫，一米八的个头，模样俊俏，为人精干豪爽，他是副市长欧阳宁的秘书。

赵启航在江洲集团做经理时，欧阳宁常去集团考察，每次去都是陈达夫安排的，赵启航与陈达夫也就成了好朋友，陈达夫有什么困难，一个电话，赵启航就给解决了。

“嗨，是赵经理啊，怎么有空到我这里来？坐，快坐。”陈达夫给赵启航倒水递烟。“怎么样，还好吧？赵经理，你到哪儿高就了，丢下江洲集团不管，跑到哪儿去了？”

“回乡务农了，乡下景美空气好。”赵启航讪讪地说笑着。

关于赵启航离开江洲集团这么大的事，他陈达夫怎么可能不知道呢。他不想让赵启航难看，岔开了话题，“你来找我一定有什么事吧，尽管开口，我一定帮忙。”

“陈秘书，我想问问星月亲水属于哪个部门管？”

“这个啊，没有定，想给水利局管，他们说精力有限，管不过来；想给航道站管，他们说那是内江，不在他们的管理范围内；资金是财政局出的，想给他们管理，他们也推托了，现在无人管。”陈秘书将其中关系一一道来。

“怎么，你有用处啊？”陈达夫好奇起来。“说说看，看我能不能帮上忙。”

赵启航向陈达夫说了自己的想法。

“好，很好，欧阳市长正愁呢，这个项目是他在常委会上提出的，他也关心星月亲水的管理问题呢。”陈达夫领赵启航去见欧阳市长。

欧阳宁副市长听完赵启航的汇报后，兴致很高。“你搞你的经营，我管不了，但你得给我把星月亲水管理好，不能成为杂草丛生、破旧不堪、荒废无用之处。”

欧阳市长鼓励赵启航，“好好干，农村天地宽阔呢，有你施展才能的空间。”

“你先好好干，大胆向前闯，探索一套治理江滩的经验来。”欧阳市长补充道。

“市里也没有多余的钱来支持你的项目开发，关于管理星月亲水的费用，还是可以挤出一点来的，在我的经费中先支付一部分给你，回头你和陈秘书商量着办。”他当场吩咐陈达夫造成一个计划，欧阳市长与赵启航是老熟人了，他知道赵启航的能耐和为人。

欧阳市长今天特开心，新年上班就给他带好的消息，他不必背负星月亲水这个负担了。

“赵经理啊，今天你留下吃个便饭吧，小陈，你去安排一下。”

陈秘书叫来了发改委主任周军、交通局长田江海，一起来筹划星月亲水深度开发事宜。

欧阳市长、周军、田江海、陈达夫，还有赵启航、田明兰六人到江心食府吃了个便餐。

“死丫头还说什么是赵经理的驾驶员，赵启航这一打扮自信心出来了，是你的功劳吧！”田江海在下楼的时候赞了一下田明兰。“你要好好给启航打气，鼓鼓劲。”田江海分别时再次吩咐田明兰。

“江海哥，你也常回家看看啊！”田明兰笑着开心地和赵启航一起回到星月亲水。

二十四

“航航哥，我就知道你是个大能人，今天我又一次信服了。”田明兰兴奋不已。

赵启航面露灿灿的笑容，意想不到的结果让他开心起来，旋即心情又凝重起来，忽然觉得肩上有千钧重担压着，他要仔细谋略星月亲水的项目，不能让关心他的欧阳市长希望落空，也不能给海哥丢面子，更不能给默默支持他的兰妹妹丢人。赵启航重重呼了一口气，好像重大决定拍了板，坚毅无比。

下午就召集田明珠、兰町过来商量。

“外墙就按明珠哥上次说的办，要买货真价实的涂料；把场地划分成四十块，给每间房子砌个院子，进度可以深一点，用毛竹搭上门楣；每个房间里装一个卫生间，地面铺上瓷砖；预留好空调位置；这些由明珠哥负责办。”

“订制木沙发，每个房间一套，质量第一。再订制一批茶具，要小巧玲珑。兰町最近不去新疆，这些由兰町帮着办。”

“星月亲水的门卫接待室就用李头留下的看门工棚，内外墙都贴上瓷砖，增加一个窗子。”赵启航又叮嘱着田明珠。

“还有，在这一排房子入口处，搭一门楼，要高大些，上书‘怡心园’，这是进入的要道，不能小气，要气派点。”

“我这里有8000块钱，先拿去作订金。”赵启航把钱分给田明珠和兰町。

“我有钱呢，你还有其他用途，我先给你垫上。”兰町坚持着。

“我看真的要好好想想该起一个好听的名字才好。”

“兰町，你看起什么好听？”赵启航征询兰町的意见。

“经营我不在行。”

“你说出来我给你参谋参谋。”兰町谦逊地说，他知道赵启航一定有了主意了。

“我反复思考过，兰町你上次起的名字还好，字多不要紧，你们看，”赵启航在纸上写着“星月亲水怡心园”。

兰町斟酌片刻，“好，就起这个名字，不辜负欧阳市长的一片苦心，我看，行。”

“我去广告公司策划一下，我还要把‘星月亲水’这一商标去工商局注册一下，将来一定会有价值的。”

“那好，我们分头行动，各负其责。”

田明兰看着赵启航有条不紊地吩咐着，忽然发现他像个大将军，镇定自若地指挥着千军万马，成竹在胸，好似胜券在握。田明兰对赵启航是有信心的，他一定会取得成功。

各项工作加班加点地推进着。

一个月后，营业执照、税务登记证、法人登记证批下来了。陈达夫也给赵启航办好星月亲水管理事项，24 万管理费顺利拨到星月亲水怡心园账上。

赵启航有了启动资金劲头更足了，田明珠把看门工棚改造成门卫，“星月亲水怡心园”七个鲜艳的大字竖立在门卫室屋顶上，在江堤老远处就能看到。

田明珠召来田野、许晶他们的运输队，加班加点地开始对那四十间工棚进行改造。

田野经过几年的运营，生意做大了，他组建了近三十人的运输队，运输队主要奋战在江心市道路建筑上。

田江海这几年的重要任务就是筑路，富不富，就看路。

田江海的交通局成了江心市城市建设的作战部队，按照市政府的总体规划，江心市这个岛市，道路宽敞靓丽，建成了五座过江大桥，把江心市与外界连成一片。

江心市美丽起来了，有了高速公路，也有了高架桥，隔江千里远成了过去时。现今的江心市，区域地理优势显示出巨大的效应，成为南北交通枢纽。

田江海不敢有丝毫的懈怠，尤其是对待公路、大桥的承包商，他拒人于千里之外，妻子王玲美也不敢越雷池半步。白天、晚上她从来不接待任何好心上门拜访的客人，一到节假日，她就带着儿子田建要么回乡到九婆婆那儿，回家看看；要么就和儿子一起开车离开江心市，回到江南老家，反正也只有半小时的车程，开车也不会累着。

王玲美是个正直的好女人，是一个孝敬的好女儿，也是一个正直的好妻子，更是一个善良的好母亲。婆母马九英，人们都亲切地叫她九婆婆，是一个明事理的好婆婆，“我要让田江海走正道、当好官、一心为民，一心为公，来报答九婆婆的一片苦心。”

“你不学好，我就告诉娘，让娘打你。”王玲美时常在田江海耳边吹风，“你走正道，就是最大的孝顺，你工作忙，即使不能经常回家，娘也安心，娘也感到自豪，娘也高兴幸福。你不学好，娘最揪心了。”

田江海小时候受娘的教诲就是“不学好就打你。”他养成了朴素的习惯，从来不和别人比阔气，比脸面，比官位，他要利用手中的权力，为江心市人民造福，等自己退下来时能心安理得地生活，无忧无虑地享受天伦之乐，或者就回到农村好好侍候娘亲。

交通局长这个位子很多人都想坐，也有许多投机专营的能人到处活动，想取代田江海，有的甚至为他争取高官，让他去当副市长什么的。可是钱书记牢记着一个教训，那就是全国交通局长“前腐后继”的现象太多了，交通局是个人人向往的有利可图的大局，没有定力是不可能在这把椅子上坐稳的，钱书记对田江海是绝对的信任。

“我也不提拔你，我在江心市一天，你就得给我好好坐在交通局这把椅子上。”钱书记当然也想做一个好官，做一个清官，他不想在他任期内出什么大乱子。

田野他的运输队曾想去找田江海承接业务。可是，田野知道大哥是不会轻易答应的，他也怕娘要打他。所以，他凭自己的实力，赢得了筑路承包商的青睐，人们甚至都不知道他与田局长的关系，田野他们也不在别人面前提半个字。

田江海在察看筑路质量的时候，偶尔发现了田野运输队，他知道这是田野自己揽的业务，也就不加过问，当然更不会去打什么招呼的，这是一个竞争的时代，他有实力，有真本领，为什么要去阻止呢。

田野为田明珠出谋划策着，如何把怡心园建得更漂亮。“明珠哥，我看在每个庭院里再砌个小厨房间，置办些电饭锅、电磁炉什么的，这才像个家。我这儿有些钱，需要时你可以到我这儿来拿，应个急，要做，就要做得更好，启航可能不会来找我问钱的事，我知道启航的，可是你要多想想法子，把事情做得漂漂亮亮。先不要告诉他，回头我去取钱给你，你选好材料去买，不要一味地节省。”

田野去银行取来10万元交给田明珠。

田野、许晶他们奋战在工地上，尽心尽力地帮助田明珠改建怡心园。

许江华身单力薄，后来去改学做水电工，他聪明好学，又肯花时间去琢磨，很快就入了行，独当一面，现在已经是水电工小老板了。当田明珠请他来帮忙改造怡心园，把水电工程包给他时，他满口答应，亲自察看了工地，计算了材料，立即安排队伍进场施工。

田风也来帮忙，他把鱼塘交给妻子朱秋艳管理，在工地上一干就是两个多月。“大哥，你的鱼塘多，水域广，嫂子一个人来不及，你还是回去吧！”赵启航看到大哥一直在工地上帮田明珠做活，心中有些不忍，劝大哥回去。

“没事，等这儿改造好了，我就回去，启航你忙你的吧，不要顾及我。”

经过近半年的朝夕相处，田风大体明白了启航离家的原因了，心中一阵阵紧痛，看到启航日夜劳作的身影，心中的气全消了。

田风离开 9424 煤矿回家继续务农，分田到户后，他的心又活络起来，“我看江滩这么多空地，我准备弄一个渔场，养鱼养虾养螃蟹，成本低，现在生活条件好了，虾蟹的需求量大，你看怎样？”

田风把自己的想法和盘与朱秋艳说个明白，“我们去问问娘吧。”朱秋艳有点不放心，她想听听婆婆的意思。

九婆婆听完田风他们的想法，“只要不下江捕鱼就行，改天你们去找启航、江海他们，与他们商量商量，问问他们养鱼养蟹有什么技巧。”

田风第一次走进启航的江洲集团公司。

“我找赵启航。”田风来到门卫处，“你是谁？找赵经理有什么事？”门卫问清了田风的来龙去脉，填了会客单，放田风入内。

田风走在宽敞的厂区内，绕过花园，径直向办公大楼走去。“好气派！”田风心中高兴，“看来启航还真有两下子，要不是娘管教严厉，也许我会来这个公司上班的。”他来到楼层询问处，引导小姐问清了是赵经理的哥哥来了，赶忙亲自把田风领到经理室。

“大哥。”赵启航紧赶几步，迎接大哥的到来。引导小姐给田风倒茶，顺便给赵经理斟满水，退了出去。“你的公司好大啊，有气派。”田风赞许道。

“大哥，你来有什么事吗？”赵启航见大哥亲自上门，也许有什么重要事吧，他关心地直截了当地问道。

“也没有什么，就是想来和你合计合计，我想在江边弄一个养鱼塘，你看看养鱼有没有发展前途，我想听听你的意见。”田风也不拐弯抹角，直接说明了来意。

“养鱼之类的，有钱赚，但是太辛苦了，你和大嫂都勤劳了一辈子了，你们该好好歇息了。”赵启航心疼地说，“要不，你就来我公司上班吧，我公司正缺人手呢，工种我给你挑。”

“不了，我就在家务农。”田风不想给启航管理带来麻烦。

任人唯亲的公司，是很难做大做强的，亲人给公司带来放心，同时也给公司管理、发展带来诟病。

田风只想让启航在公司里如鱼得水，不想分他的心。

赵启航见不能说服田风，就帮他策划起鱼塘的事来，“走，大哥，我带你到农委去，去找水产科蒋科长咨询一下，向他请教养鱼之道。”

赵启航亲自开车，来到农委，向蒋爱民科长请教养鱼、养虾、养螃蟹的知识和经验。

“水塘养殖之道，主要取决于塘中水的含氧量，含氧量太低时，鱼会露头，处理不好，鱼就会成批死亡，因此，需要根据天气情况，及时开增氧泵，这是因为光合有效辐射一般很少能透射到水面以下半米；还有喂养饲料要少投，但频次可以高些；在江边有得天独厚的条件，你可以勤增水，或者多换水，改善近底层水的溶氧条件。具体情况，到时我们可以派技术员去帮助你们。”蒋爱民十分敬业，并且有一副热心肠，他大力支持农民搞水产经济。

“现在，人们的生活条件好了起来，追求享乐美味，讲究营养搭配了，鱼、虾、蟹成了餐桌上的珍品了，发展水产业，大有作为。”蒋爱民又说了鼓励之类的话。“农民搞水产养殖，财政还可以补贴，我帮你们策划策划，争取获得政府资助。”

“鱼苗、虾苗、幼蟹之类的，我可以给你们提供信息，这是我的名片，如果有什么问题，可以打电话给我，为农民朋友提供技术服务，是我们的责任。”

“鱼养得好不好，还需要有好的河塘，水域要广，最好 10 亩左右、水深 2.5 米左右，这样的河塘就具备了高产饲养的先决条件了。至于为什么，主要是因为这样的水域条件下，塘中的浮游生物和悬浮有机物丰富。”

“水塘土质一般为砂质壤土，你准备开发江滩，土壤条件十分有利。水质要求微碱性，pH 值在 7 ～ 8.5 之间为好，水的硬度在 5 ～ 8 之间，水的透明度在30厘米上下。”

“放养前要及时清除塘内过多的淤泥，修整堤埂。用生石灰、药物等杀灭病虫害。”蒋科长耐心细致地对田风进行了养鱼知识面对面的培训。

田风从蒋科长这里获得了信心，他决定要好好干一场。离开农委后，赵启航又带田风到新华书店去买了一些关于水产养殖方面的书籍，然后又去了水产养殖饲料专营处，问清了鱼饲料的价格和供应方式。

田风对水产养殖有了一定的了解，脑海里满是兴奋。赵启航带田风到饭店吃过午餐，又驾车送大哥回家。

田风找到生产队长许秀英，把自己想承包江滩水塘养鱼的想法与许队长说开了，“没问题的，我们江滩大得很，你挑选一处整理一下就行了，至于承包费用之事，你看着办，意思一下就可以了，为了你的权益，我们要签一个承包协议，一签10年或者20年吧，这样你投资就能长效受益了。”

许队长让人代拟了一份承包协议，双方签字，确认了双方的责任。田风就开始着手选址，然后利用冬春江水水位低之机，挖泥取土，围埂造路，

人多力量大，田风、朱秋艳请来了田野、闻小凤，田明珠、王丽琴，许晶、许江华，还有生产队的其他壮劳力，利用原有的河塘，按蒋科长传授的办法，整理好了二块河塘，田明兰也风风火火加入挖掘会战。

河塘弄好后，田风不放心，又请来了蒋科长一帮技术员来检查验收，“田风，你准备的河塘很好，可以注水放鱼了。”

田风请蒋科长带他去购买鱼苗，食草鱼、喂饲料鱼进行混养，买来了两台增氧设备，不定期地请技术员到江边进行指导。蒋科长让新分来的大学生驻点实践，积累实际经验。

大学生们的到来，让田风、朱秋艳的信心更足了。

田风、朱秋艳开始了“靠山吃山，靠水吃水”的养鱼生涯。

“田风，你的养殖场规模上来了，这几年的经营发展，有了向全市推广的经验了，给你的养殖场取个名字吧，我好帮你向上争取项目经费。”

“还是请你这个大秀才帮我起一个好听的名字吧。”田风请求蒋爱民道。

蒋爱民想了想，“竹竿何袅袅，鱼尾何簁簁。”就叫“明月簁渔场”吧。

“好，这个名字好听。”

蒋科长把田风的“明月篞渔场”作为三农项目向上争取，一下子为田风争得 30 万元的支农资金，田风的养殖场开始规模经营了。

农民最讲究相互帮助，也最重感情。如今赵启航回乡发展，村民们又不约而同地给予大力支持，经过三个月的奋战，星月亲水怡心园工程全部按照赵启航的策划竣工了。

原先预留的空调位置上增装了挂壁式空调，怡心园屋面四周增装了软管彩灯。门卫室内墙上装饰了一块壁画板，上面插着怡心 1，怡心 11，怡心 16，怡心 3，怡心 36……足足四十块，墙壁上张贴着入园注意事项，三个联系号码，怡心园营业时间：8:00—22:00。

赵启航充分发挥自己的聪明才智，他把门卫弄成无人值守的门卫。客人来了，他们想选择哪间，只要取下对应的牌子到怡心园取钥匙就行了。

星月亲水怡心园不需要门卫，客人可以自由出入。

赵启航在每一院落都竖了一块牌子，上面写着入住注意事项，需求电话。在这里真正体现“宾至如归”，一旦入住，那客人就不再是客人了，他就成了这间院落的主人，卫生之类的全由自己来解决。

农村人起得早，如果前天来人多，第二早上，朱秋艳、闻小凤她们会过来帮忙把入住过的房间院落再收拾一遍。

客人可以电话求餐，想吃农家菜、江鲜什么的，怡心园都想法子去满足不同顾客的需求。明月村上种菜的，打鱼的，养蟹的，捕虾的能人很多。赵启航在江边办起怡心园，让客人尽可散心解闷，休闲怡情，能吃到放心的菜肴。一辈子住在长江边长在长江边，自给自足是村民的最大愿望，想不到，现在不需要把多余的菜挑到市场上去买了，在家也能赚上钱了。

吃水不忘挖井人。赵启航把村上富余的劳动力组建起来，成立了星月亲水园林队，让二嫂闻小凤担任队长。农闲时，园林队就到星月亲水来拔除杂草，修剪树枝，清扫道路，把江滩废地一块块地整理出来，有的栽树，有的插柳，培育苗圃，村民们半农半工，悠然自得。

“首先得把欧阳市长交办的事做好，然后才能想办法利用这有利条件去创业。”赵启航在心里没有忘记欧阳市长的重托。

赵启航有了充足的人手，他可以大干一场了。

二十五

赵启航让田明兰送他又进了城，在江心小吧找了一个位子坐下，打电话给施广发。

不一会儿功夫，施广发开着乡镇局的车子停在了江心小吧门前。“今天怎么有空来这里了？”他和田明兰打了招过呼后坐下。

“找你商量事儿。”赵启航又要了杯茶。“想听听你的意见，怡心园如何招徕顾客。”

施广发想了想，“你是不是想在这城里设一个办事处，宣传星月亲水？”

“选一个好的地点，我要建一个星月亲水驿站，把星月亲水的大门搬到城里来，把办事处当作怡心园的接待室，把它当作星月亲水的门卫，在这方面我舍得花钱。”赵启航高兴地说道。

“最好租两间到三间房，一间为工作室，分发星月亲水的画册，我已请了新闻摄影师，这几天就去星月亲水，请他们发挥专业特长，制作精美的星月亲水画册。工作室还需要用作咨询、登记预约，多置办些凳子，会有一大批中年情侣来到星月亲水一看究竟的。”

“装饰一间茶道室，要大气，要豪华，更要有文化品味，我有用处。你去打听一下我们江心市有没有优秀的茶道师，想法子把最优秀的聘请过来。”

“发挥你的优势的时候到了，你人脉广，头脑活，我想你可以为怡心园带来辉煌的。”

“星月亲水的门面就交给你办了。”

赵启航待人向来坦诚，决定的事儿，就全部放手让人干。

如果不相信朋友，那就不会成为知心人，还有谁会真心地与你同甘共苦，共同进退呢。

“好，你放心，我来找地点。”

“兰町从新疆回来了，要不要喊他也来喝茶？”

赵启航打电话给兰町。

“哦，我正好要找你，等我一下，马上到。”

兰町风风火火地来到了江心小吧，赵启航、施广发把在城里建一座星月亲水驿站之事与兰町说了设想。

“那就立马干吧，绝对是个好主意。这样一来，你的经营成本降到了最低，星月亲水肯定能做大做强的。”

“我去了一次丽江，得到很多启发。”兰町兴奋地说道。

“赵启航你不是也去过云南吗，巴掌大的丽江，也能搞得那么张扬，我们江心市比丽江大多了，我们有长江的优势，丽江的成功，会给你带来很大的启发吧，要不然你怎么会在江边原野搞什么怡心园之类的散心之所呢？”

兰町对赵启航可以说是知根知底的，赵启航的经营之道，他兰町能揣摩出八九分。

这次我去丽江，文思泉涌，写了好多游记，我带了一篇让你们欣赏欣赏，权当减压之药吧。

兰町打开皮包，拿出文章，抑扬顿挫地读起《丽江之魂》来：

夜幕下的四方街，处处流动着青春活力。丽江古城的艳丽，引天下游客蜂拥，惊叹着茶马古道的传奇，争相与她亲吻，争相与她拥抱。

大水车不停地转动着，漆黑的车身旁，摆放着无数的鲜花，那是对四方街的装饰，那是对大水车的赞美，那是对灵动的水的爱戴。大水车翻着水，水花晶莹，水声悠扬。水车翻起水乡容颜，给人们带来立体美感；哗哗流水声不绝于耳，给游客带来天籁般的乐感。一踏进古城，人们的心灵仿佛就得到净化，游客们感谢着大水车，纷纷和她合影留念。

街道是用石头铺就的，石头的花纹清晰可见，那是马队行人经过800多年的摩擦，见证着茶马古道的辉煌。古街铺面不大，一家连着一家，各式各样的商品琳琅满目、精巧鲜亮。铺子的招牌，有些夸耀，都是大红灯笼高高挂，灯笼上写着店名，远远望去，红灿灿气氛火热，一派繁荣昌盛景象。纳西商人的脸上，跳跃着健康的颜色和微笑。

优雅的歌声，让游人神采奕奕，淘歌店里，摆放着不知名的歌手的唱片，询问方知皆为酒吧歌手，纳西人天生就有一副好嗓子，歌声悠扬，清脆干练，娓娓动听。买几盘带回家，时时想起高原上的温情，心情一定会放飞的。

美食一条街的香味，吸引游人纷至沓来，各类特色烧烤闻之舌头生津，看之眼馋竞买，大人小孩边吃边走，尝不尽天下美味，观不完人间丽景。每年约800万的游客云集在古城，2416米的丽江古城，热闹非凡，古朴如画。丽江古城成了游客的天堂。

“进府巷，入官门，立几重木石牌坊，当知此境千秋，重视读书明理；建金桥，刊圣旨，耸无数琼楼宇殿，乃悟南疆万众，常怀报国忠心。”著名的木府，门楼威风凛凛，建筑辉煌；灯笼成阵，街市兴旺。昔日木王过着逍遥自在的生活，徐霞客到此一游，竟被阻于门外，而今纳西人还将阻徐旧事传为美谈。

丽江向北15公里处为海拔5596米的玉龙雪山，南北走向，特殊的地形，使得古城避开了雪山的风寒，融合东南暖流，气候宜人。古城最具特色的还要数小桥流水了。溪水从玉龙山上常年不绝地流入古城，水渠清澈可人，水草被冲洗得干干净净，在沟渠中欢快地舞动，成群的鱼在溪中嬉娱。大大小小的桥约有350座，大河道多为石桥，小沟渠则为木桥，在你需要的地方，总有小桥随时会出现在你的眼前。这哪里是高原，这分明是江南水乡！纳西人享受着上苍的青睐，天落江南水乡于此。

沟渠两边成为鲜花的长廊，以菊花为多，五颜六色，香气扑鼻。沿着水流往下走，酒吧一条街就展现在你的眼前。一米阳光、千里走单骑、樱花屋等酒吧热闹非凡，坐在酒吧里，点瓶风花雪月，要一二道小食，尽情地看纳西人跳舞，听纳西人唱歌。悠扬的乐曲，欢快的节奏，给人的心灵带来震憾。在这里，高兴时可以大声地唱，心情不好时，可以高声地喊，把心中的委屈尽情地发泄出来。也有像夕露小榭静静的酒吧，游客享受着安详，有的结对喃语，有的品茗闲坐，有的放飞心情。歌手唱着少数民族的情歌，把你带到草原、森林、峡谷深处，尽情地呆想，静静地享受。

丽江，安静、自然、灵动。丽江的水啊，丽江之魂，我热爱你，我拥抱你。

兰町声情并茂地朗读着自己的作品，仿佛人还在丽江艳夜的四方街，还置身于一米阳光酒吧里疯玩，好久才回过神来。

“太美了，丽江，修心养性的天堂。”兰町好像又准备神驰云南了。

“兰町，你什么时候写一篇《星月亲水之魂》吧。”施广发打趣着兰町。

“这个书呆子商人，还真有两下子。”施广发由衷赞叹着。

“兰町，你的这篇散文，我好像看到了星月亲水的未来了。”

“就是，写完这篇文章，我立即想到你的星月亲水，一定有大的商机。”

“我的驿站之想，和你兰町丽江之意，看来是异曲同工的。”赵启航感叹着。

“星月亲水文化，”“哈哈！”两个商人一唱一和，设想开来。

二十六

呆想是需要的。发发呆，想想自己，想想未来，有了希望，再脚踏实地，把理想化为现实，这就是成功之路。

赵启航、兰町、施广发三人在江心小吧，喝茶聊天畅想未来。

“赵启航，眼下有一商机，不知道你敢不敢接。”兰町故作神秘，瞄了一眼赵启航。

“说说看。”

“我从丽江回到新疆，我那老岳父问我江南有什么地方可以好好把玩的。我说了许多地方，什么古镇，什么古塘，什么山水，把江南胜境说了个遍，他老人家与工会主席也一一道来，可是于啸主席好像都不感兴趣。”

“我老丈人回来又问我还有其他好去处没有。我说，那就到我的家乡江心市去吧，你们长期生活在长江源头的西侧，看不到滔滔江水，干脆到我们地处长江临入海的江心市去住住吧，领略长江的魅力，正好也让我好好孝敬你们。”

“你们江心市有让人难以忘怀的什么吗？”兰町的老丈人虞杰豪有了兴趣。

“我们有江鲜，临海江鲜不同于长江上游的江鲜，也不同于内河湖泊的河鲜，有海鲜河鲜之妙，但又不同于海鲜河鲜，别有一番风味。”

“我老丈人也想看看我的家乡，好奇江中之岛的神奇，心动了，他说和于啸主席磨磨看。”

“赵启航，你的星月亲水能接待周全吗？”兰町有点担心起来。

“有多少人？”赵启航饶有兴致地问。

“大约有三十多人呢。”

“他们有什么特殊要求吗？”赵启航详细地询问着。

“反正他们都是来自五湖四海的人，新疆搞大生产运动时去的。”回头我让虞雪莲去问问。

“这样，我搞一个计划，你发过去，争取我们全程服务。”

“我们单位有大巴车，他们想去附近的什么地方玩玩，我们可以带他们去，也不一定一直在江心市，浙江、福建都可以去的。”施广发开动脑筋，说出了自己的想法。

“权当我们就是江心市的旅游公司了。”

“也好，我们可以与旅游公司合作接单。”

“必须以星月亲水名义接待。”赵启航想要一战成功，他的星月亲水就差一炮走红的机会。

大家分头行动。

施广发在江心市一眼望去旅游公司旁边找到了一间门市房，底层只有一间，二层有三间。赵启航和兰町过去考察了一下，“行啊，施广发，你真会挑，这里好。”赵启航很是满意，“你组织装修吧，你朋友多，交给你了。”

“材料要买好的，免漆的更好，做工要仔细，一个月内完工，这是预付款，工期超一天扣罚 500 元。”施广发与装饰公司经理签完合同后又强调了合同的主要精神。

“放心，一定准时交付。”

施广发去了几家茶座，寻找全市最优秀的茶道师。

经过一周的寻寻觅觅，施广发终于找到了理想中的茶道师，福建人，名号“小红袍”，大名何洁扬。

何洁扬来江心市已有三年，先后在江心香居、沁茗忆乡呆过，现今在品一叶上班。

施广发在品一叶茶庄选了一个雅座坐下，点名要小红袍服务。

施广发要了一壶铁观音，“喝功夫茶。”他吩咐道，“好的，客官，稍等。”

不一会儿小红袍袅袅进来，烧水，摆开茶具，夹茶叶，然后向施广发介绍起铁观音的来龙去脉，功效益处，水沸腾后，洗茶，净壶、暖杯，而后开始泡茶，闻香、醒目，过后倒了一杯茶敬上，施广发悠悠地品着，心旷神怡之感立即在周身四溢。

“花功夫品茶，真是有福之人。”

小红袍一边摆弄着茶，一边向施广发介绍茶道之道。

小红袍，腰细臀大，胸脯丰满，皮肤白里透黛，健康有力，苹果脸型，眉弯细黑，睫毛密长，双眸大而明丽，鼻梁挺拔，唇薄齿白。

施广发心中颤动了一下，“真是个美人。”心仪起眼前的少妇来。

“结婚了吗？”

“离了，所以出来了。”

“现在怎样？”

“一人吃饱全家不饿。”

“有孩子了吗？”

“孩子被他爸要走了。”

小红袍忧意渐上眉头，面对客人，她依然风度翩翩，谈笑举止正规正矩。

施广发没有发现小红袍风骚浪荡，不死心，“在江心市没有相好的？”“没有，心已冷了。”小红袍看了施广发一眼，真真切切地说着。

她见到的客人多了，说话的也很多，她看一眼男人的眼神便知道那男人是什么心态。眼前的这个男人，对她的一举一动都是那样的认真，生怕漏掉一个细节。“这是个怪人，与其他客人不同，看他的笑容谈吐，不像个浪荡子。”小红袍心里想着，手却没有丝毫停顿，热情地向施广发展示着她的茶道技艺。

“你在品一叶这里多少钱一个月？”

“2800。”

“你在沁茗忆乡多少钱一个月？”

“3000。”

“那你在江心香居呢？”

“2000，你？你怎么对我的过去如此了解？你想干什么？”

小红袍对眼前的这个看似忠厚老实之人有了一份警心，“他事先对我作了调查啊，天下男人没有一个好东西。”她心里盘算着后面的应答。

“何洁扬，你的名字真好听，我这一个星期都在考察你，对不起，我不是好奇你的身世，我是真心在找茶道高手，有意想请茶道高手加入我们公司。”施广发也不隐藏什么，把自己的来意一五一十和盘托出。

“你们公司想请我？你们是那家公司？”小红袍有点意外。

“是这样的，我们公司叫星月亲水怡心园，主园在长江边上，门户就在这城里，在一眼望去旅游公司旁，正在装修。”

“我们赵经理说了，要请全市最优秀的茶道师加盟。”

“哦，对了，你听说过江洲集团吗？江心市最大的集团公司，我们赵经理原来就是那集团的经理，现在不干了，他到江边再创业，从头开始，他的名字叫赵启航，你听说过吗？”

“就是那个抛下偌大公司不管跑了的那个赵启航吗？”

“不是跑了，个中原因，以后你就会知道。他自己净身离去，回到农村家乡，他要带领村民致富，这份豪情，这份度量，这份勇气，谁有？”

“有一次两个客人来喝茶，也讲到了什么赵启航，说他是江心市的大能人，他的集团公司是江心市的纳税大户。”

“说赵启航是什么局的高级工程师。”

“好像还说他起先是当官的，是什么部长。”

“还说他老泰山是哪个局的局长，还说他老婆不学好。”

“有一次一个客人讲赵启航卷了二三个亿跑了，警察正在四处抓他呢。”

“哈哈，你听到的大多数是真的，卷钱跑了是子虚乌有，你见到他就会知道。警察四处抓他更是天方夜谭，我现在就可以打电话请他过来。”

“反正我不知道，你们也想搞个茶座什么的？”

“不，我们在市里要建一座星月亲水驿站，驿站就是星月亲水的脸面，是我们的门户，他要在驿站弄一个茶座，接待来访的客人。”

“这不，我在负责驿站的建设任务，还有十几天就能完工，我正在四处寻找茶道高手呢。”

“有兴趣吗？工资可以谈。”施广发真诚地说道。

“你有意向，我就打电话请赵经理过来。”

“好，我想先见识见识这个赵经理，看他有什么神奇。”

二十七

施广发打电话给赵启航，赵启航正在做克拉玛依油田职工旅游策划，他先到一眼望去旅游公司，找到马子涵经理，“嗨，赵经理，怎么有空亲自来我公司，你赵经理一个电话，我会立马赶到你们集团公司的，或者让你手下石穡来就行了。”马子涵经理热情地和赵启航打着招呼，让范松萍赶紧泡茶。

“马经理，我现在经营星月亲水怡心园了，想和你商量个事儿。”“赵经理，你说，只要我能办到的尽全力去办。”马子涵与赵启航是老熟人了，一点也不客套。

马经理陡然想起春节前让业务员范松萍前往江洲集团洽谈春节旅游之事，很快小范就回来了交令，说赵启航经理已辞职不干了。今天突然看到赵经理登门拜访，一时竟把赵经理辞职这档事给忘了。

赵启航又要组团旅游了，这次不是他们公司的员工出去，而是招来外省游客来我们江心市。说起旅游之事，范松萍陷入沉思。

春节前，范松萍像往年一样，面带笑容来到江洲集团企划部，找到石穡经理，向她推荐春节期间旅游线路，小范与江洲集团打过多年交道，与企划部经理石穡很熟。

“小范，今年玩不成了，我公司出了点事，不安排职工旅游了。”石穡拉着范松萍坐下，与她聊起天来。

“石穡姐，你们公司怎么了？”

“我们公司老总离开了集团，已走了近四个月了，这不，你看我们公司现在的状况，很糟，又很乱，几乎是群龙无首了。”

范松萍一声叹息，有点失望。“赵经理人这么好，怎么就辞职了呢。”

石穑凄凄然怔怔地坐着。

提起赵启航，石穑心中隐隐疼痛起来，思绪翻飞，杨天一的身影却突然飘到眼前。

中专毕业后她来到了江洲集团，那时江洲集团刚刚组建，她父母是个老实巴交的农村人，家中没有一点权力社会背景。在那个时代，没有人帮忙引见，想进事业单位几乎是妄想，任凭你才能有多大，都是枉然。她也不好高骛远，找一个能发挥自己才能的地方施展就行了，或者说能找到一口饭吃也就算了，反正命运就是这样了，抗争又有什么用呢，父母为了自己能跳出农村，已花费了一辈子心血了，得找到工作，好让父母安心。

石穑只身来到江洲集团应聘，取了号，静静地坐在接待室内，眼睛游移在窗外草坪上，已近盛夏，花园内郁郁葱葱，高低不一的花木有序点栽着，地面上的草皮修理得整整齐齐，花园曲径蜿蜒，在花木下穿行，有形态各异的石块或卧或立着，给花园增添了文化色彩。

负责考察应聘的劳工处处长杨天一，翻看了石穑的简历，见她学习成绩优异，人又长得好看，“你真的想在我们公司发展吗？”“是的，我想，我能为江洲集团效劳的，我有这个才能。”

“好，你明天上午到劳工处报到吧，具体工作明天再说。”杨天一没有想到这个小姑娘这么自信，立马决定聘用石穑。

石穑没有想到自己命运这么好，今天遇上了一位伯乐，杨处长看了一遍简历，问了一句话，就决定录用我了，看来江洲集团不是任人唯亲的公司，石穑在回家的路上，一直在思考着今天看到的江洲集团。

“看来，江洲集团公司不简单，我得好好干，肯定会有出人头地的一天。”石穑自己给自己鼓劲。

石穑被安排在组装车间，操作自动设备。

江洲集团引进了先进的自动化生产线，干式变压器目前被广泛应用在输配电线路上，前景光明。

杨天一把石穑安排在自动化车间，也许有他的私心，他负责招聘，阅人无数，却从来没有见到像石穑这样的女子，自信，大方，文静，又不失一种骨子里的倔强，他心里一下子就喜欢上这个女孩了。

石穑每天坚持早早到班，除了打扫卫生之外，还事先把设备检查一下，虽然有专门的维护人员，但她坚持对仪器认真察看，细心维护，她负责的自动化车间，几乎没有出现过任何故障。

石穑十分珍惜这份工作，下班回家后，除了帮助父母打点家务，余下的时间就去看自动化方面的书，对每一种自动化操控系统，她都想要有所了解，她要成为应用方面的行家里手。

杨天一时不时到车间来指导工作，说是指导，其实也谈不上，他这方面是个门外汉。他每次来，都要和石穑说上几句，“石穑，今晚有空吗？正好我晚上没有事，我们约上几个人去看场电影如何？”

石穑是愿意和杨天一在一起的，他每次到车间来，石穑都有种心跳的感觉，她自己也说不清楚是怎么回事，她很想和他说几句话，哪怕就是一句毫无意思的搭讪，她心里总会甜蜜很久，干劲更足。杨天一几天不来，她心中好像失去了什么，心神总好像有点不宁。

“石穑，你的名字好听呢。”杨天一没话找话，两人走在回家的路上，沉默的时间反而更多，她不知道杨天一为什么总是往车间跑，也不知道他现在心里想什么。

“我爸给起的，我母亲生我时，我爸正在割稻子，就给我起了这么一个名字。”石穑轻声地说道。

“你爸看来喜欢古文。”杨天一灿灿一笑，“穑就是收获粮食，泛指耕作的意思。”“你爸是不想让你离开农村那片土地啊。”

“也不是吧，他是一时高兴，就取了这个名字，估计也没有什么深刻含义的。”

杨天一不放心石穑一个人深夜回家，执意要送她回去。

石穑与杨天一在一起的时间多了起来。

“我在公司里给你弄一间宿舍吧，省得下雨天来回不方便，晚上加班也好临时将就下。”

杨天一征得石穑同意后，给她挑了一间宿舍。

两个青年男女，也到了谈婚论嫁的年龄了，经过一段时间的相处，彼此都有好感，他们虽然谁也没有挑破这一层纸，但他们在一起时，心中是十分喜悦的。

“今天雾大，伸手不见五指的，你就不要回去了，住宿舍吧。”

杨天一下班后带石穡上街吃饭，逛了一会儿街。“不早了，明天你还要加班呢，回去吧！”石穡关心地说。

“我送你。”杨天一殷勤道。

“在城里呢，有路灯，我不怕。”石穡不想让杨天一辛苦，要他早点回家休息，但是杨天一坚持要送，他们又并肩往公司走去。

雾重，一片白茫茫的，呼吸着湿润的空气，不觉有点儿飘飘然，和情人走在这夜幕下的衢道上，心旷神怡，冲动在胸中像小鹿乱蹦，两人的呼吸时轻时重，他们努力压抑着随时都会爆发的情感，只是谁也没有先行一步。

住宿的职工大多回家去了，明天公司休息，空空荡荡的宿舍只有石穡一个人住下。杨天一坐在桌前，和石穡天南海北地侃说，好像不想要离开的样子，又好像有说不尽的话。

石穡坐在床边，看着杨天一，“好俊的一个男人，他靠得住吗？看他能说会道的。”她在心中胡思乱想着，有一种说不出的感觉，是一种患得患失的感觉吧。

“我送你。”石穡站起身来，杨天一也站起来。杨天一突然在背后紧紧抱住了石穡，石穡一动不动，任凭杨天一紧抱着，她回过头来，杨天一猛然吻住了她的唇，她再也控制不住感情，转过身来迎合着他的吻，久久不放开。

杨天一轻轻把石穡推倒在床上，两人紧吻着，石穡紧紧抱住杨天一的头。

杨天一的手起先只是放在石穡的腰上，不知不觉的已摸进了内衣，石穡呼吸急促起来，全身发热，喘起粗气，任由杨天一摆弄，她已经完全没有一丝的力气推开他，她的内心也不想推开，反而抱得更紧，更紧，生怕幸福一下子会溜掉。

杨天一喘着大气，汗流浃背，石穡身上也是一身的汗水，那是杨天一流下的，两人像是刚从水里捞起来似的。

男女相悦，原来是如此的美妙。

石穑幸福感久久不能散去，见杨天一像个小孩一样深深地睡着了，她好像不放心，又似怕他冻着，静静地看着他，时不时替他盖好被子。

杨天一醒来，见石穑已经睡着了，手露在外面，抱着额头，他小心翼翼地把她的手放到被窝里，石穑翻了一个身，又睡着了。杨天一在背后抱着石穑，石穑突然转过身来，吻住了他的唇，他俩又荡漾起来，幸福像冲垮的闸门，爆溢出来，把他们两人淹没了。

“石穑姐，石穑姐。”范松萍见石穑面红耳赤着，不知发生了什么，轻声唤着石穑。

石穑不好意思起来，忙站起身，“对不起，旅游的事以后再说吧，现在是吴珂经理在掌管着江洲集团，我们保持联络吧。”石穑送走了范松萍，坐下来又陷入了思念。

范松萍被马经理的笑声惊醒，回过神来，忙给赵启航、马经理斟满茶水，坐在一旁静静地听着经理马子涵和赵启航谈着新疆团队来江心市旅游的计划细节。

“马经理，你多费心帮我好好策划一下，我们合作接团，合作共赢是我星月亲水怡心园的经营之道。”

“放心，赵经理，明天我就把策划弄出来交给你修改，你看怎样？”

“行，我们共同研究吧。”

二十八

赵启航辞别了马子涵，赶到品一叶。

“小红袍，这是我们星月亲水的赵经理，赵启航经理。”“这是小红袍，何洁扬。”施广发替赵启航、何洁扬介绍互相认识。

“哦，懂茶道之道，不简单呢，认识你，很高兴。”赵启航热情地对何洁扬客气道。

赵启航为人正直，也不向何洁扬隐瞒什么，一五一十地讲了自己的星月亲水怡心园驿站的想法，以及在驿站里设一茶座的用意。

小红袍认真听着，双眼不离开赵启航，“看来这个赵启航是真心请我的。”小红袍在心里盘算着。

“赵经理，你也懂茶道吗？”小红袍试探性地问道。

“我在山东出差期间领略过茶道，令我久久不能忘怀，回家后还特意找到了一些书籍翻看了一番呢。”赵启航面对懂茶之人，兴奋起来。

“茶道，其实就是品赏茶的美感之道。”

“茶道也是一种烹茶饮茶的艺术，是以茶为媒的一种礼仪，是一种以茶修身的生活方式，更是闲雅之人的高尚追求。”

赵启航一语直中茶道之要。

何洁扬赞许地看着他，“他是个懂茶的人，是一个情趣高尚的人。”

“是的，通过沏茶、赏茶、闻茶、饮茶，能够增进友谊，美心修德。”何洁扬敞开心扉，和着赵启航说茶论茶起来。

“喝茶能静心，静神，能够陶冶情操，去除杂念，内省修行。”赵启航似乎正在品茶，身心齐轻。

“茶道与清静、恬澹一脉相承，茶道精神是茶文化的核心，是茶文化的灵魂，以求味和心的最高享受。”何洁扬仿佛遇到知音，滔滔不绝起来。“茶道通过品茶活动来表现一定的礼节、人品、意境、美学观点，是茶艺与精神的结合。”

“茶道是中华文化的内涵，中国茶道讲究五境之美，茶叶、茶水、火候、茶具、环境。配以情绪，以求味和心的最高享受。”赵启航对茶道肃然起敬起来，“茶道，是我们老祖先留下的遗产，我们理应把它发扬光大。”

“茶道是要遵守一定的法则的，唐朝在造、别、器、火、水、炙、末、煮、饮这九个方面进行了大量的研究；宋朝对茶道认识又提升一步，认为品茶需要有三点统一：一是新茶、甘泉、洁器，此为品茶之基；二是天气要好，此为环境所需；三是风流儒雅、气味相投，此为品茶人品所需。”赵启航完全沉浸在中华茶道的氛围里。

“到了明代，总结出品茶的十三宜，即为：一无事，二佳客，三独座，四咏诗，五挥翰，六徜徉，七睡起，八宿醒，九清供，十精舍，十一会心，十二鉴赏，十三文僮。”

“对于古代茶道，我们需要取其精华，剔除糟粕，继承发展。”赵启航评论着茶道之道。

“怎样，有兴趣吗？”赵启航和何洁扬谈了半天，在她的言谈举止中也觉得这个小红袍是个可用之人。

施广发不时地盯着小红袍看，见她应对得体，和赵启航也谈得来，打心眼里更加喜欢这个美少妇。

“好，赵经理，我答应你，我去你们星月亲水。”

“谈谈你的条件。”赵启航面带笑容，仿佛已看到小红袍在驿站忙碌的身影了。

“当初我在江心香居的时候，老板不懂什么茶道，他看我人还勤快，开我2800元的工资，可是他们那儿的环境让人不放心，在那里让我更加坚定了心里所想——男人没有一个好东西。在一次老板让我接待他的一个好朋友时，我毅然离开了江心香居，老板让我陪他那个朋友过夜，他当我们出门混的女人都是贱货。”

“后来我去了沁茗忆乡，那里的老板为人很豪爽，可是他的老婆经常突然降临沁茗忆乡，她很不放心她的男人，那么多的美女围在他身边，她不放心，所以常来闹。虽然他给我的工资不低，3000元，但是在那里工作，心中不是滋味。”

人活着得有尊严，钱不是万能的，能过上基本生活就可以了。

“快乐才是我所需要的，在沁茗忆乡我待了三个月又跳槽了。”

“后来，我就来到这里，你们也看到了，这里环境不错，老板待人也很客气。他让我做领班，还让我教其他姐妹学习茶道，这个品一叶在江心市也算得上是有名气的，比江心小吧略小些，老板有心要与江心小吧一比高下。”小红袍侃侃而谈。

“我给你基本工资80元一天，另给你一个施展功夫的平台，有本事你就多赚，怎样？”赵启航与众不同，他永远都能让跟着他干的人有奔头。

“就一个茶室，还是驿站，还不是专门的茶座。”小红袍思想激烈斗争起来，是挑战，也是机遇。“你让我怎样发挥？”小红袍不禁好奇起来。

“我有一个想法，你可以组建一个茶道队，一个属于自己的队伍，可以开展茶道表演，也可以为知名茶室、知名企业演出，我相信，随着人们生活水平的提高，人们休闲时间会多起来的，你正好有表演的舞台，我为你搭建平台。”

“真是奇思妙想，以前我好像也做过类似的梦，只是没有你讲得这么清晰。好，赵经理，我就投奔到你的旗下，做你的马前卒。”

世人若解茶之道，不羡仙人做茶人。

“基本工资每月我只要你支付 2000 元，你让我发挥自己的才能，是对我最大的尊重，我愿意依靠自己的能力赢得更高的报酬。”

“哈哈，好，我尊重你的选择，我也相信你一定能取得成功。”赵启航和施广发愉悦地离开了品一叶，信心十足地走在江心市的街衢上。

二十九

马子涵经理打电话给赵启航，“赵经理，我已经把计划弄好了，你什么时候有空？”“这么快，今天下午吧，我办完事就到你公司去。”赵启航很满意马子涵的工作态度。

马子涵在旅游业已打拼了近十年了，她喜好山山水水，对名胜古迹十分钟爱，在她高中毕业后，执意要报考旅游学校，她父母拗不过她，也只能勉强答应。

马子涵在校期间，经常到附近的景点游玩，把学到的东西，与实景对照，她不甘心只做个导游什么的，她有她的宏图大愿，她要成立公司，独闯旅游市场。

毕业后，她没有像大多数同学们一样留在大城市，到大的旅游公司上班，她选择了家乡，到家乡注册公司，她早已为公司起好了名字，就叫“一眼望去”。

“已进入市场经济年代，只要我勤劳，用心去做事，上苍一定会给予我回报的。”马子涵这样告诫自己，她把同学范松萍请来，当初在旅游学校时，她们俩就是无话不谈的好朋友，有她帮忙，“一眼望去”会成功的。

马子涵爸妈给了她一副俏脸蛋，她娇小玲珑，一双会说话的眼睛，让人过目难忘，她也很大胆，不惧怕生人，什么市委市府、什么部委办局，没有熟人照常硬闯，大胆推介自己的“一眼望去”旅游公司。

她的第一单就是接的交通局，田江海见这个初出茅庐的小姑娘有一股子闯劲，很像他的弟弟赵启航，他惺惺相惜，反正让谁带队都是一样，就成全眼前的这个大胆闯入他办公室的小姑娘吧。

马子涵签好合同后，便着手细致地准备起来，她和范松萍认真做好线路策划，尽最大努力让游客满意而去，高兴而归。

“小范，你去准备些创可贴、风油精，针线之类的日常用品吧。”马子涵在范松萍面前摆起经理的架子来。

“这些我们在旅游告知中都提醒过了，让大家不要忘了细节。我们还准备这些做什么？”

“以备不时之需，防患于未然。”马子涵笑容可掬地与范松萍商量着。“见微知巨，心贴游客。”“好，马大经理，我立即去办。”范松萍说完还做了个鬼脸。

马子涵第一笔业务就跑得很远，青海——甘肃七日游，旅游团一行有46人，马子涵与青海、甘肃两地的地导联系好后，决定她和范松萍两人都去，必须做到万无一失。

飞机顺利在青海机场降落，接站的地导殷勤地带领大家坐上了青海旅游公司的大客车，吃过晚饭，安顿好住宿，马子涵找到了地导，确认这几天的旅程。

美丽的青海湖、神奇的塔尔寺、传奇的日月山，让大家游兴浓厚。

“明天我们去玩鸣沙山，观看神奇的月牙泉。”

范松萍带着想骑骆驼去鸣沙山的一批游客，铃铛有节奏地着着，向沙地深处进发。

马子涵带着另一部分想骑骑山地越野车的游客，开心地向沙山腹地驶去。

“挂挡、加油门。”越野车在山坡上颠簸起来，方向盘在马子涵手中不停地抖动，第一次驾驶山地越野车，在鸣沙山中穿行，像体验越野比赛似的，她兴味盎然，心花怒放。马子涵也是第一次来响沙山，她和游客们尖叫着，兴高采烈着。

马子涵抽暇用余光瞄了一下身边的师傅，只见他神态自如，一副稳坐钓鱼台的样子，心中不免好奇起来，她以为自己也能开好山地越野车。回程时她发现了其中的秘密，原来副驾驶位上有副刹！

马子涵载着游客，翻越了几处山丘，来到了一座高山崖下，开始徒步攀登鸣沙山的一处高峰。

软梯匍匐在山坡上，沿着用钢索和木棍做成的软梯拾级而上，踏在木棍上，减少了沙的跋涉阻力，人一下子轻灵起来，上山的速度快了许多。

鸣沙山的沙子真是细，细得找不到一粒粗沙，赤足在沙中行进，犹如走在地毯上。沙子由红黄兰黑白五色组成，有时在沙上滑行能听到訇訇的鸣响。

“听地导介绍，原来鸣沙山的沙子与众不同，有肉眼难以分辨的蜂孔，当沙子摩擦时发出的响声在蜂孔中共振时就发出轰轰声。”马子涵津津有味地向游客们讲解着。游客们惊叹大自然的神奇，带一瓶五色沙，把大自然的奇观珍藏起来。

鸣沙山的山脊有的像剑刃，在阳下闪着银光；有的似城堡，壁垒森严；有的像人字，蜿蜒曲折。山峰绵延，层层叠叠。20多公里的鸣沙山形态各异，蔚为壮观。

马子涵坐在圆盆似的橡胶圈中向山下飞速滑行，失去重心，人一下子好像跌入深渊。滑沙可以一人独下，也可二人一组或三人同滑，前面的夹住后面人的双脚，快如闪电般地向山底滑翔。

惊叫声，欢笑声响彻山谷。

景区电瓶观光车把马子涵的团队带到了月牙泉。

首先映入眼帘的是一弯泉水和亭台楼阁。泉的两头窄窄的向南尖去，中间宽宽的向北阔开，泉不是很大，长约200余米，最宽处约50米，泉水不深但很清澈，尾动的小鱼给沙山带来勃勃生机，蓝蓝的泉水倒映着蓝天、亭阁、高山；三面沙山环抱着泉，好像月牙镶嵌在山底。

月牙泉大致呈东北西南走向，东北风从山口入内，在南西北三山内旋转，

把沙从谷底旋拔到山上，形成了约 80 米高的落差。月牙泉的北面地势开阔，建有自动气象站，长年累月地记录着山谷风中的风向风速、温度湿度和降水蒸发量等气象要素，供人们进一步研究月牙泉，为月牙泉增注地下水，提供科学依据。维持泉水水位，科学保护沙山中的这朵奇葩。

“太神奇了。”马子涵由衷地赞叹着，她此时已忘记自己是带队导游，她和游客们一样，是来旅游的。幸好，还有范松萍时时提醒，“不要只顾自己玩，要照顾客人呢。”

马子涵与游客们在一起，感到十分的惬意，大家都喜欢这个活泼可爱的小姑娘。

骑着骆驼回景区广场，骆驼高昂着头颅，迈着坚毅的步伐，仿佛在接受人们的赞礼；驼队一字儿排开，驼铃声声脆耳，人们骑在双峰骆驼上，俨然成为大漠的儿女。

“山以灵而故鸣，水以神而益秀。”马子涵对着响沙山和月牙泉高呼着。

游客们领略着大漠风情，欢声笑语，心旷神怡，掇取着愉悦的心情，仿佛要把鸣沙山月牙泉的丽艳带回家。

一周的时间很快就过去了，马子涵、范松萍精心服务，凡事多与地导协商，交通局的游客素质也较高，没有对马子涵、范松萍的带队提多少意见。

“山水怡人。”马子涵第一次带队旅游，带着自己的顾客旅游，取得了成功，心旷神怡起来，回到公司写下了这四个大字。

有了成功的第一次，马子涵信心更足，她和范松萍两个人公关在江心市的旅游市场上。

范松萍与江洲集团因旅游而熟悉起来，她和石穑也成了好朋友。江洲集团的旅游差不多全由“一眼望去”旅游公司来做。

这一来二往的，不知不觉 8 年已经过去。“一眼望去”旅游公司很快发展壮大起来。

马子涵坐在办公室里回想着公司的发展历程，想着赵启航的大力支持，会心地笑起来，“一定要让赵经理满意。”她又拿出计划稿反复推敲起来。

赵启航如约而至，仔细看着马子涵的计划书，“很好，有创意。”赵启航称赞道。

“马经理，把茶道表演也放进去，让客人领略我们中国的茶道之妙。”“还有这个组织吗？我怎么没听说过，是你的秘密武器吧？有这个节目，客人会更加开心的。”赵启航与马子涵又就细节进行了详细推敲，最后拍板定稿，让兰町发到新疆，等着于啸那边确认了。

三十

田明兰这几天可累坏了，她不再去柳器厂上班，她要帮她的航航哥经营星月亲水怡心园。“等到怡心园走上正轨，我就回到公司上班，对了，上班又说明了什么，张小龙创的财富已足够多了，让我这辈子也花不完，可是航航哥他陷入了低谷，不管任何人讲我，我也得帮他。”

赵启航在田明兰心中，就是天，就是她的一切。虽然她已经成家，嫁人了，可是，她的心灵深处终究还是离不开赵启航的身影。她面对张小龙时，总是一句话：航航哥比你来得早。

田明兰是星月亲水怡心园唯一的服务员，准确地说，是一个临时服务员，因为赵启航还没有正式下聘书请她。她知道赵启航的个性，没有绝对的把握，他是不会轻易聘请任何人的。

出于对赵启航幼时的依恋，她毅然决然地选择了放弃柳器厂的工作，在家做无业游民，好去为赵启航做一点事。

赵启航的无门卫理念，让他的星月亲水招来很多中年人的光顾。四十出头的他们，经过艰苦的拼搏，才拥有了如今的地位，他们是不会轻言放弃名誉的，在城里，熟人多，宾馆录像又多如牛毛，他们在社会上已取得了一定的成功，可不想人到中年还落得个身败名裂的下场。可是，当今又是人性开放的社会，男女两情相悦，是最开心的事，也是最无法阻遏的事，他们要平和，要安稳，需要激荡，也需要刺激，既然无法两全其美，那他们只好选择偏远，甚或把车开到边陲，进行车震，又或野合。

男女之情是无法用言词来形容的，在这开放的年代，情爱再也无法用道德观念来约束了。

田明兰每天面对着形形色色的男男女女，心中忧懑，她和赵启航之间说不清道不明的关系，让她终生难忘，可是只是道德之墙把他们隔阻千里之外。

田明兰恨起世俗来，恨起道德来，恨起这无边的思念来。

“这一生如果没有他赵启航，我该过得多么舒心啊。”

恨归恨，终究还是要面对现实的，凭他赵启航一己之力，无论如何也做不出什么大事来的，除非老天安排他有什么奇遇。

奇遇这样的巧合确实是少之又少的。

田明兰不相信什么人的命运是上天安排的，好命运也是靠自己努力争取的。田明兰毅然决然地选择不顾一切要帮赵启航，就得抛下一切，义无反顾地投入到赵启航的事业之中。

田明兰当上了没有名分的怡心园经理，她一直在怡心园忙碌着，赵启航不安排门卫，她便知道今生今世是他赵启航的奴仆了，她得为赵启航撑起一片蓝天来。

怡心园的生意一天好过一天。

初到星月亲水怡心园来玩的人们，为了好奇，也为了时髦，带着男朋友或者女富豪，到江边寻找刺激。

在物质文明丰富的当下，人们反而不知道如何相亲相爱相处了。人和人之间的关系，除了金钱还是金钱，夫妻同床异梦多起来，哪能比得上物资匮乏的年代人与人之间亲密无间相濡以沫的亲纯关系呢。

星月亲水幽静，空气清新湿润。面对长江，感受江水对江心市人民的厚爱，把水上明珠送给全市人民来珍藏。

牵着情人的手，在树林中徜徉，踩着落叶，听着鸟鸣，赏着斑驳陆离的叶儿花儿枝儿，嗅着情人身上的熟悉味道，心心相通，心心相印，心心相许，在这静寂的氛围里，什么烦心的事都抛到九霄云外了，眼中只有这树、这草、这水，心中只有身边的情人，同进退，共呼吸，心灵安宁，幸福满溢，时光匆匆，半天一天的，就这样在欢愉中度过。

人们发现星月亲水真是个好地方，自由、浪漫、高雅。一传十，十传百，百传千，仿佛星月亲水是江心市的逍遥之所，人们闲暇时、忧愤时都爱到江边来走走，散散心，自己热爱自己。

田明兰，发放钥匙，收回翻牌，接受客人的求餐，然后安排好客人的需求。她还时不时到江边察看情况，生怕有人想不开，跳江寻短见。来人多时，闻小凤也过来帮忙，她的园林队永远是星月亲水怡心园的机动部队，这也是商人赵启航组建星月亲水园林队的用意所在吧，不管怎样，怡心园是个快乐的场所，快乐的团队协作之所。

张小龙三番五次地打电话要田明兰去河南，可是，田明兰起初为了婆母，她老人家生病多年，儿女媳妇不能远行。后来，就是为了赵启航一人了。这半年多来，与赵启航朝夕相处，对他的感情升华了，“我可以不顾一切为了赵启航生生死死。”

这是怎样的女子，这是多么宽厚的女人，这是多么招人喜爱的媳妇。田明兰也不知道自己到底是怎么了，反正她面对赵启航是那么的坦然，那么的自在，那么的心甘情愿。

“这一个月，经营状况是这样的：房间租金 2400 元，餐饮收入 4600 元，支出 2100 元，这个月纯收入 4900 元。”田明兰一五一十地向赵启航交账。

“这不是纯收入，你我的工资呢，还有税赋呢，还有折旧呢？”赵启航看着一本正经的田明兰打趣着她。

“也是，商人就是商人，精打细算啊。”

星月亲水怡心园按部就班地运作着，赵启航已不再为区区几千元而费神费心了，可以说，即使不发展，仅依靠这怡心园，生活基本无忧了。

“明兰，你还是去上班吧，上班轻松快活些，这里有我管着呢。”赵启航不忍心让田明兰为自己日夜操劳着。

“不，我不上班，我就待在怡心园。”田明兰坚持道。

既然田明兰不愿意去柳器厂上班，那得想个法了，让她田明兰发挥自己的优势，激发她的潜能，赵启航在心中自有他的安排。

田明兰是个讲死理的人，“受人滴水之恩，当以涌泉相报。”她永远都记得赵启航对自己的好。

三十一

赵启航在田明兰心中可一直是个高大的人，小时候她和哥哥田明珠，还有田风大哥、田野哥、江海哥、启航哥、许晶、许江华他们经常去江边玩耍，当然妹妹明梅肯定是要带去的，大人们都下田劳动了，他们一帮小孩子自然就结成同盟，玩在一起，疯在一起。

哥几个下芦苇荡采芦叶，说是等到端午节可以包粽子吃，用新芦叶包粽子闻起来香，吃起来醇。田明兰、田明梅还有不会水的赵启航，干坐在江堤上，等着几位哥哥们回来。

田明兰生性活泼，经不起鸟语花香的诱惑，几个跃动便不见了她的踪影，赵启航正在和田明梅抓着纸炮在玩，一时没有注意，等到几位哥哥回到堤岸上，才发现明兰不见了，田风、田野、田江海、田明珠吓得小脸全白，个个像吊死鬼的脸。

“田明兰，田明兰。”大伙儿拼命地呼喊着，喊了半天也不见应答，不见踪影，责怪赵启航显然不会让九婆婆罢休，于是大伙儿到处寻找田明兰。

一直到天黑也没有找到田明兰，小哥儿几个吓傻眼，都不敢回家，这一顿打那是无需怀疑的了，关键还在于田明兰的生死不明。九婆婆、田婶她们在村里大声喊着他们的名字，田风他们只好往回走，双腿像灌了铅，就是迈不开步子。

赵启航不敢回家，落在最后，他便逃向小屋，准备晚些时候回家遭九婆婆一顿打。

赵启航怀着忧忧的心，走回小屋，“她会跑到哪里去了呢？这个死丫头，找到她要好好打她一顿。”

赵启航懒得打开灯，坐在桌前把田明兰可能去的地方又回想了一遍，“不行，我得去找她。”刚站起身，发现身后的床上有动静，忙打开灯，田明兰躺在小床上睡着了，刚才翻了个身，小床吱吱响了一下。

“田明兰，你怎么睡在这里了，快起来，大伙儿满世界找你，吓得田婶、九婆婆、还明珠哥半死。”

“还以为你掉到港里淹死了。”赵启航一把将田明兰拉起来。“你才被淹死了。”田明兰揉了揉双眼，“啊，天都黑了，快走，否则回家又要被疼打一顿了。”

“田婶，明兰回来了。”赵启航走到田明珠门前大声喊着，像是报告喜讯，田婶从屋子里冲出来，见兰兰好好的，转忧为安。但是，还是怒气冲冲，“你死到哪里去了。”上前要去揪兰兰的耳朵，“田婶，是我不好，我和兰妹妹在捉迷藏闹着玩的，你要打就打我吧。”赵启航把身子向前靠了靠。

到底田明兰是个女孩，赵启航又护着兰兰，田婶只是轻轻打了一下田明兰，不像刚才把田明珠打得半死那样狠。

赵启航回到家里，小心翼翼地放下草篮，准备接受九婆婆的打。

“下次你们要小心，要爱护好你们的弟弟妹妹，小心淹死一个少一个。”九婆婆破例没有打赵启航，她心里忽然怜悯起他来，想到他的父亲会水却被水淹死了，心中疼爱起这个小航航来。

九婆婆不允许赵启航下水游玩，也是基于他的父亲被淹死这档事儿，所以对赵启航下不下水是十分关注的，一旦下水玩，回来肯定要被打得半死。

“航航哥，要不是你，我肯定要被我妈妈打得半死。”第二天早上田明兰见到赵启航时感激地说。

“没事，我是男子汉，没有人敢打你。”赵启航和田明兰说笑着，蹦蹦跳跳地上学去了。

星月亲水怡心园名气开始响亮起来，“这都是小打小敲，小儿科。”赵启航有他自己的打算，他要的不是自己的安逸，他的心大着呢，他要把明月村来个翻天覆去的变化，让关爱他一生的明月村大人小孩们都过上比城里人更好的生活，来报答他们的养育之恩。

三十二

驿站建成了，施广发坐在二楼的经理室宝座上，转动着椅子，“不错，赵启航真是太聪明了，想了这么一个主意，把城市与江边连在一起。”他打电话给小红袍，让她过来看看。

“哈哈，还真气派。”何洁扬察看着茶桌、茶具，“有档次，你还真会挑选。这装潢简约但不失辉煌，大气，庄重，幽雅，是个品茶的好地方。”

“你的茶道队召集了多少人马？”

“一共26个，全是我福建的姐妹，她们分布在江心市的各个茶座，我们合计了一下，认为赵经理的想法太好了，我们姐妹决定要把茶道当作一个事业来做。”

“我们在一起商量了，要利用上午生意清淡暇时，好好加练茶艺，熟悉茶经，我们按照赵经理的想法，成立影子公司，聚则成队，散则自力谋生。”

“我们还给茶道队起了一个名字，就用你们星月亲水的招牌了。”小红袍得意地连珠炮似的把这几天的组建情况与施广发一一讲明。

“叫什么名字？”

“星月亲水茶道队。怎样？赵经理准许用吗？”小红袍翼翼地问道。

“肯定行，赵启航也是这个打算。他要把星月亲水做大做强呢，他旗下的公司越多越好。”施广发兴奋地说道。

“你什么时候来上班？”

“现在啊，我不是就在这里了吗？”何洁扬开心地说笑着，她把茶桌认真地擦洗了一遍，又把茶具小心翼翼地用清水洗净，又检查了一下水壶，万事俱备了，回头对施广发说，“改天把赵经理请来吧，我要给你们展示茶艺，让赵经理轻松轻松。”

“找一个可靠的小姐妹来，让她来这驿站工作吧，你一个人肯定不够，你帮我物色一个。”施广发与何洁扬面对着面坐着聊起天来。

“认识你已有一个月了吧，怎么没见到你的家人呢？”何洁扬看着施广发轻轻地问道。

施广发摸了一支烟点上，“别提了，我把老婆给休了。”他眼中闪过一丝的凄凉。

施广发三次失败的恋情让他对女人心灰意冷。

钱桂芹闯入施广发的生活，完全是一次偶然的相遇。

“喂，你的衣服掉了。”施广发在后面大声喊着。

前面穿着粉红色衣服的女子回过头来，见有人在叫她，再一看，自己夹在自行车后面的衣服掉在地上，她赶忙下车，回头捡起衣服，“谢谢你。”并报以赧然一笑，骑上车走了。

想不到几天后，那个女子竟然在掉衣服的地方踱蹀多时，她那天走得匆忙，没有问喊她的人姓什么，在哪工作，不过对喊她的那个男子印象深刻，她干脆来个守地待人。

她也没有想到，第一次守地待人，居然就被她守到了。

“谢谢你，让我捡回了衣服，那天没有问，你贵姓？”

“我叫施广发，在那儿上班。”

钱桂芹顺着施广发所指方向望去，“你在吉祥泵阀厂工作？”

“是的，其实也没有什么，小事一桩，谁见到都会喊的，下次小心，掉东西总会心情不好的。”施广发漫不经心地说道。

“我叫钱桂芹，在粮食局上班，我家就住在前面不远。”钱桂芹自我介绍道。

年轻人之间最容易沟通，钱桂芹与施广发一来二往就熟悉了，钱桂芹下班骑到掉衣服的地方总是想起施广发，她有意无意地放慢速度，希望施广发能突从天降，小女子好像喜欢上了施广发了。

施广发经过与钱桂芹一段交往后，发现自己的心里也有了她的影子，心中有种渴望，渴望能见到她，哪怕是背影也好。

施广发下班后开始去找钱桂芹了，约会的次数多起来。“你不要在这里等我，你有空就到前面广源小店去找我，我下班后大多时间都在那儿，我父亲开了一个小店呢。”

施广发没事时就往广源小店跑，与钱桂芹的父母也熟悉起来。“广发这孩子还不错。”钱桂芹的母亲和女儿有时也聊起施广发，钱桂芹打心眼里高兴起来。

吃过晚饭，施广发就跑到广源小店去找钱桂芹玩，在那里他翻看了好多武打小说，有时也帮钱桂芹卖卖小百货，俨然是个小职员。

钱桂芹晚上替父母守店，他们在一起的时间就更长了。

“今晚太迟了，恐怕回不了宿舍了，看门的老头有时睡得很死，喊半天也不醒。”

“那你住哪里？”钱桂芹脸有点红润起来。

“我，我，我也不知道。”施广发结巴起来。

钱桂芹在心里是喜欢施广发的，见他今晚回不了宿舍，心疼起他来。

施广发硬着头皮说，“就住在这里，你回家去睡。”

“这，好吧。”钱桂芹帮施广发铺好被子，转身把门关上，深情地看着施广发，两个青年男女，双眼对视着，心跳加速，都快要跳出胸膛了。

“我不走。”钱桂芹把身子靠向施广发，施广发一把搂住她，低下头吻住了钱桂芹的唇，两条舌头紧缠着，施广发拼命地吮吸，钱桂芹紧紧抱住施广发。

施广发把自己的童贞交给了钱桂芹。

第二天天刚蒙蒙亮，钱桂芹就起了床，把被单一处洗干净，她怕被她母亲发现，又把被单铺好，把被子覆在上面，拉了拉，铺平实。“你快走，我父亲来得早。”施广发赶紧离开了广源小店。

钱桂芹只要父母不宿店，她就留施广发在小店过夜。

“今晚你有空吗？我要去我姐姐家有点事，你带我去吧。”

“好，我带你。”施广发骑着自行车，载着钱桂芹在排道河上徐行。排道河两侧，水杉像哨兵一字排开，直挺着树干，月光透过树荫间隙，软软地泻在小路上。钱桂芹坐在后面，双手紧抱着施广发的腰，把头倚在他背上，嘴里哼着小曲，心中暖洋洋的。

在回头的路上，他们来到路边的晒场上，坐在草堆旁，搂抱着，说着情话，一会儿紧拥，一会儿热吻。钱桂芹有点控制不住自己的情感，火辣辣地直视着施广发。

施广发一下子热血沸腾起来，俩人在月亮的监视下，在这夜幕大帐里，在这荒郊野外里，施广发和钱桂芹两情相悦着。

钱桂芹父母宿在店里时，她一个人在家睡不着，心中想着施广发，想着和他在一起的逍遥时光，有急切的欲望时，她就披衣下床，她要找施广发，她需要施广发，她的胆子越来越大，反正也不远，她让他过来，陪她度过漫漫长夜。

施广发有时也找准时机，把钱桂芹带到宿舍，整夜整夜地谈情说爱。“嫁给我吧，虽然眼前我还是一个小工人，但是我身强力壮，我一定会有翻身的机会的，我会珍惜我们之间的爱情的，我能让你过上好日子的，我是个负责的人，嫁给我吧。”施广发向钱桂芹求爱了。

“等等再说吧，我们还小。”钱桂芹低声说道。

“过年我都 28 岁了，我们结婚吧。”施广发躺在一旁急切地说，“明天我到你们粮食局去找你。”

“不行，你不要去，让人看到会说闲话的。”钱桂芹忧虑起来。

施广发好几天见不到钱桂芹了，到广源小店也找不到她，她父亲说她出差去了，说是去开会。

“走也不和我讲一声。”施广发只好耐心地等待着，躺在宿舍的小床上，思绪混乱起来。“她会去哪儿呢？”“不行，我明天去她单位问问。”施广发想累了，竟然睡着了。

施广发以同学的名义去粮食局找钱桂芹，“她不在单位，前几天陪我们朱局长外出了，朱局长夫人陆曼曼也来找过我们局长。”钱桂芹的同事告诉施广发，怀疑的眼神让施广发坐立不安。

问不出结果，施广发惺惺地离开粮食局，心情糟糕起来。“她为什么不坚决回答我，答应嫁给我呢？她会有什么故事呢？”

施广发想着心事，找一个朋友去打听一下吧。

几天后，朋友告拆施广发，“粮食局的朱局长老婆陆曼曼与你说的那个什么钱桂芹打起来了，现在满粮食局都知道了，朱局长夫人说朱局长带小三去张家界去游玩的。”

施广发精神轰然倒塌，钱桂芹居然与比她大近20岁的男人在一起厮混，而且是与她的顶头上司苟且。施广发告别朋友，艰难地回到了宿舍。他心中怒火中烧，想立即去找钱桂芹问个究竟，男子汉的尊严阻止了他这么做，他恨起自己来，男儿有泪不轻弹，老祖先早就教导后人要坚强。

半天后，他作出了决定，彻底忘了她，把以前发生的一切全部忘却，他钻研起自己的业务来。

何洁扬见施广发久久不开口，陷入沉思，知道自己戳到他的疼处了，见他脸色相当不好看，“我给你泡茶吧。”何洁扬轻声地说道。

“我的第一个女朋友，她为人不淑，与她的上司厮混，她上司的老婆都打上门来了，你说她不让我伤心难过吗，我确认了消息是真实的之后，也就毅然决然地离她而去了。这就是我的第一段没脸提的恋爱经历。”施广发深吸一口烟，吐出了胸中的闷气。

小红袍为施广发沏好茶，两人商量着驿站的具体事务，“店名招牌弄好了吗？”何洁扬问道。

“下午就来安装。”

“星月亲水驿站”鲜艳夺目，范松萍过来祝贺，“我们成了邻居了，日后请多多关照。”

三十三

傍晚时分，赵启航约马子涵到他的驿站来坐坐。

“赵经理，你办事效率真高，佩服佩服，不愧是大公司出来的，大手笔。”马子涵打心眼里佩服赵启航。

“请你欣赏茶道。”赵启航微笑道。何洁扬请赵经理和马经理坐下，开始向他二人表演茶道技艺。

“赵经理是个文化人，懂茶品茶，更深知茶之道，饮茶，品味人生。”

“不错，不错，我平时忙于业务，把自己都忘了，三十好几的人了，只知道游山玩水，不知道静下心来品品自己，算是白活了。”马子涵感慨万分。

“是啊，人生的最高追求就是快乐，你忙事业，无论多么辛苦，只要取得一点成功，就满心的快乐，其实你很快乐，当你看到名川大山，古迹名胜时，你的心中一定会快乐无比的。”赵启航爽快地直说。

“是这样的，我们每个人其实都在追求快乐，哪怕失败了再爬起来，站直腰板，重新上路，也是一种快乐，你赵经理最明了其中快乐之味的吧。”马子涵有意戳疼赵启航，笑盈盈地说道。

“人，只要奋斗了，就会有快乐，凡事都有正反两个方面，就看你有什么样的心态面对了，以阳光心境去坦然面对，你就会取得快乐，你老是用忧愤的心情对事待人，那一定是愁肠百结，苦不堪言，快乐就会烟消云散，就会跑得无影无踪。”赵启航似乎在发表感言演讲。

“怎么样，茶道有技艺吧，弘扬茶道比弘扬中国国粹——麻将好吧。”马子涵平时一有空也会搓上几圈的，以此来打发空余时间，来消遣。

“是要好好享受茶道，新疆团队来到这里，你把这一绝活做好，一定会赢得赞誉的。”马子涵兴趣盎然起来。

“我这里也可以借给你用用，你有大客户上门，就请到我这里来谈，会取得意想不到的效果的。”

“好啊，费用我照付。”马子涵开心地笑起来。

“我会尽力为你服务的。”小红袍嘴上说着，手上却忙个不停。

“小红袍，你的茶道队准备的怎么样了？”马子涵不放心地问道。“没问题，都准备妥当了。”赵启航代何洁扬答到。

这几天赵启航没有闲着，除了看何洁扬培训她的茶道队，还到市饮食协会去了一趟，向会长推介星月亲水茶道队。

他到市政府去找欧阳市长汇报了星月亲水的管理情况。

“你成立星月亲水园林队，很好，我没有看错你，你不是个唯利是图的主儿，你有发展眼光。”

“你的怡心园看来也做的不错，以产业养园护园，这个思路对头。不过要守法经营，不能把我星月亲水牌子给砸了。”

“你的怡心园带动江边几家养殖场发展壮大，你的江边产业链思路适合国家三农政策，如今，农业、农村、农民三农问题是中央关心的焦点。”

“江边经济相对落后，你可以在设施农业上做做文章，设施农业国家支持，还有财政补贴。”欧阳市长一口气说了许多，充分肯定了赵启航的业绩和思路。

“小陈，你帮赵经理策划一下，看看堤内的设施农业规模能否达到星火计划。”

“还有，主汛期将至，马上潮水位要上来了，你要注意外滩人员的安全，及早做好应对措施，要有预案，还要加以演习，以防不测。”欧阳市长提醒赵启航不要被胜利冲昏头脑。

“你的旅游发展计划很有想法，我支持你们，过几天我去你的星月亲水驿站去看看，看你究竟搞什么鬼。”

欧阳市长要来驿站视察，赵启航离开市长办公室时，在过道上陈达夫赶紧抓住赵启航，“到我办公室来一下。”

陈达夫向赵启航介绍了三农发展星火计划，“赵经理，你多往这方面想想，大有前途，我会帮你出谋划策的，做好了能得到百万元、甚至千万元的资金支撑呢。”

“还有，你要重视欧阳市长视察你的驿站这档事，他是个爱茶懂茶的人。”陈达夫补充道。

赵启航约马子涵来他驿站坐坐，主要是传达了欧阳市长发展旅游业的想法，“你要准备一下，等欧阳市长来时，我请你参加。”

三十四

欧阳市长还没来，石穑却先来到了星月亲水驿站，她听范松萍讲了驿站之事，知道赵启航最近常在驿站，精心打扮了一下，来到星月亲水驿站。

赵启航猛然见到石穑从天而降，心中一紧，旋即笑道，“是哪阵风把你吹到我这儿来了？”

“赵经理说笑了，赵经理，你还好吗？”石穑说完这句，脸不禁红了一下，马上补充道：“大家都想你呢。”

石穑一丝的变化都落到赵启航的眼里了，他不动声色，哈哈一笑，“我有什么好被你们想的。”

在赵启航离开江洲集团后，石穑试图联系他，可是没有他的号码，他的手机全部丢在李慧娟那儿了，她心中想着赵启航，她一直在暗恋着他。

爱一个人，又不表白，那是多么的痛苦。

“愿得一心人，白头不相离。”石穑的痛苦没有谁知道，她只能时常呆坐，想着赵启航的点点滴滴。

石穑进江洲集团第二年与杨天一结了婚，石穑在自动控制车间表现好，得到员工的一致好评，赵启航见她是个人才，就决定把她从自动化车间调到企划部，让她担应经理一职，石穑喜事临门，父母为她高兴不已，同事羡慕，杨天一当然是喜上眉梢。夫妻二人恩恩爱爱，甜甜蜜蜜。

石穑在企划部工作得心应手，她心比较细，所有策划她都要仔细审核一遍，然后才交到公司上层，有时亲自交给赵经理。

尽管赵启航工作时很投入，把家里的事儿放在脑后，可是，赵启航再怎么坚强，有时还是会露出丝丝情绪的。

“你这个企划怎么做成这个样子？”石穑不知道错在哪里，怔怔地站在那里，听赵经理把话说完。

“怎么还不走？”

赵启航从来不对下属发火，今天怎么有点反常了，石穑在心里猜想着。赵经理确实情绪不对，石穑赶紧快步离开，回到办公室翻出底稿，认真检查起来，“没问题啊。”她自言自语道。

石穑不知道赵经理是怎么了，下班时间到了，她一直在办公室里磨时间，等赵经理出门，想问问他为什么要发火。

石穑跟在赵经理后面，见赵经理脸色还是不太好，“赵经理，你生病了？”石穑关心地问道。

“你有空吗？”“我没有事，杨天一出差了，我回家也没有事，我陪你到医院看医生吧。”

“好吧，上车。”赵启航一言不发地开着车，在沁茗忆乡门前停了车，“你陪我喝会儿茶吧。”

赵启航找了一个雅座座下，“你喝什么茶？”赵启航心情好些了，脸面也慈祥起来。

“我喝花茶吧。”石穑小心翼翼道。

“服务员，来一杯铁观音、一杯花茶。”

“小石，对不起，今天心里有点烦，不应该对你发火，你的企划没有问题，请原谅，我请你喝茶。”

“没关系的，人哪有时时都开心呢，你发发火也好，心里可能会好过些。”石穑用一颗温柔的心来为赵经理减压。

“你和杨天一过得怎样？”“还好，谢谢赵经理关心体贴，就是杨天一最近经常出差。”

“哦？”赵经理在脑海中转了一下，“那你要多关心他。”

“知道，我会的。”

赵启航喝着茶，他想细细品味，可是今天没有这份心情，他一个人在喝着闷茶。石穑见赵经理脸色又不好起来，也不敢多说一句话，静静地陪他喝着茶。

石穑见赵经理脸色越来越不好，担心地问：“赵经理，是不是哪里不舒服？我还是陪你去医院吧。”

“不要提医院这两个字。”赵启航声音有点高，吓了石穑一跳。

石穑隐隐看见赵经理眼中有泪痕，只是强忍着，没有哭出来。石穑真的担心起来，心中也有一种莫名的痛。

“服务员，拿一瓶酒来。”赵启航吩咐道。

“先生，上什么酒？”“五粮液。”“好，先生，请稍候。”

石穑忙又叫来服务员，点了几个下酒菜。

赵启航喝着闷酒，一口一杯，一口一杯。“赵经理，慢点喝，这样喝会醉的。”石穑抢过酒瓶，为赵经理倒酒，把他喝酒的速度降下来，“多吃点菜。”石穑像母亲一样关心着他。

一股暖流流入到赵启航的五脏六腑，赵启航喝着酒，泪水不知不觉地流了下来。

赵经理一贯坚强，从来没有发现他悲伤时像个小孩子，石穑的话也管用，让他慢点喝他就慢点喝，让他多吃菜，他就多吃菜。

石穑不再问到底发生了什么事，在一旁静静地服侍着赵启航。

赵启航本来酒量就小，今晚喝了差不多一瓶了，石穑阻止他再喝，“赵经理，喝得差不多了，别喝了，再喝就醉了。”石穑温情地说道。

赵启航本想说什么的，把到嘴的话噎了下去。

“不能开车了，我打的送你回去。”

“我不要回去。”赵启航醉了，但他坚持不肯回家。

石穑没有办法，看看这儿离自己家不远，就叫来的士，让他到自己家中坐一会儿，醒醒酒，然后再说。

石穑扶着赵经理进了屋，让他倚在沙发上，忙倒些白开水，加了一点蜂蜜，等水冷些，端到赵经理面前。赵启航这么多年了没有得到这样的关爱，心中惬意起来，“九婆婆，你像九婆婆。”赵启航话语不清地说着睡着了。

石穑忙帮他脱掉皮鞋，抱来被子给他盖上，掖好被子，坐在一旁看着赵经理。

男人最坚强，什么困难也不会压垮的，腰板硬呢；男人也最柔弱，就像一个小孩子，天性依靠大人。

赵经理家里一定是发生了什么大事，怎么问他也不说，石穑心里想着。她见赵经理想要翻身，忙起身来帮忙，“我要吐。”石穑忙扶他到卫生间去吐。走到床边，一不小心栽倒在床上。又沉沉地睡去。石穑没有办法，只好把赵经理身子搬好，让他好舒服地睡一觉。

“石穑。”赵经理呼喊着。石穑赶忙走过来，“你要怎么样，喝水吗，还是要吐？”“你像九婆婆，你是九婆婆。”抓着她的手不放。

终于还是吐了，赵启航坚持不住酒力，吐过后，人也清醒了不少，就是头疼抬不起来。

石穑打了个热毛巾给赵经理擦脸，头发在他脸上飘过，女人特有的体香沁入心扉，赵启航一把抱住石穑的头，把她拥入怀抱。

石穑也不反抗，顺从了他的意思，让他奔驰在广袤大地上，赵启航的脸上分不清是泪水还是汗水，全身湿透了。

赵启航酒完全醒了，看着躺在身边的石穑，忽然感到无比的幸福。原来好女人是如此的让人销魂，他心底怜爱起石穑。

“我不要你提医院两个字，主要是我老婆李慧娟今天独自到医院把孩子打掉了。”

“为什么，她不要孩子，她不喜欢孩子？”石穑翻过身，惊诧地问。

“她怕我会去做DNA，她怕检查出不是我的孩子。”赵启航把藏在心里的秘密一五一十地告诉了石穑。

“原来是这样。”石穑心中大惊。

原来家家都有一本难念的经。

赵经理把这么隐晦的事儿讲给自己听，心中幸福着赵经理对自己的信任。

赵启航离开江洲集团已经大半年了，石穑一直不放心，想去找他，又怕他心里难受，一忍再忍，今天她终于决定来看看他。

“我听范松萍说了，你办了星月亲水怡心园公司了，还办起了星月亲水驿站，我知道你会坚强站起来的。”

“石穑，我会坚强的。”“请你喝功夫茶。”

何洁扬请石穑入座，开始向她展示茶道艺术。

三十五

“杨天一现在情况怎样？”赵启航关心地问道。

“前几年，我们把孩子送到他老家去了，这你也是知道的，他要去跑业务，你也是支持的，虽然没有发什么大财，但好歹也能过上富裕的日子。你走了以后，他好像与吴珂经理合不来，经常在外喝酒，还夜不归宿。我和他吵了好几回，这倒好了，他索性就一连十天半月的不回家。”

“有人说他在外面有女人了，我向他提出离婚，他也不答应，现在公司不太景气，业务也不太好跑，他心里苦着呢，这我是知道的，可是他不能什么也不说，就是不想回家。”

“起先贫困的时候我们倒是十分恩爱的，不离不弃，现在条件好了，好像什么都变了。”

看来人只能过穷日子，只能共苦；一旦条件好了，金钱多了，人心就变了，人是不能同甘的。

石穑感慨万分，她对杨天一也没有什么恨了，这个社会离婚的比比皆是，和情人在一起比与夫妻更加频繁，不知是社会扭曲了，还是人心被环境污染了，总之，是让人不能适应的。

“现在公司由吴珂掌舵，这大半年来主要是吃老本，有本事的几个高工都走了，吴经理也没有办法。”

“现在财务处由李慧娟担应处长，财政大权掌握在她手里，我也不知道现在的财务状况到底怎样。”

石穑一口气说了这么多，好像要把江洲集团内所发生的事儿全部告诉赵启航似的。

赵启航自从上次醉酒与石穑发生了关系后，再也没有第二次出轨。石穑在心里同情赵经理，她心甘情愿把爱献给他，那段时间杨天一刚好不怎么归家，在外面鬼混，冷了心的石穑当然就不会再为他守贞操了。

醉酒事件发生后，赵启航没有向石穑说什么，好像什么事也没有发生过。石穑也是守口如瓶，她只在心里想着赵启航，面子上和平常一样，没有人知道他俩之间发生的故事。

石穑是爱杨天一的，后来杨天一变了心，她石穑也只好泪向心里流，杨天一是自己选择的，还有什么话说呢。天性倔强的她，没有再和杨天一大吵大闹，她选择了冷战，要是没有小孩，也早已分手了。

今天还是第一次找赵经理，没有任何心机，只想看看赵启航，见到他就行了，反正自己在江心市也待不了几天了，只是对赵启航是放心不下。

“再过三天我就要离开江心市了，我要去青海，我将在青海过一辈子了，我要把儿子带走，他是我唯一的牵挂。”石穑慢慢腾腾地讲清了自己的想法和去向。

“今天来就算是个道别吧，你多保重，有时间还是去把婚离了吧，时间久了对你没有好处的。”

“你还是早点把离婚的手续办了吧。”石穑在离开驿站时凄凄地重复着。

杨天一是在一次单位到张家界旅游时变心的，与范松萍相处近一周的时间，他发现范松萍才是自己所爱的那种类型的女人。

虽然范松萍与石穑很熟，但是恋情是说不清的，她和杨天一两人在一起时，心就十分坦然。她的心中根本就没有想到石穑，她一心只想要和杨天一在一起，又不是谈婚论嫁，她也没有要求杨天一回去和石穑离婚。

张家界之行，杨天一和范松萍最后才上观光缆车。游客各自找好友同坐一辆缆车上山，最后剩下他们两个，就合坐了。对面而坐，缆车一路欢歌地把他们送向张家界最高峰。一座座似刀削过的山峰在脚下后退，一个个奇峰在向他们招手，他们开心大叫着，“我们来了！”希望听到回声，可是他们坐在缆车里，怎么可能听到回声呢，他们又自笑起来。

范松萍活泼开朗，热情四射，又毫不隐匿自己的奔放情感，敢爱敢恨，黄段子之类知道的还不少，说起来风趣可笑，在石穑身上可看不到半点影子，石穑只知道工作、钻研，多一份智慧，少了一份情操，杨天一被眼前的这个浪漫女子深深吸引。

“以后到我公司谈旅游的事就来找我，我和赵经理很要好，我的建议他会听的。”杨天一献着殷勤，“你们赵经理人很好，石穑也会帮我的，不去找你，怕人家说呢，你不怕？”范松萍有意逗杨天一开心。

他们俩又双双去爬天门洞，999 级台阶，他和范松萍轮流数，“把我们的情就锁在这天门洞里吧。”范松萍从背包里真的拿出一把锁，“我们一起锁，”范松萍和杨天一把他们俩的情锁定在了天门山天门洞里。

“愿我们的情意天长地久，就像这天门洞一样神奇。”范松萍挽着杨天一的臂膀，在天门洞里徜徉好久。

范松萍对杨天一又讲了在天门洞飞机穿越的趣事，还描绘了冀装飞行的惊世骇俗的表演故事。杨天一开心极了，吃着范松萍带来的零食，范松萍张开双臂，让杨天一为她拍照，让她留下天门山的艳遇。

杨天一看着眼前这个开放的女人，回味着昨夜的逍遥。

吃过晚饭，安顿好游客，范松萍来到杨天一的房间，这次旅游，男子单数，范松萍就安排杨天一住单间，带队的领导带家属同去的，杨天一有了独住的权利。

“怎么样，累不累，这两天玩得还开心吧。”范松萍笑着问。

“安排得很好，一点也不累，凤凰古城让人向往。”

范松萍坐在杨天一的床沿上，“今晚你一个人睡了，要不要我来陪睡？”

“有美人相陪，那是人生最大的快乐。你敢吗？”杨天一开玩笑地说道。

“大美人，睡到我的怀抱里来吧！”杨天一夸张地说着，还真的张开双臂，作拥抱状。

范松萍一下子钻进了杨天一的怀抱里，笑容可掬地说：“怎样？”

杨天一心旌摇荡起来，张家界艳遇福深，心旷神怡。

从张家界回来后，杨天一时常和范松萍到宾馆开房宿住，如胶似漆，万般柔情。杨天一一天天地开始冷淡石穑，石穑心碎了，继而心冷了，最后无怨无恨了。

石穑就这样没有牵挂地离开了江心市，说不清是忧伤地离去，还是怀有向往之心离开的。

三十六

“何洁扬，你懂茶，而且你家乡又有上好的铁观音、大红袍之类的，你去购买一些吧，顺便也好回家看看你的父母和小孩，想家了没有？让施广发和你同行，他愿意和你待在一起呢。”

赵启航派施广发和何洁扬去福建采购茶叶。

何洁扬脸红了，“赵经理就是会作弄人。”嘴里说着，心里可高兴了，她问了同乡的几个姐妹有没有什么需要带回去的，还有什么要从福建带来的东西没有，便和施广发一起直奔福建而去。

望着窗外初夏的景致，想着马上就要见到爹妈了，何洁扬心中欢愉，已有好久没有回到家乡了，爹妈的身体好吗，每次打电话回去，他们都说很好，不

知道是不是宽她心之语，想象着儿子的样子，不知道是不是还是十分可爱的样子，会不会被他爷爷奶奶惯坏了，总之心已经飞到福建老家了。

施广发坐在何洁扬身边，少妇的体香沁入鼻翼，有种说不出的欢愉，让他神魂颠倒，喜上眉梢，他不想分何洁扬的思乡之神，暗地里吸汲着少妇的清香，体贴着何洁扬。

想起何洁扬曾问过自己的姻缘，施广发痛苦地想起了韩阳珍。

施广发不喜欢打牌，同宿舍的人聚在一起不是喝酒就是打牌，他没有事做，干脆到城中公园去走走，跑跑步，散散心，呼吸呼吸新鲜的空气。他沿着公园的水泥路快走起来，走了两圈，忽然有一女子一下子窜到自己前面去了，只见她步履轻盈，身轻如燕般灵巧，施广发紧赶几步，见还是超不过去，便放开步伐向前速行，一下子超过去了，这两人暗中较上劲来，一会儿施广发在前，一会儿施广发又落在后面，三圈下来，两人都已汗流满面。

“你跑得好快啊。”施广发主动打着招呼。

“你也不慢。”俩人边走边聊。

“我在泵阀厂工作，我叫施广发，你呢？”

“我叫韩阳珍，在机关工作。”

“有福气，命运好，你是个有福之人。”施广发调侃道。

“都一样，人不分高贵低贱，做什么都是为了延续生命。”韩阳珍语出惊人，分手时，俩人要了彼此的电话，约好明天再来比赛。

城中公园成了他们快走的比武场，除了下雨或加班，每天夜里，他们都要比上四五圈，言谈中双方都有好感，他们成了走友，施广发加入了她们的走友圈。

“明后两天，我们一帮走友准备到浙江山沟沟去漂流，你有时间去玩吗？”韩阳珍切切地问。

“这二天我可以调休，我陪你去，我也好久没有出去玩了。”

他们来到山沟沟，开始了快乐之旅。

施广发穿好救生衣，帮韩阳珍戴好安全帽，迫不及待地跳上皮划艇。在起漂处他们还没有做好任何心理准备，皮艇已经迅速地穿过桥洞，一个急拐弯，便冲进了浪花之中。

韩阳珍原本打算穿上雨具防水的，显然是枉想徒劳，溅起的飞沫和半艇的水把他俩全身上下浸湿个透，给期待了4个多小时漂流来了个下马威，皮艇完全不听使唤，施广发手中的木桨成了多余，惊诧片刻后，开始了左一桨右一桨地划动。

跌宕起伏的水流，时而把皮艇冲得歪歪斜斜，时而抓住它不让漂开在原地兜兜转转。施广发费了九牛二虎之力，总算把皮艇划出漩涡，弄到流水中间，皮艇闪电般顺着湍急的溪流向下漂，或漂向左岸，或漂向右岸，全然没有什么艇头或艇尾之分了。

施广发、韩阳珍经过一阵手忙脚乱地摆布皮艇之后，终于放弃了努力，就让艇儿随波逐流吧。这一放手，心情一下子轻松起来，韩阳珍欢声笑语，享受着水中的乐趣。

皮划艇竖直冲下，整个人和艇淹没在击起的浪花中。皮艇被激流撞向一侧石壁，转过头来，又撞向另一侧的石块，起起落落，像脱了缰绳的野马横冲直撞地漂过了“龙啸激流”深水处。

韩阳珍发自肺腑地尖叫着、呼啊着，欢笑声和着飞下的流水轰鸣声，“龙啸激流”仿佛成了欢乐的海洋。

过了“龙啸激流”后，水面渐阔，流速放缓了，几十艘皮艇悠悠然然。游客们开始躁动起来，打水仗！孩子们的单管、双管水枪发挥着威力，子弹取之不尽，用之不竭，对射着，嘻嘻哈哈着。此情此景激起大人们的热情，加入了战局，有的用水枪，有的用手浇，更多的索性就脱下安全帽，用安全帽拨水对战。不管是小孩还是大人，也不论是男客或是女客，甚至不分认识的或不认识的，你浇我一头，我拨你一身，欢天喜地，悦颜尖叫，最真最纯最灿的笑容，表露无遗。此时此刻，没有人做作，没有人伪装，忘掉一切烦琐，自由自在的天性在水战中发挥得淋漓尽致。

不知不觉地越过了“兴奋坡”。许是水仗打累了，收桨入艇。艇自漂横放任流，半躺艇头，悠然自得。朵朵白云在头顶驻足，阳光温和地普照着欢快的溪水；远处的绿山仿佛有序节节攀高，层层叠叠；峡谷两侧的青山，绵绵缠缠，苍翠葱茏，满眼的劲竹尤其惹人怜爱。近观水溪两旁，无数的石块被常年的流水削去了棱角，大大小小，姿态不一，或伏或立；岸边的水草密密丛丛，还有细小的野花躲藏其中，不时地探出小脑袋，偷眼瞧瞧水中兴高采烈的游客，呵呵地暗自窃窃。

美丽之洲，休闲余杭。仙山谷漂流全长3.1公里，落差53米。仙山谷的水来自仙佰坑水库，水质达到国家一级标准。

韩阳珍思想放飞着，一不留神，皮艇已漂下三级水坡，穿过了拱桥，“鲤鱼跳龙门”已在身后了。

河面又宽敞了许多，奇石也少了踪影，漂流的速度明显慢了下来，似乎不愿向最后一站“飞龙在天”进发。皮艇在水面上横陈，韩阳珍漂意未尽，不愿急切离去。

“你真是太雄壮了，没有你，我不知道会不会翻到沟渠里去。”韩阳珍热情奔放，率真豪爽。

渐渐地他们在周末开始约会去喝茶聊天，施广发向韩阳珍求婚了，第二天晚上再约她快走比赛，她已不同于以往，推说有事，渐渐地韩阳珍的身影再也没有出现在城中公园里，联系号码也改掉了，她在人间蒸发了。

施广发怨恨起自己的命来，都是命不好，看来我是没有女人缘的。

又过了两年，三十出头了，父母到处托人为施广发寻找对象，经人介绍，他认识了黄桐，经过三个月的相处，他们结婚了。

“成家才能立业。”施广发安顿下来，开始治家立业，可是好景不长，在一次争吵后黄桐突然倒地，不省人事，把施广发吓得半死，赶忙找来朋友，送医院抢救。医生诊断，黄桐有先天性癫痫，把个施广发吓得哭笑不得，只好忍痛提出离婚，半个月后他又成了孤家寡人了。

施广发决定辞职不干了，他不想在泵阀厂里上班了，跟着大客车师傅学习驾驶技术，他成了一名驾驶员，应聘到乡镇工业局做了一名司机。

在乡镇工业局，施广发认识了赵启航和兰町，年龄相仿，他们成了好朋友。

施广发把自己的另外两次恋情一五一十地向何洁扬诉说着。

“你真是个苦命人，”何洁扬听完施广发的故事后，长叹一声，“同病相怜。”她忧忧地说道。

何洁扬为了不让施广发想起过去不愉快的事，和他说起茶经来。

三十七

“你回家看你父母，要我跟你去吗？”施广发等客车到站后认真地问道。“你想去吗？”何洁扬看着施广发的眼。“当然想去了”施广发开心地回道。

“好吧，走。”何洁扬大方地与他一同回家。

施广发提着何洁扬的大包小包，上了出租车。

“扬扬回来了。”何洁扬的父亲高兴地喊着老伴。“爸、妈。”何洁扬奔到母亲身边。施广发拎着包，走到老人面前，“伯父、伯母，你们好。”

“好，好。”何洁扬的母亲忙接过包，紧盯着施广发，上下打量着，笑逐颜开起来。

“快进屋坐。”何洁扬的父亲把施广发让进了屋内。

何洁扬看着父母身体很健实，放心了。她的母亲笑眯眯的，见到女儿神采飞扬地回到家中，不用问也知道女儿在外面过得还算好。她又偷眼看了一下施广发，欲问又止，这个人是谁呢，是不是扬扬的男朋友呢？满腹疑问，但也不说破，她是个识大体的人，做教师30年了，现在退休在家，享受天伦之乐。

两个老人到厨房忙开了，昨天接到何洁扬的电话，今天一大早两人就一起到菜场买了好多扬扬喜欢吃的菜，只是她没有告诉他们还带一个人回来，见这个小伙子很顺眼，谈吐得体，健壮大方，他们喜出望外，女儿有了好的归宿了。

吃过午餐，何洁扬要去其他姐妹家去送东西，何洁扬的父亲泡好茶与施广发聊起江心市、聊起茶、聊起星月亲水，两人谈得甚欢，很是投缘。

说起茶，何洁扬的父亲可就起劲了。“我们福建，茶很多，名茶更多。小伙子，你听说过基及树吗？”“才疏学浅，没听说过。”施广发认真地说道。

“基及树，常绿灌木，最高可达3米，分枝很多，叶子在长枝上互生，在短枝上簇生，叶子很小，呈倒卵形，边缘常常反卷着，叶表面有光泽，上面有白色圆形小斑点，叶子背面粗糙，果核像个圆球，成熟时变成红色或者黄色，十分好看。”

“基及树比较耐阴，性喜温暖湿润气候，萌芽力强。”

“基及树，别名叫做福建茶，可是福建茶却不是茶，可作盆景。”

老爷子还卖起关子来，说茶反倒先说树了。

“我们福建有十大品牌茶，最出名的要数安溪铁观音。它是乌龙茶中的极品，因成茶沉似铁，茶香浓郁，制茶人疑为观音所赐，所以才有此名。”

“名茶还有 武夷岩（优者有大红袍）、永春佛手、黄金桂、闽北水仙、白牡丹、白毫银针、贡眉（又名寿眉）、政和工夫、正山小种等。”老爷子如数家珍，施广发闻所未闻，大开眼界。

施广发喝着老爷子泡的茶，细细品味，清香可口，饮茶怡心育人，施广发静思着。

何洁扬回到家里，见父亲还在和施广发在聊茶，两人很投机，欢声笑语，其乐融融，心中一喜，这个施广发看来深得父亲赞许，不由得暗暗得意起来。

吃过晚饭，何洁扬去看孩子，她执意要请施广发同去。

施广发征得她父母同意后，拎着好吃的，和何洁扬并肩走去。反正他们已经离婚了，他的前夫也不敢把他们怎样，他们决定快去快回。

孩子是无辜的，但是父母离异对孩子的打击最大，父母为了个人的情感，只想到自己，让自己快乐，不顾孩子的死活。现在社会上不负责的父母太多了，把离婚当作儿戏，这是何等的悲哀。

孩子见到娘，自然是高兴了，但是见到施广发，却一言不发。大人之间都不怎么讲话，何洁扬和孩子说了一会儿话，觉得甚是无聊，携着施广发离开径直往回走。

施广发没有想到他们竟是如此的冷淡，也不问他们到底是为了什么非离婚不可，反正是双方都没有了好感才离的吧，脑海里黄桐的影子也飘浮了一下。

关于爱情的是是非非，谁也说不清楚。

何洁扬回到家乡是开心的，虽然每次去见孩子心中都不爽，都会对失败的婚姻痛苦一次。这回有施广发相陪，心情自然不同于以往，一身轻的感觉围绕着她，心情渐次开朗起来。

“今晚我们住哪？”施广发问。

“住家里。”何洁扬回答得十分干脆。

何母已经把房间准备好了，施广发被安排在原来外孙住的那间房里休息。何母今晚要和女儿同床，有不少知心的话要对她讲呢。

第三天，何洁扬、施广发辞别两位老人，去了茶场，他们精心挑选了一批上好的茶叶，回到了江心市。

胡乱弄点吃的之后，何洁扬带着施广发来到她的出租屋。房子不大，但很清香，整洁。

“今晚就住在这儿，行吗？”何洁扬期期地问。

昨晚在福建老家，她本想和他住在一起的，哪知母亲已给他们安排好了住处，也不敢反对，更不敢放荡。“只是苦了施广发了。”晚上和母亲说着话时她这样想着。

出租屋这片天地是属于何洁扬和施广发的，何洁扬感受到了施广发的力量，除了惬意还是惬意，“我一定要娶她。”施广发喘息未定，就提出要何洁扬嫁给他。

再婚的女人对爱情最敏捷，最重情，最认真。人生不能重来，失败不能重复。

“好，喜得一心人，我们白头到老吧。你选一个日子，我们结婚吧。”何洁扬要抓住自己的幸福。

“愿得一心人，白头不相离。”这个一心人只要看准了就要毫不犹豫地抓牢，一刻也不能耽搁，否则，世事难料。

一周后，施广发与何洁扬在星月亲水怡心园办了一场简单的婚礼。赵启航、田明兰、兰町、田风朱秋艳、田野闻小凤、田明珠王丽琴，以及田新语、田新青等孩子们，还有星月亲水园林队的一帮人，在怡心园大食堂里喝酒嬉闹。

茶道队的众姐妹们也突然从天而降，来喝喜酒。好在农村菜多得是，妇女们赶紧弄菜加座。看着这么多人来祝贺，施广发、何洁扬激动万分，幸福之情溢满胸膛。

“过几天再请我们的父母吧，让他们四位老人家也开心安心。”何洁扬枕在施广发的胸脯上柔声地提议。“好的，等忙过了这阵子，我们请父母们来，”施广发高兴地答应道。

三十八

“你还是早点把离婚的手续办了吧。”石稽的话这几天在赵启航的耳边老是回响。“是啊，逃避不是办法，和李慧娟之间总是要面对的。”

赵启航请来宋明理律师，把自己的意思和他讲明，并全权委托他办理。

“赵经理，你的要求这么简单，世上少有吧。”宋明理听完赵启航的话，心中感慨万分，打了这么多离婚官司，这是头一回。

赵启航离婚条件就是要一本离婚证，家产、江洲集团的财富，他一分钱也不要，全部归李慧娟所有，只要李慧娟签一个字就行了。

“这样会不会太亏了自己，你打拼十年，创下这么多财富，到头来两手空空离去，也太便宜她李慧娟了。”宋明理想要为赵启航争取，可是赵启航表示不同意。

“先走协议离婚这条路吧。”赵启航真的一辈子不想再见到李慧娟，他的泪已经干了，他的心已经碎了，他的心肠硬起来。

宋明理夹着公文包来到江洲集团，找到了李慧娟，把来意与她说明。

“我不同意离婚，我要他赵启航赔偿我的青春费。”李慧娟脱口而出。

“你的青春损失费全在这里了。”宋明理指了指这偌大的江洲集团。

“我不同意离，我要拖他十年八年的。”李慧娟负气地说道。“他说走就走，想离婚，没门。”

任凭宋明理怎样调解，李慧娟就是这两句话。

“你平静下来，好好想想，打官司离婚你肯定要付出很多，我明天再来。”宋明理搁下话走了。

晚上李慧娟把赵启航委托宋明理律师来协议离婚的事与李全才、吴丹青讲了。

“那好，他一分钱也不要，什么财产也不要，你就签字，不要让他后悔。”吴丹青见离婚条件这么简单，就抢先说道。

“我不。”李慧娟犟起来。想着这几天冷三不肯见面，他又有了新的伴侣，气不打一处来，今天赵启航委托律师来谈离婚，她气急败坏，几乎要失去理智。

冷三这几天穿梭在三个女人之间。

“三哥，快来。”华春香手捧着一束野花，向冷三招手，冷三快步来到她身边，“我给你来一张照。”冷三端起相机就是“咔”“咔”“咔”，一连给造型不一的华春香拍了好多照片。“太美好，小香香。”冷三殷勤地说着笑着，搂着华春香献给了她一个深吻。

“三哥，你坏死了。”华春香心神激荡起来，搂着冷三又跳又蹦，“玩累了，我们回去吧。”华春香娇柔地看了一眼冷三。“好，走。”两个人说说笑笑地离开了城市公园。

“你去登记。”冷三停下车，让华春香去宾馆登记。

华春香好像对什么都感到新鲜，在城市公园玩疯了，浑身是汗，衣服湿了又半干。她一进入房间，就脱去衣服冲到卫生间去洗澡。

冷三慢慢地脱下衣服，也钻进了淋浴房，抱住华春香嗅着她的发香，拿下淋蓬头，给华春香冲背。

“你上次在我们美容院的好事被我的小姐妹看到了，晚上还敲了我的竹杠。”华春香喘着气，忽然想起前两天在美容店里，冷三抱着自己胡来的事，娇媚地说道。

“喂，三哥，你在哪？我在舞厅等了你好久了，你怎么还不来？你说好的，今天下午跳舞的。”

“谁？又是那个不要脸的薛丹丹吧。”华春香醋意大发，“不准走，就说有事。”她抱紧了冷三，生怕一松手，他会飞了似的。“丹丹，我现在有事呢，今天跳不成了，改天吧。”冷三挂掉手机，轻拍了华春香的小脸蛋一下。

“你就是花心，有我，还要和什么薛丹丹在一起，我不理睬你了。”

“就在一起跳跳舞，也没有什么。”冷三哄着骗着。

电话又响了，华春香拿起冷三的手机，看也不看就挂断了电话。“今天下午不准离开，我要你一下午，看你怎么去享受别人。”

“不走，不走，有美人相陪，我哪里也不去。”冷三是情场老手，三言两语就让华春香笑靥如花了。

晚上华春香去美容院上班了，“要不要我去陪你？”冷三坏坏地笑起来，“不要，不能胡来。”华春香急切地说道。

冷三开车送华春香去了美容院。下午被华春香挂断的电话是李慧娟打来的，“又烦人。”冷三自言自语道。

“不去管她，让她独自闹吧。”

冷三打通了薛丹丹的电话，“喂，你在哪？”“我在店里呢。”“忙吗？”“客人多，好几桌呢，没有时间出来玩。”“那好，你忙吧。”冷三挂断电话，想了想，决定今晚早点回家。

刚到家门口，电话响起来，“你在哪？我是曼曼。”

“刚到家，你在哪儿呢？”冷三轻轻地问道。

“我在水云间，你来喝茶吧。”

“我刚到家，今天就算了，你自己享用吧。”

“不行，我等你。”说完陆曼曼就挂断了电话。

冷三没有办法，开车来到水云间。“我就知道你会来，你舍不得让我一个人独坐凄哀的。”陆曼曼眉飞色舞地说笑起来。

“你个小妖精。”冷三笑骂道，“找我有什么事吗？不说清楚就敢挂断电话，小心我休了你。”

“你才不会呢，我的三三哥。”陆曼曼挤到冷三身边坐下。“还是喝红茶？”“好。”冷三开心起来，美女入怀，哪里有不高兴的事呢。

“谁，为你梳洗飘逸的长发，
为你高高盘起，细插发夹；
明眸灵动，黛眉如画，
粉面欺花，桃红甘自纷纷下；
紫衣暗花秀缎，
丰腴健丽，窈窕光彩膜拜峥嵘。
流行美的艺技，美艳行流，

真和美的天机，毫厘丝忽呈现。

来颂歌，为天生丽质，

为娇柔旖旎神荡，

纯洁的心灵，倍加呵慕，

学莎翁写出你的美目流盼。

用清新的韵律细数你的秀妍，

这样的天姿，哪里会落在人间。”

陆曼曼轻声朗读着，“三三哥，这真是你写的吗？是为我写的吗？”

“那是以前的才情了，现在全部荒芜了。”冷三忧声说道。

陆曼曼情意绵绵地望着眼前这个风流倜傥男人，他能写会画，能说会道，才华横溢，善解人意，又放荡不羁，完完全全一个公子哥的习性。

“你不能再这样下去了，不要踟蹰在女人堆里。”

陆曼曼虽然也爱和冷三待在一起，有他在，她心里充满了无限的爱意，虽然自己是个有夫之妇，爱人地位也高，也十分地爱自己，体贴关心比冷三有过之而无不及。但是，丈夫竟然带女人到外面去旅游，陆曼曼的心渐渐地变冷了，心不在家了。

自从冷三闯入自己平静的生活里，她的心就再也无法安宁。她自己也说不清自己为什么会爱上冷三，只要有冷三在，心里好像十分踏实。

她和冷三天南海北地侃侃而谈，和悦，平静，安宁，她闲暇时就想要找冷三坐下来品品茶，听听歌，说说话，她心里已经离不开冷三了。

40 岁的女人，一旦爱起来，就像老房子着火，无法扑救。

40 岁的女人，要爱就爱得彻底，爱得轰轰烈烈，爱得无怨无悔。

昼颜女，在家拼命地爱着丈夫，什么事她做得最多、做得最好，对丈夫体贴入微，是人们心目中的好女人。午后的时光是她们的，情意绵延不绝，疯狂如痴。

李慧娟打电话给冷三，他高兴就接，不高兴就不理不睬。

李慧娟心里开始恨起冷三来。

“那你究竟怎么想？”李全才忧忧地问道。

“我就是不想让他称心。”李慧娟气乎乎地说道。

“他赵启航怎么对不起你了，你不要弄反了，都是你把事情弄得不可收拾。”李全才教训着李慧娟。

“还有你，你太不像话了，好好的一个女婿，让你给弄气跑了。”李全才指责着吴丹青。

“好你一个李全才，你现在是帮慧娟，还是在帮赵启航？”吴丹青大哭大闹起来。

“不可理喻。”

李全才拿起车钥匙带着公文包摔门而去。

李全才开车来到江心小吧，让毛碧娇安排一个雅座，他闷闷地坐在那里，一声不吭，喝着茶，微闭着眼睛，想起心事来。

“又怎么啦？”毛碧娇摇着李全才的双肩，“不要把别人的错来惩罚自己。”毛碧娇帮他续好茶，在一旁劝道。

“去开一瓶拉菲来。”李全才吩咐道。

毛碧娇知道李全才的习性，开了酒，置些下酒菜，端上，斟满酒，又跑出去，亲自去买了一些鸡翅，李全才喜欢用鸡翅下酒，然后坐下来陪着李全才一起喝。

“慢点喝，我来陪你。”毛碧娇深情款款地向李全才献着殷勤。

“来，干。”李全才三杯酒下肚，心情晴朗起来。

毛碧娇不问他发生了什么事，只管陪他喝酒，将自己酒杯里的酒端到李全才嘴前，“来，慢慢喝。”一副小鸟依人的样子。

“凄凄复凄凄，嫁娶不须啼，愿得一心人，白头不相离。”

李全才喝着酒，心里想着家中的事，想着不争气的女儿，想着唯利是图的吴丹青，心中愤懑，一连喝了三杯，也不吃菜。

毛碧娇见刚刚面有改色的李全才脸又阴沉下来，知道今天他家里又闹开了，他老婆又惹他生气了。毛碧娇头靠在李全才的肩上，“不要生气了，有我陪你呢。”李全才始终不能阴转晴。毛碧娇只好默默地陪着他，一声不吭，静静地坐着。

李全才又一次没有回家，宿在毛碧娇的小屋内，在她的怀里睡着了。

吴丹青在李全才拂手而去后，又问了李慧娟好多问题，主要是江洲集团的事，她又不懂其中的利害关系，连夜去找弟弟吴珂商量对策。

“慧娟啊，你不要再闹了，一旦走上法庭，或者一旦赵启航改变主意，我们江洲集团的资产将会大部归他，他是集团的法人代表，说白了，这江洲集团就是他赵启航的，他有权分配呢。”李慧娟的舅舅吴珂找上门来。

吴珂劝说着李慧娟。

李慧娟究竟有多少心思爱过赵启航，只有她自己知道。“离就离了吧，省得夜长梦多。”李慧娟心里打起小九九来。

第二天宋明理律师如约而至，李慧娟提出一个要求，就是要赵启航授权吴珂，更改法人证等系列证件，宋明理征得赵启航同意后，签字生效，然后到民政局办好了离婚手续，赵启航与李慧娟这段婚姻彻底了断了，各自成了自由身。

三十九

兰町将赵启航和马子涵策划的旅游方案发给于啸，于主席组织工会委员们讨论，大家七嘴八舌地议论开来。

“品尝河豚。好啊，早就听说过拼死吃河豚这句千古绝唱了，馋了多少年了，就是没有机会去品尝。”

“远离钢筋混凝土城市，入住乡村。就住在长江边上，看潮起潮落，真好，想象着毛主席畅游长江的风采，就是没有机会亲临长江体会那份豪情。”

“做二个月的江心市明月村的村民，体验农村生活。还有自己的独门独院，想吃什么菜，自己可以下地去摘。新鲜，从农村走出来后，就没有当过农民，重温农村生活，真是太好了。”

“领略江心粥文化。这个有意思，我们这里以面食为主，他们那里却要喝粥，有各式各样的菜粥，有排骨粥、河虾粥、鸽子粥、黑鱼粥、海鲜粥等等。黄帝始烹谷为粥，从古人开化之初，粥已经有了最初的文化形态了。喝粥好处多呢，我们家乡也常喝粥，喝粥可以缓解酒后头疼，可以调剂胃口，喝粥还可以延年益寿呢。”

“茶道表演。不是自费项目，还能喝到正宗的安溪铁观音，一杯清茶在手，万千烦恼皆休。喝中国功夫茶，领略茶道之道，有意思。”

“不吃团餐。吃自己想要吃的饭菜，长江江鲜螃蟹、鱼虾可以自己去钓，太好了，我都想现在就放钩垂钓了，我可以画一幅《垂钓长江风》了。”

“征集星月亲水散文、诗歌、书画。有诗意，有雅兴，这个策划之人一定是个文化人，也许就是一个诗人作家什么的。”

“和农民同吃同住同劳动。体现江心市人民的生活情趣，高尚，自然清新，没有旅游之苦，也没有旅游之烦恼，完全是放飞心情的休闲之旅，很好，我向往着赶快组团，我一定要去。”

“还可以浙江名山二日游，扬州一日游。这个不好，来回奔波太劳累了，不要这项，就改成唱歌跳舞互动吧，在农村晒场上，我们跳新疆舞给他们看，奉献我们的热情，来作为回报吧。”

大家你一言我一语，称赞的呈大多数，反对的少之又少。

于啸心里高兴，看来星月亲水不去还不行了。于主席安排工会委员们组织报名，到“江心市休闲二个月”的海报第二天就张贴出来了。

兰町接到老丈人的电话，说再过二周就要来江心市旅游了，已经确定下来了，人数一共 52 个，其中夫妻 14 对，经费每人每天 300 元。你们把账号传过来，好把费用先打一部分给你们。

兰町立即把这一消息告诉赵启航。

田明兰这几天看上去好像不太高兴，“是不是太累了，还是没有和她讲好工资报酬之事，还是没有确定怡心园让她负责，她生气了？”赵启航看到面带忧愁的田明兰，心里想着。

“田明兰，这几天太忙，让你累着了吧。”赵启航关切地问道。

“不累，人也不是很多，又不要做什么重体力活，我还嫌闲着呢。”田明兰灿灿一笑。“听说新疆组团就要来了，是吗？”

“是的，还有两个星期吧。田明兰，你把手上的事先放一放，怡心园让我二嫂闻小凤暂时管一管吧，你去召集村子里能歌善舞的人，去排练我们江心市的地方小曲，新疆客人提出要和我们娱乐节目互动，我们要办一场露天歌舞会呢。”

赵启航能成功就在于他能抓住商机，一瞬而逝的机遇，他往往能捕捉到。新疆反馈来的信息，让他灵机一动，他要组建一支星月亲水文艺队。一来活跃农村生活气氛，二来展示星月亲水的风采。

田明兰性格开朗，天生的不怕人，她从小就喜欢唱啊跳的，和村里的小姐妹在上学的时候经常参加班级和学校的文艺表演，她和许江华表演的《白毛女》让人啼笑皆是，令赵启航至今难以忘怀。

田明兰找到村里的宣传委员徐香琳，把来意和她说了，徐香琳抖擞起精神来，前几天书记还让她准备一台演出，说是参加市里农民文艺会演，她正愁调动不了大家的积极性呢。

现今的人们，大多以我为中心了，集体活动能推则推，每次活动都要费很大周折。

田明兰的到来正巧解了她燃眉之急，她心中当然万分高兴了。

“好，有你们星月亲水，我就放心了，我们共同召集人员，节目我先来排，然后请你们修改吧。”徐香琳拉着田明兰的手说道。

“听你的。”田明兰松了一口气，离开了村委会。

四十

田明兰没有径直回怡心园，而是来到了赵启航的小屋，忧心忡忡地坐着，想起她的心事来。

昨晚打电话给张小龙，张小龙支支吾吾的，好像说话不周全，没有了以前的快言快语，也没有了以前的爽快明了，似乎在躲避着什么。

“张小龙，你怎么了？”田明珠不解地问道。“没有什么，我有事呢。”急着要挂电话。

“不对劲，结婚20多年了，他可从来没有像今天这样语不达意，急不可耐地想挂电话。”田明兰心中臆想着，“是不是合同之事没有着落，还是人在外面出了什么事，要不就是生病难受了，或者是发生了什么意外。”过了十分钟再打电话，张小龙关机了。

“奇怪了，怎么回事呢？有什么事可以告诉我啊，不对劲，以前只要有什么不顺利，他总是要和自己说个明白，有时还没完没了的，电话一打就是一个多小时，今天怎么会关机呢？”田时兰想不明白。再打，电话还是无法接通。

第二天早上田明兰醒来就拨张小龙的电话，还是无法接通，她急了，打电话到郑州办事处，“哦，是兰兰姐啊，张总到北京出差去了，他没有告诉你？”

“哦，谢谢你。”田明兰挂断了电话，胡思乱想起来，打不通，也没有办法。只好惺惺地到怡心园去看看，人在怡心园，心在河南、北京，赵启航来到她身边，她都不知道。

田明兰离开村部，来到小屋。

看着这熟悉的地方，41 年了，在这里有过多少欢乐，有过多少童趣，有过多少个与赵启航相处的日日夜夜，也有过少女的梦想。可是，赵启航鲤鱼跃了龙门，他考中学校离开了明月村，离开了小屋，也离开了自己。无奈何，找个男人就嫁了，结婚生子。张小龙对自己是百般的照应，夫妻恩爱，家庭和睦，他在外打拼，走南闯北，供销合同签订了一份又份，现在也已经小有成就了，还在外面办了公司，生意越做越红火。

现如今，儿子已经上大学了，小车别墅，生活无忧，夫妻虽然不能天天在一起，但他经常回来，虽然他来去匆匆，但时常是小别胜新婚，夫妻感情融洽，在别人的眼里，这一家子琴瑟和谐，兴旺发达。

“他怎么了？”田明兰在心里无数次地自问。担心，疑惑，缠满心头。“他会不会在外面有女人了？”田明兰第一次这样想着，现在条件好了，饱暖思淫欲，他是不是耐不住寂寞了？田明兰敏感万分，不禁为这个家又担心起来。”

“北京是有他的业务单位，江心市的一个将军在北京帮了他不少忙，为他牵线搭桥，他也时常去北京看望将军，可是每次去都和她田明兰说说商量的，带什么好，带家乡的特产去，让老将军常忆起家乡，在外的人最思念家乡了，恋家情节，人人都有，人老了显得更为迫切。可是这次他怎么什么也没有说呢？”田明兰在小屋里思绪万千。

“要不，我现在就赶到北京去一看究竟。”田明兰下意识地起身，准备开车回家拿点衣服即刻去北京。

这时电话响了，“你打电话给我了，我在驻马店呢，手机没有电了，我没在意，你在哪？”张小龙近中午时分打来电话。

“你在驻马店？”田明兰心中一惊，“张小龙从来都不会对自己说谎的，而今天，他竟然……”田明兰心中翻江倒海起来。

“你什么时候回来？”田明兰问道，“就这几天吧，办完事我就回来。”张小龙说完挂断了电话。

田明兰心中气愤，“他为什么要说谎？”她又拨通了办事处的电话。“张总还没有回来，他打来电话说，下午就从北京回郑州。”

“他什么时候去北京的？”“去了好几天了，车票还是我替他买的，他忙呢，怎么了？”

“哦，没什么。”田明兰心悸恸着，痛了起来。

张小龙是带申雪映去北京的。

“张总，我们这笔业务，一定能赚大钱。”申雪映在张小龙的怀里兴奋地说。“我和浙江那边谈好了，你是不是过去看一下，合同一签订，就发货，货到付款。”

张小龙在郑州与一家供电设备厂家打交道时认识申雪映的，她用甜美而纯正的普通话与张小龙谈论着生意经。

申雪映中等身材，白里透红的脸，魅力十足的双眼，挺拔清秀的鼻梁，诱人欲沾的朱唇皓齿，让张小龙心旗摇荡，经过几天的厮磨，张小龙的心被她捕捉住了。

“我们去北京玩吧。”申雪映温柔地提议道。“好，明天我就带你去。”

张小龙在外面第一次有了可心的女人，他不敢告诉田明兰去北京，也许是做贼心虚吧，当他接到田明兰的电话时，他们在北戴河玩的正兴高采烈呢。

“我们去看日出吧。”申雪映和张小龙一大早就起床，并肩走在北戴河宽敞的大道上。天空一丝云儿也没有，白白的、细细的一弯新月高挂在清静的天空，他们就着月色赶往鸽子窝海边。

海的尽头和天连在一起，海水有些泛白，远处的巨轮一字儿排开，俨然是太阳出宫的卫队。海鸥在渤海上欢快地时高时低飞翔着，“呀”“呀”的叫声仿佛是热情的口号，笑看赶早的人们。

张小龙和申雪映徜徉在栈道上、长廊中、亭子下，兜溜在海滩竖石旁，选定好观看日出的最佳位置，等待红日浴海的壮丽场景出现。

“快看，太阳要升出海平面了。”申雪映兴奋起来。天边一处隐隐约约有了一条红线，不长，就在巨轮之间，周边还是一片精白

渤海湾北部群楼耸立，高楼背依东西走向的燕山，现代文明气息浓郁；岬湾上森林公园成为北戴河的天然氧吧；鸽子窝湿地公园挡住了远眺的视线，大片湿地成为鸟的天堂；公园清雅，山道蜿蜒，栈桥曲折，杨柳阿娜，松针刚劲；亭台楼阁昭昭，巧石嶙峋伟拔。南面岬湾上，幢幢红顶别墅招摇在海边，那里是党和国家领导人休养办公之佳所。

张小龙出差闲着没事，就喜欢买些书消磨时光，“水何澹澹，山岛竦峙。”张小龙背着曹操的《东临碣石》，“曹操就是在这儿写下了千古绝唱。”

张小龙挨着申雪映，面向大海，和她谈论着曹孟德。

“萧瑟秋风今又是，换了人间，你看毛主席写得多好。”

这秀美海湾，因为有了曹操，更因为有了毛泽东而名扬四海。

那一条红线粗壮起来，霞光从海平面射出。乘上九驷骏马的太阳出宫了。刚刚露出一角，银灿便直射天际，远远的海平面和天边渐渐地红彤彤起来；远方的海轮抹上了红晕，靓丽得纷纷进入观看日出的人们的视频里；海鸥欢快起来，冲向大海；浪花开心地向岸边扑来，兴奋地告诉沙滩岩石、告诉栈桥亭阁、告诉花草树木：阳光普照，阳光施恩天地万物了。

线条由红转为黄、金黄后快速消融了，一轮红日就在张小龙和申雪映的眼皮下冉冉升起，没有一点的装势造作，一个劲地窜出了海平面。

“啊，太美了。”申雪映尖叫起来。

太阳整个儿的、圆圆的与大海作别，俏丽地挂上了东边的苍穹，给游客带来光明、带来新的希望。

海面上的光柱越来越粗、越来越亮，一直伸展到海边，伸到观看日出的张小龙、申雪映的脚边，仿佛是铺就的一条金光大道，来迎接他们去海的那边作客，近距离地观赏太阳的雄姿，接受太阳的洗礼。

张小龙整个身心沉浸在鸽子窝的透迤风景里，心情是那样的愉悦，笑容可掬，挽着申雪映轻快地蹬蹀在海边的沙滩上。

就在他如痴如醉的时候，田明兰打来了电话，他吓了一跳，难道她有心灵感应，他心中咯噔了一下，说话不流利起来。

“谁啊？”见张小龙不开口，申雪映抢过张小龙的电话，见是“兰兰”的电话，“是你老婆的电话，不要怕，不要睬她。”关掉了张小龙的电话，顺手放进了自己的包里，张小龙见状哭笑不得，但也没有办法，只好硬着头皮继续着他的快乐之旅。

田明兰呆坐在小屋里，愁眉不展，思考着对策。想去北京找他，可是北京这么大，到哪去找他呢？想找航航哥商量，可是他现在又是那么忙，左右为难起来。

电话又响起来，田明兰赶忙拿起手机，“一定要问个明白。”再一看，是赵启航的，“田明兰，你在哪？”一个浑厚的声音传了过来，熟悉而亲切。“我，我在小屋。”

“她怎么去了小屋？”赵启航心里纳闷，“一定有事，早晨看见她心不在焉，去小屋，她一定是出了什么事。”

“你等我。”赵启航让她不要离开。

赵启航来到小屋，自从春节前搬到怡心园住，一下子已有好长时间没有回到小屋了，见田明兰面挂泪水，他也没有说什么，先烧了瓶开水，给田明兰倒了杯茶，然后坐在她对面，看着她。

“你怎么了？”赵启航关心地问道。

田明兰哭得更凶，泪流满面。

在赵启航一再催问下，她开了口，“张小龙在外面有女人了。”

赵启航一听，心向下一沉，“怎么可能，他那么爱你，又十分珍惜你和启雄，不可能，不可能的。”

“你听谁说的？”赵启航不相信，虽然和张小龙接触得少，但冲着上次他回家看到自己落难时力邀他去河南帮忙的那份真诚，是绝对不相信张小龙变坏的。

田明兰见赵启航不相信，便把打电话的事说了一遍，“你说他不是有了女人还是什么呢？我想去北京找他。”

赵启航想了一下，分析道：“首先你无法确定他是不是和什么女人在一起的；其次，他可能业务需要，或别的其他原因，没有来得及告诉你，也是可能的；第三，你说他人在北京却说身在驻马店，也许驻马店有什么急事，中途赶过去了。”

“你不要多想，也不要急，等他回来真相就大白了。”赵启航劝导着田明兰。

田明兰一时语塞，要是事情真的像赵启航所说就太平无事了，可是，她心中仍是疑团重重。勉强喝了口茶，“航航哥，你都回来大半年了，那你到底是为了什么回乡下的？慧娟嫂怎么这么长时间也不来找你，过年也没有回来。”

赵启航一时无语，对于李慧娟，他的心已经碎了，他伤痕累累。“李慧娟，你就别提了，她独自三次把胎打掉，怕我去做亲子鉴定，算我是瞎了眼，婚前没有好好打听打听，是我太没有心机了，轻信了他人的话，对婚姻太过草率。前几天，我已经和她离婚了，手续全部办了。”

田明兰心酸起来，猜想他一定有什么大事，却原来航航哥受到如此大的打击。田明兰抽泣起来，“航航哥，苦了你了。”说完又哭了起来。

男人不到绝望时是不会轻易流泪的，男人一流泪，心就碎了，心死了，一切都无法回头弥补。

“李慧娟变心了，张小龙也变心了，航航哥，要是你没有考到南京学校该有多好啊。”田明兰此时才万分后悔起来，后悔送他去上学的前夜没有和他挑明，后悔当初不该那么早就嫁人，为什么不能等等航航哥呢，要是自己不那么武断，也许就没有现在的痛苦了，田明兰又流下了伤心的泪。

“没事的，你不要担心，车到山前必有路，事在人为，天不会塌下来的，就是天塌下来了，有我顶着呢，我不会让你伤心的。”赵启航安慰着田明兰。

“你现在一个人过，也太难了，尽快找个女朋友吧，有了女人，家才能像个家。”田明兰心地善良，她一直都十分关心着赵启航，在赵启航回小屋后不久，她便天天来看赵启航，温暖他的航航哥。

四十一

新疆旅行团的预付款打过来了，接待工作有条不紊地进行着。

“喂，赵经理，今天下午 2 点，欧阳市长要去你星月亲水驿站去看看。”陈达夫打来电话，“好的，我在驿站等你们。”

赵启航忙打电话给马子涵，让她到驿站来。

下午欧阳市长带着陈达夫来到星月亲水驿站，“赵启航，搞得不错啊，有气派，大手笔。”欧阳市长很满意赵启航的驿站之念，对赵启航又另眼想看了。

赵启航把欧阳市长让到二楼茶座，“欧阳市长，请坐。”

“这是我们驿站的茶道师何洁扬。”何洁扬含笑问了欧阳市长好。

“这是一眼望去旅游公司的马子涵经理。”马子涵忙向欧阳市长深深一躬。

“清静，温馨，环境一流，是个品茶聊天的好地方。”欧阳市长赞不绝口，心中十分愉悦，满意这里的清幽胜境。

“听说你们搞了一个茶道表演队，是不是有这么回事啊？”

“是的，欧阳市长，我想把中国功夫茶发扬光大，请你看看我们的茶道怎样，想请你指点指点。”赵启航让何洁扬拿出最好的安溪铁观音，向欧阳市长表演茶道。

何洁扬展示着她的茶道之技，欧阳市长品尝、观赏，与赵启航谈茶论道起来。

欧阳市长一点官架子也没有，一点官腔也没有，平易近人，何洁扬大胆地展示着茶道功夫。

“小何的茶道技艺不错，改天还要请你为我展示。”欧阳市长心情和悦，笑容满面地说道。

“愿为市长大人效劳。”何洁扬望着欧阳市长，开心地应允道。

“听说你们要接待一批新疆客人。”欧阳市长对马子涵关切地说道，“要好好接待，要展示我们江心市的风采。”

“请欧阳市长放心，我一定不会让市长失望的，我会从每个细节做起，让客人高兴而来，满意而归。”马子涵认真地回答着欧阳市长吩咐。

赵启航装好二份上好的铁观音，“请欧阳市长品尝，我特地从福建挑选来的。”然后递给了陈达夫。

“对了，关于设施农业的事，你抓紧策划。”临走时，欧阳市长吩咐道。

“好的，市长慢走，有空常来这里喝喝茶，散散心。

星期五下午，欧阳市长独自一人来到星月亲水驿站，“赵启航，我要在这里会见一个客人。”欧阳市长开门见山地说。

“要不要让何洁扬服务？”赵启航请示道。

“今天不用，下次再让她服务吧。”欧阳市长径直来到二楼茶座坐下。赵启航亲自拿出铁观音和大红袍，放在茶桌上，烧好开水，下楼去了。

“你是赵经理吗？”一个衣着华丽、模样俊秀的中年妇女来到驿站，轻声地问道。

“我是赵启航，你是？”赵启航打量了一下来人。“约好来你这儿喝茶的，人已到了，”来人说着朝楼上看了一眼。

“哦，快请进，你上二楼吧。”赵启航机灵地让何洁扬她们去练习茶道技艺，“再好好地温习一遍吧，新疆团队还有十天就要到了，这里有我呢。”等何洁扬她们走远后，他虚关上门，到一眼望去旅游公司去找马子涵。

“赵经理，明天忙吗？我想请你到扬州去散散心，看你这最近忙得，也太累了，身体是革命的本钱，再说了，扬州是个好方，也许你此行有意想不到的收获呢。”马子涵怂恿着，见赵启航没有立即否决她的提议，高兴地跳起来，“明天早上 7 点准时出发，我到怡心园去接你。”她生怕赵启航变卦，急急地说道。

“也好，是要调整一下思路了，出去走走，心境会更加宽广的。”赵启航说完向马子涵灿烂一笑，盯着马子涵看了一眼。

“我脸上有字吗？”马子涵被赵启航盯看的有点不好意思，心里却高兴万分，嘴里却另说一套。

马子涵已经30大几了，每次回家，她母亲都要唠叨半天，“再不找对象就真的没人要了，你想让妈急死啊。”马子涵胡乱编说故事，说正在处对象呢，“那你什么时候把他带回来让妈瞧瞧。”“不急，不急，我还要好好考察考察他呢，”“等时机成熟，我就带回来见妈，你老不要急。”“我有事要办，准备去一次扬州，妈，再见。”马子涵匆匆忙忙与母亲作别，生怕母亲又要没完没了地举例引证，催促她能早点结婚。

马子涵自开了一眼望去旅游公司后，整个心思全在她的事业上，她争强好胜，不干出点名堂就不嫁人，这一好胜就是八年过去了，事业有了成就，可是人也大了。

超过30岁的女人谈对象是困难的。

她忘了“先成家后立业”的古训，有时静下来想想，确实是自己太犟了，没有听母亲的话，应了“不听老人言，吃苦在眼前”那句老话。

一眼望去与江洲集团打交道七年了，她跟赵启航接触过多次，每次回到公司，都要仔细回想一下与赵经理交谈的内容，“听君一席言，胜读十年书。”她在心底十分佩服赵启航。

“嫁人就要嫁给像赵启航这样的男人。”有时她也会发呆，胡思乱想。

前几天她听说赵启航离婚了，心里有点难过，“这么好的男人，那个李慧娟不懂得珍惜，她真是个傻女人。”马子涵又喜形于色，“也许我有机会了。”脑海里突然浮现出这一想法，她自己也吓了一跳，脸颊不禁红了起来。

赵启航看看时间不早了，想起欧阳市长还在驿站，便起身告辞。

欧阳市长很开心，神采飞扬，谈笑风生，“赵经理，你开的这个驿站很有创意，尤其是这茶座，是个怡心逸性的好场所，这个茶座，希望你不要把它弄成赚钱的场所，你要让它一直高雅下去，我会常来坐坐的，今后我有什么重要客人，也会把他们带到你这里来的。”

“欧阳市长，请放心，我本来就没有打算依靠它来赚钱，这里只接待贵客，只要您一个电话，这里便是您的活动场所，绝对没有人来打扰的。”赵启航高兴地说道。

第二天清晨，马子涵开着车赶到星月亲水怡心园，赵启航已经准备好了在等她。“我来开。”赵启航换下马子涵。

马子涵特意打扮过，还喷了一点香水，显得娇艳欲滴，赵启航偷偷地看了一眼，专心致志地开着车，向扬州城驶去。

“我们去哪？”轿车到了扬州城，赵启航转过头来问道。

马子涵今天不想到人多的地方去，就想清静点，就想和赵启航聊天说笑，其实扬州之行，她是专门陪赵启航的，她已经来过若干次了。

“我们去何园吧，那儿幽雅。”

何园，位于扬州市徐凝门街，清光绪年间何芷舠所造，被称为“晚清第一园”。

“四面串楼环水抱，几堆假山叹自然。”

赵启航和马子涵穿过东园的圆形门洞，船厅——古色古香的建筑呈现在他们面前，“月做主人梅做客，花为四壁船为家。”赵启航轻轻地读着，想着。

他和马子涵并肩走在鹅卵石、瓦片铺成的小径上，细思着抱柱上的对联，他仿佛看到古代何家人的兴旺发达和浓浓的诗情画意。

沿围墙而叠的假山，叠韵错落，秀美丽人，让人遐想万千。假山以片石为主，有曲径通向假山上的凉亭，“在这里诵读诗词别有一番风趣吧。”赵启航想象着。

假山腹中，内藏两间石屋，假山荫蔽在高树之下，炎炎烈日之下，这石屋的温度一点也不高，在没有弗利昂的年代，如此设计纳凉避暑之所，真正是才华盖世、匠心独具。传说这片石山房是清初山水画大家石涛大师叠石孤本，后代园艺师们誉不绝口，被颂为“天下第一山”。

他们登上读书楼，驻足在何家读书遗训前，马子涵十分有耐心地陪赵启航从头到尾把千余字的竖排繁体字读完，“从主观意识崇尚学习、读百遍烂熟于心、潜思参明义理。”赵启航回味着这其中的深刻道理。

赵启航研读何家读书“敬、习、思”三部曲，受益良多。习思相辅，反复推敲，融会贯通，勤奋用功，静修品德，能读书者则安心读书，能商者则经商创业等等，何家厚学重教，因材施学，各得其所，诗礼传家的门风，让何氏家族文脉代代相传。

赵启航、马子涵来到“寄啸山庄”门楼前，“归去来兮……依南窗以寄傲，登东皋以舒啸。”寄啸山庄即取其意而名。他们闲逛到骑马楼，只见骑马楼是个三进两层小楼，南北进深有度，居住、休闲，场所齐全，楼前楼后有山有水有花园，让人立即心娴静恬，悠然自得起来。群楼全部用复道回廊相连，或曲或直，漫步在回廊之上，全园风景尽收眼底；沿回廊向南步入主人内宅玉绣楼，精制豪华。玉绣楼和骑马楼的复道回廊全长竟然超过1500米，被称为“天下第一廊”。7000多平方米的高密度建筑群，形同迷宫，不禁让赵启航感叹先人杰出伟大。

“看那些窗户，好大。”马子涵牵着赵启航的手来到窗前。回廊上的窗户，造型阔大，多大窗，八角；雕花回曲，精巧细致，气宇轩昂。马子涵从这窗跑到那窗，趴在窗边看这瞧那，绕廊赏景，步移景异，盈盈笑意溢满周身，“古时这园中的千金小姐亦是如此天真烂漫吧。”赵启航看着飞扬喜悦的马子涵，心中联想着。马子涵的笑靥仿佛成为景中之画了。

赵启航、马子涵别过骑马楼和玉绣楼，来到了西园水心亭，“水心亭”因亭子建在水中心而得名。西园空间开阔，中央为一大水池，楼厅廊房环池而筑。池东有石桥相连；池南曲桥抚波，与平台相连，赏月楼、蝴蝶厅构成南面一道风景线；池西为一组贴壁假山；池北则为回廊串楼。

水心亭人们又称她为“戏台”，马子涵真想现在就到这水心亭上面轻歌曼舞，她轻快地唱了“好一朵茉莉花……”赵启航发现马子涵的歌声得到水面和复廊的回声，“音响共鸣，真是奇特无比。”赵启航回味无穷。水心亭因其特殊的回声效果被传扬为“天下第一亭”。

何园中的植物配置独具匠心，半月台旁的梅花、桂花、白皮松，北山麓的牡丹、芍药，南山的红枫，庭前的梧桐、古槐，建筑旁的芭蕉等等，既有一年四季之布局，又有一日早晚之变化，极尽人工雕琢之美。

赵启航游完何园，心情大好，带着马子涵吃过午餐，开车回转。

轿车在明庭苑小区门前停下，“走，到我家去坐坐，我煮晚饭给你吃吧，看看我的厨艺怎样。”

赵启航跟着马子涵上了楼。

“你先喝喝茶，看看报纸，饭菜马上好。”马子涵穿上围裙在厨房里忙碌起来。

赵启航观察了一下房间布局，厨房连着餐厅，餐厅地面比客厅高了约二十公分，客厅一套精美的布艺沙发，墙角吊兰悠闲在高高的独凳上，电视镶嵌在背景墙里，电视下方为一条形低柜，花花草草罗列其上，客厅一侧是个甬道，甬道两侧有三间卧室和一间卫生间。“嗯，这个小女子看来还挺会享受生活的，经济收入也不低。”赵启航心里暗笑，“怎么评论起人家来了。”

见马子涵忙碌的背影，赵启航想到了田明兰，她俩都是个好女人，都很能干，也都倔强。

“哈哈，你是万事俱备，只差心上人入住了。”赵启航打趣着马子涵。

“我这里要是有男人来入住，也只有你赵启航有资格。”马子涵顺口答道。

“你说什么？”赵启航没有听清楚马子涵刚才低低的窃语，“我是说，我要找男人，就找你这样的男人。”

赵启航怔住了，没想到马子涵对自己已是用情颇深，他又想起了田明兰，他心里清楚，田明兰虽然已经嫁人了，但是她依然对自己一往情深，现在张小龙又在伤她的心，自己在这两个女人之间是不能随便选择的，再说了，一朝被蛇咬，十年怕井绳，他对婚姻已经失去信心，他不想再谈情说爱了，他要好好治愈受了重伤的心灵。他听马子涵似乎是玩笑的说辞，但他已经从她的眼神里感到了她的那份热情，这个小女子正在向自己抛绣球呢。

赵启航心里七上八下的，不知道如何是好，就只能装聋作哑，不去理会。

“真好吃，好久没有吃到如此可口的菜肴了。”赵启航赞不绝口，连说好吃。“那你就多吃点，好吃，我就经常做给你吃。”马子涵毫不掩饰自己对赵启航的感情，“赵启航，今生今世我算是跟定你了，我不会让你跑掉的，我会一直追随你，直到你另外娶了其他女人。”

“假如你另娶了，我就终身不嫁。”马子涵见赵启航有意回避，她的倔强劲上来了。

赵启航想不到马子涵会如此之快、大胆地和自己摊牌，赵启航冰冷的心好像有了些消融，只是一想到李慧娟，心还是会滴血。

赵启航和马子涵吃完晚餐，俩人默默地离开了明庭苑，“你开我的车回怡心园吧，我一个人经常住在一眼望去，今晚我就住在那里了，晚上还有一个旅行计划要做，明天人家要呢。”

赵启航把马子涵送到公司，独自开车回星月亲水怡心园去了。

四十二

赵启航没有住在怡心园，他回小屋去。远远看见小屋的灯亮着，他心里不禁有些隐痛，是不是田明兰在等他呢？他怎么会知道自己今晚会回小屋？这个呆丫头。他紧赶几步，快速向小屋跑去。

“兰兰，你不要疑神疑鬼的，心放宽些，他张小龙不敢在外面胡作非为的，平时见他有礼貌，讲道理，见人就是笑，很会体贴人的，他心地善良，不会做出格的事的。”

是九婆婆的声音，赵启航止住了脚步，站在门外，犹豫起来。

“他张小龙要是真的不学好了，我就打他，看他服不服，我帮你出气。”九婆婆又劝道。

一听九婆婆要打张小龙，田明兰心软了。“九婆婆，他也许真的没有骗我，可能是我多想了。”田明兰忧忧地说道。她知道九婆婆的脾性，她说打还真的有可能打呢，不能让他张小龙受委屈的，日后我怎样做人呢，田明兰又凄凄哀哀起来。

“九婆婆，航航哥心苦呢。”田明兰忽然又想起赵启航来。

“唉，这个航航啊，多磨难呢，他都回来大半年了，什么也没有对我说，可是我知道他一定是和那个李慧娟有什么想不开的事儿，航航那么大的肚量，他平时都让着李慧娟的，这次，他一人回来，一定是李慧娟不学好了，还有他那个丈母娘，也太小家子气，我也看不惯她那副德行。”九婆婆话匣子打开，没完没了的，“要是我看到她李慧娟，我非要问个明白不可。”九婆婆气愤地说道。

“九婆婆，航航哥都跟我讲了，他们离婚了，是李慧娟真的不学好，航航哥把她给休了。”田明兰心中郁闷，为赵启航惋惜，“航航哥是个多好的男人，她李慧娟都不知道珍惜，休得好，休得好。”田明兰愤愤地说道。

“唉，也太难得这孩子了，让他受这么多苦。”九婆婆有些心酸，“这孩子是我一手带大的，我当然知道他的个性了，就是太善良了，也太重感情。”

这个社会，太重感情是会吃亏的，这是个金钱至上的社会，这是个权力至上的社会，这个社会变了，全变了，人心变黑了。

“九婆婆，你得想个法子，让航航哥心暖起来，让他找一个对象吧。”田明兰为赵启航分忧着。

“就是，他不孝啊，到现在还不给我生个孙子。”九婆婆担心起来，“兰兰，你帮他说个媒吧，他会听你的，他都这么大了，我打他也不是事儿，李慧娟的事，不是航航的错，离婚好，早就该离了。”

“好吧，九婆婆，我明天就对他说。”田明兰心情好了起来。

“你快点回家吧，不早了。”九婆婆见田明兰脸色晴朗起来，站起身，“明天你带我去怡心园，我去找他。”九婆婆吩咐道。

赵启航想离开，可是来不及了，田明兰打开大门，见有一个人呆立在门外，吓了一跳，定神一看，原来是航航哥，“你站在门外干吗？偷听啊。”

“九婆婆，我回来了。”赵启航忙向九婆婆请安，回头瞪了田明兰一眼，“就你多事。”

九婆婆年岁虽然已高，但耳聪目明，见赵启航有责怪田明兰之意，“航航，不准欺负兰兰，她都是为你好。”九婆婆看到赵启航，心情大悦，又折了回去，坐在桌前。

“航航，正好我有事要找你。”

赵启航和田明兰两人坐在九婆婆对面，听九婆婆讲事，“你的事，我已经知道了，把那个李慧娟忘掉，我们重新开始，天底下好女人多的是，你赶快给我重找个媳妇，我要抱孙子。”九婆婆开门山地说。

“九婆婆，等我办完手中的事再说吧。”

“不行，我让兰兰抓紧给你物色，到时你可不能打马虎眼，不听话，小心我打你。”

“九婆婆，我知道了。”赵启航认真地答应着，“九婆婆，我送你老回去吧。”赵启航搀扶着九婆婆走进黑夜里。

告别了九婆婆，赵启航回过身，问田明兰去哪里，“我不想回家。”田明兰来劲了，“谁让你眼睛瞪我的，好心没有好报，你就是个白眼狼。”

赵启航和田明兰并肩走在乡间的小道上，“过去的就让他过去吧，唯有未来才是你该珍惜的。”田明兰劝解着赵启航。“今天你去哪了？听说你和马子涵出去玩了，是吗？”田明兰诡异地笑着问。

“明知故问，怡心园哪个不知道，就你人精。”赵启航把今天发生的一切全部向田明兰说清道明。

“好啊，我看不错，马子涵有能力，吃苦耐劳，人又长得美艳，她又一心一意要和你好，你就答应她吧，让她成为我的嫂子。”田明兰兴奋起来，赵启航的幸福就是她的幸福，她从小就对赵启航百依百顺，梦想能成为他的媳妇，可是自己没有把握住机会。

“你们俩真是天生的一对，地造的一双，也许上苍早已把你们的命运绑在一起了，只是时机未到，现在好了，机缘来了，你要好好把握，爱情就像乘火车，你不及时上车，列车就会开走了。”田明兰喜上眉梢，打趣着赵启航。

“改天我去见见她，让我当你们的红娘吧。”田明兰讪讪一笑，好像自己要嫁人似的，眉飞色舞起来。

“你不在意吗？”赵启航问。

“唉，别提了，我没有把握住自己的机缘，时常痛心，可是，我已经结婚了，儿子启雄已经21岁了，我不能再有什么奢求了，不过，我是真心的盼你好，盼你幸福。”田明兰天真无邪地说道，她真想放声高歌，为赵启航的美丽人生歌唱。

“可是，我比她大8岁呢，事业还没有取得多大的进展，而且我又是个离婚的，也许今后她会后悔的，还是等等看再说吧。”赵启航冷峻的脸上看不见一丝的欢乐。

“你还在想着李慧娟吗？都过去了，你必须从过去的阴影里走出来，生活还得继续，生命还得延续，你再不结婚，赵家香火就要断了，你将成为赵家的千古罪人，九婆婆一定不会答应你再拖下去的，你不是说要好好报答她老人家吗？结婚生子才算孝顺。”田明兰一口气说出了人生的哲理，赵启航本想说些什么的，见田明兰那认真样儿，就没有再开口。

四十三

李慧娟这几天过得很苦，离婚，是她没有想到的，赵启航这么绝情，是她没有意识到的，他们在一起时，李慧娟是毫不珍惜，一心只想着浪漫，追求着人性之乐，总是怪赵启航不通人性，不知花前月下的情调，只知道事业、事业，她恨赵启航没有把她当回事，没有和她一起夜夜销魂，天天开心。

“喂，冷三，你在哪？”李慧娟拨通了冷三的电话。“我出差到上海了，学校组织我们去上海观摩生物教研。”

“什么时候回来？我想见你。”李慧娟忧郁道。

“要过几天呢。”冷三想挂电话。

“你没有骗我吧，你又带谁去了，是曼曼、丹丹，还是香香？”李慧娟醋意大发。

“好，我挂了。”冷三毫不犹豫地挂断了电话。

“浑蛋。”李慧娟气急败坏，摔掉了手机。

她已经好久没有和冷三在一起了，每次约他，冷三都有借口，她忽然痛恨起冷三来，要不是冷三，她也许不会让赵启航如此的伤心，被赵启航果断地、无情地抛弃，家也许还是完整的，现在家已经不复存在了，要想再成立一个家，40 多岁的女人谈何容易！尤其是离了婚的女人，成家的愿望往往被无情的现实所抛弃，自己又没有什么特别可人的地方。

目前，李慧娟就是手里有钱，玩，当然是足够的，完全能满足她的虚荣心。可是，终身大事，靠玩当然是不行的。

李慧娟在心里想着赵启航，他什么都好，就是不懂风情，而今，自己被追求的风情打垮了，她痛恨起自己来。

李慧娟从地上拾起手机，拨打赵启航的电话，“您拨打的号码不存在。”她猛然想起赵启航净身出户后，自己从青岛回来，就到移动公司找朋友办了销号手续。

她想去找赵启航，想去请求他的谅解，可是，自己平时做事太绝了，她心里无法确定赵启航会不会愿意见她。李慧娟呆呆地坐在沙发里，泪流满面。

冷三此时和陆曼曼在星月亲水怡心园玩得正开心呢，陆曼曼在星月亲水驿站详细问清了怡心园的方位、游玩项目、收费等情况，觉得很好玩，就打电话给冷三。

他们驱车来到星月亲水，果然见有门卫而无人值守，他们取了沁心 36 号牌，径直进入隐匿在树荫中的一大排房子，陆曼曼在怡心园入口处的竹楼门前做了几个造型，让冷三展示他的拍摄技巧，然后用号牌换取钥匙，入住沁心 36 号院子。

“真的好像回到家里一样，冷三，这是我们的家了。”陆曼曼在室内转了一圈，“真的好温馨，好浪漫，宾至如归原来是这样的感觉。”

她放下包，烧水，开窗，本想擦洗一下沙发茶具的，发现室内已经是一尘不染了，她抱住冷三献了一个香吻，“让我看看刚才的照片，看看你的技艺长进了没有。”

冷三喜滋滋地摆弄着相机，陆曼曼的倩影显示在屏幕上，“真神气，美丽。”冷三赞叹着，陆曼曼得意忘形，沾沾自喜。“你更加风流倜傥，神清气爽，你是个美男子呢。”

“哈哈，没有你显精神，大家闺秀风采。”冷三一张嘴甜得像蜜，陆曼曼很是享用，“来，我给你泡茶，真是上好的铁观音，闻着香呢。”陆曼曼纤手忙着倒茶，“相公，娘子敬你，请喝茶。”陆曼曼风度翩翩，把个冷三说得心神摇荡起来。

“这里真好，真雅，真静，是个约会的好地方，冷三，我们下次就经常到这里玩吧。”陆曼曼建议道。

“是个学习读书的胜境，我要好好向你学习。”冷三压着陆曼曼，两人说着笑，调着情，幸福着彼此的幸福。

他二人正玩得兴浓的时候，李慧娟打电话找冷三，冷三随口说了句在上海的谎言。

“下次我找你，你也会这样说谎的吧。”陆曼曼见冷三说起谎来都不用思考，脱口成章，说得像真的一样，心中有点不高兴了，“你实话实说好了，为什么要说谎，她李慧娟也真是的，一天到晚缠着你，你上次不是说已经和她分手了吗，怎么还这么一个劲地找你？”

“她丈夫和她离婚了，她现在是一个人过，有时会打电话给我，要我和她说说话，可是，我已经好几天不理睬她了，这不，我可是天天和你在一起的，没有说谎吧。我不是真的想说谎，有时说谎是一种安慰的方式，否则，说真话反而会带来更多的不愉快。”

陆曼曼无话可说了，其实她是不想过多地说，说谎这个话题，真的是说不清楚，自己每次下午和冷三在一起，只要接到电话，同学的、朋友的、丈夫的，等等，她不是也在说谎吗？回到家里，就俨然变了个人似的，勤快，热情，关怀，顾家等等，表现得特别优秀，这样做，她心里有点踏实，面对丈夫也就觉得问心无愧了。

“我们吃过晚饭再回城吧，我丈夫今天出差去了，我可以晚点回去。”“好吧，你想吃什么？我来点。”

“我想喝鱼汤，”陆曼曼撒娇地说道，冷三打电话订了餐。“一份黑鱼汤，一份炒青菜，一份红烧小江鱼，一瓶红酒，再来四只包子。”

冷三和陆曼曼温情脉脉地喝着酒，心灵慰藉。吃完后，又在月光下兴致勃勃地游览了一下星月亲水。

月色下，星月亲水的夜景是迷人的。坐在月色莹莹的夜幕下，丝丝凉风抚摸着他们的面孔，惬意缠绵在他们的周身，直沁心田。

这是六月的夜晚吗？蛙叫虫鸣的童趣不见了，不过没关系，在这静谧的夏夜，在这软软的月光下，在这习习的凉风里，人是轻松的，心态是年轻的，胸襟是宽广的；思想飞翔着，憧憬着；整个人儿，幸福着。

四十四

赵启航找来许江华，“你把这餐厅的灯替我换一下吧，去买几盏富丽一点的，上次施广发结婚时，我发现灯光有点暗，这是个大家聚集的地方，还是要搞得豪华点，新疆客人来，要住上二个月，这里将是他们聚在一起的活动场所。”

许江华按照赵启航的意思，把餐厅的灯全部换掉，富丽堂皇的水晶吊灯把整个餐厅照得通明透亮，又到窗帘店里定做了落地窗帘，买了十张圆形桌面，另配了玻璃转盘，买了十张红色、十张黄色台布。

“还得在餐厅一隅装一所洗手间。”许江华带领他的工程队，花了一天的时间就完工了，下晚时，窗帘也装好了，入夜后，他和闻小凤、田明兰来到餐厅，打开灯，“哈哈，真像个大酒店呢，有气派，等赵启航回来，准让他吓一跳，一定会赞扬我的工作效率高，一定不会责怪我自作主张。”许江华开心地和闻小凤说笑着。“这里可以接待贵宾了。”闻小凤欣赏许江华的眼光，自然欢喜万分。“我们到时也得好好装扮一下，别让远方的客人把我们星月亲水怡心园看扁了。”田明兰建议道。

一切准备就绪。

施广发这几天不很爽，乡镇局说要精简外聘人员，他被列入其中，“一定是李全才搞的鬼，他见我与赵启航走得近，故意整我。”施广发怒火中烧。

何洁扬反倒是开心起来，“你也不好好想想，李慧娟与赵经理离婚了，她能忍下这口气？会不会是李慧娟在她父亲面前挑弄是非呢，不做驾驶员也好，我也早想劝你不要去乡镇局上班了，在那儿没意思，乡镇局谁不知道赵启航、兰町，施广发三个是好朋友呢，你就一门心思帮赵经理做事吧。”

施广发平静下来了，来到驿站，见赵启航也在，便说不去乡镇局上班了。“也好，你就到我这里来上班吧，其实你早已是星月亲水的一员了，你去怡心园负责吧，田明兰，我嫂嫂闻小凤还有其他事要做，你去当经理吧。”

“那我开夫妻店啊。”施广发玩笑着。

“何洁扬是负责驿站，可是她还是茶道队的头头呢，你不要弄错了，怡心园就是怡心园，星月亲水驿站不光为怡心园招揽客人，它最大的作用在于打造星月亲水品牌。”

虽然星月亲水事业还没有太大的起色，但是赵启航在星月亲水起航的那一刻，他就有意识要打造星月亲水品牌，他在第一时间就到工商局注册了商标，他是个商人，他知道注册商标的重要性。

施广发到怡心园走马上任了，“施经理，这里将是你大展宏图的地方了，你要好好珍惜这机会。”何洁扬说着笑着，和施广东发顽皮地打趣着。

“士为知己者死。”我会开动脑筋，全力经营怡心园的。

“哈哈，女为悦己者容，你今晚打扮得如此艳丽，为谁容的？”施广发开心地大笑起来。

“容你个头。”何洁扬倚着施广发，情意绵绵，心花怒放。

收藏喜怒哀乐，挥袖梦逐清风，
一花一世界，一叶一菩提，
繁华锦瑟缠绵，
若水若梦若词曲，
放逐记忆，拾一缕花开花谢，
指尖轻触时光，荡漾柔软艳容。
一份情怀，一缕相思，
繁花锦绣人生路。
生命，如歌如茶如甘醇，
穿越栅栏蜿蜒冷暖如歌，
轻舞霓裳，倾听灵魂叙说，
典藏生命纯真敦厚。
笑看绿黛暖融远雨近凉，
微澜静好，山高水长静候。

施广发喜得何洁扬的恩爱，感到无比的幸福，他从内心深处爱着何洁扬，她是个好女人，是值得为她流血流汗的。

幸福是什么，幸福就是快乐地流汗。

何洁扬自从嫁给施广发后，越来越觉得他是个真正的男子汉，有责任感，会体贴人，她没有想到自己的命运这么好，上苍给她安排了这么好的伴侣。她必须牢牢抓住到手的幸福，夫唱妇随，在她心中，施广发便是她的天，是她的一切。喜得一心人，白头不相离。

自从失去了冷三的温暖，李慧娟消瘦了许多，四十多岁的女人，身边又没有一男半女陪伴，心情就像夏日午后的天空，阴晴不定。她再也没有心思去打点江洲集团的事了，毫无目的地在商场闲逛，在舞厅乱跳，在家烦躁地按着遥控器。

一到晚上，她的心更加寂寞，有钱有什么用，有钱买不到心安理得，有钱买不到平凡幸福。

李慧娟开始整个下午、整个晚上在白黑蓝舞厅狂舞。白黑蓝舞厅最近来了清一色的所谓少爷，专门陪中年妇女跳舞解闷。这个世道变了，以前，舞厅里坐满了艳丽女郎，等候男人的钦点，而现在，这些妙龄女郎不知跑到什么场所去了，少男少女们有他们的世界，40多岁的中年妇女，成熟了，无事了，剩下的就是空虚，也许是舞厅老板摸准了这些富婆们的心理，一种追求刺激的心理，他们招来少爷，为这些富婆们解渴解闷。

李慧娟腰缠万贯，她出没在白黑蓝舞厅，点一个男生包场，跳啊跳，她要把胸中的烦恼全部忘掉，捕获一时的快意，“冷三，你有什么了不起；赵启航，你有什么了不起，你们有这些少爷们年轻吗？你们有吗？”李慧娟时恨时喜，带少爷出去吃饭，晚上继续包，李慧娟过着糜烂的生活。

吴丹青又和李全才闹开了，“你夜不归宿，是不是外面有了其他女人了？你也不劝劝慧娟，看她现在多么可怜。”吴丹青对着李全才又哭又闹。

“那你什么时候管教女儿了？只知道钱钱钱，有钱又有什么用。”李全才怒火中烧，他受不了吴丹青的吵闹，搬到楼下小房间里，反锁上门，独自坐着抽烟，生闷气，任凭她吴丹青怎么哭闹，他已是无动于衷了。

四十五

赵启航坐在星月亲水驿站二楼办公室，仔细研读着设施农业技术。书读累了就去找蒋爱民，他是这方面的专家，也是自己的好朋友，大哥田风的明月筵渔场就是在他一手帮扶下取得成功的。

“赵经理，是什么风把你吹来了？”蒋爱民热情地说。

“我来找你，想讨教设施农业方面的问题，有时间吗？”

蒋爱民给赵启航倒了杯茶，话匣子又打开了。

“设施农业，是在环境相对可控条件下，采用工程技术手段，进行动植物高效生产的一种现代农业方式。”

“设施农业涵盖设施种植、设施养殖等。在国际的称谓上，欧洲、日本等通常使用设施农业这一概念，美国等通常使用可控环境农业一词。”

“怎么，你赵经理不是想要也搞设施农业吧？”蒋爱民突然想起赵启航为什么要问设施农业方面的问题，不禁好奇地问道。

“你看我们江边，那么多的空地，荒着多可惜，我也没有什么大事可做，就想在这方面发展，不知能否做好。”赵启航谦虚地说道。

“我国正在大力提倡搞设施农业呢，你看山东寿光搞得多好。”蒋爱民感兴趣起来，他自己其实也想搞，可是舍不得手中的铁饭碗，几经思虑，还是放弃了想法，“就待在局里吧。”他不敢轻易迈出这一步。

“目前我国设施农业面积占世界总面积比例还较低。”

“设施栽培是露天种植产量的 3.5 倍，我国人均耕地面积仅有世界人均面积 40%，发展设施农业是解决我国人多地少、制约可持续发展问题的最有效技术工程。”

“我国设施农业发展有两条道路：一是引进国外具有自动化、智能化、机械化并具备人工升温、光照、通风和喷灌设施，可进行立体种植，属于现代化大型温室。”

“设施农业还没有普及开来，主要是因为成本高，甚至难以实现商业运营。”赵启航心忽然动了一下，心中盘算着什么。

“另一条道路是我国农技推广部门推动农膜生产企业和农民联手，从塑料大棚和拱棚开始，逐渐发展为日光温室和连栋温室，形成快速发展。”赵启航听着蒋爱民的介绍，对发展设施农业心中有底了。

“赵经理，如果你真想搞设施农业，你可以想法子利用太阳能技术工程，把我国设施农业尽早进入由量变到质变的转化期，与世界先进水平接轨。”蒋爱民建议道。

“另外，搞设施农业，政府可以补贴。”蒋爱民又讲起政策来。

“你还可以搞创意休闲农业，如果你要搞，这方面我可以为你提供帮助”

“现在设施园艺也开展搞得红火起来。”蒋爱民见赵启航兴趣很浓，又介绍起设施园艺来。

“设施园艺按技术类别一般分为连栋温室、日光温室、塑料大棚、小拱棚（遮阳棚）四类。国际上塑料农膜占整个覆盖面的97%，我国占到98%，其他为玻璃/PC板覆盖。”蒋爱民说起他的专项来，头头是道。

蒋爱民又传授起设施农业的硬件要求来。

“塑料连栋温室以钢架结构为主，主要用于种植蔬菜、瓜果和普通花卉等。其优点是使用寿命长，稳定性好，具有防雨、抗风等功能，自动化程度高；其缺点与玻璃/PC板连栋温室相似，一次性投资大，对技术和管理水平要求高。”这正是蒋爱民不敢轻易放弃铁饭碗去经营设施农业的真正原因。

“日光温室的优点有采光性和保温性能好、取材方便、造价适中、节能效果明显，适合小型机械作业，其缺点在于环境的调控能力和抗御自然灾害的能力较差，主要种植蔬菜、瓜果及花卉等。”

“塑料大棚是我国北方地区传统的温室，农户易于接受，塑料大棚以其内部结构用料不同，分为竹木结构、全竹结构、钢竹混合结构、钢管（焊接）结构、钢管装配结构以及水泥结构等。总体来说，塑料大棚造价比日光温室要低，安装拆卸简便，通风透光效果好，使用年限较长，主要用于果蔬瓜类的栽培和种植。其缺点是棚内立柱过多，不宜进行机械化操作，防灾能力弱。”

“小拱棚（遮阳棚）的特点是制作简单，投资少，作业方便，管理非常省事。其缺点是不宜使用各种装备设施的应用，并且劳动强度大，抗灾能力差，增产效果不显著。主要用于种植蔬菜、瓜果和食用菌等。”

蒋爱民一口气几乎把设施农业作业的硬件种类说了个遍，赵启航看着眼前这个书生，满腹才华，却得不到重用，40出头了，只混了个股长，还是副的，赵启航惺惺相惜起来。

蒋爱民的妻子严馨香和他在一个单位，她今天看见以前来和蒋爱民谈了半天的那个人又来了，又和蒋爱民谈论甚欢。“今天白天那个人是谁啊，看你们聊得开心。”

“他叫赵启航，原来是乡镇局的总工，技改部长，后来跳槽下海，办了江洲集团公司，去年突然辞职不干了，回到乡下办起了星月亲水怡心园，今天他来问有关设施农业的事情的。”蒋爱民认真回答道。

“哦，原来他就是赵启航，只知其名，不识其人，他也是我们江心市的名人了。听说他现在搞得那个星月亲水怡心园还不错呢，还听说他在城里还搞了一个什么驿站。”

其实前几天，她去过驿站，认识赵启航的，在蒋爱民面前她假装不认识。

“你看人家风里来雨里去，搞得红红火火，不像你死人一个，呆板木头。”严馨香又开始数落起蒋爱民来，怪他没有男子汉的勇气，怪他没有能耐，怪他死脑筋一个。蒋爱民在单位受人挤压，在家经常受到妻子的臭骂，他经常独自一人坐在阳台上晒太阳，想着自己的心事。

“好不容易跳出农村，让我下海，我可不会游。”他对自己的能耐不自信，也难怪在单位不受重用了。

蒋爱民刚才还口若悬河的，现在一下子就口才全无了，唉声叹气起来。谁叫自己没用呢，也只好由着妻子，让着妻子，懒得和她计较，他把所有的委屈全部咽下肚，只是还没有到流泪的程度。

“不能再这样了，明天我去找赵启航，看他有没有办法帮我。”他松了一口气，“也许在他那里我能发挥我的才干呢。”蒋爱民面露喜色，也不和妻子说，等着明天的太阳升起。

四十六

田明珠工程队忙得不亦乐乎，他承接了四幢别墅楼建设，包工包料，吃喝全包，二百多万的工程，他的工程队只好套着做。

“明珠，我看就不要工地、家两头跑，我去工地给你们做饭，反正四幢别墅在一起，就临时搭个工棚，在那里做饭、吃饭，也方便工人，不要来回辛苦，吃完饭后还可以休息一下，我天天去买菜，晚上你们也在那儿吃，给工人们买些酒，不要亏待了工友，没有他们，你的工程进度肯定慢，到时交不了户可了不得。”王丽琴替丈夫想着办法。

“好啊，就怕你太辛苦了，早上我帮你去买菜。”田明珠总是惯着王丽琴，他们夫妻和睦，同甘共苦，总有说不完的话。

“也有好几天看不见赵启航了，不知道他的营业情况好起来没有，改天找个下雨天，我们过去看看吧，兰兰这几天好像有点不对劲，好像没有以前爱说话了。”王丽琴又说道。

“是啊，这个疯丫头不知道为什么愁眉苦脸，这不是她的性格，她平时总是乐乐呵呵的，改天我要去问问她。”田明珠有些担心，他们兄妹情深，虽然田明兰已经出嫁了，但是，田明珠仍然把她当作小孩子一样呵护。

王丽琴喜欢光着身子睡觉，每次都搂着田明珠入睡，她的要求不高，只要夫妻天天在一起，享受平凡的生活，她就心花怒放了，她不要什么香车宝马，金银绸缎，自嫁给田明珠后，就一直默默无闻地操持着家务，服侍着生病的婆母，养育着孩子，她不把田明珠与任何男人相比，她只要田明珠平平安安，只要家庭欢欢乐乐。

干柴的烈火熄了，王丽琴又想起婆母来，“我不能整天待在工地上，做完饭后我还得回家照顾娘呢，你们自己吃饭，碗筷就放在那，等我下午去再洗吧。”王丽琴头枕着田明珠的手，温柔地说。

“娘这几天好像又在想爸了，爸都没了40年了，她在心里想着，她虽然不说，可是我感觉得到，你要好好陪陪娘了，她老人家也近80岁了，她一人拉扯我们三人长大不容易的。”田明珠忧忧地说道。

“我知道，前几天，九婆婆、许队长，还有娘她们三个人在一起，好像也提到九公公他们呢，说到伤心时，都老抹泪呢。”王丽琴叹起气来，“你可要事事当心，不能让我也像娘他们一样，日日夜夜想着伤心着，听到没？一切都要小心，平安才是人生最大的福气。”王丽琴又在田明珠耳边唠叨起来。

张小龙终于来电话了，从郑州办事处打来的，“你什么时候回家？”田明兰压住胸中的怒火，也不挑明他究竟是去北京还是去驻马店，一切等他回家再和他计较。

“还要过几天才能回家，我要去一下浙江，去看一下产品，等我办完这件事就回家。”这次张小龙没有骗她，申雪映从北京直接回浙江去了，约好这几天张小龙到浙江去见面的。

“你什么时候去浙江？”田明兰问道，“明天下午的火车，去两天就直接从浙江回家。”张小龙极尽温柔地说，他有些后悔，不应该骗她说去驻马店的，和她直接说去北京多好，免得她怀疑，张小龙还对那天申雪映抢过自己的手机挂断并关机这事心有余悸呢，他不知田明兰会怎样想，会不会怀疑，但有一点是可以肯定的，田明兰一定很着急，他知道田明兰深爱着自己，申雪映做得有些过头了。

张小龙虽然在北京没有说明坚决要去浙江，只是口头上应付了一声，在回郑州的火车上，张小龙睡不着，从头至尾把认识申雪映的经过细细想了一遍，常言道天上不会掉馅饼的，这笔合同有如此大的利润，她申雪映也是跑供销的，她为什么不自己做呢？为什么要介绍给我来做？越想越觉得不对劲，他决定还是要去一下浙江，不能仅听她申雪映的一面之词，好在没有花去多少钱，他也就不着急了，等到后天真相就可以大白了，张小龙心情开朗起来。

张小龙吃过晚饭，没有像以前一样出去走走，他今晚很早就上床休息，倒在床上不一会儿功夫就呼呼入睡了。

早上 7 点不到，张小龙被敲门声惊醒，赶忙开门，“啊，你怎么来了？”张小龙见田明兰背着小包站在门口，吃了一惊，“想我了？等急了？”张小龙兴奋起来，忙让田明兰进屋，“昨天下午四点的火车吗？来也不打电话给我，我早上也好去火车站接夫人大驾光临。”张小龙边倒水边开着玩笑。

田明兰快速把屋子扫瞄了一下，“看你屋子乱的，也不好好收拾收拾。”她转身进了卫生间，空无一人，她的心坦然了，也许是自己瞎想瞎猜了，张小龙没有胆把女人带回家的，她心中忽然有了一点歉疚，她不应该怀疑张小龙。可是他为什么会关机呢，真的如他所说是没电了？田明兰决定还是要问个明白。

田明兰从卫生间出来，张小龙已然爬到床上在等她，田明兰没好气，“那天你为什么要关机？”张小龙见田明兰面带怒色，赶忙收起喜笑颜开的心情，原来她是来问罪的，“我真的是手机没电了，在外办事又没有带充电宝，无法充电，所以，手机自动关机了。”张小龙在北京回郑州的火车上，就想好了回到江心市面对田明兰的说辞了，想不到她竟然突然从天而降，这么快就站在自己的面前。

“你那些天究竟在哪里？”田明兰盯着张小龙的眼睛问道，张小龙在田明兰面前很少说谎，一说谎就言不达意，他见田明兰盯着自己看，知道田明兰早已经怀疑了，今天这么不声不响的搞突然袭击，她来的目的是来捉奸的，张小龙心中大惊，“我在驻马店。”可是他的声音也告诉了自己，自己已然在田明兰面前原形毕露了。

“还不说真话？”张小龙好像被田明兰抓了个现形紧张起来。

“你当我不知道啊，快说，你究竟在哪里，在做什么？”田明兰瞪大了眼睛，好像要喷出火来。

“我去北京了，和一个客户一起去玩的。”张小龙老实交代，这句话他没有说谎。

“男的还是女的？”

“是女的，她叫申雪映，也是跑供销的。”张小龙如实答道。

张小龙把和申雪映接触的前前后后全部与田明兰说清楚了，当然把与申雪映最重要的关系一点也没有说。

“你真是笨啊，她把你卖到麦田里，你也找不到东南西北，肯定是个骗子，她有没有骗到你什么？”田明兰关心起张小龙来。

“没有被骗到，就一趟到北京的车票。”张小龙不敢说实话。

“不可能，凭我对你的了解，你大方的很，有没有被骗去钱财？”

“没有，真的没有。骗我的钱怎么可能，我也跑了二十年的供销了，怎么可能把钱被人家骗走了呢？怎么可能？”张小龙大声地说道。

“今天下午浙江之行就不要去了，跟我回家。”田明兰让张小龙上午去把票退了，张小龙满口答应，田明兰转怒为喜，毕竟好久没有见到张小龙了，他一个人在外闯荡也不容易，走到床边倚靠着张小龙，说了好多这几天胡思乱想的话来。

田明兰几天的阴霾一下子消除了，心情晴朗起来，近中午时才起床，把张小龙的屋子清理干净，张小龙去买菜，把去浙江的票给退了，顺便买好明天下午回江心市的车票。“有时女人还真的好骗。”张小龙心有余悸，但不敢有半

点的得意忘形。

其实田明兰也已经猜到张小龙与那个申雪映之间一定有不清不楚的关系，否则张小龙不会如此的惊慌失措，但为了维护张小龙的面子，她没有打破砂锅问到底。

问清了对自己有什么好处呢？

女人有时糊涂点才能换来幸福，才能换来婚姻长久，聪明的女人又有几人是幸福的呢！

四十岁的女人有冷静的头脑，有洞察一切的精明，有包容宽阔的胸怀。

四十七

赵启航坐在驿站办公室，拿出笔记本，把昨晚想到的有关设施农业方面的商机记录下来，他有个习惯，晚上睡觉思考问题，在心中盘算很久，第二天一早就把想到的详细记录下来。想到的他就想去实践去争取，机遇会在每个人身边停留片刻，稍不抓紧，就会消失得无踪无影。

他想起昨天与蒋爱民的一席话，蒋爱民无意中给他透露了设施农业的许多商机，比如太阳能设备运用到设施农业，他想到了太阳能当然也能运用到供暖、采光、通风、制冷、家用、儿童玩具，也能运用到生活的方方面面，只是制作成本问题，今后的能源主渠道一定是太阳能。

他对设施农业加以研究后，发现其实质就是改变小气候，改变动植物的生长环境，让它们处于最适宜小气候环境之中，生长期就能缩短，产量高，品种多，各种反季节的植物就能随心所欲地得到。

光合作用离不开温光水，赵启航想着除了蒋爱民讲的办法之外，还有没有其他办法来解决设施农业成本一次性投入太高的问题。

赵启航写得正起劲的时候，蒋爱民来到他的办公室。“哈哈，是哪阵风把你这个大才子吹到我这里了？”赵启航忙让座泡茶，“来来，请喝茶，蒋才子，今天我还要向你请教呢，正好你来了。”

“我可不敢来指教你这个大能人，我今天特来向你请教的。”蒋爱民昨晚就下定了决心，非要对赵启航吐露心声不可，他不能再这样窝窝囊囊地活下去了，单位是不可能让他大展宏图的，老婆是不会让自己心安理得的，自己必须想法子摆脱困境，让自己活得有尊严。

“赵经理，你想搞设施农业，我支持你的想法，如果你需要我，我可以来为你效劳，你看怎样？”蒋爱民开门见山地讲了自己的打算。

“哈哈，我得花重金来聘你这个专家，有了你的加盟，我的信心就更足了。”赵启航喜出望外，连说好好，“何洁扬，你上来一下。”

“走，我们到茶室去喝茶，慢慢聊。”

“想不到，你赵经理还有这一方天地。”蒋爱民惊诧道。

何洁扬为蒋爱民和赵启航展示起茶道来。

“这样，从今天起，我的设施农业就算正式起步了，你来任经理，技术上你说了算，我相信你的才能。”

“你看起什么名字好呢？”赵启航兴奋地问道。

“就叫星月亲水兴农园吧。”蒋爱民遐想着，他仿佛已看到兴农园壮丽的景观了。

“好，这个名字好，我们办设施农业，不完全是为了赚钱，我的理想是要让我们明月村富裕起来，让养育我的人们过上幸福的生活。”赵启航向蒋爱民说起了自己儿时的梦想。

“这样，我去工商局办营业执照之类的事，你着手准备兴农园的计划，方案要做得大，起点要高，规划要远。”

“蒋经理，你看眼下我们第一仗打向哪里？”赵启航也是个急性子，看准了的说干就干。

“夏季菌类价格高，我们就先从种植平菇开始。”蒋爱民说出了自己的想法，看来他早已经在谋划了。

“菇床之类不难，菌种也有，就是种植平菇的原料——棉籽有点麻烦，棉籽运到我们江心市，运费太高。”

赵启航在脑海中盘算了一下，“这样好不好，我先让兰町在新疆打听一下，看看那里的棉籽价格如何。”赵启航即刻打电话给兰町。

蒋爱民回到单位，向领导递交了辞职报告。“你还是办一个停薪留职的手续吧，如果搞得不好，你就回来。”分管局长还有点人情味，为蒋爱民办好了手续。

蒋爱民走出农委大院，身子好像一下子轻松了许多，心情的压抑感顿时全无，心情大悦，脚步坚实，走上了自己的创业之路。

兰町的办事效率还挺高，傍晚时分，他从新疆打来电话，详细价绍了新疆的棉籽价格和供销渠道。

“价格很低，量又充足，就是运费肯定不低。”赵启航接到兰町的电话后，打电话给蒋爱民，蒋爱民赶过来，听完赵经理的介绍后，插了一句：“我不懂经营方面的窍门，赵经理，你拿主意。”蒋爱民实话实说。

“我们换位思考一下，我们要的是平菇本身，而不是要什么棉籽，我们能不能把菌种带到新疆去，袋装发菌后，再运回来？”

“种植平菇，对棉籽质量要求就是不能发霉，一旦有了其它霉菌，食用菌就长不过霉菌，种植就失败了。在新疆发酵棉籽，然后装袋种菌，等菌种整袋着床后，我们再想办法把它们运回来入进大棚，很快就可以收获平菇了，赵经理，你这个想法太神奇了，我看行。”蒋爱民兴高采烈起来。

“好，你准备一下，把菌种经过物流运到新疆去，你去新疆与兰町会合，我让他为你准备材料、人手和地方。”赵启航像个将军在指挥打仗，分派有方，调度得当，蒋爱民心服口服。

“明天我去购置菌种，办好托运，后天我就去新疆与兰町会合。”

“菇床之事，我让田明兰按照你的要求去办，你明天向田明兰交代清楚。”

赵启航打电话给施广发，要他在怡心园准备酒菜，晚上要欢迎蒋爱民加盟，还要为他送行壮胆。

田风、朱秋艳，田野、闻小凤，田明珠、王丽琴，施广发、何洁扬，田明兰、蒋爱民齐聚怡心园，赵启航还力邀蒋爱民的妻子严馨香一起到星月亲水怡心园聚餐。

“我来宣布，大秀才蒋爱民任星月亲水兴农园经理之职，蒋经理，今后我们的设施农业项目就依靠你了。”赵启航又一一把在座的每位成员向蒋爱民夫妇介绍了一遍。

“来，为蒋经理的到来，干杯。”赵启航提议道，大家纷纷站起来，举杯祝贺，举杯祝愿星月亲水兴农园兴旺发达。

“蒋经理，祝你一路顺风，马到成功。”赵启航又和蒋爱民碰了一杯，然后把蒋爱民赴新疆的事和大家说了一遍。

严馨香到下晚才听同事说蒋爱民辞职了，她还不相信，这个蒋爱民窝囊废一个，怎么会主动辞职呢，而且这么大的事也不和自己商量就决定了，这不像他平时的做事风格，严馨香一点也不相信，也懒得去打听。

刚准备下班回家，赵启航打来电话，让她在农委楼下等一下，请她去聚餐。

严馨香想不到自己的丈夫还真的已经辞职了，而且这么快就当上了兴农园的经理，而且还这快就要出差去新疆，眼前的事实让她有点儿愧疚，平时对蒋爱民太苛刻了，说话也带呛带药的，想不到蒋爱民还有两下了，才华被赵启航相中了，她心里高兴起来，忙站起身，回敬赵启航，又敬大家的酒，“我们家爱民就交给你们了，请你们多多帮助他。”严馨香喝干了杯中的酒，心潮澎湃起来。

晚上回到家，严馨香给蒋爱民泡了杯茶，“对不起，平时我对你太凶了，让你抬不起头来，是我错了，请你原谅我。”严馨香抱着蒋爱民真诚地向他道歉。

多少回，蒋爱民受委屈后都想干脆与她离婚算了，让她去寻找能干的丈夫，可是一见到小孩，他的心就软了下来，离了婚，女儿这一辈子心理都有缺憾，他舍不得女儿，更舍不得这个家，他只好忍辱负重，过着郁郁寡欢的生活，要是让他高兴，那就得让他讲农业技术，只有这时，他才会忘掉一切烦恼。

“也不全是你的错，是我没有志气，让你也受苦了。”蒋爱民轻拍了一下妻子，让她不要再提及往事，一切朝前看吧。“你要做好心里准备，我下海也不一定会一帆风顺的，而且，我不能时时在家陪伴你们了，赵启航重用我，我要干出成绩来报答他。”

“我知道，我会改变的，你放心好了，路，我们一起闯，天，我们一起顶，我相信你一定能做好的，你有这个才能。”严馨香好像一下子彻悟了，极尽温柔地说道。

“早点休息吧，后天你还得出差，保重身体要紧。”严馨香心疼起蒋爱民来。

蒋爱民心里热乎乎的，严馨香所有的不好，他都忘了，也在心底原谅了她。

“你先睡吧，我想把设施农业的计划书的提纲先弄出来，然后在新疆没事时就加以完善，是赵经理交代的任务。”蒋爱民伏在桌前，认真地策划起来。

第二天上午，蒋爱民办好了菌种托后，去了车站，买了张去省城的车票，准备明天从省城飞赴新疆。

蒋爱民又马不停蹄地赶到怡心园，他约好田明兰、闻小凤的，他要把菇床的准备工作仔仔细细地交代清楚。

许队长大力支持赵启航的想法，认为有他带领大伙儿搞高效设施农业，一定会取得成功的，她动员生产队的群众，一起参加田明兰、闻小凤的平菇菇床建设。

组建兴农园的事还得找村委会，等蒋爱民从新疆回来再说吧。

蒋爱民去新疆了，田明兰、闻小凤紧张地忙碌着，“再过三天新疆旅行团就要来了，还有一些细节得去找马子涵。”赵启航这么想着，人已到了一眼望去旅游公司门前。

四十八

这几天马子涵在策划着一批游客去新马泰观光旅游，时间大约在10月份，这是黄金旅游季节，马子涵和范松萍接下了10批旅行团。新马泰旅行团约有30人，半月游，而且是散客组团，带队任务不轻，为了争取让每一位游客满意，马子涵得作精心准备，到时由她亲自带队出发。

赵启航突然出现在马子涵面前，马子涵惊喜万分，“赵启航，这几天你去哪里了，在忙什么？”马子涵第一次不叫他赵经理，她觉得喊他名字心里舒服，也很亲热。

“新疆客人就要来了，到时谁去接站？要不要我去？”赵启航问道。“你想去的话，我就陪你去接站，怎样？”马子涵扮着怪脸，一副顽皮模样，笑盈盈地站在赵启航面前，赵启航窘得红了脸，“谁要你陪，我不去接。”但还是表现出很关心的神情，“跟你闹着玩的，我已经安排好了，由范松萍去接，大巴直接开到怡心园，也已经与施广发联系好了，让他准备好晚餐，为了让客人惊喜，特意让何洁扬去买了江心米酒，施经理也说了，全鱼宴，引导入住的人选都安排好了，闻小凤的园林队人员，还有一直叫你航航哥的那个田明兰。”马子涵讲到田明兰时，有意盯了赵启航一眼，赵启航装作没看见，低头喝了口茶，继续听马子涵说。

昨天下午，田明兰来到一眼望去旅游公司，“我找你们的马经理。”“请问你有什么事吗？”马子涵见来人衣着打扮清雅得体，40 上下的年纪，清秀大方，找自己而又不认识，便好奇地问道。

“也没有多大的事，就是想来认识认识她，聊聊天，不知道她有没有空？”田明兰四下打量了一下，一排书柜上全是书，墙壁上挂着风景画，墙角幸福树枝繁叶茂，办公桌物件摆放有序，“你就是马子涵？”田明兰肯定地说。

“哈哈，我就是马子涵，请问你是？”“我叫田明兰。”

“你在哪工作？以前我好像没有见过你，或者说，我们之间没有什么交往。”马子涵努力回忆着，看看田明兰，又摇摇头。

“以前我们不认识，今后我们就熟了，我们能成为最好的朋友，最亲的亲人。”田明兰见马子涵长着一副善良的面孔，高傲而不妖艳，慈祥的笑脸，很让人喜爱，“九婆婆一定喜欢，我们大伙也一定喜欢。”

田明兰没头没脑地说着，起初马子涵还云里雾里，后来听到“九婆婆”三个字，她心中好像有些明白了，她一定与赵启航有关联。

“你是明月村的？”马子涵试探地问着。

“我是明月村的，我是航航哥的妹妹。”田明兰兴奋地说道。

“你和我航航哥的事，我听说了，九婆婆和我还一个劲地劝他呢，让他尽快找个可心的人，尽快成家。”田明兰连珠炮似的，讲个不停。

“九婆婆让我前来说媒。”田明兰看着马子涵，马子涵有点心慌，有点不好意思起来。

“我看你成为我的嫂子最适合了，你不要嫌弃我航航哥，他离婚，不是他的责任，我航航哥是个有责任心的男人，有担当，有能力，就是太重感情。”田明兰不知是在夸赞赵启航，还是在责怪赵启航，总之，她是真心的关心赵启航与马子涵之间的关系的。

马子涵认真听着田明兰的阔论，从言词语调里她发现这个田明兰打心眼里喜欢赵启航，不知道他们之间有没有什么故事，或许是从小一起长大的吧，天性自然流露。

田明兰见马子涵讲话少，全是自己在讲，发现原来是自己得意忘形了，竟然没有让她有说话的机会。

“马经理，你表个态啊，你认为赵启航怎样？你愿意和他处对象吗？”看来田明兰还真的没有给谁说个媒呢，马子涵心里甜蜜，嘴里不说，“赵经理人还蛮好的，是个工作狂，是个聪明的商人。”马子涵由衷地赞赏着赵启航。

“赵经理的事我也听说了，我还为他可惜呢，这么好的人，连家也没有了，真可惜。”马子涵自言自语道。

“赵经理最近一直在忙他的什么项目，主意一个接一个的，你们是要为他多考虑考虑。”

马子涵就是不言归正传。

她所说的田明兰都一清二楚，见马子涵不答她的腔，急了，“马经理，你和赵启航之间，要不要我做些什么呢？”田明兰认真起来。

“你喝水啊，你有没有到外面去走走？外面的世界精彩呢，如果有空，我可以带你去旅游，我给你当导游。”马子涵有意要逗一逗眼前的这个田明兰。

“马经理，旅游的事可以往后拖一拖，我是来问你的话的，你答不答应嫁给赵启航？”

“你要是不答应，我可要另外帮我航航哥找对象了，我九婆婆让我现在什么事都不要做，专门为赵启航物色对象，我们隔别村上的一个专业媒婆来我九婆婆家好几次了，要我航航哥去相亲。”

“你要是看不起我航航哥是个离婚的，也就算了，我走了，我去答应那个媒婆，我拉着赵启航去相亲。”说完，田明兰站起身来，“我航航哥也不必要为一个人守着。”

田明兰拎起包就想走。

“你这个快嘴快舌、性急的姐姐啊，我可没有说不同意啊。”马子涵见状，不能再和田明兰打马虎眼了，不能再惹她急了，脱口而出，脸又红了起来。

田明兰一见，“哈哈，着道了。”心里想着，得意起来。

其实，那晚赵启航把马子涵和他一起去扬州、然后留他在明庭苑吃晚饭、直白心里话的事儿全部讲给田明兰听了，今天田明兰本着好奇的心理，来到一眼望去旅游公司，想看看这个马子涵究竟是个什么样的女子，能如此大胆地要抓住自己的幸福。

“那好，太好了，我回去告诉九婆婆，让她老人家也高兴高兴。说好了，你就不能变卦了，什么时候让我叫你一声嫂嫂？”田明兰拿马子涵开起心来。

“姐姐真是个坏人。”马子涵心里高兴，满眼的幸福。

“赵启航那边，你可要帮帮我。”马子涵认真地说道。那天她向他表白，他赵启航装糊涂，不吱声，马子涵心里还真有点急，她认准了的八匹马也拉不回头，今生，就和他赵启航一起慢慢度过了。

想不到田明兰能上门促成自己与赵启航的喜事，万分感激她，心早已经和田明兰在一起了，田明兰说了几句话，马子涵就认定了自己与赵航启航之间有戏了，这个田明兰是月老的使者。

马子涵放下手中的任何事，婚姻是她的大事，她不能一失再失，她一定要把握自己的幸福。她和田明兰说说笑笑，开心至极。“兰兰姐，走，我请你去吃饭。”她们来到隔壁驿站，把何洁扬也拉走了，三个姐妹嘻嘻哈哈，热情洋溢，有说不完的知心话，有讲不尽的家长里短。

吃完饭，她们三人又去中央商场闲逛，何洁扬为施广发买了两件短袖衬衫，快要进入盛夏了，施广发怕热，及早为他准好。田明兰为娘和九婆婆买了两件衬衫，去收银台结账时看到了李慧娟拎着小包在逛，田明兰本想离开，可是还是被李慧娟看见了，“兰兰妹子，你也逛商场啊。”李慧娟快步走过来。

李慧娟穿着时髦，细眉红唇，白净面孔比以前消瘦了许多，看到这个曾叫了十年的嫂子，田明兰本想说什么的，话到嘴边硬是噎了下去，在这大庭广众之下，她田明兰也说不了出格的话，只好微微一笑，算是和李慧娟打了招呼。

“你哥还好吗？”田明兰知道她问的是赵启航，装作不明白，“我哥好呢，就是忙，他现在是小瓦匠头头了，一天到晚见不着他人影。”田明兰敷衍着李慧娟。

“那赵启航呢？他现在做什么？”李慧娟不死心，直截了当地问起赵启航。

“我也不知道他天天在做什么，回乡下后，他一直在工地上替人家做小工，运砂浆之类的。”田明兰不想把赵启航的近况与李慧娟说。

“哦。”李慧娟若有所思地低声应道。

“田明兰，还没好？”马子涵也跑过来结账，何洁扬跟在后面也来到收银台。

李慧娟朝马子涵、何洁扬点了一下头离开了。

“她是谁啊？你的朋友，挺娇艳的。”马子涵看着李慧娟的背影，随意问了一声。

“她是……”田明兰本想对马子涵明说的，一想，算了，还是不说了吧，“一个以前的朋友。”田明兰和马子涵、何洁扬又说说笑笑，拎着大包小包继续闲逛着。

逛累了，她们回到了驿站。“我为你们服务一下吧，看看我的手艺如何。”何洁扬为马子涵、田明兰展示她的精彩茶道技艺。

赵启航在马子涵办公室里坐了一会儿，既然一切工作他们都准备到位，他也就懒得再问，放心放手让他们去做，他回到办公室，又在想着他的设施农业问题来。

四十九

“李经理，你怎么来了？”施广发在换钥匙处看到李八斤，“哈哈，这里被赵启航搞得像天堂似的，昨天我来时，门卫墙上的牌子全部被摘了，行啊，这个赵启航，当初我没有看错，他真是个人才，有两下子。”

“把我原来准备拆掉的工棚改造成这样的气候，不错，我怎么没有想到呢？”李八斤和施广发说笑着，让郭小美先进去烧开水，他和施广发聊起天来。“经营情况怎样？看来还行啊。”“托李经理的福，你给我们留下了一个福地，马马虎虎吧，我们这儿利润看得低，主要是想多做回头客，赵经理讲了，所有企业的发展，就是看回头客源的多少，回头客源多起来，企业就一定会兴旺发达，反之，企业也就走到尽头了，他说这是他十年打拼得到的最宝贵的财富。”

“赵启航讲得很有道理，如果仅靠新客户，一是成本要高出好几倍，二是生意就难做了。”李八斤想想自己的企业发展历程，还真是这个理儿，他对赵启航更加敬重起来。

“哦，对了，李经理，你有没有注意，我们在门卫里张贴了一张告示，从明天起，我们这儿暂时不接待散客了，这儿被新疆客人全包了，二个月呢，你真是巧，看来我们星月亲水怡心园还得靠你来压阵呢。”施广发真会笼络人心，说得李经理心花怒放。“那我们下次只能到八月份才能来享受了。”

“李经理，今晚就在我们这儿用餐，等会儿赵经理会过来，我让厨房多准备些酒菜，我们好久没有在一起喝一杯了。对了，田明珠目前也混得不错，他的工程队业务来不及做呢。”施广发开心地邀请道。

“好啊，今晚就在你们这儿喝个痛快。”李经理与施广发分别后径直走进“自己的家”。

“这儿真好，清静、高雅，是个约会的好地方。”郭小美倚着李八斤，为他倒好茶，端到李八斤嘴边，喂他喝茶，“哈哈，小美，你个小妖精，想迷死我啊。”李八斤和郭小美嬉闹着。

郭小美打开手机音乐，轻柔的乐声给这个家增添了无限生机，李八斤痴梦起来，搂着郭小美，轻拍着她的后背，像是哄着小孩入睡的似的，跟着手机轻哼起来。

“我不想再开理发店了，不是我偷懒怕吃苦，我怕别人在背后对我们指指点点，你老婆又时常来纠缠，让你我不得安身，也让你左右为难。”郭小美在李八斤怀中郁郁地说道。

“那你想做什么呢？”李八斤停住了哼声，看着郭小美问道。

“你看，这儿不错，我想到这里来做服务员，你想来时也没有人在意，我远离你，你老婆姚霞也不好再说你什么，你也好安心忙你的事业。”郭小美还真了不起，把问题想得如此透彻。

“那好吧，等会儿我跟赵启航说说。”

李八斤和郭小美在自己家中极尽温柔着。

施广发招来了田风、田野、田明珠、许晶、许江华，朱秋艳在鱼塘里捞了几条大鱼，还有好多籽虾，王丽琴、闻小凤也来帮忙，厨房里热火朝天，说笑声此起彼伏，喜悦溢满厨房餐厅。

“马子涵，今晚有空吗？”田明兰把车开到一眼望去门前，故意打电话给马子涵。

“有什么吩咐？刚好手头上的事忙完了，今晚没事，你在哪？”马子涵接到田明兰的电话，喜出望外，田明兰是她的依靠，她要捕捉住赵启航，还得依靠这个田明兰呢。

“你下来，我在楼下。”田明兰乐滋滋地说道。

“死丫头，你坏死了，你到楼下了，也不上来坐坐，我就下来。”马子涵收拾了一下办公桌，下楼坐上田明兰的车走了。

“唉，你往哪开，到哪里去？”马子涵见田明兰把车开出城，不禁疑问道。

“去见你婆婆。”田明兰哈哈大笑起来。“胡闹，我一点准备也没有，什么礼物也没带，你看我身上脏兮兮的，鬼丫头，快停车。”马子涵真的急了，总不能两手空空去见九婆婆啊，马子涵闹着要下车。

“嘻嘻，看你急的，真的想急着嫁人啊，不是去见九婆婆，请你去怡心园吃晚饭，明天你要去接新疆客人，航航哥说了，最近大家都很辛苦，想宴请大家，你不要客气。”

“那还有谁？”马子涵还是有点紧张，有点担心，有点害臊。

“到时你就知道了，全是航航哥的亲人和好朋友。”田明兰故作神秘。马子涵也没有办法，不吱声了，见机行事吧。

赵启航下班时，把何洁扬也带来了。田野买了一箱白酒，一箱红酒。

“哈哈，赵大经理，好气派啊。”李八斤带着郭小美来到餐厅。

“啊，李头，你怎么在这儿？”赵启航惊讶万分，随即开心起来，“大驾光临，蓬荜生辉，星月亲水有福气了。”赵启航在心里一直都感谢这个李头呢，没有他，自己可能没有这么快就走出困境的。

赵启航为李八斤端来茶水，让他先坐下，又和郭小美寒暄了几句。

“哦，对了，赵经理，你这儿差服务员吗？”李八斤回头看了郭小美一眼，意思是正式让郭小美表态，郭小美坚毅地点了点头。

赵启航见状，“你不是说要让她来做服务员吧？”“是的，她想加盟你的团队。”李八斤认真地说。“好，求之不得，明天就可以来。”赵启航正愁没有办法报恩呢。

因为感恩，赵启航时时把李八斤想起，今天李头亲自开口，赵启航感到十分激动，李头真好，是个讲义气的真朋友。

“换钥匙处差一个人，就让她负责吧。”赵启航当场表态。李八斤、郭小美很感激赵启航，“明天早上，我就送她过来，小美，你要好好干，不要让赵经理失望。”李八斤回头又交代郭小美几句。

赵启航请李八斤上座，李头见推不掉，就不客气地坐下了，郭小美被安排坐在李头身边。大家纷纷坐下，赵启航不见田明兰的影子，就问施广发，“田明兰呢，忘记叫她了吗？”

“下午还在这里帮忙的，她说有一下事，去去就来，不知她跑到哪里去了。”施广发拿出手机刚想给田明兰打电话，声音就飘进来了，“我们来了。”田明兰牵着马子涵的手走进餐厅。

赵启航刚想要笑骂她，突然发现马子涵也来了，把笑骂之语噎回肚里。

“马经理，你好，欢迎光临。”施广发高声说道，田风、许晶他们又站起身来让座，田明兰把马子涵拉到赵启航身边坐下，自己挤在马子涵身边，笑盈盈地看着赵启航。马子涵的脸像熟透了的苹果，心狂跳起来。

“下面我来介绍一下，这位是我们的旅行家，一眼望去旅游公司的马经理，马子涵，名字好听吧，也是……”马子涵在桌下强拉了一把田明兰的衣角，不让她把下面的话说出来。

赵启航忙站起身，向大家一一介绍起来，在座的，就是郭小美和马子涵算是新人。

男人喝白酒，女人喝红酒。大家你敬我，我敬你，热热闹闹的，整个餐厅被欢乐包围着。

九婆婆、田婶、许队长神不知鬼不觉地溜进厨房。“好俊俏。”“害羞，但大方。”“眼睛大，鼻子高，额头宽，旺夫型。”“屁股大，准能生儿子。”……三个老太婆在厨房里议论开来。

“疯婆子，你家航航找了个好对象了。”许队长开心地说道。

“九婆婆，你好福气啊，这个姑娘不错。”田婶打趣着九婆婆。

“还早呢，不知道她同不同意呢，还没有说定。”九婆婆笑得泪花迷眼。

田明兰就会作恶作剧，她下午去城里之前，已去了九婆婆家，把她的想法和九婆婆说了。“好，你快去，把她接过来，让九婆婆瞧瞧，到时我把你妈和许队长也叫上，让她们参谋参谋。”三个老人家入夜时分，相互搀扶着，来到怡心园，谁也不知道，她们在暗中把马子涵打量个遍；朱秋艳、王丽琴、闻小凤几个在桌上时而用眼神交流着，时而会意地笑着。

田明兰借盛饭的机会走进厨房，“怎样，九婆婆。”“好呢，兰兰，你做了一件好事。”九婆婆、田婶、许队长几乎异口同声地赞美着。

“哈哈哈……”田明兰忍不住大笑起来，朱秋艳、王丽琴、闻小凤也跟着笑起来。

施广发不明就里，忙跑进厨房，“九婆婆、田婶、许队长，你们怎么在这里？”赵启航第一时间就想到是田明兰做的鬼，忙走进厨房，请出了九婆婆、田婶和许队长。

“这是我九婆婆，这是我田婶，这是我许大娘许队长。”赵启航向李八斤、郭小美还有马子涵介绍道。

大家站起来让座，请她们三位老人家入座。“你们吃吧，我们都吃过了。”九婆婆说完，面对马子涵，“你是马子涵啊，好闺女，好，好。”

九婆婆喜得拢不起口，这是九婆婆平生笑得最灿烂的时候。

“九婆婆，你看兰兰，她欺负人，把我骗来，我一点准备也没有，什么也没有带来，是我不孝顺了。”马子涵起身来到九婆婆身边，告起田明兰的状来，引得大家哄堂大笑。

“马子涵快嫁过来吧，我们星月亲水可就热闹了，我的航航哥可等不及了。”田明兰又嘻嘻大笑起来。

这时田风、田野、田明珠、施广发、许晶、许江华等人才明白过来，纷纷向赵启航道喜。

李头明白过来，“马经理，原来你是赵启航的媳妇，真是郎才女貌，天生的一对，地造的一双啊，恭喜恭喜。”

赵启航没有想到会有如此的插曲，朝田明兰狠狠地瞪了一眼，意思是看我明天怎样收拾你。

马子涵此时倒大方起来，心里得意起来。当着众人的面，田明兰把她的恋情揭开，管他赵启航同意不同意，他赵启航可就赖不了账了。

“来，我敬哥哥嫂嫂一杯。”施广发又闹开了，他和何洁扬一起敬了赵启航和马子涵一杯。

田明兰见缝种针，她充当起酒小二来，为大家斟酒。

朱秋艳、闻小凤、王丽琴端着红酒，“祝启航生意兴隆”、“祝马经理财源滚滚”、“祝你们早点喜结良缘。”三个嫂嫂逗起小叔子来，“祝三位嫂嫂青春常驻。”马子涵老起脸来，也不怕害臊了，和大家热闹起来。

吃完饭，赵启航想着明天的事儿，“大哥、大嫂，你们那边鱼竿要多增加些。田明兰，这次新疆来人，你可要全程服务，特别是他们要单独行动时，必须登记，明白去向。施广发，餐饮必须确保安全，做到万无一失。何洁扬，你的茶道队要随时听候调动到位。二哥，你先来帮几天忙，游客安全的事就交给你了。还有，大哥，游客钓鱼，你可要提醒他们注意安全；二嫂、郭小美，你们负责怡心园的服务工作，客人的需求要尽量满足，有事随时向施经理、马经理、田明兰，或者向我报告。另外，大嫂、二嫂还有丽琴嫂，客人向村里要的菜之类的东西，你们要及时付钱，不要记账。大哥大嫂，你们的渔场，每天都要记账，亲兄弟，也要明算账。大家直接向施经理报账领取现金。”赵启航一口气又安排好了接待细节。

“有什么问题，及早沟通。”赵启航又强调了一遍。

“还有，田明兰，你的文艺表演准备得怎样了，让徐委员上点心，你明天早上去过问一下。”说到工作，没有人再取闹了，赵启航有领导风采，众人都服他呢。

五十

明月村支部书记秦荣，腰扎红飘带，手里拿着铜锣、木槌，带着徐香琳一行人早早来到怡心园，客人还没来，便锣鼓喧天热闹一番，徐香琳发动了村里的二支舞龙队，在怡心园的水泥场上舞开了，先热热身再说。

秦书记今天特别高兴，他的村民今天要增加 54 名了，人丁兴旺，他自然是喜形于色了，亲自上阵，来迎接名誉村民的到来。

秦书记上中学时就是村里的文艺骨干，与徐香琳经常配档，小品、戏曲、唱歌样样在行，现今年龄大了，但他不减当年之勇，经常带领大伙儿去卡拉OK 唱歌，抒发心中的豪情，缓解工作的压力，活跃工作的气氛，唱歌成了他一生的爱好。

当徐香琳把赵启航想组建星月亲水文艺队，与新疆来客文艺互动的想法报告给他时，秦书记立马感兴趣，这个想法好，农村文艺汇演已停办多年了，以前每到春节，农民们盼望的一项重大事情，就是文艺节目，只要大队组织文艺汇演，全大队的男女老少，都会扛着凳子，早早来到汇演地点在等候，那场景至今让他难以忘怀。

如今，大家除夕夜 8 点钟，准时坐在家里收看中央台的春节联欢晚会，节目精彩了，人们聚在一起的时间少了，人们之间的感情日渐淡薄，各家各户足不出户，都成了独立王国。

“你一定要精心准备，拿出以前文艺汇演的那份真诚，那份认真，组织好互动汇演，我还要组织我们村里的农民去参观，去捧场。”秦书记吩咐着徐香琳。

“文艺汇演的资金，我们村里出，不要让赵启航独自承担，他是在为我们拢聚人心，是为我们做好事呢。”秦书记感慨万分，仿佛又回到30年前了，他有信心把文艺队组织好。

“今年春节期间，我们要送文艺下乡，所有的村干部都要上场，为群众奉献一场精彩的节目，展示我们社会主义新农村建设的风采。”秦书记挥了挥手，斩钉截铁地说道。

村民们三三两两地来到怡心园，自发列队欢迎来到明月村的新疆客人。大家在一起叽叽喳喳，有说有笑，30年前的那种会战场景又重现了，秦书记心里高兴，锣子敲得更欢。

旅游大巴在长江大堤上欢快地驶来，“同志们，把鼓敲起来，把铜锣敲起来，把声呐吹起来，把龙舞起来，把秧歌扭起来。”秦书记高声吩咐道。

星月亲水怡心园一片热火朝天。

于主席第一个跳下车，一看如此热烈的场面，心中乐开了花，旅行团其他人尾随而下，被眼前的欢迎场面镇住了。

农民是最可爱的，是最真诚的。

于主席与秦书记、赵启航热情地握着手，“你们太热情了，太客气了，我们就来你们村就是玩玩的，搞这么大的场面，太让我们感动了。”于主席真诚地说道。

大家寒暄着，向怡心园走去。

“现在我宣布，于啸同志为明月村名誉村民。”秦书记给于主席发了明月村村规民约，田明兰给于主席夫妇发了沁心园1号房门钥匙。

“虞杰豪同志为明月村名誉村民”……

秦书记一一向每个新疆客人发了村规民约，田明兰也一一发放了房门钥匙。新疆客人又激动起来，有的尖叫太好了；有的拿着村规民约与秦书记合影留念；有的甚至想立即跑到江边与长江拥抱。

大伙儿陆陆续续各自进了分配到的院子，入住“自己的家”中。

九婆婆、许队长、田婶相互搀扶着，也赶到怡心园来看热闹。在回家的路上，三位老人家感叹起来。

“好久没有见到这样的热闹场面了。”许队长首先开了口。

“是啊，已有四十多年了吧，没有这样的锣鼓喧天了。”田婶开心地说道。

“还记得那年通江大港会战的场面吗？人山人海，红旗招展，劳动的号子声，此起彼伏吗。希锴他们那干劲，多么让人振奋，泰银那队总是超额完成每天的任务，还有荣根、赵铎他们，还被评为劳动能手，那样的场面真让人高兴，现在想想，仿佛就在眼前呢。”九婆婆，天生是个讲故事的人，她的记性好。

“唉，都四十年了，时间过得好快啊。”三位老太太感慨起时光的飞逝来。

“要是泰银、荣根、希锴、赵铎在多好啊，还有那个杀千刀的姚杏花，要是在，也都快要过 80 岁了。”九婆婆又想起他们来了。

“九婆婆，你还是搬到田野家里去住吧，你年岁也大了，你要是有个三长两短的，让田风、田野、江海和启航他们怎样面对父老乡亲啊。”田婶、许队长劝道。

“我知道你不肯离开那老屋，你还在等希锴回来啊，人看来是真的没有了，要不然他也该早回来了。”

三位老太太又老泪纵横起来。

田希锴、田荣根、许泰银、赵铎四人平时亲如兄弟，在一起劳动，在一起玩乐，他们四人的身影总是连在一起，生产队里的人们都说他们四个裤子不离大腿，好得像是一个人似的，后来，田希锴娶了马九英，生下了田风、田野、田江海三个儿子；田荣根与田纪英结了婚，喜得田明珠、田明兰、田明梅一儿二女；许泰银与许秀英喜结连理，结婚三年后，许晶才来到了人世间；赵铎是他们四兄弟中年龄最小的，他与姚杏花结为伉俪，后来生下了赵启航。

在通江大港胜利结束后，迎来了洪水自然灾害，又后来，他们约好一起外出做工，去 9424 煤矿挖煤，因为赵铎以打鱼为生，父亲又刚离世，他就没有和田希锴他们一起出去做事。

就在42年前，小启航3岁那年，不幸降临到赵铎身上，赵铎水性很好，可是会水的却被水无情地夺去了生命，姚杏花受不了失去丈夫的痛苦，丢下3岁的儿子跟王根明私奔了。

又不久，听说9424煤矿发生了瓦丝爆炸，田希锴、许泰银、田荣根生死不明，再也没有回来。

许队长、田婶、九婆婆一等就是四十二年了，她们含辛茹苦地把孩子们带大。

现在好了，孩子们都有出息了，可是，她们三位老太太经常聚在一起，不知流下多少伤心的泪。

今天来看热闹，想不到她们又伤心哀叹起来。

范松萍和施广发有说有笑着，她还是风采依旧，满脸阳光，亭亭玉立的身材让施广发赞叹不已。“范松萍，越来越年轻了。”施广发调侃着。

“哪里有你施经理意气风发啊，下次你请我来吃江鲜。”范松萍大大咧咧地说笑着。

“下次有什么好玩的地方带我去观光。”施广发与范松萍一起走进了厨房，帮忙做晚餐去了。

太阳西沉，江水有些泛白，原本寂静的江边更加安静下来，隐藏在绿荫中的怡心园被夜幕笼罩着，家家户户灯火通明，欢声笑语不时传出庭院。怡心园餐厅灯火辉煌，四壁的窗帘高雅靓丽，清一色的红桌布格外引人注目，香气溢满整个餐厅。

“这么早就吃晚饭了，我们那儿还是太阳高照呢，你们比我们那儿要早二个小时天黑。”客人们三三两两地围桌而坐。

酒杯满上，米酒飘着特有的醇香，红酒、白酒、米酒，随客人挑选。

“尊敬的远方客人，欢迎你们来到我们明月村，我们明月村地处长江边，江鲜是我们的特产，今天赵经理请大家吃鱼宴，我代表明月村全体村民敬新疆客人一杯酒。”秦书记即兴发挥，和大家先干了一杯。

“这是我们长江的鲫鱼，今天给大家做红烧的，请大家品尝。”施广发指着已经上桌的一盘鱼介绍道，“这种鱼各条河里都有，相信你们那儿也有，只是鱼皮厚薄不同而已，我们这儿温度高，生长快，皮较薄。温度低的地方，生长缓慢，为了御寒，皮自然会厚了，看看这长江中鲫鱼的口味怎样。”大家争相品尝着，“肉细而嫩，香气扑鼻。”食客赞赏起来。

“这是我们长江中的特产——鲥鱼，出水就死，肉质鲜嫩，请大家品尝。”朱秋艳端上鱼时不忘介绍。

“为什么叫鲥鱼呢？”于啸主席疑问道。

“鲥鱼每年定时于初夏时候游入长江，其他时间不会出现，所以人们就叫它鲥鱼。”田风解惑道。

“你们来的正是时候，你们与我们江心市有缘分，早来也吃不到，迟来更加看不见。鲥鱼被美誉为江南水中珍品，他与河豚、刀鱼齐名，田风又介绍起长江三鲜来。

“因为鲥鱼对水温要求很高，最适宜其生长温度是20度—22度，由海洋溯河作生殖洄流，生殖后亲鱼仍游回大海，幼鱼，就进入长江支流或湖泊中觅食，到9、10月才流回大海。”田风见大家兴趣很浓，详细解说着鲥鱼的生活习性。

“这是我们长江鲢鱼，又称大头鱼，鱼头做汤特别好吃。”

“鲢鱼味甘性平，肉质鲜嫩，营养丰富，是我们这儿比较好养殖的一种淡水鱼，分布在各大水系，生长快，疾病少，产量高，可是不容易垂钓到。”田风向大家介绍着，他养鱼已五六年了，俨然成了水产专家。

“鲢鱼靠腮滤取水中的浮游生物，最适宜水温在23度—32度之间，现在正是鲢鱼食欲最旺盛的季节，它喜欢跳跃，有逆流聚集而游的习性，”田风像个老学究，边劝酒边适时介绍鱼的习性，大家边喝边吃边听，慢慢品尝着，胜意浓浓。

“过几天，请你们观赏、品尝长江至宝河豚吧！”赵启航笑容满面地说道。

虞杰豪曾听兰町讲过河豚，心中痒痒的，真想立刻能品尝到河豚，“河豚会不会真的会毒死人？”

“我们这里的厨师是专业烹饪河豚的，你们放心，河豚上桌前，我们都要先品尝的，没有问题才会上桌的。”施广发简单地讲了一些吃河豚的知识，新疆客人有点急不可耐了，不过，今晚的江鲜，还是让他们津津乐道的，他们又有说有笑起来。

“你们有什么想法，尽管提出来，我们将指派人员，专门为你们服务的，希望你们在江心市能度过愉快的二个月的休假。”赵启航在晚餐结束时向众人吩咐道。

五十一

田明兰率领大家依然奋斗在堤内荒地里，一排排大棚已见雏形，闻小凤向田明兰建议，在大棚上方拉上铁丝，结成网格，“我们可以补栽丝瓜、扁豆、南瓜苗，等他们的藤长成后，绿叶还可以为平菇大棚遮蔽阳光，我们还可以收获丝瓜、扁豆、南瓜呢，这叫做立体栽培吧，我听启航讲的。”

许队长一听，觉得有道理，“我们加把劲，把这里变成我们明月村的钱袋子，”许队长鼓劲道。

“我们请明珠来想法子，看如何立柱拉钢丝。”闻小凤又建议道。

田明珠预制了几百根水泥柱，像栽电线杆那样，把平菇大棚上方变成了天罗地网。

赵启航回到江边，看到大家都能想办法，心里十分高兴。

可爱的农民，谁说他们不是创造历史的巨人呢。

马子涵忙着她的出国游之事，心里想着赵启航，那天田明兰自作主张，把她骗到怡心园，让大家来评判她，心里有说不出的感激，这个田明兰真是她命中的大贵人，帮了她的大忙了，心中乐滋滋的，脸上更显青春活力，笑容挂在她的脸上。

“找个机会，带他出去再旅游一次，让他散散心，不能让他累垮了，我现在正好手头上的事也办完了，就是拉也要把他拉走。”马子涵心里想着法子，编着理由，幸福又在她的粉脸上绽放了。

新疆旅行团一行由郭小美、何洁扬陪伴着。

虞杰豪在江边散着步，看着这无边的江滩，这一方方芦苇，这滔滔不绝的东流江水，诗兴大发，赋诗三首：

一

风拥波涛和声唱，
灯月入江照舟航。
草木芳香醉春意，
澹潋洒练澡五藏。

二

迎面江风润清新，
碧波江洲照月辰。
气息芬芳花木笑，
春江幽情到天明。

三

芦蒿野菜遍江边，
市人游历寻芳菲。
采摘戏娱香满袖，
东朵西朵醉情愫。

于啸等人提出要去钓鱼，“好啊，我们已经准备好了钓竿，我带你们去明月簁钓鱼吧。”朱秋艳领着喜好垂钓的客人来到明月簁养殖场。

鱼塘边水榭上建起了数十座亭子，亭子里，有凳子、有沙发，还有桌子，钓累了可以小憩片刻，或者可以下下棋、打打牌，喝喝茶，明月已簁然成为星月亲水鱼乐园了。

明月簁渔场在江堤的外侧，与夹江相连，渔网将江、塘相隔，池塘中水是活的，鱼儿鲜美好吃；垂柳、水杉等树木与堤坝一起把养鱼场围起，环境优雅。明月簁养鱼场，规模已经发展到上百亩水域了，米余宽的石板栈道把河塘分开。

浅塘，主要用来养殖幼鱼；深塘则是垂钓的主战场。

池塘共设有 60 余处钓鱼台，伸入池中 4 米有余。四周的石板道略略高于水面，让人们亲水而嬉，站在池中钓鱼，有与群鱼相戏之趣。

于主席选择喜好的一处坐下，测试水深，装上饵食，放竿塘中，静观线标沉浮，与鱼儿斗智，适时起钩。

“鱼儿不幸被捕，那就不能怪罪于我了，谁让你闻香嘴馋呢。”于主席自得其乐，口中振振有词道。

在养鱼塘中钓鱼，不能显摆钓技，会钓就成，于主席心中并不会太过着急，鱼一定有，一定多，就看鱼儿会不会到你的竿下游玩觅食了，只要耐心等待，一定能钓着。对于钓多钓少，钓大钓小于啸是无所谓的，吹着湿润的江风，享受着阳光的恩宠，钓着快乐的心情，钓着休闲的胜境，心中总是愉悦着。

环池览景，让于啸心花怒放，喜形于色。临江一侧，有一个老者背着鱼竿沿塘边石板道游走，一会儿功夫，一条大青鱼就投降了，停止了反抗，老人乐不笼嘴，看着他背鱼的情形，“老顽童”三字跃入于啸脑海，幸福着他的幸福。

栈桥上最热闹，欢声笑语，有的帮着脱钩，有的帮着抓鱼，忙得不亦乐乎；大鱼上钩竿如弓，有一手持盆操的小孩，跟着大鱼在栈桥边左窜右跑，比钓着大鱼的人更欢腾。

于啸向尖叫声望去，一红衣女子的鱼竿上端快成一张弓了，只是鱼竿难以竖直，身体似快要倒入池塘中，手上没有力道，鱼儿成功逃脱，她惊喜着、惊叹着，逗笑了满塘钓鱼人，惋惜着陪同人。“没关系，再来！”

江面上时时传来马达声，机舨船在江边匆匆而过，“人”字形的浪向后扩开，一直到岸边，拍打着滩边水草；林中的鸡打着鸣，声声清脆；看池塘的狗，偶尔汪汪，也许就像田风一样笑着迎接人们来垂钓；水鸟有点怕人，啾啾掩在江边草丛中，偷看竿竿线线，不理解站着、坐着的人们的怡然；池中的鱼儿也不寂寞，跃出水面，向人们表演飞腾绝技，也许是在向引诱它们上钩的人们示威吧。

江水滔滔，芦花招摇，翠幄柔茵，风景如画。竹竿何袅袅，鱼尾何簁簁，两小时的垂钓，于主席他们收获颇丰，心中欣喜万分。

新疆游客过着安乐祥和的休闲生活。

五十二

李慧娟自上次在中央商场偶遇田明兰，心中念念不忘起赵启航来，以前也许是自己少不更事，追求享乐，游戏人生，现在的生活，让她开始讨嫌起来，“有钱有什么用呢？”李慧娟第一次意识到钱不是万能的。她出没在舞厅，与少爷们厮混总不是办法，生活还得继续，她现在多想有个家啊。

她忽然又憎恶起冷三来了，不是他，也许自己不会落得如此下场，没有他，也许赵启航还不会与自己离婚，而今四十出头了，连个孩子也没有，每次看到朋友们与孩子在一起嬉闹时，她的心开始流血了。

让她伤心的一幕昨天又上演了一回，昨天下午，她终于找到了冷三，冷三已没有先前的那份热情，人也变得更加吊儿郎当的，说了几句话便想急着离开。可是，李慧娟不依不饶，跟在他后面还想要问什么。这时迎面来了一个女人，李慧娟想躲，可是来不及了，冷三的老婆时彩凤快步走上前来，一把抓住她的头发，“你个妖精，专偷汉子的荡妇。”不由分说就打了起来，冷三远远地望着，他快速走开了，任由时彩凤和李慧娟她们如何，他消失在人群中。

李慧娟在路人的帮助下逃离了现场。

李慧娟的心突然间粉碎了，沟水东西流吧，她擦干泪痕，坐在沙发里痛苦地胡思乱想起来。

她倒在沙发上哭着哭着就睡着了，一觉醒来，天已透黑了，父亲没有回来，母亲打麻将还没有歇手，李慧娟起身倒了杯水，乱七八糟的脑袋里，又想起了赵启航。

“他赵启航现在怎么样了？这个冤家为什么要净身出门，狠心地把自己抛下，一点也不念十年的夫妻情。”李慧娟在心里恨自己，恨赵启航，当然更加恨冷三之流。

“不行，我要去找他，让他大骂一顿也可以，只要他能回心转意，我什么也愿意为他去做。”李慧娟在心里这样想着。

她想打电话给田明兰，可是，那天田明兰故意言左右，不作任何回答，她心里害怕受到凌辱，她忽然想到三哥田江海来，海哥是个有教养的人，看看能不能请海哥从中撮合，让赵启航回到自己身边。

李慧娟决定去找田江海。

她带了些礼品，敲开了三嫂王玲美的大门。

“三嫂，还好吗？三哥在家吗？”李慧娟对田江海又敬又怕，平时她可不敢跟田江海耍性子，他是个有地位的正直的男人，王玲美温柔大方，治家有道，高贵而不娇纵。

“哦，你来了。”进屋坐吧，王玲美给李慧娟倒了杯白开水，“江海，李慧娟来了，她找你。”

王玲美坐在田江海身边，“海哥，都是我不好，让赵启航伤心流泪了，我真的知道错了，你能帮帮我吗，让我见上赵启航一面，我要当面向他认错。”李慧娟真诚求着田江海。

“李慧娟，你们已经离婚了，我看就不要再见面了，他现在心情刚刚平静下来，他一心在忙着自己的事，想让自己过得好一点，你就不要去打扰他了，我知道启航的脾性，他作出的决定是不会改变的。”田江海极尽客气地对李慧娟说道。举手不打上门客，何况李慧娟已经与田家没有任何关系了。

“三哥，我求你了。”李慧娟哭了起来。

“你不要哭了，好好找一个人嫁了吧，安分守己地过日子，看我们当初妯娌一场，我也不好说你什么，是你太让启航伤心，男人一流泪，心就碎了，他心都碎了，是不可能再和你复合的，你也知道启航的脾气，不要去自找没趣了。”王玲美劝慰着李慧娟。

李慧娟细细想来，赵启航真的不会再原谅自己了，他的心被自己剐碎了，一切苦果得由自己来尝，她悻悻地离开了田江海的家，漫无目的地走在无边的黑夜里。

李慧娟没精打采地回到家，听到她母亲吴丹青又在和她父亲吵闹，“都是

你，你一天到晚在外面忙忙碌碌，也不顾家，也不关心女儿的事。”吴丹青哭着闹着。

“都是你做的好事，还能怪谁。”李全才怒火中烧。这个家，他一刻也不想再待下去了，堂堂的一局之长，连个家也管不好，他心中疼痛，血泪往心里流，他能说什么呢？他又能怪谁呢？他又有什么法子改变这一切呢？李全才忽然感到自己是个无用的人，感到自己不是一个好父亲，不是一个好的家长。李全才伤心极了，泪流满面，他的心和赵启航一样，碎了！

他真的有心想离家出走，远离这个让他伤心流泪的家。

李全才又一次来到江心小吧，毛碧娇看到李全才像斗败的公鸡，叹声不已，她内心翻江倒海起来。

毛碧娇因为在外面风流，有时把男人带回家，被她丈夫发现了，遭到一顿毒打，然后丈夫离开了自己，她没有办法，只好自己养活自己，外出打工度日。

沉痛的教训，让她心灰意冷，她发誓从此不嫁人了，过单身生活，她变得拒男人于千里之外。她在江心小吧找到了一份工作，过着自由自在的生活。

自从李全才闯入她本已经平静的生活里，她已僵死的心开始活泛起来。起初李全才只是来江心小吧坐坐，喝喝茶，饮饮酒，听听曲子。毛碧娇尽心服侍着李全才，李全才也不向她隐藏什么，向她吐露心声，把家里的大事小事全向她说。

让毛碧娇当听众，有人听他的叙说，心情好多了，渐渐地她对李全才有了同情之心，她可怜一个堂堂局长，过着悲苦的生活。

毛碧娇与李全才有了苟且之事，她本来就不图李全才什么，只是自己内心也很苦闷，有了李全才，她可以让受伤的心抚合些，每次李全才来，她都静候在他身边，任由他唠叨。

说出心里话，人总会轻松些的。

这么晚李全才愁肠百结地来到江心小吧，毛碧娇知道他在家又受气了。

“碧娇，我不想回家了，我想跟吴丹青离婚。”李全才看着毛碧娇的眼睛忧郁地说道。

“这样不好吧，对你事业有影响的，要被别人笑话的，你愁闷，可以常来坐坐，我给你解闷，但还是不要离婚，你还是忍忍吧。”毛碧娇劝道。

男人决定离婚，一定是到了最伤心的时刻了。

李全才几乎不再回家，他就宿在毛碧娇那里。

五十三

李慧娟找不到冷三，而冷三正和薛丹丹打得火热。薛丹丹身轻如燕，各种舞她都学过，慢三、快四、恰恰、探戈样样都会，冷三是舞场王子，她自己讲她是舞场天后。最近他们又学会了三步踩，继而迷上了三步踩，天天下午、晚上沉浸在舞曲之中，整个舞厅就是他们的舞台，尽情表演，旁若无人。冷三惹来无数少妇的青睐，都梦想着冷三能邀请自己来舞一曲，甚至有四个舞伴在争风吃醋，冷三也没有办法，以前还能应付，能左右逢源，混迹于舞伴之中。现在，陆曼曼、华春香、薛丹丹缠绕在身边，其他舞伴是插不进来了，那些羡慕冷三的爱舞少妇们更是望尘莫及了，也只好作罢，任由他们在舞厅大展身姿。薛丹丹还有一副女中音歌喉，唱起歌来让人爱听，唱情歌更她一绝，让听者如痴如醉。

徐香琳自幼胆大，不怕人，她喜爱唱歌跳舞，她也经常出没在卡拉OK厅、舞厅，她和薛丹丹是好朋友，经常在一起讨论跳舞心得，领会舞中真谛。

徐香琳接到田明兰相约，在秦书记的大力支持下，她组建星月亲水文艺队，首先想到了薛丹丹，她约薛丹丹到时来捧场，薛丹丹自然十分高兴，满口答应，她在歌厅、舞厅练得更加勤快了。

当薛丹丹把这喜讯告诉冷三时，冷三心中一动，星月亲水怡心园是个好地方，他想起与华春香、陆曼曼共度良辰美景的欢悦，心中畅达起来。“到时我也去为你们伴舞，为你们摄影，记录下你的美妙曼姿。”冷三真诚地说道。“好，一言为定，到时你可不要被陆曼曼、华春香她们，还有李慧娟迷住就好。”薛丹丹心情愉悦地说笑着。

韩阳珍自远离施广发后，和她的走友换了场地，到城北公园去转圈。生活

一如既往，悠闲自在，有时她也会一个人坐在城北公园里，静赏夜景，浮想联翩。

她坐在夜幕下城北公园绿地广场的石块上，环顾四周，欣慰着江心市的变化，欣赏着城北公园的美景，欣喜着江心市人民的悠然。

城北公园的温馨让她倍感亲切。“吃过晚饭的人们，不再围坐在桌前，开始注重起身心健康了。”韩阳珍看着公园里的人群，心里想着。

玩麻将是江心市人的喜好，对于动脑动手都有好处，然而坏处多多，颈椎病人多起来了，麻将概是罪魁祸首吧。

人们三三两两结伴而行，在城北公园的曲径上自由徐行，家长里短的，边走边闲聊，和蔼亲近，其乐融融。

快走的人们，绕着湖边小道、健身广场走圈，舒畅着筋骨，灵明着心智，一圈近 2000 米下来，香汗已沁，衣露湿痕，快走 4、5 圈，神采奕奕、心旷神怡，这里是喜好晨练或晚练人们的天堂。

韩阳珍就是快走的受益者，她身体健康，近四十岁的人了，身材依然苗条，容貌依然姣好。

夜幕下的城北公园，最热闹的要数湖滨广场了，悠扬的音乐、优美的韵律、曼妙的舞姿、舞动的人群、观赏的人们、灿烂的笑容，构成了城北公园每晚的“万民贻乐图”。

韩阳珍会心地笑了，她很幸福，她的家庭，她的丈夫，她的孩子，让她心满足，只是一颗心依然躁动着，她也不知道到底要追求什么。

施广发是她这一辈子里的第二个以身相许的男人，她不是个坏女人，更不是荡妇，她无法把周军与施广发相比，周军贵为发改委主任，而施广发却是一个小工人。

“他现在是星月亲水怡心园的经理了，经营着自己的一方天地。”韩阳珍心中欣慰，她虽然远离了施广发，但还是时时关注着他的动向，他结婚了，她心里十分高兴，想找他送去祝福之语，可是，她却没有这个勇气，大家平静多好，让一切都埋在心底吧。

孩子们永远是公园的主宰，欢声笑语、无忧无虑。有的像模像样地在学钓鱼，有的伸拳踢腿学太极，有的脚着闪光的旱冰鞋，在广场、在小径、甚或在曲桥之上，飞滑而行，脚下彩灯闪熠，那样的平稳，那样的开心，父母为之动容，行人为之窃喜，同伴为之喝彩，公园也沉浸在欢腾之中。

城北公园，浪漫之所，对对情侣隐约其中。小路上，时而摩肩而行，时而扣手摇晃；树林中，时而轻拥，时而热吻；假山后，时而卿卿我我，时而嘻娱有声；水榭上，时而临水顾嬉双影，时而扶望远处，回味无穷。夜幕下的城北公园不再是年轻人的伊甸园，中年的、老年的，在这夜幕的掩饰下，和着桂花的清香，情飘满园。

她想起和施广发的欢歌笑语，想起他健美的身躯，心中洋溢着快乐的悦意。她又想起了和周军的日日夜夜，就是在这个公园里，在夜幕下，她与周军相遇、相知、相爱，最后走进了婚姻殿堂。

小径两边，草坪灯在柔茵之间、在丛枝之下、在水滨之旁点缀着公园的边边角角；2 米高许的路灯，有的被树叶争宠着，有的亭立在水榭歌台间，有的孤芳自赏独自傲然；五彩缤纷的柱灯，平添了几分娇艳，那是公园灯中之皇。

水波之中，缤纷的色彩在涟漪中晃动招摇，灯距忽长忽短，满湖滟滟的，和着黛墨的树影亭影，微风下，光怪陆离；欢快的人影倒映其间，也成了这风景之景了。

远处的三束蓝黄之光来回扫着城北公园的夜空，电视塔被上霓虹，月亮在西天半空中挂着，仿佛刚从冶炼炉中出来，金黄色还没有脱尽，弯弯的牙儿冲破云彩，与路灯、地灯、远处的彩灯、映衬在碧水之中的灯影遥遥相应，五彩斑斓，共同勾勒着舞动的城北公园。

韩阳珍最近听朋友讲，星月亲水怡心园很清静，很浪漫，她有心想去看看，可是那个让她心爱又心怕的施广发在那里当经理，她有些犹豫，内心在争斗着，今晚她怀着矛盾的心理在城北公园闲走、静坐、胡思乱想。“改天找个机会还是过去看看吧，已有多年没有和施广发见过面说过话了。”她似乎是作出了快定，心情欢乐起来，人又精神起来，走在夜幕下的街道上，她的步伐是轻盈的，思维是灵动的，人是爽快的，心情是美好的。

五十四

韩阳珍精心梳理打扮了一下，开车出了门，午后的时间是她个人的，想去哪就可以去哪，孩子上学去了，丈夫在上班，下午她是自由的。

她不喜好打牌，也不太愿意去舞厅、茶座这类公众场所。

现今四十岁的女人，没有了少女的羞涩，没有了育儿养女的辛劳，没有经济的压力。她们思维缜密，注重保养，精力旺盛，总有一种躁动在心里乱捅，总想要表现自己的才貌，或者说敢于去追求刺激。

四十岁的女人，是最美丽动人的。

韩阳珍开着车，即刻想去江边怡心园，去看看施广发，可是开了一段时间，她的心又开始犹豫起来。

见与不见有什么不同呢？或者说不见又怎样，见了又怎样呢？

矛盾的心理在挣扎着。

“还是先去星月亲水驿站去看看吧，也许在那里可以意外地见到施广发，也许还能听到关于他的事情呢。”韩阳珍调转车头向驿站驶去。

星月亲水驿站门面装饰得很华丽，她信步进入驿站。

“请问，有什么可以帮忙的吗？”驿站服务员孔含笑站起身来，笑容可掬地问道。

“哦，走到你们驿站门口，被你们的店名吸引过来了，驿站是住店的地方吗？它和宾馆有什么不同呢？”韩阳珍随口编了一个理由。

“我们星月亲水驿站不是住店的地方，不是过去的路边客栈。我们这里主要是介绍星月亲水的，它在江边，是个休闲的好去处，江边那儿名叫星月亲水怡心园，那儿可以喝茶聊天看风景，还可以读书养神品风雅。”

“江边还有星月亲水兴农园，那儿现在正在种植平菇，可以让人参观，也可以带回几斤回家品尝新鲜。”服务员孔含笑亲切地简介着，她的责任就是向上门客人介绍星月亲水品牌。

“平时有人去玩吗？”韩阳珍没话找话地问道。

“平时去的人还是挺多的，主要是懂风雅、享受清静的人去的多。”孔含笑不厌其烦地介绍道。

“你们经理是姓赵吗？”

“我们星月亲水总经理是姓赵，他叫赵启航；我们驿站的经理是何洁扬，她是茶道大师，她还是我们星月亲水茶道队的经理；我们星月亲水怡心园的经理姓施，叫施广发；我们星月亲水兴农园的经理叫蒋爱民。”孔含笑真是职业，看来她对星月亲水感情很深，左一个我们星月亲水，右一个我们星月亲水，说得韩阳珍也倍感亲切起来。

“怎么这么多经理？”韩阳珍好奇地问道。

“这些还不够呢，我们赵经理讲了，他还要办好多公司，他要把星月亲水打造成我们江心市的知名品牌呢。”孔含笑又补充道。

“怡心园怎样联系呢？有施经理的电话吗？”韩阳珍不经意地问道。

“有，这是怡心园的名片。”孔含笑递过怡心园的名片给韩阳珍，“欢迎光临，我们星月亲水欢迎您。”孔含笑一张利嘴说得来者无不为之动容，真想立即去一看究竟。韩阳珍会心地笑起来：“好一个忠心的员工，星月亲水因为有你们这样的员工，一定会做大做强的。”

“谢谢大姐夸奖，我们还需更加努力，让每一位到访者有宾至如归的感觉。”孔含笑认真地说道。

“好，改天我一定约上几个好姐妹，到你们星月亲水去看看，看看有什么神奇。”韩阳珍心里舒畅多了，对怡心园也很向往起来。

韩阳珍离开了星月亲水驿站，在心里盘算起来，“还是先打个电话给他吧，免得到时不知所措。”

电话接通了，声音还是那样的醇厚，还是那样的亲切，还是那样的让人心跳。

“我是韩阳珍，你是施广发吗？”

“啊，是你，你在哪？”施广发惊慌失措起来，自韩阳珍换了号码，人好像在人世间蒸发了，一晃已是六年过去了，今天突然接到她的电话，施广发自然是惊诧起来。

“我在你们星月亲水驿站旁，你还好吗？”韩阳珍心跳得十分厉害，言语有点颤抖。

“有什么事吗？我在怡心园呢。”施广发轻轻地说道。

“有空吗？想见见你。”

“好的，你到沁茗忆乡茶座等我吧。”施广发挂断电话，急忙开车向沁茗忆乡赶去。

位居江淮路30号的沁茗忆乡茶座，装饰豪华，幽雅现代。韩阳珍选了一个偏僻的位置坐下，要了一壶绿茶，悠闲地吮着茶，想象着见到施广发的种种场景。

他会对我吼吗？恨我无情无义；他会骂我吗？骂我隐匿夭逃；他会宽宏大量吗？恕我始渝终弃，韩阳珍乱七八糟地想象着。

他是瘦了还是胖了？他是黑了还白了？身体还是像以前那样强壮有力吗？韩阳珍又想起往事，往事历历在目。

施广发高大壮硕，英俊洒脱，和他在一起，是那样的快活舒畅，多少个日日夜夜，她心中只有他的身影，总是想时时和他待在一起侃说娇柔，心情是那样的惬爽，浑身充满了青春活力。

周军虽然聪明才智俱佳，可就是身子单薄，有心无力的样子让她有些气恼。但毕竟是夫妻，社会大环境也让她止步情场。

树树要皮，人人要脸。

她可不能过分荒唐，把自己放到风口浪尖上，她必须要保护周军的颜面和自己的尊严。

当施广发与她恩爱过后躺在她身边，提出要她嫁给他时，韩阳珍害怕了，她不能抛夫弃子，她也不愿意把一个好好的家给拆散了，她只能选择逃跑，选择远遁。

这么多年了，她自从离开了施广发，她再也不愿意做昼颜妻了。虽然昼颜很美丽，它也只能是午后的灿烂，一到夜晚，没有了阳光，它只能凋谢枯萎。躁动的心被自己强压在心底，不敢有半点马虎松懈。

她自从在城北公园里追忆往事后，施广发的身影总是在脑海里晃动，他的傻傻的灿笑总是在眼前浮现，她心中有种冲动，就是一定要再见施广发一面，和他当面讲清当初突然不辞而别的衷由，希望得到他的谅解。

正当她喜一阵忧一阵的时候，施广发站到了她的面前。

“这么多年过去了，你还好吗？”施广发殷切问道，“还坚持每晚快走吗？看来你的精神不错，神清气爽的，你过得很好，我放心了。”施广发发自肺腑地赞赏着。

韩阳珍没有想到，施广发这么明理宽怀，还是一副急切关心自己的样子，心中忽然轻松下来。

“看来你也是意气风发啊。”韩阳珍笑逐颜开，与施广发说笑起来。

“我的生活很简单，早晚服侍孩子，一日三餐为他们忙碌着，下午有时去喝喝茶，有时逛逛街，更多时间是在家看电视，晚上有时也去走几圈。”韩阳珍滔滔不绝地向施广发讲述着这六年来的生活细节。

“周军待我很好，我已经很满足了。”韩阳珍浅笑着，“其实那时，我已经结婚了，就是周军。”

“离开你，也是无可奈何，谁让我们生不逢时呢，为什么会是周军先你一步呢？你也不要恨我无情，我也没有办法，我不能害你苦等。”韩阳珍忧忧地说道。

“当初我确实有些恨你，为什么会突然消失得无踪无影，为什么不和我说清楚，后来你的情况我知道了，也就宽恕了你的不辞而别。”

“我现在是星月亲水怡心园的经理了，我们那儿十分清雅幽静，有空去我们那儿坐坐，喝喝茶，放松心情。过去的就让他过去吧，唯有未来才是我们该珍惜的。”施广发粲然一笑，给韩阳珍斟满茶水。

他们聊了很多话题，聊得甚是欢愉。

“有空我一定到你们星月亲水怡心园去参观，去享受清静幽雅。”分别时，韩阳珍高兴地说道。

踏着晚霞绚丽的光芒，韩阳珍迈着轻松的步履，走上停在远处的小车，与施广发挥手道别。

五十五

兰町和蒋爱民在新疆农场培育着平菇，蒋爱民负责技术指导，兰町负责联络、人员和管理，按部就班地按计划进行着，菌种着床状况良好，发育很快，整袋的绵籽快要被菌丝覆盖着，袋口已现平菇的椹桑，蒋爱民和兰町商量着怎样能运输，“兰町，现在要想法子把这些袋子运回去了，否则，就要在这里出平菇了。”蒋爱民忧虑道。

“那我们就住在这里了，你种我卖。”兰町和蒋爱民开起玩笑来，“你看运输过程中需要注意什么事项，我好想法子。”兰町轻松地问道。

“如果在二三天内运到，没有什么特殊要求，否则真的不太好说。”蒋爱民喜欢把事情想得周到些，一周到，想的问题就会复杂起来，心事就会重起来。

当然，忧患意识在商战中的确是很重要的，有时还会起到决定性作用。

“你看我们包一个运输队怎样？我和油田方面比较熟，就请他们帮忙，本来想去联运站联系的，可是防止他们不能准时运到。”兰町似乎并不太着急，也似乎是成竹在胸，面带微笑。

“我们什么时候可以发车？”蒋爱民问道。

“今天下午就可以，你去收拾收拾，我去请民工，让他们连夜装车，明早我们就出发。”兰町决定由他和蒋爱民押车同行。

“坐这么长时间的车你能吃得消吗？我看你细皮嫩肉的，我还是去给你买一张飞机票吧，四五个小时就可以到家了。”兰町关心地征询蒋爱民的意见。

“你也不要小瞧我，也就三四十小时，我就坐车同行，一路上还可以欣赏途中美景呢。”蒋爱民一介书生，虽然没有强壮的体质，但骨子里却有一股傲劲，同时他有率性的坦然。

“好，那我们就坐车回家。”

第二天车队准时出发，虞雪莲也同行，她的父母已经到了江心市，她请了一周假，准备和父母一起去兰町家里住几天，也好给父母一个交代：“兰町是好样的，女儿没有看走眼。”

车队浩浩荡荡开进了江心市，开到了星月亲水江堤上，田明兰、闻小凤组织人马卸货，蒋爱民指导大家堆栈装棚，喷水保湿，然后覆盖塑料薄膜，被盖草帘，经过一整天的紧张劳动，大功告成，平菇大棚一行行，一垄垄，连成了片。

汗水浇灌着希望的心田。

蒋爱民满心期待着收获的喜悦。

虞杰豪坐在别墅客厅里，眼前的建筑像个皇宫，精美的花岗岩装点着电视背景墙，红木沙发，古色古香，客厅一侧为餐厅，餐厅边间为厨房，客厅另一侧为卫生间，卫生间旁为一卧室，客厅透空，偌大的水晶吊灯招摇在客厅上空，“好气派，好华丽。”虞杰豪由衷地赞美道，妻子严霜更是笑容可掬，拉着女儿的手，连称女儿好眼光，好福气。

严霜是大家出生，父亲在解放后被定性为地主，加上堂姐夫是原国民党师长，解放前去了台湾，这样的社会背景，让她家在那个年代，完全没有安稳的生活，严霜师范毕业，在旧社会教了几个书，解放后，她没有了工作，父母经常被拉出去游街批斗，她无路可走，就带着弟妹背井离乡，来到了新疆这块辽阔的土地，开始了举目无亲的新生活。

严霜命运还真是好，她来新疆不久，认识了油田教书先生——虞杰豪，他们一见钟情，认识半年后举行了婚礼，一年后，虞雪莲出世了，严霜和虞杰豪视她为掌上明珠，女儿成了他们生活中的乐趣，也是他们生活的希冀所在。

当初虞雪莲看上兰町，严霜心里有些不痛快，就一个女儿，要远离她了，又是那么遥远，心中不舍，可是出于对女儿的娇惯，出于对女儿个性的了解，她没有反对，好在兰町无意要把虞雪莲带回江心市生活，他自己也准备常住新疆，并在城中买了新房，严霜心里踏实了，对兰町这个女婿倍加爱护。

当虞杰豪回家说起油田准备安排一批职工去江心市休闲旅游之事，严霜蠢蠢欲动起来，“就去江心市旅游吧，到时我也去，去看看亲家他们，看看他们那里的状况。”严霜天天期待着，旅行团终于出发了，严霜高高兴兴地跟随着虞杰豪他们一起来到了江心市。

原来兰町家里比他说得还要好，还要殷实，夫妇俩就暂时住在了兰町家里。

听不到鸡鸣，闻不到狗吠，虞杰豪夫妇有点儿不习惯。然而，叽叽喳喳的鸟儿欢快地交谈着，邻人间的高声问早，清脆的笑声、间或的叽喳声还是打破了清晨的宁静。虞杰豪一骨碌从床上爬起，像小时候一样欢腾在家前屋后，呼婶叫爷，乐乐呵呵，享受农村清爽宜人的早晨。

虞杰豪沿着宽敞的水泥大道信步走出埭头，熟悉的白线、黄线、斑马线在眼前延伸，雨后的柏油路显得一尘不染，蓝底白字的指示牌特别招摇，乳白色的路灯和香樟一字儿排开，在马路两侧昂首挺胸，这里分明就是城市，哪里是农村！

公路的另一侧，溪流明滟。一座座小桥在溪流上横陈，汉白玉栏杆把小桥装扮得像个贵公子，稳重玉立，是迎接哪一位小家碧玉含春相游吧；溪面宽窄相间，倘若画舫出没其间，与睡莲问好，跟芦柴执手问候……红红的石榴在溪边弄姿，对着水面孤芳自赏着，惹得垂柳轻荡，绿绿的长发扫着周边的小树、小草，香樟也挤兑进来，翠帷柔茵，满目皆绿。

虞杰豪真想立即拿出纸笔，写下这壮美的农村风光。

“S”形的长凳在小溪一头静静地卧着，宽约50厘米，高近30公分，6座大理石柱支撑着，“许是让谈情说爱的人儿相拥相倚，许是让城里来的人坐下好好欣赏这迷人的风光，亦或许是让农人闲暇时围坐拉家常的吧。”文人就是文人，他们的脑海中永远是阳光美丽的。

水榭上，垂钓人开了早工，钓了好多尾小鱼，乐得美滋滋的。在虞杰豪记忆里，他们村头的小港是与湖泊相通的，每当放水进来时，水面上的小鱼在快乐地舞蹈着，孩子们用芦叶做成小船放入流水里漂流，看谁的小船儿行得最远，那种欢乐劲儿仿佛就在眼前。

虞杰豪来到四方形的亭阁，亭子很一般，安座在小塘边的树林里，上四级台阶就能徜徉在阁中。坐在阁中，栈桥、小塘、水榭、花草树木尽收眼底。

多姿多彩的别墅群沐浴在晨雾中，大方而阔气，花坛中的紫薇精神抖擞，有盖的垃圾箱有序分列在道路两侧，现代农村改善了农民的生活条件，一家五口的农民拥有一套200多平方米的别墅，城里人是不敢想象它的宽敞。

“河流改造成观光带，公园建到家门口。”虞杰豪心中赞叹着。农民们不必快节奏，不必钩心斗角，不必为功名为财富孜孜地追求；日出而作，日落而歇，过着自由自在的生活。

“看来，这个江心市还真是个富裕安详之所。”老先生十分欣慰女儿的决定，他为女儿的幸福人生高兴着。

五十六

蒋爱民来到了星月亲水驿站，向赵启航递交了设施农业发展规划书，厚厚的一本。“蒋经理，你是什么时候弄好的？”赵启航十分惊诧，想不到这个蒋爱民也是个工作狂。

“我在新疆白天忙着指导配方拌料，种植菌种，晚上回到宾馆，就着手书写规划书，反正闲着没事，在新疆的日日夜夜，没有闲人打扰，没有琐事所困，我有大量的时间思考问题，新疆之行，成就了我的书写计划，真是一举两得。”

“太辛苦你了。”赵启航与蒋爱民研究起设施农业规划书来。

“下午你跟我去一下市政府，先当面向陈达夫秘书讲解规划内容吧。”赵启航约好陈达夫下午见。

蒋爱民详细地向陈秘书介绍了开发江滩，大规模发展设施农业的规划书内容，陈达夫对这个规划书很满意，“内容很实在，可做的事也很多，而且能够尽快实施，我看项目经费可以报高点。”陈达夫听完蒋爱民的讲解后，高度赞赏，“赵经理，你这个战将选对了，他可是我们农委的大秀才。”陈达夫对蒋爱民很早就相识，知道他是个人才。

可是，人才不一定就被重用，这就是领导们一方面在大讲人才不足，要实施人才发展战略；另一方面，对真正的人才却熟视无睹，总是看到他们的缺点，也许在领导的眼里，十全十美的人，才算是人才，而十全十美之人是不存在的。

“欧阳市长今天出去开会了，你们回去修改一下，明天我帮你们把这个规划书呈上去。”陈达夫是赵启航的老朋友了，讲话很直接，他帮着赵启航出点子。

“晚上有空吗？去我们驿站喝茶吧。”赵启航真诚邀请陈达夫。

“好的，那就说好了，我打个电话约上几个人去欣赏茶道。”

陈达夫约了同事郭心仪一同去星月亲水驿站，“这真是个好地方，这么清静，幽雅。”郭心仪兴奋的小脸溢出光彩，她久坐市政府办公室，与陈达夫对门，同为市长秘书，忙是可想而知的。

“这最适合情人幽会。”郭心仪开玩笑地说道。“你不要瞎说，我们这是在幽会吗？”陈达夫生怕这个小师妹口无遮拦，忙打断她的话。

“我还真的盼望着呢。”郭心仪嬉皮笑脸地说道，她可不在乎什么，“这里不就是我们两个人吗？又没有第三者。”

陈达夫与郭心仪面对而坐，不一会儿，赵启航喊来何洁扬，让她安排一个靓丽的小姐妹来，给两位秘书表演茶道。

“真是行行出状元啊，改天我也来学习茶道。”郭心仪又说笑起来，窘得陈达夫脸都红了。

他们坐了近两个小时，有说不完的内行话，有开不完的玩笑，他们离开驿站后，郭心仪又与陈达夫嬉闹开来，“茶道，还真有意思，怎样，让我来表演给你看吧，去我家，走。”郭心仪拉着陈达夫去她家玩去了。

第二天陈达夫把赵启航的设施农业发展规划交给欧阳市长，欧阳市长阅完后，感触很多，“这个赵启航是个办大事的人，小陈你去打电话给周军，让他过来一下。”

周军赶到欧阳市长办公室，“周主任，你好好研究一下这个报告，尽快立项。”周军接过报告，“是，我回去尽快研究，把结果向您汇报。”周军唯唯诺诺。

周军回到办公室，打开报告仔细浏览起来，“好个你赵启航，要干这么大的事也不先来找我。”他召集班子成员，专题研究了赵启航的设施农业发展项目，“即刻行文，明天送交欧阳市长定笃。”

“喂，田局，你好，晚上在家吗？”周军打电话给田江海。“在家呢，有事吗？”田江海一般情况都不在外面吃饭，他不喜欢热闹，他喜欢吃王玲美做的饭菜。

“那好，你准备下酒菜，我带瓶酒来，晚上和你胡侃。”周军高兴地说道。

“你来就好，酒，就不要你带了，我家里有。”田江海吩咐妻子再去买些冷菜来，说周军晚上来吃饭。

“正好儿子马上要到家了，他明后两天没有课，想回来玩玩，我去准备吧。”王玲美赶紧去了熟食店。

“来，我们先喝一杯。”周军端起酒杯，“我先敬你，来，喝。”田江海与周军碰了一杯。

“田建，你也来喝一杯。”周军笑着对田建说道，“周叔叔，我可不敢，我爸会打我呢。”说完笑看着田江海一眼，“就你嘴能，快吃饭。”田江海似嗔尤怜，他疼爱儿子，田建是个十分聪明自信懂事的孩子。

“我是大人了，马上就要大学毕业了，就喝一杯。”田建嬉皮笑脸地求着父亲，“让我敬周叔叔一杯酒吧。”

“哈哈，小子，来，和周叔叔喝一杯，你爸不敢打你，他要是打你，你就去告诉你奶奶，让你奶奶打他。”

周军为田建倒了一杯，“来，我们的大学生同学，喝酒。”田建端起酒杯，还是看了一眼父亲，征询着他的意见。

“田江海，你可不能不许哦，田建，来，和周叔叔喝。”周军说完就一口把酒干了，田江海也没有办法，他知道这个周军是故意闹笑的，也就默许了。

“我敬周叔叔。”田建见父亲不再反对，说完也一口干了。

周军刚想为田建再倒酒，王玲美和韩阳珍端着菜出来了，“老周，不能给他喝酒。”王玲美关切地说道。

“就是，不要让小孩子学坏。”韩阳珍也插嘴道。

“珍姨，我没事，妈，我就再喝一杯，我要敬周叔叔和爸一杯。”田建拿过酒瓶，先给周军斟满，然后自己也倒满了。

“爸，周叔叔，我大学快要毕业了，我不想留在大城市，我是学农的，广阔农村大地是我的人生战场，我想回江心市搞农业。”田建想喝酒，原来是要壮着胆子，向父亲说明自己的理想。

田江海看了一眼王玲美，若有所思，想当初田建填报志愿时，他与王玲美争执了一番，田江海有意想让儿子上交大，今后在交通战线上发挥作用，而且凭他这么多年的勤奋工作，为儿子安排一个好的工作是没问题的，而儿子单单要去上什么农学院，自己从农村跳出来的，农村的生活让他不敢回首往事，就说中秋节吧，一只月饼，母亲切成四块，田风、田野、田江海、赵启航一人一块，而母亲远远地走开了，这让田江海终生难忘，学习更加刻苦，人也更加机灵，而今儿子不知天高地厚，竟然要把自己的远大理想放到农村。父子俩人各有理由，相持不下，田江海指望王玲美来帮他说服儿子，想不到，王玲美竟然说让母亲来决定。

“母亲是我们田家掌舵的，一切她说了算。”王玲美把母亲推到自己面前，最后九婆婆支持田建学农，他田江海一点法子也没有了。

四年了，儿子一天天长大、成熟，看着眼前的这个小子，学院让他留校任教，可是他今晚却说出自己的理想还是在农村大地，放着好好的大学教师不做，这是他又一次没有想到的，他习惯性地望了一眼王玲美。

“是不是还是让母亲来作最后的决定？”田江海知道他们母子是一条心，问她也等于白问。

“哈哈，好个田建，有出息。田江海，你先看看这个。”周军说完从包里拿出了赵启航的规划书。

“星月亲水设施农业发展规划？”田江海翻看起来，规划分三个部分，第一部分长江堤外滩涂开发利用，第二部分江堤内侧规模设施农业发展方向，第三部分设施农业设备配套研发生产基地。厚厚的一本，田江海浏览了一遍，心中热血沸腾，暗为赵启航叫好。

“你今天来找我喝酒就是为了这个？”田江海疑问道，田建好奇地拿来起规划，细细阅读起来。

“是啊，看你这个老弟，他有能耐呢，今天上午，欧阳市长亲自给我下任务，要我尽快拿出项目批复来，你看，这批文已经拟好了，明天送给欧阳市长过目，由他定笃。”周军说完从包里又拿出了发改委项目批文拟稿。

“总投资九亿六千八百万？”田江海吓了一跳。

毕竟启航现在手头没有这笔资金，过去在江洲集团，筹钱对他来说不是大事儿。

“他怎样才能筹集到这么多钱？”田江海自言自语道。

“涉农企业政府会给予补助的，设施农业项目，上面也会有财政支持的，就是不知道能得到多少项目经费。”周军点了支烟，在心里盘算起来，这是他的习惯，一旦遇有什么大事，他总是在口袋里摸烟。

周军与赵启航也是老朋友了，不仅是因为与田江海是同僚，赵启航是他的兄弟之故，更深的交往是从赵启航在乡镇局当技改部部长期间他们就有来往，那时周军是发改委能源科科长，后来赵启航下海创业，重大技改项目，赵启航还是去找周军，请他们帮助项目包装，争取技改资金。现在，赵启航重新创业，他周军得好好帮他一把才行，周军和田江海思考着办法。

“启航他现在一点家产也没有，老屋又没有产权，再说了那小屋能抵多少钱，他从银行顺利贷出款来谈何容易。”田江海忧忧地说道。

“这样吧，我们把这房子作抵押吧，能贷到几百万的，玲美你看怎样？”“你说了算，我看行，我同意。”王玲美最懂田江海的心了，结婚二十多年了，还没有和他红过一次脸，田江海没有什么地方什么事能让王玲美红脸的，今生喜得一心人，白头不相离，王玲美在心底深爱着田江海，同时深深感激着“九婆婆”，是婆母教育出如此好的男人，让她王玲美得到一心人。

“阳珍，我们也帮帮赵启航吧，也把我们的别墅作抵押，能为他贷到千把万的。”韩阳珍当然十分支持周军的想法，她现在有点敏感，一说到星月亲水，她的心就会惊跳个不停，她后悔年轻时做了不应该做的事，但是一想到那个健壮的身体，她的心里就乱成了麻，对与错在心里反复对战，到最后，也还是分不清。现在施广发在赵启航手下做事，世事真会捉弄人啊，地球之大又之小，韩阳珍心里矛盾着。

“爸、周叔叔，我四叔的设施农业发展规划还真的能行，他想的还很超前，比如发展太阳能技术，改变农业生产小气候环境，就非常超前，我们大学老师也曾讲过今后改变温光环境的一定是能调控的太阳能，当时我们都不懂，我们在课余就一个劲地争论成也萧何败也萧何的其中道理，其中的偶然性和必然性，今天我看到了四叔的计划，仿佛看到了我们老师的理想在我四叔这里会变成现实。”

“爸，您也看过四叔的规划了吧，我见您内心很是高兴，只是没有说出来，您是怕说出来就是支持我到农村去一展身手了吧！”田建一本正经起来。

“好你个小子，还和你老爸咬文嚼字起来了，你再敢油嘴滑舌，看我打你。”田江海还真的想要站起来，被王玲美一把拉住坐下，“周主任、阳珍他们还在呢，看你笑话。”

其实，田江海看完赵启航的规划后，心里已经赞同儿子回江心市，回到农村去搞建设了，只是嘴上没说，他不想让儿子太得意，他要让儿子有多承受挫折的心理，有珍惜机会的坚毅。刚才想站起来也是让儿子多一份小心，多一份吃苦的准备。

“你毕业论文写好了吗？”田江海平静地问道，“还没有。”“那你就写设施农业方面的吧，看你能不能有超过你四叔的能力。”

田建高兴地跳了起来，“妈，珍姨，周叔叔，我爸同意我的决定了。我毕业后，就去帮我四叔，我要和我四叔一起把农村面貌来个翻天覆地的变化。”田建做了一个鬼脸，跑上楼去。

五十七

蒋爱民天天在大棚里转悠，观察平菇的生长发育情况，农民们第一次种植食用菌，没有经验，他得手把手地引导他们，掌握食用菌生长规律，什么时候喷水增湿，保持菇房湿度适中；什么时候透气通风，降低二氧化碳的浓度；什么时揭起、覆盖草帘，调节菇床温度。蒋爱民不厌其烦地讲解示范，只要夏季平菇生产能够取得成功，那么秋平菇的生产管理，他就要轻松许多了。

蒋爱民看着平菇一天天地长大，菇盖越来越大，盖叶厚厚的肉肉的，菇脚矮而粗，他心里可高兴了，第一次亲自动手，一心呵护，第一潮平菇可以采撷了，他的大棚平菇种植宣告成功。

农民们看着这健壮的平菇，心里乐开了花，蒋爱民又指导大家怎样采摘，怎样保护菇床，怎样让菇床即刻复原，怎样爱护平菇椹桑幼苗，大家都爱听蒋爱民的话，蒋爱民在他们的心目中是百分百的专家。

新疆客人品尝到由他们新疆的棉籽生长出来的平菇，倍感亲切，鲢头加平菇煲汤，让他们乐开了怀，他们在新疆时常也能吃到如此的美味，可是，这平菇，这江水鱼，还是让他们心旷神怡，他们哪里也不去，就待在怡心园，当明月村的村民，与村民们天天泡在一起，三五一群的，在明月村里闲逛，真是神仙不慕天堂，要到凡间嬉娱。

在虞雪莲回新疆的前夜，赵启航款待了虞雪莲，吃过饭后，他请兰町和虞雪莲一起到驿站欣赏茶道。“把这些带回去，让新疆朋友一睹我们星月亲水的风采。”赵启航让何洁扬拿来一堆星月亲水画册，画册上的星月亲水真美，这是赵启航让他的新闻界的朋友精心策划制作的，在赵启航的心里，星月亲水是他的品牌，只要打响他的品牌，他的事业就算成功了一半。

“请赵经理放心，我会为你们宣传好的，我要成为星月亲水的一名品牌推销员。”虞雪莲十分欣慰，自己的丈夫有个如此出色的好朋友，有赵启航与丈夫并肩战斗，她感到很幸福。

幸福是什么？幸福就是让人活得有尊严。

“兰町，你在新疆，好好考察考察，看看我们星月亲水在新疆能做些什么，现在通讯发达了，地球也已变成了像我们村庄一样小了，思维要放开，眼界要高远，有机会我也会去新疆看看的，那里地大物博，发展空间广阔的很。”赵启航的心里好像又有了新的打算，他与兰町有些约定。

接下来的几天，蒋爱民仍然待在大棚里，精心记录着平菇生长的进程。

“唉，蒋爱民蒋经理，在忙啥呢？”冷三走进了大棚。

“冷三，你怎么来这里了，今天没课？”蒋爱民放下手中的活，跟他的好友聊了起来。

“今天是什么风把你这个冷公子吹来了？”

“哈哈，是东南西北风吹来的。”冷三不减豪情，风度翩翩，和蒋爱民说笑着。

冷三最近心思不少。一个李慧娟惹来无限伤心事，老婆时彩凤居然在大庭广众之下与她打起来，让他颜面尽失，他也无可奈何，一个是结发妻子，一个是曾经生死相许的情人，他能帮谁呢？他只能选择远遁，这几天他心里总是想着自己这么多年来所做的荒唐事。

妻子时彩凤貌美动人，有一双会说话的大眼睛。

他们是在一次教育会议上认识的，时彩凤天生丽质，衣着时髦，她的身材真是绝了，什么衣服穿在她身上都好看，不当模特真是太可惜了，她热情大方，见冷三俊俏风雅，她身不由己地坐到了冷三身旁，也许是她故意的，也许是冷三的风雅挡不住她躁动的心，她大大方方地和冷三说笑着。冷三被这突如其来的美艳惊惶失措着，就是因为在人群中多看了一眼，他们一见钟情，很快就坠入爱河。

一个才华横溢，一个美若天仙，两颗心相撞着，火花四起，宾馆，宿舍，办公室，到处是他们的天堂。

结婚后，爱的火焰被孩子的尿渐渐浇灭，家里的琐事不断引发动嘴的频度，续而发展到拳掌相对，时彩凤得理不饶人，无理也要闹三分，她是打不过冷三的，吃亏后，她就拿她的同学、同事来气冷三，把在学校里与副校长同居的事儿也拿来气冷三。

时彩凤是学校里的校花，惹来许多蜂蝶绕在她身边飞来飞去，她的虚荣心得到极度满足，副校长高大的身影在她脑海里时起时现，星期天她时常跟着他到处游玩，她最喜欢寿山了，那里林深山高，鸟鸣虫瞅，阳光斑剥，寿山风景让她心潮激荡，她第一次与副校长在林间享受了人性快乐。

做女人真好，时彩凤心里经常这样想着，他们出没在荒郊，出没在宾馆。副校长的夫人也在学校，他每晚必须回家，一次他忘记了时间，宾馆的大门早已紧闭，又不好意思叫门，无可奈何地爬门而出，不小心把腿给摔坏了，气得老婆立马与他离了婚。

时彩凤毕业时得到了副校长的关照，分到了好的学校教书，随着时间的推移，他们也就断了联系。

可是，时彩凤在遭到冷三拳掌侍候时，她用尽各种方法让冷三心痛，甚至把自己最私密的事也抖了出来气他。

时彩凤还时常为一点小事与公婆吵闹，一时性起也对公婆动武，冷三不愿意了，一顿毒打，把个时彩凤打得半死。

冷三受不了时彩凤的凌辱，开始浪迹在女人堆里，把时彩凤丢得远远的。那天时彩凤缠着冷三上街买衣服，试衣服出来不见了冷三，独自走出商场，远远看到冷三又和李慧娟在一起并肩走着，气不打一处来，上去就和李慧娟厮打起来。

冷三冷静地思考了好几天，想着自己已是四十岁的人了，一点成绩也没有，他忽然觉得跳舞、摄影、在女人堆里厮混一点意思也没有，到头来还是一场空，心里孤寂。

每次朋友相聚，不是谁谁成了某某局的局长，就是某某下海成了腰缠万贯的富豪，想想自己，还是一介书生，空有一副好皮囊，他想通了，自己做的荒唐事太多了，浪费了青春年华。他想干点什么，可是一时又无从下手，他想到了蒋爱民这个胆怯秀才都敢下海了，我为什么要这样浑浑噩噩地过日子呢，他决定去找蒋爱民，和他聊聊，看看有没有什么启发。

冷三把来意与蒋爱民和盘托出，“是啊，冷三，不能再这样下去了，你得想想后半生怎样过了。”蒋爱民同情起这个平时对一切都无所谓的朋友来。

“你的摄影技术高超，你从这方面想想，看看有没有适合你的工种，你脑子活，精力充沛，你一定能干出自己的一番事业的。一辈子当老师，也没有出头之时。”蒋爱民真诚地说道。

“你的办公室呢？”冷三见和蒋爱民讲了这么久，两人还站着，脱口问道。

“这里到处是我的办公室，搞农业，如果坐在办公室里能搞成，我也就不会下海来到这里了，我坐办公室这么多年，一事无成啊。”蒋爱民幽默地说笑着。

冷三辞别了蒋爱民，在回城的路上，他突发奇想，“我为什么不搞个装饰公司呢，现在人们富裕了，对居家有了更高层次的要求，我的摄影技术好，对美术知道的也很多，美的创意在装饰中起到决定作用呢。”

冷三茅塞顿开，“对，我就搞一个装饰公司。”冷三展开他快速转动的脑筋，就叫做“三雅装饰有限公司。”冷三开心地笑起来。

这是出自肺腑的欢笑，那是和任何女人在一起时都不曾有过的欢笑。

五十八

“拼死吃河豚，千古绝唱。”于啸他们来到怡心园餐厅，今晚施广发给他们安排了河豚宴。“这几天我欣赏了河豚美丽的体态，憨厚可爱，色彩斑斓，大大的肚子好像容纳了千年的滋养，我都舍不得吃它们呢。”于主席感叹道。

施广发请来了江心市河豚大师纪春阳，请他为新疆客人展示江心市河豚烹饪绝技。

纪春阳已经连续三届蝉联烹饪冠军，在江心市赫赫有名，施广发与他约了好了时间，今晚无论如何也要到怡心园来，向新疆客人表演烹饪技巧。

“自古以来，我国食用河豚都是生长在河里的，因为捕获出水时，它发出类似猪叫声的唧唧声而得名河豚。河豚有好多种叫法，有人叫它气泡鱼、吹肚鱼、气鼓鱼、龟鱼、艇鲅鱼，古代还称为肺鱼。”纪大师饶有兴趣地讲起了河豚的故事来。

“其实，河豚是暖温带及热带近海底层鱼类，它栖息在海洋里，有少数种类进入长江淡水中产卵。当它遇到外来危险时，整个身体呈球状，浮上水面，同时皮肤上的小刺也颗颗竖起，借以自卫。”纪春阳讲起河豚来，头头是道。

围观的客人喜形于色，过去只在书上读过，没有真实看到河豚的模样，今天要看纪师傅烹饪河豚的全过程，心中充满着期待。

“你们看，河豚圆滚滚的身躯，一般体长在 100—300 毫米左右；整体看像椭圆形，前部钝圆，尾部渐细；嘴短而圆小，但是它的唇却很发达，这是非常好吃的，它的牙齿和颌骨都很坚硬；它的眼很小，鳃孔也很小；背鳍位置靠边后，与臀鳍相对，它没有腹鳍；尾鳍后端平截；通体密生小刺；背部呈灰褐色，体侧稍带黄色，腹部为白色。”纪师傅认真地向客人们讲解着河豚。

“河豚食性比较杂，以鱼、虾、蟹、贝壳类为主，它也吃昆虫的幼虫，高等杆物的叶片和丝状藻类。”

“吃河豚首先要选择好的品种，河豚的品种不同，口味大有讲究。分别河豚的品种，主要看它的体背、侧面的斑纹。”

“每年三月，河豚从外海游至长江口咸淡水域产卵。只有暗红东方豚，它们成群溯流而上，进入淡水，每年的 5、6 月在江河中产卵，一条河豚怀卵量大约在 4—5 万粒。现在这个季节，河豚溯游到我们这一带，正是最肥的时候，口感特别鲜美。”

“河豚是有毒的，沈括在《梦溪笔谈》中记载，吴人嗜河豚鱼，有遇毒者，往往杀人，可为深戒。不过你们不要怕，我们知道河豚的毒在哪个部位，只要处理好，就没有问题，晚上你们放心大胆地品尝，不要有任何思想包袱。”纪春阳生怕客人害怕，自己吓唬自己。

“河豚的眼睛、子、肝、血有毒，除此之外，则无毒，洗干净了就食之无妨了。”

纪春阳开始杀河豚，先将河豚颈部划开，然后把皮剥下，取出内脏，用剪刀将两颗眼睛挖出来认真地放在一旁，然后把杀好的河豚放入清水。再把内脏仔细分开，把肝、子、卵分别放在一处，“杀河豚是烹饪中最重要的一个环节，眼和子我们一般情况下不能吃，把所有的河豚杀完后，要认真清数眼睛，把眼和子深埋，不能随处丢弃，否则不明是什么鱼籽的人们捡回去煮吃了，必死无疑。”纪春阳向客人们重点讲述杀河豚要注意的事项。

“清洗河豚也是重要的一步，必须把鱼身上的血液洗净，然后放在清水里泡。”

纪春阳本来还想把皮、肝、卵中也有毒素和客人们讲的，可是一想，讲多了他们可能真的有点害怕，也就不再提起，免得晚上影响客人品尝的兴趣。

“今晚我给大家做二种吃法，一种是红烧河豚，一种是清蒸河豚，大家晚上享口福吧。”纪春阳到厨房忙别的菜去了。

于主席一行人，连连称奇，原来杀鱼也有这么多技巧，看着这一大盆河豚鱼，期待着晚上要好好品尝，领略古人拼死吃河豚是怎样的一种心情。

入夜时分，客人们早早来到餐厅，施广发和大家在一起有说有笑，征询大家玩得可好，有什么要求，什么意见都可以提，大家在说笑声中开始了河豚晚宴。

“我们赵经理吩咐过，要我们怡心园不要小气，今晚每人一条红烧河豚，大家尽情享用。”施广发高兴地向大家宣布。

红烧河豚端上桌来，浓浓的清香立即飘满餐厅，大家的食欲一下子就被提了起来。

眼前的河豚，肉质洁白如霜，吃一口，肉味腴美，鲜嫩可口，这真是平生第一次吃到如此的美味。有胆小的，见大家吃得开心，也慢慢地小口吃起来，试探性地品尝着，心情有点紧张，担心会出现什么意外，慢慢地觉得没有事儿，便开始大口吃起来，心放宽了，味道也吃出来了。

“啊，真是醇香，真是细腻，好口感，好吃！”有的客人尖叫起来，得意之形，尽情呈现。

“这河豚皮，要反过来吃，因为它上面有小刺，当心戳到嘴。”纪春阳提醒大家。

“河豚含蛋白质甚高，营养丰富，除鲜美之外，还有降低血压，治腰腿酸软，恢复精力之功效。这皮还能健胃、养胃。这卵，嫩白如乳，人们又把它叫做西施乳，是河豚中最好吃的部分，还有河豚嘴，它活性有劲道，是美食家必争之品。”纪春阳一一向客人们现场解说。

“与河豚一起烧的竹笋，因为有了河豚之汁，更加好吃，大家尝尝看。”纪春阳是河豚烹饪大师，他无数次向客人讲解河豚之美妙，俨然是个解说家，他总是在客人们尽情品尝，吃到什么部位时进行一番讲解，客人们好像都是在他的引导下吃完河豚的。

客人们花了近20分钟连鱼带汤，一碗红烧河豚吃得干干净净。

“等会儿，大家可以喝酒了。”纪春阳真会烘托气氛，餐厅里碰盏干杯声不绝于耳，刚才静静品尝河豚的安静气氛一下子变得热闹起来。

虞杰豪清了清嗓子，“我给大家讲一个故事。”刚才的热闹一下子静了下来。

明代世宗朝有个贪鄙奸横的权臣严嵩，80多岁的时候，从山东蓬莱纳一渔家少女为妾。吃腻了山珍海味的严嵩，其下属独出心裁地为其婚宴策划出艇巴宴，以示献媚助兴，得到严嵩首肯，遂带上艇巴鱼，这艇巴鱼就是我们现在吃的河豚鱼。还有从山东雇佣的庖厨一起火速赴京。为防万一，以年轻的岳父为担保一同前往。

婚庆那日，当朝重臣、达官贵人、地方要员等宾客云集，纷纷前来恭喜道贺，热闹非凡。当最后一道香喷喷的清炖艇巴鱼端上桌时，垂涎欲滴的宾客争相为食，一眨眼工夫，一大盘艇巴鱼早已入口下肚了。

正当大家余兴未尽品评着艇巴鱼的美滋美味时，中间南侧靠窗一桌有一身穿长袍书生模样的年轻人，徒然倒地，口冒白沫，浑身抽搐而不省人事。“有人中毒了！”婚宴一派哗然、乱作一团。严嵩爪牙直奔厨房捉拿厨子，可厨子一个也不见了，“岳父”也没了踪影。

慌乱中严嵩勃然大怒，责问小妾：“何以解毒？”

小妾说：“唯有黄汤。”

严嵩问道：“何为黄汤？”

小妾说：“即粪水。”

严嵩即刻下令去茅厕担来粪水。

为解毒活命，宾客们顾不上颜面尊严，人人端起碗，个个扬起脖，闭上眼将粪水喝下，哇哇地将抢食的艇巴鱼等食物全部呕吐出来，甚至五脏六腑都要倒出来，婚宴霎时臭气熏天，一片狼藉，一片哀鸣。

话说首次进京的乡下人，忙完了艇巴鱼这道菜，都跑到街口看光景遛街去了，他们被生擒回来。正想问罪，此时那位倒地的仁兄苏醒过来，道出了事情的真相。原来，席间书生外出小解，待他回来时艇巴鱼被一扫而光，就顿时生了大气，癫痫的老病复发……这时人们才恍然大悟。

虞杰豪讲完故事，餐厅顿时哄堂大笑起来。

纪春阳见大家吃得差不多了，吩咐每桌上了一大碗清蒸河豚，“请大家品尝清蒸河豚。”你一小碗，我一小碗，大家纷纷喝着汤，真如甘露入喉，沁入心脾。

“这个时候才上清蒸河豚，是要让大家口齿留香，回味无穷。”纪春阳就是大师级别，一切为客人着想。

今晚新疆客人快活得都成了神仙了，仙境哪有怡心园好。

五十九

马子涵来到隔壁驿站，见赵启航还在看他的设施农业方面的书籍，“启航，你的规划书不是弄好了吗？发改委的项目批文也已经发下了，你还在研究什么？”

“哦，是马经理啊，我可做的事多呢，怎么今天不忙了，有空来我这里坐坐了？”赵启航想站起身为她倒杯茶。

“不用你来，我自己倒，来，我给你加满。”马子涵先给赵启航斟满水，然后自己倒了杯白开水，坐在赵启航对面。

“你有事吗？”赵启航见马子涵欲言又止，开口问道。

“赵启航，你，”马子涵有点气，“你只知道看你的书，一点也不关心我。”

“你让我怎样关心你呢？”赵启航微微一笑。

马子涵见赵启航对自己笑了，气也就消了大半。“这个时候我们去下渚湖玩去吧，那里就是人造湿地公园，你可以参考一下。”

“好吧，马经理，谢谢你想得细致周到，是要多出去走走，开阔视野。这个社会一切发展都很快，思想落后，那什么都会落后的；没有思想的更新，就没有工作的创新。”赵启航感慨地说道，“不能用老框框、老眼光看待眼前的发展，我们必须要有全新的思维去分析问题，进而去解决问题。”

“对，你也要用全新的思维来重新认识我。”马子涵幽雅地笑了。

赵启航和马子涵踏着亮晶晶的启明星光，在西天高挂的银月引领下，就着薄薄的轻雾，向浙江德清下渚湖进发。

马子涵坐在赵启航身旁，第一次如此的亲密接触，让她内心跃动不已，“这是我这一辈子的男人。”她莫名其妙、没头没脑地想到了这一句话，不禁会心一笑，“我就要紧紧抓住自己的爱情。”

他们坐在艳阳下的兰舟上，与下渚湖水亲密相拥。穿过窄窄的水巷，1.26

平方公里的中心湖英姿便展现在眼前，碧波粼粼，湖风拂面，清凉爽洁，令人心旷神怡。

“快看，水葫芦，像穿着救身圈的胖娃娃，在水波中时上时下地向你嬉嬉招摇呢，轻晃曼舞，一定是欢迎我们这一对佳偶的到来。”马子涵铁了心要跟着赵启航，在她心里，赵启航就是自己的丈夫。

“水葫芦学名叫凤眼莲，别名还称水浮莲。卵形叶片，光滑油亮，顶端微凹。你看他们开的花，形如喇叭、黄蕊蓝叶，耀目靓丽、孔雀羽翎般的艳容，多可爱。”赵启航说道。最近他在研读设施农业，对植物知道的还真不少。

兰舟在湖面上行驶了一会儿，便在汀边停靠，赵启航迫不及待地跳上白鹭洲，牵着马子涵的手，争相与大自然融为一体。没有深层开发过的白鹭洲，野草遍地，高的逾过半身，矮的伏地如茵，原生态的境地，让生活在城市中的游人兴高采烈，乐乐呵呵。

马子涵在香樟之间荡起秋千，“上来，我们一起荡。”她向赵启航招手，“我推你荡吧。”赵启航见马子涵像个小孩子似的，玩起来一脸天真无邪的样子，他内心一动，“还有谁比她更适合我呢？我为什么要一再回避她的好意，这么优秀的姑娘，我打着灯笼也难找啊。”

马子涵与赵启航并肩漫不经心地在砖石铺成的曲径上徐行，品赏这小洲原始风貌；桃园新就，竹林成方，垂柳自由恣长。

一路迤逦一路情思飞翔。

稀世珍禽让马子涵啧啧称奇，驻足观赏。有“东方宝石”誉称的朱鹮，高栖于横梁之上。长喙凤冠赤颊，长柳叶型羽毛在颈部披垂着，羽毛白中夹红，高贵无比。娇滴滴地垂首高栖，让人们详情细端，情动她的高贵，端赏她的美艳。朱鹮有好多好听的名字：朱鹭、红鹤、朱脸鹮鹭，素栖于乔木，觅食于水田、沼泽、山溪，捕泥鳅蝗虫青蛙小鱼为食；惧怕化肥农药，触之便亡；森林农田减少，朱鹮便难以适从，数量急速下降。朱鹮甚是娇气，下渚湖景区只好人工喂养，国际鸟类保护委员会把朱鹮列为国际保护鸟类。

马子涵恋恋不舍地与朱鹭辞别，与赵启航回到兰舟上继续在湖中穿梭。绵绵芦苇荡，让人浮想联翩。水草丛生，以水花生为主，浮萍娇柔荡于其间，汀州边芦苇细细，亭亭地立于水中，像是汀州的哨兵，汀州土墩上芦苇起伏，杂草深深。无数纵横交错的河港，湖面或开阔如漾，水天一色；或狭窄如港，汊道曲折。遍布湖荡的岛屿沙渚土墩形态各异，隐伏岛屿台墩约600座，湖中有墩、墩中有湖；港中有汊、汊中套港。兰舟行于其间，弯弯绕绕，就像走入一座巨大的水上迷宫里。

娇滴滴的下渚湖，古时称为防风湖，在湖上可远望道观山、和尚山、美女峰。她是鸟的乐园，仅国家二级保护野生鸟类小白鹭数量就达一万多只。野鸭、白鹭、沙鸥随处可见，水雉、红嘴黑水鸡、翠鸟翩翩起舞。

翠山屏护，香樟环拥，柔茵似毯，下渚湖珍藏其中。星月亲水呢？她的美艳在滚滚长江边律动的潮起潮落声中绽放。

赵启航深吸一口下渚湖的清润空气，仿佛吸氧一样的舒畅。“我的星月亲水，发展目标就是要让人们蹀躞其间，忘尽人生的辛苦，尽享悠悠之乐。”

放下一切琐事，赵启航、马子涵徜徉在下渚湖畔。

“傻丫头，醒醒，到家了。”赵启航轻轻拍着马子涵。

“啊，到哪了？马来到了？”马子涵立马坐直身子，低头想拿什么，“我的标旗呢？”

“什么标旗，小姐，是到家了。”赵启航微笑着，看着她。

“唉，我还以为到了马来西亚了。”马子涵真是个工作狂，连做梦也在带队旅游。

“去哪？”赵启航和马子涵下了大巴，上了马子涵的小车后问道。

“你喜欢我做的菜，我们回家去吃吧。”马子涵建议道。

赵启航把车开到明庭苑小区。

“你自己倒水，我来淘米。”马子涵麻利地在厨房里忙碌起来。

赵启航一边喝着茶，一边看着报纸。

“菜来了。”马子涵上得厅堂，也下得厨房，不长时间，她已炒好三道菜端到桌上。

“我们喝点红酒吧。”马子涵在酒橱里拿出一瓶拉菲，倒在醒酒器里，端来两只高脚杯，先为赵启航倒了半杯，然后自己也倒了小半杯。

“为我们的爱情干杯。”马子涵笑意盈盈地举杯与赵启航碰了一下。

“你都想好了，你愿意嫁给我，不后悔？”

“喜得一心人，白头不相离。我一辈子也不会后悔，启航，让我们相互搀扶走在人生的长途中吧。”马子涵收起刚才的嬉皮笑脸，认真地说道。

“那我就高攀了，我会一辈子对你好，不离不弃。”从浙江回来的路上，当马子涵在他怀里睡得很香的时候赵启航就决定了。

“谢谢你的爱，你是我今生的依靠，你是我的天，启航，我爱你。”马子涵十分认真地向赵启航表白着。

“其实，我也很爱你，只是我不敢，我不敢有这份企盼，你这么年轻，又事业成功，还是个大姑娘。可是我，事业还在风雨飘摇中，离成功还早，前途无法确定，而且，我结过婚，我自认为配不上你，所以，我一直很矛盾，甚至不敢接受你的爱。”赵启航和盘托出自己的心思，一点做作都没有。

“你常说，正视挫折，才能成功，你还记得吗？其实你一直都是如此的，你一定能创造辉煌的。我在你身上，看到你坚毅的品格，因为你正直的天性深深地吸引了我，我是非你不嫁的。”马子涵满脸的幸福，会说话的眼里溢出快乐的光芒。

“子涵，谢谢你的爱，我一定会十分珍惜的，明天我就带你正式去见我九婆婆。”

“我妈也盼着她的乘龙快婿早日登门呢。”马子涵深情款款地抓住赵启航的手，心潮澎湃，粉脸更艳。

赵启航、马子涵坠入爱河，他们的爱情：皑如山上雪，皓若云间月。

六十

九婆婆、田婶、许队长早早结伴来到怡心园，三位老太太脸上洋溢着幸福的笑靥，今天是她们最开心的时刻，赵启航今天订婚了，对象就是上次她们赞不绝口的马子涵。

田明兰今天也十分高兴，她的航航哥终于走出阴影，开启他新的人生旅程。她和闻小凤一大早就开去农货市场，买了好多菜，朱秋艳和田风在鱼塘里捕了几条大青鱼，也早早地来到怡心园，厨房里欢声笑语不断。

施广发跑到于啸主席家里，把赵经理今天要办喜事的好消息告诉他。

“哈哈，今天我们又有了意外收获了，我马上通知大家，今天哪里也不去了，就在怡心园等着喝喜酒。”

这几天，新疆客人忙得不亦乐乎，有的到江边去素描，《垂钓长江风》画得活灵活现；有的到农民家里去帮忙晒麦子，到田间地头察看秧苗长势；有的到农民家侃大山，喝着麦粉做的稀饭；有的与农民们一起煮菜粥，像做腊八粥一样放了好多杂物，有南瓜，有花生，有肉丁，有豇豆，菜粥飘香，吃了一碗又一碗；有的到明月篴渔场去钓鱼，去放鱼食；有的到村部去唱歌，去听秦书记讲明月村的发展史；有的在村委会打乒乓球，下棋；有的在江边徐行，领略长江的风采；有的就坐在家里享受清茶的甘醇。

大家听说赵经理要订婚，笑呵呵地来到餐厅，帮忙的帮忙，说笑的说笑，怡心园一派热火朝天的景象。

田明兰特意来到小屋，打开门窗，把小屋打扫得干干净净，还烧了瓶开水，把茶杯洗了又洗。想想好像还差什么，这个疯丫头立马开车上街，买了好多零食，她要让马子涵吃过午饭后来这小屋坐坐，给她和赵启航一个小天地，也把这小屋全部让给马子涵。

“从今以后，这里自己就不能常来了。”田明兰心里突然有一种说不出的愁之味，在这小屋她已出没了四十年了，她对赵启航是什么样的感情呢？她自己也说不清楚，她只要一进这小屋，她的心里就会洋溢出别样的愉悦。

可是，以后这里有了新的女主人了，自己就不好再来缠她的航航哥了，只能远远视之了，田明兰到此时才真正明白什么叫“世上没有后悔药可买”的真谛了。

田江海带着王玲美也早早地回到了乡下，先到老屋去看望娘，可是她老人家早已去了江边怡心园。

“看来娘是最高兴了。”王玲美开心地说道。

田江海到明月篴渔场去看望大哥，钓鱼的人讲他们夫妇两个去了怡心园，田江海在河塘边察看了一会儿，又转到兴农园。

“蒋经理，还在忙啊。”田江海见到蒋爱民紧走几步上前与蒋爱民握手寒暄，问这问那，平菇生长怎样，产量已有多少，价格如何，蒋爱民滔滔不绝地讲着兴农园的喜事。

“你的设施农业规划我也看过，很有气魄，你们的野心不小啊。”田江海打趣着，“我看，毛主席说得对，广阔天地大有作为。”

“我参加了昨天的全市重大项目论证会，你们的规划得到市里的高度重视，陈达夫秘书告诉我，市财政将初步投资8000万元作为你们的启动资金，你们得好好珍惜，赵启航还不知道这一喜讯呢。”

“还有国家星火项目专项还没有下达，陈秘书讲，项目已经包装好了，就等上面批文呢。”田江海兴奋地把这个好消息告诉蒋爱民，他心里十分佩服起自己的四弟来。

施广发打电话给何洁扬，让她早点来怡心园。

何洁扬开车到商场买了三份礼品，一份是九婆婆的，一份是田婶的，还有一份是许队长的，她把自己也看成是明月村九组的一员了，更是九婆婆家中一员了，她在江心市，得到施广发的爱，更得到九婆婆、田婶、许队长的关心，她心里万分感激。

“星月亲水就是自己的家。”她时常这样想着，她也十分爱这个家，是这个家让她活得有尊严，让她生活得有意义，让她的人生有了惬意绵长。

马子涵和赵启航一早起来，梳理打扮了一番，马子涵换上她的时髦套装，然后去中央商场，马子涵要去买礼品带给九婆婆、田婶和许队长，还有大嫂、二嫂、三嫂、王丽琴她们。

“启航，你说我给你的兰兰妹买什么好呢？”马子涵似邪非邪地笑问道。

“你啊你。”赵启航刮了一下马子涵的鼻子，“吃醋了？还没有过门呢。”赵启航呵呵笑起来。

“兰兰妹子真好，不是我吃醋，这份爱本来就是她的，上天开玩笑似的，硬生生地把这份爱送给了我，不，是她让给我的。”马子涵眼光犀利，她从田明兰的言谈举止中早就觉察到，田明兰其实是真心地爱着赵启航的，只是她心太善良了，也太宽广了，马子涵决定要好好报答田明兰。

他们转了一圈，马子涵决定给朱秋艳、闻小凤、王玲美、田明兰、何洁扬，还有严馨香每人买了瓶法国香水；给田新青、田新凤两人买了件羊毛衫；

她又拉着赵启航，给他买了一身西装，硬要他从头到脚都换上由她新买的衣裤、皮鞋。

一切准备就绪，他们开车来到怡心园。

“四嫂好漂亮。”田明兰迎着马子涵嬉闹着。

“九婆婆，这是我给你买的的礼物。”九婆婆开心地接过礼物，“涵涵真漂亮，委屈你了，航航有福气，今后航航不学好，你就告诉我，我打他。”

“嗯。”马子涵得意地回头看了赵启航一眼。

“田婶，女儿给你带点礼物。”马子涵有意要把自己与田明兰相提并论。

“好孩子，还带礼物给我啊。”田婶直直地看着马子涵，“好俊俏的姑娘。”

“许大娘，小女子给你捎点礼物，还望大娘今后多多帮衬我。”

马子涵落落大方地一一送出礼品。

“马导，原来是你啊，你总会给我们带来欣喜。”于啸主席大声地说道。“你的一眼望去旅游公司和星月亲水合并了吧。”于主席他们开始热闹起来。

虞杰豪忽然来了灵感，诵出了十四行诗一首：

你，今天和爱人在一起共度良辰，
奔驰在仙路，疾足前行，
欲借双翅膀，翩舞在子涵的身旁，
在这风景如画的江边，热情奔放。
空旷，高爽，洁白的云朵嫉妒挂肠，
知了噤声，鸟儿闭翅不翔，
偷窥吧，把心上人拥搂在花间翠帷，
纵横在劲劲润风中，驰骋在青青原野上。
美酒艳花的醇香，把你们一起扶到宫殿飘荡，
舒起长袖，共舞逍遥，在天地万物间娇柔旖旎。
峥嵘戏嬉在江畔旁，
万里长江的滟波里，欢乐荡漾绵长。
精力饱满的壮年啊，雄姿英发，

长发飘逸，你可是启航心爱的女郎！

马子涵深深地给虞老师躹了一躬，脸红得像熟透了的苹果，“谢谢虞老师的夸奖。”

赵启航忙着给大伙儿发烟谢喜。

赵启航打电话邀请来秦书记。

今天又是一场大聚会。九婆婆、田婶、许队长、秦荣、田明兰；大哥田风、大嫂朱秋艳；二哥田野、二嫂闻小凤；三哥田江海、三嫂王玲美；田明珠、王丽琴；许晶、胡红云；许江华、张媚；蒋爱民、严馨香；施广发、何洁扬；李八斤、郭小美，新疆 54 名客人，还有侄儿侄女们。要是兰町在，不知又要闹到何种程度。赵启航心中溢满幸福，久违的愉悦让他身轻如燕，让他心旷神怡。

把盏碰杯、敬酒敬茶，呼兄喊嫂，嬉闹非凡。

下午乱侃一顿后，田明兰硬拉着马子涵、赵启航到小屋去坐坐，“四嫂，这里交给你了。”说完，哈哈大笑地离开了小屋。

六十一

“启航，你什么也不用准备，我已经全都买好了，在后备箱里呢。”马子涵挽着赵启航的手臂，笑盈盈地拉着他上车。

“去见丈母娘还担心吗？你又不是第一次。”马子涵打趣着赵启航。“你怎么又吃起别人的醋来了。”赵启航假装生气的样子，怨怨地看了一眼马子涵。

“启航，说着玩的，逗你开心的，要是你不喜欢这样的玩笑，下次我可不敢再开了。”马子涵爽快地又有说有笑起来。

“我爸他是个老夫子，平时讲话不多，他就喜欢下棋，对了，你会下棋吗？”

“会一点，知道怎样走子。”赵启航刮着马子涵的鼻子笑道。

“我妈盼女婿上门，都盼了近十年了，每次我回家，她总是在催我早点结婚，好像我是嫁不出去似的。”马子涵含笑着向赵启航介绍着自己的父母。

马子涵的父亲马涛62岁了，自从自来水厂退休后，一直住在乡下，他没有别的什么爱好，就是喜欢小饮几杯，更喜欢下象棋，每天下午捧着茶杯，到村头与一修自行车的老伙计下棋，有时一直下到天黑，听到老伴冯凝紫唤他，他才放下手中的棋子，“这盘棋封盘，明天接着下。”一副不服输的模样，让人好笑又好气，这么大的年纪了，还像个小孩子，要让大人喊着才回家吃饭。

冯凝紫与马涛同在自来水厂里上班，膝下就马子涵一个闺女，平时对她十分娇惯，看着马子涵一天大过一天，转眼间，已经超过30岁了，还没有对象，让她急得到处托人为女儿做媒，可是马子涵就是不肯去相亲，哪怕一个承诺也没有。冯凝紫气得也就性子慢了下来，这一慢，又六年过去了，你说她老人家不嘴穷唠叨吗。

“老头子，今天你可不能再去下棋了，就在家里待着，子涵打来电话，说她今天要带女婿上门呢，这是天大的事儿，听到没？”冯凝紫吩咐着马涛。

“好，好，我不去下还不行吗，看你急的，这不，子涵不是把女婿给带回来了吗。”马涛当然是高兴万分的，他要好好陪女婿喝几杯，什么棋也不下了，就待在家里。

“爸、妈，我们回来了。”马子涵身影还没有进门，声音就飘进了家门，马涛、冯凝紫赶紧出门，来迎接女儿。

“伯父、伯母，你们好。”赵启航高声叫着，送去灿烂的笑容。

“我叫赵启航。”说完递上手中的礼物。

冯凝紫见赵启航风度翩翩，一表人才，成熟的脸庞，有种让人放心的感觉，和子涵站在一起，十分的般配，她喜上眉梢，真是丈母娘看女婿，越看越欢喜。

马涛比较稳重，见赵启航风度不凡，好像也有30大几，看上去性格开朗，为人随和，心中自是喜欢，但还是不露声色，“在哪儿上班呢？”马涛笑着问。

“爸，启航自己办了公司，他的公司名字很好听呢，叫星月亲水集团公司。”马子涵忙替赵启航介绍道。

“不是集团公司，目前还是一个小企业，有几个小公司，主要从事涉农与休闲方面的业务，地点在长江边。”赵启航谦虚地说道。

“那都有哪些公司呢？”马涛紧盯着赵启航又问道。

“公司在长江边，有星月亲水怡心园，休闲、散心、怡性的人们聆听江水涛声；有星月亲水兴农园，利用江边荒地，发展设施农业；有星月亲水园林，开发利用滩涂，另外在城里还有我们的门面，刚刚起步。”赵启航简单地介绍道。

马涛仔细听着赵启航的介绍，从他的谈吐中发现这个赵启航还是有两下子的，心中的疑虑打消了，与赵启航喝茶闲聊起来。

“改天请您老到我们星月亲水驿站去坐坐吧，就在子涵的一眼望去旅游公司旁。”赵启航与老爷子言谈甚欢。

马子涵到厨房帮她母亲忙午餐。“子涵啊，我看这个赵启航人还老实，看来也能干，你们认识多久了？”冯凝紫边忙边问道。

“妈，我已经认识他差不多有十年了，他原来是我们江心市最大的公司——江洲集团的老总，去年他单干了。”马子涵开心地向她母亲讲了好多赵启航创业的故事，可是她不敢把赵启航结过婚，又离婚的事向她母亲讲，生怕节外生枝。

“原来他也是事业型的人，你们这些年轻人啊，说你们什么好呢，一心想的是事业至上，谈婚论嫁就放在一旁了，他和你差不多大吧，你们也好早点结婚了，娘想要抱外孙呢。”冯老太太又开始唠叨起来，这回是喜上眉梢地唠叨着，女儿有了可心的对象，做娘的当然是万分欢喜的。

赵启航陪着马老爷子喝了几杯酒，心中感觉到这一家人老实本分，和蔼可亲，心情大悦，言谈中不时露出欣喜，幸福溢满胸膛。

“你喜欢下棋吗？”吃完饭，老爷子的棋瘾上来了，搬出棋盘，与赵启航对战起来。

“哈哈，今天我可找到对手了，你下棋还挺稳健的，有谋有略，这下我可不再孤单了。”一下午马老爷子和赵启航下了八盘棋，有输有赢，乐得老爷子像个小孩子一样，手舞足蹈，口中念念有词，仿佛与赵启航成了忘年交。

马子涵与母亲说笑着，有说不尽的知心话，这回她没有急着要离开，看到父亲与赵启航相处甚欢，心中不由沾沾自喜起来。

“妈，什么时候我接你和爸爸到怡心园去看看吧，那儿可热闹了，启航接了新疆旅游团住在他的怡心园呢，休闲旅游，其乐无穷。”

“他有个九婆婆，很和善，她对子女管教得很严，不听话，就打他们，常言道，棍棒之下出孝子，她四个儿子都很本分。”马子涵向她母亲讲起赵启航家里的事。

冯老太太觉得女儿嫁对人了，乐呵呵地夸个不停，“等有时间，我去看看那个人人叫她九婆婆的老人，她养了个好儿子。”

吃过晚饭，赵启航带马子涵回城了。

“老头子，你看那个赵启航怎样？”冯老太太笑眯眯地与马涛讨论起女儿和她的男朋友赵启航来。

“我一直在考察他，小伙子确实不错，女儿有福，终于有了着落，你也好把心放回肚里去了，不要整日唠叨女儿的婚事。”马老爷子一边喝着茶，一边悠然自得地讲起赵启航。

“赵启航还要把他的设施农业做得更大，他讲起他的设施农业规划时，成竹在胸呢。”马老爷子兴奋地说道。

“赵启航的大哥田风在搞养鱼场，子涵说规模可大了，上百亩水域面积呢，当初还是启航帮他搞起来的，我看赵启航是个做大事的人。”冯老夫人言语中充满骄傲。

“他二哥有个运输队呢，生意做得十分红火；他三哥是交通局的局长，看来，启航真的也差不到哪里去。”冯老太太又唠叨起来。

两个老人家边说边猜度，兴奋得难以入睡，等待着要实地察看一番。

六十二

范松萍一如既往地在洽谈业务与带队外出旅游之间辛勤奔波着，她应约来到江洲集团，吴珂经理在接待室等她，“小范，这么多年来，我们集团的旅游业务都是你带队的，我们准备安排一批人到青海旅游，请你做一个策划，明天交给我吧。”

“好啊，吴经理，你们大约多少人，估计什么时候能出发？”范松萍热情洋溢地问道。

“这次我们大约有 30 人，我亲自带队，你去策划一下，看看去什么景点转转比较好，青海湖就不要去了，我们已经去过了，塔尔寺我想去一下，其他景点你帮我安排一下。”吴珂静静地吩咐道。

第二天，范松萍来到吴经理办公室，把策划交给了吴经理，“已经进入 7 月份了，天气比较热了，上高原确实是一种很好的选择，我计划安排一周时间旅游，也不要把大家搞得很疲劳，我们去看看天池怎样？那儿山深林密，是个合适的旅游去处。”范松萍在吴珂看策划的时候，很合时宜地介绍着。

吴珂看完策划后，觉得可行，“好吧，一周后我们出发，这是我们这次旅游的人员名单。”

范松萍从头至尾仔细看过名单，10 女 19 男，有好多是认识的，“好吧，吴经理，找谁联络？需要帮我把大家的身份证列出来，我好尽快预订机票。”

“你去找劳工处的杨天一吧，请他安排一下。”

范松萍来到杨天一办公室，“杨处长，好久不见，还好吗？”

杨天一见范松萍突然来到他的办公室，心悸了一下，旋即镇定下来，“是你啊，是为青海旅游的事吧？这是人员的身份证、联系电话统计表，为你准备好了，这次吴经理没有安排我去，我有其他事，我去不了。”

范松萍坐在杨天一对面，紧盯着他看了一会儿，见他人消瘦了很多，也苍老了许多，完全不像 30 大几的人，看上去至少 50 出头了，心中一紧，有点难过，当初他是何等的意气风发，他是赵启航经理的大红人，看来他在吴经理这里日子过得不怎么样。范松萍心头有些疼痛，情绪低落下来，有点惋惜。

“你最近过得怎样，还好吗？”范松萍低声问道。

“唉，一言难尽，赵经理走后，我就失了势，起初有一半时间在外面跑，业务做得不是很好，经费倒是用了许多，因为多方面的原因，石穑离开了我，不知跑到哪里去了，我又结了一次婚，现在又离了，孤家一人。”

杨天一情绪一下子降到冰点，是他对不起石穑，是自己到处拈花惹草，看到眼前的这个与自己出轨的女人，心头不是滋味，是自己没有把持住自己。

“也不能怪你，是我也伤了你的心，让你毅然决然地离开了我，你现在怎样？结婚了吗？”杨天一殷殷地问道。

“谢谢你还记得我，我已经结婚了。”范松萍忧郁地说道。

范松萍不愿意再提起往事，“身份证核对了吗？有没有差错？”

“我已经核对过了，给去旅游的人自己较对的。”杨天一回过神来，他是感激范松萍的，没有她，自己也不可能享受到人性之乐，是她让自己度过了一段美妙的时光，只是自己把自己的幸福给毁了，怨不了别人。

范松萍其实还是一个人过，自从她与杨天一苟且之后，希冀有一天能嫁给自己喜爱的人，可是现实是无情的，他杨天一已有了自己的家，况且自己还与他的夫人是朋友，她不敢面对石穑，在石穑面前，自己好像是一个窃贼，矛盾的心理折磨她好久。

愿得一心人，白头不相离，一心人又在何方呢！

杨天一难于启齿的一件事让他终身愧对赵启航，这是他自己认为的，其实他并没有对不起赵启航。

李慧娟与赵启航离婚后，冷三无情地把她给抛弃了，整日里过着糜烂的生活，先是到舞厅包少爷，下午包场跳舞，晚上包养少爷，因为她有钱，她可以任意花，一点也不心疼，渐渐地感到也是无聊无趣了。

她时常想起赵启航，想起赵启航的万般好来，可是太迟了，他们各自已是自由身了，她与杨天一搭上勾，杨天一说是外出跑业务，其实是跟李慧娟到处游玩享乐。

石穑离开杨天一的真正原因，是她发现了丈夫与李慧娟苟且之事。

一个下雨的夜里，石穑打电话给杨天一，说是去他父母那里看望儿子，回不来了，让杨天一不要等她，她今晚就住在他父母那儿。哪知半夜儿子发高烧，石穑打电话给杨天一，关机了，她没有办法，只好找朋友开车去接她们母子去医院，给儿子吊完水后，她回到了自己的家，打开门，她惊呆了，李慧娟从她的床上赤裸着身子跑进了卫生间，反锁上门。石穑一气之下，就带着儿子连夜赶回到了娘家，后来，她向杨天一提出了离婚。

被石穑捉奸在床后，杨天一良心发现，觉得无脸见到赵启航，也无脸见到范松萍，整天唉声叹气，一出差就是十天半月的，石穑提出离婚，他无言地在离婚协议上签了字。

石穑自觉在江心市也无脸见人，就远走高飞了。

业务跑不到，钱又用去好多，走投无路之下，杨天一向李慧娟提出想回到江洲集团从事老本行，李慧娟找她舅舅吴珂，杨天一又回到了公司上班。

今天杨天一见到范松萍，心酸起来。

范松萍带着江洲集团的一行人来到了青海，在塔尔寺，吴珂十分虔诚地拜了佛，指望神灵保佑，让江洲集团兴旺发达。

“明天我们去孟达天池游玩，晚上不要单独外出，今晚大家好好休息。”范松萍一一交代了安全注意事项。

第二天一早，范松萍带领大家从西宁出发，一路南行，过化隆，折东北而上，经循化，跨过黄河大桥，再向南，穿过被誉为高原西双版纳的原始森林，汽车一口气把吴珂一行人带到木场沟中部孟达山脚下，沿山路攀登一个多小时后，被稠密森林团团包围的孟达天池便在吴珂他们面前展露出真容。

“孟达天池”四个红色大字镂刻在矗立池边约 5 米高的巨石上，石身的棱角被游人手磨背倚得光滑锃亮，巨石右侧依偎着 2 米多高的方石，俨然是孟达天池的士卫，许是乐善好施的太子须的一双儿女坚毅地守护着天池，盼望着父母从印度重返故地一聚吧。游人们纷纷与孟达天池合影，融入秀水远山的怀抱。

灵石的身后，便是翠绿漾漾的天池，乍一看，犹如一个天然的大染缸，盛满了绿汁；细细一观，湖水清澈，清得让人想狠狠地喝上一口；浅处湖底的石块花纹清晰可见，鱼儿自由自在地游弋着，幸福快乐的样子让人羡慕不已，水最深处亦达 10 米左右，约 300 亩的湖面，清澈与蓝天一色，群峰倒影，随波微动。

依山走势、临水而筑的栈道，曲曲折折，粗粗的铁链在临水一侧越柱而悬，俨然是天池的轮廓，悠闲的游客徜徉其上，一面欣赏着美不胜收的天池风景，一面回味着孟达天池美丽的传说，语轻言雅，心境澄明，神采奕奕，个个脸上溢出安详的笑容。

相拥孟达天池的群山，连绵起伏，一直延伸到天边，欲把嫦娥、玉兔接下凡间，共享这太平盛世。山谷一条比一条秀阔，山峰一座比一座俊俏，特殊的山脉走向，阻挡了肆无忌惮、威风凛凛的西北干冷气流的入侵，开阔的峡谷和低山，迎接着西南气流长驱直入，造就了孟达温和多雨的气候，天池蓄水盈盈，树木花草繁荣昌盛。

落叶阔叶树木茂盛挺拔在山脚下；针阔混交林在山腰上接收寒冷气流的锈拂，铮铮铁骨般傲立在山腰山头；云杉、冷杉、园柚、钓樟等优质栋材随处可见；林间石级旁，紫丁香、金银花、红杜鹃已然盛开，娇娇滴滴的样子让人欣喜万分；90 科 287 属 509 种野生植物让孟达天池名扬天下。吴珂、范松萍悠闲在天池风景区内，欣赏着青海循化天下黄河最美段的胜景，怡神怡性，心愫飘逸起来。

吴珂和范松萍走在高原明珠——孟达天池的栈道上，近临天池清水，遥瞩远山翠绿，站在离天如此之近的高原上，领略天池迷人的风光，心灵得以净化，范松萍真想在这里住下，读书写风景。

池周还有飞来峰、卧虎峰、回音崖、天然大坝等众多诱人的景观，奇松、山泉、飞瀑把孟达天池风景装饰的分外绚丽，湖光山色幽美，让吴珂、范松萍流连忘返。

与吴珂的几天交往后，范松萍觉得吴珂并非庸才，他也有自己远大的理想，他希望江洲集团能在自己手上保持繁荣昌盛，他最怕的就是赵启航利用他的影响，把业务单位弄走，整垮江洲集团，他想到了马子涵，更想到了范松萍，这二个女人也许能帮他摆脱困境，这二个女人肯定能说服赵启航不要对江洲集团下手。

范松萍在心底十分同情吴珂，虽然他的姐姐吴丹青太势利了，但吴珂为人还算正直。她和吴珂在高原圣地，说了许多话题，吴珂向她吐露心声，让自己救救江洲集团。

“赵经理不是那样的人，他有宽广的胸怀，他不会在背后捅别人一刀的，要是他那样做了，他也不会净身出户的。”范松萍宽慰着吴珂的心。

“我们马经理喜得赵启航的心了，他们已经订婚了，我对马子涵是了解的，要不然我也不会离开大城市来到你们江心市的。好，我去找马子涵说说，让她在赵启航枕边吹吹风，赵经理一定会看在上千号江洲集团员工的情面，手下留情的。”

吴珂内心感激着范松萍，“你能来我公司帮忙吗？企划部经理一职一直空着，自石穑离开后，这个岗位一直空着，你能来担应此重任吗？”吴珂是真心的，他想请范松萍与他一起共同维持江洲集团的繁荣。

“谢谢你的好意，你不要让我左右为难，无论如何，我也不会背叛马子涵的。”范松萍态度坚决，“我可以帮你，但我不会离开一眼望去的。”范松萍坚毅地说道。

“范松萍，你现在还是单身，我也是自由身，你嫁给我吧，你忙你的事业，我忙我的事业，我不干预你好了。”吴珂大胆地向范松萍追求着，毫不保留地向她表白着。

也许这才是吴珂突然之间要组织单位员工外出旅游的真正目的吧。

范松萍心旌摇荡，自己一心忙事业，目前已然取得成功，可是一想到自己的爱情，她就会不知不觉地哀怨起来。

你，怕不怕？
我会为爱而疯狂！
劈斩世俗的冷眼，
抛弃已得的所有，毅然决然。
我就依赖在你的裙边，
和你共看朵朵白云，
与你一起数星揽露，
邀明月伴舞，
听你的情歌绵绵。
醉倒在青青草原上，
任风儿劲吹，
捧紧雪花的精灵。
在你嫩嫩的面颊上，
留下我深情的吻痕。

他是我值得爱的人吗？他是我苦苦等待追求的爱人吗？范松萍的心躁动着，思想放飞着，一种意念在心底跃跃升起。

六十三

时间过得真快，新疆客人在怡心园已住下一个多月了，准确地说已经来了 43 天了，赵启航决定要尽早安排茶道队去怡心园表演茶道。他来到星月亲水驿站，向何洁扬交待了任务，“利用四天时间，组织你的茶道队去怡心园展示茶道之技。明天下午，我请于啸主席夫妇、虞杰豪夫妇还有马子涵父母来驿站，你亲自为他们表演茶道技艺。”

“赵经理请你放心，一切都准备好了，姐妹们已经表演好几场了，还得好好谢谢你，是你把我们茶道队推介出去的，目前我们活跃在江心市各个知名茶室里，江心香居、沁茗忆乡、品一叶，还有江心小吧，时常邀请我们去为客人献技呢。”

“姐妹们的茶道技艺越来越精熟了，大家的干劲都很高，收入颇丰，都感谢你赵经理，是你让我们大家活得有尊严。”

“我们星月亲水茶道队现在有名气呢，姐妹们都离开了原来服务的茶座，不再为工资发愁，成为星月亲水茶道队的成员，专业从事茶道技艺。有人花重金聘请她们加盟坐镇，成为他们茶座的专业茶道师，但是谁也不愿意离开，我们可以去服务，但我们决不成为他们的固定职工。”何洁杨向赵启航一一汇报她们茶道队的组织机构、服务方针，收费标准。

“我们还统一了服装，基调是我们福建茶姑平时常穿的花色，以淡青为主，上面还印了星月亲水四个字，看到星月亲水四个字，心里特别舒服，星月亲水，大家都感觉到这才是自己的家。”何洁杨提到“星月亲水”倍感自豪，倍感幸福，粉脸上溢出娇柔成熟的光彩。

“哦，对了，赵经理，有一件事我左右为难，又不知道如何启齿。”何洁扬欲言又休。

“什么事？你说说看。”赵启航看着何洁扬的眼，见她的眼神有些迷离，“不要担心什么，什么事？”赵启航又追问道。

“唉，算了，还是我自己来处理吧。”何洁扬不想让赵启航为难，也不想让他忆起伤心的往事，她对赵启航很佩服，对他的关心有时还胜过施广发。

“你说呀，要不我就猜了。”赵启航见何洁扬的双眼有些游离不定，心想是不是与己有关呢，心中想着，嘴上说着，脸展笑容，亲切和蔼的样子，更让何洁扬心痛起眼前这个坚毅无比的汉子。

“你说吧。”赵启航不容躲闪的语气让何洁扬不说不行。

“赵经理，其实是我们姐妹之间的事，可能与你有点关系，李全才局长是你原来的岳父吧，他的红颜知己毛碧娇是我们福建人，也是我的朋友，她想离开江心小吧，加入我们星月亲水茶道队。”何洁扬小心翼翼地看着赵启航，准备着赵启航的呵斥。

提起李全才，赵启航心中自然想到了那个曾经生活了十年的家。不管吴丹青、李慧娟如何对待自己，但李全才怎么说心里还是有点向着自己的，他对李全才没有特别的恨，如果一定要说恨的话，那就是李局长委托心腹之人把不学好的女儿嫁给自己。

“可怜天下父母心啊。”赵启航每每从那个家中走出时，心里总是要数落自己，当然也就联想到李全才了，想到这千古绝句，在心底也就原谅了李全才，“一切罪责由自己担当吧。”赵启航就是这样的一个事事为别人着想的人。

李全才时不时地往江心小吧跑，赵启航也耳闻过，他忽然有点同情起这个曾经是自己的上司李全才来。“那你知道李局长是怎样的态度？”赵启航轻轻地问道。

“毛碧娇说，她也很矛盾，星月亲水是你的，李全才原来与你又有那层关系，她害怕你不会同意，她向李全才提起过，李全才好像没有反对，也没有赞同。”

“那毛碧娇究竟是什么想法呢？”赵启航问道。

“她现在一心服侍着李全才，她说李全才的心很乱，有心要离开那个家，他与毛碧娇同居了，十天半月的也不回家。”何洁扬偷偷地看了一眼赵启航，见他心胸坦荡的样子，言语多起来。

“你说贵为局长的李全才，连一个家也管不好，过得是什么生活，真为他可惜。”

“我见过李局长，总体来看，他还算是个有责任心的男人，只是他老婆太厉害不讲理，把一个好好的家给弄得夫走婿跑的。”

“我也十分理解毛碧娇，她和我一样有过痛苦的一段婚姻，她现在良心发现，远离了少女不安分的生活，一心一意要过正常人生活，不再让世人笑她浪荡淫妇。”

“唉，我们女人哪，一步错步步错，社会对我们不公平，男人做那事还挺光荣的，沾沾自喜，还到处宣扬自己的本事，而我们女人，一旦步子不稳，就被世俗笑话相欺。”

“毛碧娇那天向我吐露心声，不想再在江心小吧待了，一方面她向往我们姐妹的生活尊严，另一方面，她不能让李全才那样浑浑度日，不能让吴丹青抓住把柄，她怕吴丹青知道后要到江心小吧来闹。”

何洁扬说着毛碧娇的事，自然想到自己少不更事的荒唐事，后悔的情愫写满脸上，她自从嫁给了施广发，一天天地稳重起来。

“那就让她毛碧娇自己作主，自己决定吧。”赵启航心胸本来就宽广，他不会因为李慧娟而迁怒李全才，更不会让无辜的毛碧娇受到牵连。人人都有向往自由的权利。

“好吧，我会把你的意思告诉毛碧娇的，那下午我就准备为老爷子他们献献茶艺了。”何洁扬笑逐颜开地说道。

下午，马子涵开车把父母亲接到一眼望去。

“子涵啊，你的公司还很有品位的，上次我来，还为你担心，怕你发展不了，现在看来是父亲眼光不远，思想落后了。”马涛环顾马子涵的办公室，见收拾得井井有条，布置得风雅得体，赞叹着女儿长大了，成熟了，有能耐了。

“赵启航的星月亲水驿站就在你隔别，看门面也很气派，有他照顾你，为娘也就放心了。”冯凝紫急着要去看看赵启航的星月亲水驿站，不说马子涵，反倒赞赏起赵启航来。真是丈母娘看女婿，越看越欢喜。

“妈，我还没有过门呢，你就开始帮他说话了。”马子涵故意逗母亲急，老太太哈哈大笑起来，“我看他比你孝顺，比你好。”

马子涵搀着母亲，和父亲一起来到驿站二楼，赵启航已经把于啸主席夫妇、虞老师夫妇接到驿站了。

六位老人笑着问好寒暄，气氛十分融洽，对驿站茶室装饰赞不绝口，更对赵启航夸奖过分，说得赵启航不好意思起来。

“各位大爷大娘，你们好，我叫何洁扬，让我给你们表演茶道吧。”何洁扬身着淡青花格衬衫，“星月亲水”四个字格外醒目。

于啸主席、虞杰豪在怡心园见过，“哈哈，今天小何更加美丽动人了。”于主席打趣着何洁扬，“也更加风采，更加可人，更加风度翩翩了。”虞杰豪跟着凑热闹。

何洁扬示茶、洗茶、净杯、泡茶，让六位老人闻香，然后请他们品茶，她边做边说，介绍茶经，介绍茶道，介绍茶文化、茶历史，讲解各种名茗的来龙去脉、习性、功效。

“今天茶好、天气好、品茶人更好。”何洁扬巧舌利齿，说得六位老人眉开眼笑。

品茶就是品人品。

室内九个人，个个人格高尚，风雅善良，正气顶天立地，豪情冲天，人人喜气洋洋，天南海北，开怀畅聊，叙述人生真谛，讲述人生宽容美妙。

虞杰豪忽然诗兴大发，想起前天的新作《宽容》，便和大家分享他创作的快悦。

宽容是一种让人感动的大爱，
宽容是一种人人夸耀的美德。
宽容能消除误会，
宽容让纷争停歇；
宽容轻松潇洒，
宽容享受美好人生。
斤斤计较制造痛苦，

斤斤计较结怨伤感，
斤斤计较冷漠成冰，
斤斤计较自寻烦恼。
面对不愉快的人和事，
最明智的选择就是宽容。
宽容显示胸襟，
宽容就是力量，
宽容是智慧的化身。
大海容纳涓流，所以大海浩瀚无比；
天空容纳微埃，所以天空广阔无垠。
世界上最宽阔的是海洋，
比海洋宽阔的是天空，
比天空宽阔的是人的胸怀。
宽容包容人世间的喜怒哀乐，
宽容是博大情怀。
宽容是一种境界，
宽容是一种品格，
宽容是一种超然。
宽容别人，快乐自己，
多一份宽容就多一份爱心，
多一份宽容就多一份成功，
多一份宽容就多一份温暖，
多一份宽容就多一份灿烂。
宽容是一种和谐，
宽容，其乐融融。

虞杰豪这次江心市之行，心情十分开朗，胸中豪气霸天，他勤写不辍，想停下来都不可能，有太多的素材可写，诗句如泉涌，灵感如风，让他信手写来，读后赞不绝口。

六十四

星月亲水园林队改名了。

闻小凤嫌园林队太土，跟不上时代发展的步伐，她和胡红云、张媚商量着，起什么名字好听呢？

“我看就叫绿园，你看这一大片绿色，多好看啊。”胡红云首先起了一个名字。

“要我说就叫做星月亲水苗圃公司，我们要把这大片大片的树苗推销出去。”张媚兴奋地说道。

“叫星月亲水香馥园吧，与星月亲水怡心园相近。”闻小凤说道。

三个人在星月亲水园里各抒已见。

修整好星月亲水里的园林苗圃，她们三人来到兴农园，“蒋经理，还在忙啊，平菇长势喜人，还在精心呵护，了不起，太敬业了。”闻小凤开口笑赞道。

“蒋经理越来越年轻了，好看多了。”胡红云打趣着蒋爱民。

“这些瓜藤已爬满丝网了，外面绿毯迷人，花开似锦，下面果实垂挂，底下绿荫凉爽，真是世外桃源。”张媚夸张地说道。

“是什么风把你们这三大美女吹到我这儿来纳凉了。”蒋爱民的性格随着工作环境的改变而变得爽快起来。

“我们向你请教问题来了，你说我们星月亲水园林队多土，我们想改改名字，大秀才，你看改成什么名字好听呢？”

三个人叽叽喳喳地把刚才在星月亲水里面讨论的话题又断续复述一遍。

“你们看这样好不好，施广发那儿叫星月亲水怡心园，我这儿叫星月亲水兴农园，何洁扬那儿叫星月亲水驿站，都好听，赵经理想打造星月亲水品牌，你们那儿目前树木苗圃培植得很好，成苗后能卖出好价钱，如果你们一定要改名，就叫做星月亲水馥馨园吧。有两点考虑，一是你们要把目光放远点，今后观光农业一定会大力发展起来的，花卉将成为主要特色，花香萦绕，心旷神怡；其二，与赵经理的经营理念一脉相承，所以你们就取名叫星月亲水馥馨园吧。”

“太好了，秀才就是秀才，谢谢你，我们就叫做星月亲水馥馨园了，这个名字雅，好听，有诗意。”闻小凤、胡红云、张媚兴高采烈起来。

“明天告诉启航，他一定会大吃一惊的，他也一定会支持的。”闻小凤仿佛已经看到小叔子活泼快乐的笑脸，脸上浮起快乐的祥云。

“告诉你们一个惊人的好消息，那天三哥来，说市政府给了我们星月亲水设施农项目资金 8000 万元呢，另外国家星火计划项目经费很快就要批下来，一定比市财政更多。”蒋爱民喜气洋溢，仿佛自己得到了意外横财似的高兴快乐。

“那我们星月亲水就能大步向前迈进了，太好了，我去告诉九婆婆她们，这是天大的喜事。”三个人欢快地回到村里向大伙儿报喜去了。

赵启航拨完款入好账后，开车来到明月村村委会。

“秦书记，你好”赵启航高声与秦书记打着招呼，满心的欢悦都写在脸上。人心里快乐，仿佛就年轻了十岁似的，步伐是轻盈的，身子是轻飘的。

“哈哈，赵经理，你好，欢迎回到娘家。”秦书记高兴地握着赵启航的手，徐香琳听到赵启航的声音，赶紧来到书记办公室，替赵启航倒水泡茶。

“回来大半年了，还没有时间向你报到，今天特意来向秦书记请罪。”赵启航快人快语，毫不装腔作势。

“谢谢你的宣传队，那天迎接新疆客人，你尽了那么大的责任，还没有来得及感谢你呢。”赵启航对秦书记感谢道。

“今天来和秦书记协商，主要是我们明月村设施农业的事儿，想听听书记的意思。”赵启航直奔主题，他深深知道，任何一个人的成功，都离不开别人的帮助，仅靠一己之力，任何大事都办不了，只有失败，没有成功。

赵启航把设施农业规划的主要内容向秦书记作了汇报。

“来前，我已经把市财政支持的设施农业项目资金入了账，现在启动资金已有了，秦书记，你看怎样实施这个规划？”赵启航一点也没有腰缠万贯的架子，真心实意地向秦书记讨教。

“你的规划分三步走，很适合三农发展的路子，我看，你能不能把我们明月村沿江整个江堤内外都考虑进去，彻底改变我们明月村的落后面貌，把我们沿江优势挖掘出来，造福我们明月村人民。”

秦书记心潮激越，兴奋之情无以言表，这是他当书记多年的愿望，限于资金项目，无法施展胸中的抱负，今天赵启航主动找上门来，他真是我们明月村的送福财神。

“秦书记，具体实施意见，我们再坐下来好好商量，你把村里的打算，村民的意愿，市里的要求一并写一个报告，我把我们星月亲水的具体想法，发展方向，发展规模也写成实施报告，我们一起研究。”

赵启航是个商人，他更是一个农民，他是明月村的一员，他肩上有一副沉重的担子，那就是责任，他要把明月村来个翻天覆地的变化，让明月村的村民比城里的市民生活的更加美好。

“秦书记，我想在村委会挂一牌子，叫星月亲水设施农业办公室，便于与你们合作，解决村民矛盾也很方便，而且能随时得到你的指导。”赵启航的合作共赢理念运用到农村，他感觉到，与农民合作更加可靠，我们的农民是可爱的，他们身上体现出朴素、真诚、友爱、互助的善良本质。

“好的，我们选一个吉日挂牌吧。”秦书记没有看错赵启航，他是真心地想在农村发展，而且不仅仅是为了个人的发展，他是为了整个明月村，甚或是为三农问题寻找出路的。

告别了秦书记，赵启航来到兴农园，“赵经理，你的嫂嫂有长进了，她们能出主意想办法了，她们要把星月亲水园林队的名字改掉，来表明自己的发展方向。”蒋爱民喜滋滋地说道。

“她们改成什么名字了？当初我也是随口一说，没有好好地想，只是想先把欧阳市长交代的任务完成好，把星月亲水维护得像公园一样美丽。”赵启航来了兴趣，“叫什么名字？”赵启航催问道。

“星－月－亲－水－馥－馨－园。”蒋爱民一字一字地吐露出来，笑看着赵启航。

“好听，有诗意，有发展眼光，她们要搞设施园艺？”赵启航一想，不对，“这个名字一定是你给起的，是吗？”

“哈哈，什么也瞒不了你赵经理，改名字确实是闻小凤、胡红云、张媚三个人的主意，我结合了她们三个人的意思，给起了这么一个名字，怎样？”蒋爱民征求着赵启航的意见。

“星月亲水馥馨园是设施农业规划的一部分，你现在就着手策划馥馨园建设计划吧。”赵启航没有想到二嫂的想法已经走在自己的前面了，心中高兴起来。

六十五

“热带风暴消息，今年第九号热带风暴已于昨天零时在太平洋上生成，中心气压 920 毫巴，近最中最大风力 8 级，目前风暴中心正以每小时 25 公里的速度向北偏西方向移动，请做好防范准备。”赵启航听到广播里的天气预报，第一反应就是会不会影响到我们江心市，影响时风力有多大？雨有多大？预计什么时候影响？他忽然想起欧阳市长的叮嘱，“江滩上的怡心园要注意安全。”他决定得亲自去一下气象台，详细了解九号热带风暴的预测动向。

“这次热带风暴中心气压低，很可能会发展成强台风，最大可能会沿近海北上，经过长江口时风力预计能达到十级，目前只能测到可能动向，至于强度究竟能达到什么级别，明天下午就可以知道得更加准确。”气象台 7 号预报员认真地向赵启航介绍着台风知识，和目前台风预测的难度，尤其是九号台风梅花更加难预测其动向。

“太平洋上还有一个十号台风，名叫苗柏，虽然他离我们很远，但是对于九号台风是有影响的，这也增加了我们对九号台风的预报难度。

“你留一个联想系方式给我，一得知最新风暴消息，我们会第一时间向你们服务的。”7 号预报员是个热心人，他心中也时刻装着人民呢。

“谢谢你，你们气象人是人民的保护神。”赵启航留下自己的手机号。

“不用谢，保护人民的生命财产安全是我们气象人的职责。”7 号预报员送别赵启航时由衷地说道。

赵启航放下手中的一切工作，来到怡心园，察看星月亲水外江堤牢固状况，仔细检查了怡心园内四十间房子的安全情况。

晚上，赵启航在餐厅召集新疆客人，所有的工作人员全部到场，“下午我去了气象台，问清了今年第九号热带风暴的发展情况，形势不容乐观，我们必须做好最坏的打算，来迎接风暴的到来。”

“还请于主席做好大家的思想工作，到时必须一切行动听指挥，如果下达撤离的命令，大家必须毫不犹豫地撤离到堤内安全地方。”

“大哥，你也要做好明月簁渔场的安全检查工作，加固铁丝网，把损失降到最低，也要做好撤离的思想准备。”赵启航不放心大哥，防止大哥大嫂因为渔场不顾及生命安全，特意交待大哥大嫂明白。

“二哥，你去发动一下村里人，做好接纳新疆客人撤离入驻事项，计划越详细越好，免得到时混乱。”赵启航又请二哥田野负责新疆客人撤离安顿工作。

“明珠、许晶、江华，你们去帮助蒋爱民把大棚加固一下，检查一下水沟，保证水系畅通，把平菇生产损失降到最小。”

“哦，对了，二嫂，你负责到时一定要把九婆婆接到你家去住，她不肯走，你们几个一起绑也要把她绑走。”

第二天早晨，气象台发布了“热带风暴警报”，中午改发为“台风消息”，晚上又改为“台风警报”。

赵启航在怡心园与施广发一起，参加加固房屋的工作。“台风离我们还有450公里，现在风力起来了，开始增大了，我们是不是先行把新疆客人撤离出去？”施广发问道。

“明天早上我再去气象台，问清了再作决定。”赵启航镇定自若，这个时候他是主心骨，他不能有半点慌张。

第二天一大早，赵启航又来到了气象台，气象台里忙得不亦乐乎，电话铃声响个不停，接完电话，一放下，铃声就响，气象员一遍一遍又一遍地反复着台风的最新动向。

所有的预报员都来到预报会商室，7号预报员在电脑前反复比对往年台风，找着相同点和不同点，对比着中央气象台、省气象台的台风预报，他老练沉稳，他是气象台的定军人物，他是首席预报员，他的话，就是战场指挥官的命令。

一着不慎，满盘皆输。

人们越是着急，台风越是与人们在游戏，快速靠近的步伐放慢了，甚至有时还在原地打转，故意让气象人着急。

台风还是迫近长江口，陆地的风力已经达到9级，雨是一阵一阵的，一会儿可见蓝天，一会儿又密云压顶，天空中的云朵，聚了散，散了不久又来了新的客人，重新聚集，考验着人们的意志。

登陆还是不登陆，气象台确实把持不住，这个9号台风也是太怪了，北上、西北偏北走，走走停停，想登陆，又怕登陆，赵启航手握电话，静静地坐在怡心园里。

虞杰豪倒好，他时而伏在桌上快速写着什么，时而抬头看看云天，看看电视直播。

陈达夫打通了赵启航的电话，“喂，赵经理，我是陈达夫，欧阳市长命令你随时做好江滩人员撤离工作，确保人员万无一失，尤其是你的新疆客人，必须保证他们的生命财产安全。”

“陈秘书，我在怡心园已经三天了，我已做好一切准备，制定了详细的撤离方案和措施，你放心，也请欧阳市长放心，我时刻准备着。”赵启航紧盯着电视屏幕，看台风的最新动向。电视上方防台抗台的措施在游移着，赵启航的心紧绷着。

“喂，赵经理，告诉你一个好消息，梅花转向了，突然转向东北，而且速度还加快，就在长江口转向的，有远离我市的趋势，你继续关注我们的消息，但是你不能放松警惕。”7号预报员打来电话，让赵启航心中暗暗地松动了一下，他可不敢向大家宣布，内松外紧原来是这个样子，赵启航起身喝了杯茶。

终于九号台风没有正面光顾江心市，大家虚惊一场，但是新疆客人反倒十分高兴起来，“我们只能在电视上看到台风预报，没有实际经历过，这次让我们亲自感受到了台风天气，真是大幸，我们太幸福了。”

台风过后，虞杰豪要施广发带他去了趟气象台。

一天后，虞杰豪拿着他的大作《戏说梅超风》，读给大家欣赏：

与蓝天相伴，吸纳太阳之精华；与碧波为伍，汲取大海之巨能。梅超风的功力越来越深厚，内功壮大到最强 16 级，无与伦比地强悍起来。梅超风在太平洋上孤芳自赏，一路蹒跚而来，她欲到苏杭作客，领略一番人间天堂的胜境，顺便捎带些风雨，帮助盛夏烈炎下的人们消消暑，纳纳凉，让闲散的人们忙碌一番。

梅超风是 7 月 8 日在南太平洋上现身的，在北纬 11.7 度东经 135 度处，她思虑后决定向北进发。边走边练功不辍，内功从 8 级一天天增强到十几级，飘逸了八天，她想悄悄地靠近大陆，给人们一个惊讶。

然而，卫星雷达在她现身一刹那，可就一刻也没有松懈过，睁圆双眼，监视着她的一举一动。

梅超风不紧不慢，走走停停，似欲与卫星雷达比试武功内力。

7 月 10 日，梅超风步伐一紧，折身西行，大有迅雷之势扑面而来。观云惊吓出一身冷汗，急忙翻寻她过去的行踪轨迹，比对她的历史战绩，立即启动三级应急预案以防不测，继而应急等级提至二级；测天通宵达旦，紧张忙碌，分析预测着梅超风的走势，预报会商室仿佛成了作战前线的指挥所。

7 月 11 日，警报讯息飞传，预警信号变黄，全民皆兵，如临强敌。梅超风似有感应，是西进还是北转？辗转反侧犹豫起来。今天是七月初七，我该做些什么呢？梅超风柔情顿起，爱怜起天下有情人来了，她要让有情人在相聚中欢欢爱爱，在相依中甜甜蜜蜜，享受凉爽，温馨宁谧。她作出了让人意想不到的决定：给有情人一个幽静的相会环境。

梅超风逍遥一转身，潇洒地由西转向北而去，不愿在陆地上穿梭留下狼藉，还是在大海碧波之上，与师兄陈玄风一起溜达散步，快意江湖来得自在。

难怪梅超风今天的心情这么好，原来她的情郎自 6 月 28 日在南太平洋上北纬 23.3 东经 160.8 度处现身，一路追赶过来，到现在功力才增长到 11 级，在北纬 28.7 度东经 153.8 度等她去幽会。陈玄风远远地在她的东侧跟进，让她心花怒放，放弃去苏杭品天堂美景，只顾高兴地与情人相会去了。

北风习习宜人醉，朵朵白云立天边。

太阳妖艳起来。

梅超风挥挥手，与身着粉红衫的情侣作别，她要携带伴侣到山东半岛走一

走，瞧一瞧，普渡更加理解她热爱她需要她的芸芸众生，展示她的妩媚，美扬她的英名。

梅超风走了，风平浪静了，惶惶不安的人们又兴高采烈起来，只是观云心有不甘，测天无可奈何！白忙了十余天，疲惫之极，失望之极。

好一个虞老师，他把台风写得活灵活现，大家又开心地热腾起来。

（注：2011 年第九号强台风“梅花”被人们戏称为梅超风，第十号台风命名为“苗柏”，戏称他叫陈玄风。西太平洋上两个台风一起活动，互相牵制，改变了大气环流形势，增加了台风路径的预报难度。）

幸亏台风没有登陆，台风带来的降水不大，菇床损毁不是很严重。蒋爱民请来闻小凤、胡红云、张媚等一帮群众，把被台风吹坏了的大棚修好，“看来我的命运还不错，这么强的台风还会转向，我的大棚损失不大，夏平菇丰收是铁定的了。”蒋爱民在大棚内转悠时这样想着。

“看来大棚搭建要有技巧，离江堤不能太近，太近了，江堤上的水冲下来，会淹到菇床；也不能离得太远，太远了，没有了江堤的挡风作用，大棚会损毁得很严重。”蒋爱民认真分析着整个大棚经历风雨后损毁程度，得到心得，他牢记于心，这是书本上根本学不到的，实践出真知。

怡心园又热闹起来，闲逛的闲逛，垂钓的垂钓，下棋的下棋，散步的还是悠闲地在江边自由蹀躞。

六十六

陆曼曼打了几次电话，冷三要么不接，要么说没有时间，正在忙着。“冷三，最近你在忙些什么？”陆曼曼温柔地问道。

“我成立了三雅装饰有限公司，我已经辞职不当老师了，不能再像以前那样整天鬼混了。”冷三认真回答着陆曼曼的提问。

“如果你需要我帮什么忙，你尽管对我说。”陆曼曼轻轻地对冷三说道。

前些天，朱恩平回家闲着没事时，一时高兴，对陆曼曼讲起赵启航的事来，还讲了赵启航的原来岳父李全才整天唉声叹气的，说他女儿跟情人的妻子在街上打起来，好事不出门，坏事传千里，整个江心市官场都知道了李全才的不幸。

言者无意，听者有心。陆曼曼第一个就想到了冷三，冷三的妻子时彩凤与李慧娟在街上打架，冷三躲得远远的，后来就跑走了，冷三打电话给陆曼曼，约她去跳舞，他们两个在舞厅跳了一下午，冷三不怎么讲话，在陆曼曼一再追问下，冷三才讲了打架的事。

“也太过分了，时彩凤把你逼到这种地步，真是不应该。”陆曼曼评论道。

陆曼曼听朱恩平讲李慧娟与时彩凤打架之事，她心中不是滋味，如果不是因为钱桂芹，她也许不会和冷三在一起，自己也和钱桂芹打过一架，可是那毕竟是自己乱猜的，事后朱恩平矢口否认他与部下钱桂芹有苟且之事。

陆曼曼也只好作罢，可是自那以后，朱恩平明显话语不多，回家后吃过饭要么躺下休息，要么一个人独坐在客厅里喝茶看电视，话是越来越少，不知道他是与陆曼曼打冷战，还是气愤老婆不讲理跑到单位去吵，害他在职工面前没有面子。

陆曼曼也认识到自己太过冲动，男女一同出差，就一定会做出见不得人的事吗？自己的不冷静，让社会上流传了好几个版本，朱恩平当然也听到别人提起，不同版本让他啼笑皆非，渐渐地人们也就忘了朱恩平与钱桂芹之间的绯闻了。

陆曼曼下午一个人待在家里，心中闷得慌，有时就去舞厅跳跳，放松自己绷紧的神经，她就是在那个时候认识冷三的。

对于冷三，陆曼曼又是恨，又是爱，爱恨分不清，到后来，自己也分不清好与坏了。她只是觉得和冷三在一起是欢快的，是无话不讲的，人是轻松的；可是他冷三就是一个浪荡子，和几个女人混在一起，陆曼曼曾下定决心，不和冷三联系的，这样的男人真是臭，死不要脸，为什么要和这样的男人待在一起呢？！

可是，她确实又离不开冷三，三天不见冷三的身影，好像世界少了什么，心不在焉，做什么也是无精打采的，总是想着冷三风流倜傥的模样，有时还自欺，认为冷三风流才会遇上自己，如果他不风流，自己恐怕还是凄凄哀哀地度日吧。

她又很是担心，担心被朱恩平发现。她很少在外过夜，晚上她一定会回家住的，大多时候，她会早早地回家，打扫卫生，做菜煮饭，俨然是一个守妇道的贤惠妻子。

午后三点钟后的时光是属于四十岁的女人们的。

陆曼曼打电话问清了冷三开的是什么公司，打心眼里赞同，女人总是希望自己的男人出人头地，高高在上的，不管是自己的爱人，还是自己的情人，这个社会难道真的好坏不分了吗？

一定不是这个样子的。

朱恩平也不戳穿陆曼曼，是自己先对不起曼曼，她是在报复自己，要是戳穿了，他们之间的夫妻情分就到头了，他不愿意离婚，有家才能安稳，亲朋好友，父母家人才是最重要的因素，得考虑他们的感受。

人，有的时候，不是为自己活的，是为世俗而活的。

陆曼曼的心平静了好多，冷三如今知道忙自己的事业了，她在心里感到无比的自豪，毕竟自己深爱的男人本质不是坏到不可收拾的地步，“冷三是有才华的，只要他肯去做，他一定能取得成功。”陆曼曼自信地微笑起来。

冷三自从和蒋爱民交谈之后，便收起放荡的心，着手开办自己的公司。他先到学校交了辞职报告，然后找到自己的一帮下海的朋友，向他们讨教经商之道，找到一间不大的门面房，亲自设计了图纸，他要从设计开始，设计最优美的样图，把装饰效果尽情展示，招徕客户。

冷三先给下海的朋友装饰办公室，他定下的基调，起点一定要高，要有别于其他装饰公司，他的装饰理念是：不一定花钱越多装饰效果一定越好。

不管业务大小，冷三都把他们当作精品来做，他到底是个懂美术的人，他的平面设计很快得到人们的认可，也有不少装饰公司把设计任务交给他来做，寻求最佳设计方案。

“搞效果设计也是一个不错的业务。”冷三自开办了装饰公司，又给别人做效果图，他工作忙碌起来，散荡的心收敛了。

时彩凤经过打架事件后，也觉得对不起冷三，当冷三决定办公司后，她没有像平常那样心浮气躁，默默地支持起冷三来。

“喂，冷三，粮食局办公楼需要装饰，你是否找关系去找朱恩平，争取接下这笔业务。”陆曼曼在与朱恩平闲聊时听他讲的，近期要对办公楼进行整体装饰。

“消息确切？”冷三来了劲，“真的，没错，我听朱恩平讲的，不会有假。”陆曼曼兴奋地说道。

“那好，我去找人，谢谢你。”冷三挂电话，第一个就想到陈达夫，冷三打的去了市政府，找到了陈达夫。

“老同学领导，请你帮我一个忙。”冷三向陈达夫介绍了自己最近所做的事，讪讪一笑，“粮食局最近要装饰办公楼，我想接这笔业务，想请你打声招呼。”

“你早该醒悟了。”陈达夫在同学聚会时经常讲冷三，让他不要鬼混，教书就要像个教书的样子，不能误人子弟。

“喂，朱局吗？你好，我是陈达夫。”

“哦，是陈秘书啊，有什么指教？”朱恩平客气地与陈达夫打着招呼。

“你现在有空吗？到我这里来一下，有事找你，我脱不了身。”陈达夫说完挂断了电话，又与冷三聊起来。

“等会儿朱局长来，我给你们引见，下面的工作就由你去做了。”人世间最珍贵的情，就是战友情、同学情。陈达夫不忘同学友情，在他能力范围内尽量帮助解决同学的请求。

半小时后朱恩平来到陈达夫办公室。

“陈秘书，你好，找我什么事？”朱恩平问道。

“秋收秋种不远了，你们粮食局都准备好了收购群众的粮食了吗？欧阳市长问你一下，要不要召开全市夏粮收购工作会议。”陈达夫传达了欧阳市长的口谕。

“还是开一个会强调一下吧，要保证国家储备粮收足，保证不拖欠农民的粮食收购钱。”朱恩平应答道。

“那好，我来拟稿，后天召开怎样？我主持会议，会上你要发言表态，欧阳市长总结提要求。”陈达夫给朱恩平下达了会议任务。

其实离秋收秋种时间还早，陈达夫把欧阳市长下半年的工作打算提前向朱局长提出，朱恩平心中有数，陈秘书一定是有其他事情要找他。

“哦，朱局长，这是我同学冷三，他是三雅装饰公司的老总，起步较晚，但是他精益求精，你得好好帮帮我这个老同学。”陈达夫认真地说道。

“原来陈秘书喊我来是这个目的。”朱恩平在心里想着，嘴上却讲道“好，好，我们局准备把办公楼整体重新装饰一下，冷经理，你出个效果图来让我回去参谋参谋。”

“好的，朱局长，您提要求，我来设计，效果图很快就送到您的手上”冷三热情地说道。

“朱局长，装饰档次也不要太低，资金不够，可以打报告申请，我帮你去说说。”陈达夫在办公室待得时间长了，肚里的点子真多。

“冷经理，时间不早了，我们去吃饭吧，我们边吃边聊。”“陈秘书，到我们食堂去吃个便餐吧。”朱恩平邀请道。

陈达夫打电话给郭心仪，约她到粮食局去吃午餐。

朱恩平又约了几个要好的朋友，请陈达夫、郭心仪、冷三一起到粮食局食堂喝酒聊天。

“来，陈秘书、郭秘书，我敬你们一杯。”朱恩平首先带头干了一杯。“谢谢你们平时对我的关照，大恩不言谢，再敬你们一杯。”朱局长又干了一杯。

“朱局长，我来敬你。”冷三站起身来，端着酒杯，下位来到朱局长面前，与朱恩平碰了一下杯，一饮而尽。

敬完朱局长的酒后，冷三又与陈达夫、郭心仪碰了一杯。“祝老同学步步高升，宏图大展。”

“我也祝老同学生意兴隆，三雅兴旺发达。”陈达夫和郭心仪一同还敬了冷三一杯。

酒足饭饱后，朱恩平握着冷三的手说，“粮食局装饰工程就交给你做了，到时你找几家装饰公司的朋友，一起来报个价，议一下标，把合同签了。”

陈达夫带郭心仪去了亲月亲水驿站喝茶聊天去了。

冷三请朱恩平等人去洗澡足疗。

冷三在回公司的路上，打电话告诉陆曼曼，工作做得差不多了，让她不要在朱恩平面前提起装饰的事，免得引起朱恩平怀疑而节外生枝。

“好的，祝贺你，我会注意的。”陆曼曼柔声地说道，心里乐开了花，冷三居然一天时间就把问题搞定了。

“我明天晚上去你家，再和朱局长聊聊，你懂的。”冷三开起玩笑来，他真想立即把陆曼曼叫出来，到宾馆疯狂去，可是一想，合同事大，不能因小失大，陆曼曼也提醒他不要冲动，日子长着呢。

第二天晚上，冷三来到朱恩平家，陆曼曼赶紧让座倒茶。

“谢谢朱局长，我会尽全力把你局装饰好的，包你满意。”冷三与朱恩平聊起天来。

临别时，冷三悄悄丢下一包东西，离开了朱局长的家，径直去了三雅公司。他下午派工作人员到粮食局实地察看，丈量了尺寸，把朱局长的大体要求告诉了设计人员，要他们加紧设计。

他要连夜去研究设计效果，准备报价事宜。

陆曼曼洗完澡，本想穿上睡衣的，可是一个念头，让她取消了，她赤裸地躺在床上等朱恩平。

朱恩平觉得有些困了，洗好澡，上床睡觉。“你觉得这个冷经理人怎样？”陆曼曼饶有兴致地问道，“还好吧，是陈达夫秘书介绍的，别看他仅是个秘书，可是他的能量大的很，他整日与领导们在一起，他的话领导们会参考的，况且即使不对，一句话说上十遍也就成了真的了，反正给谁做都是做，就成全了陈达夫秘书之意吧。”

官场规则多呢，官场不是拼能力高低的，真才实学本领再大也没有用。官场就是拼胆识、拼阿谀、拼献媚、拼机遇。

陆曼曼头枕着朱恩平的胸脯，她心中高兴，冷三可以有事情做了，没有时间在外面混迹于女人堆里了，她今晚兴趣很浓，暗示着朱恩平。可是朱恩平一点兴致也没有，自从那次陆曼曼到粮食局与钱桂芹对打之后，朱恩平对陆曼曼渐渐冷淡。

陆曼曼今天间接地帮了冷三的大忙，觉得要好好地犒劳朱恩平一番，她搂着朱恩平，想要极尽温柔。可是朱恩平翻身侧睡，把兴奋中的陆曼曼丢弃一旁。

朱恩平再也没有心情为陆曼曼流汗了，也许是今生今世也不会了，他心里想着，决定着。

也许做夫妻时间长了，彼此太过熟悉，没有了激情，生活平淡了，温存蜜语也早已经说完。

男人有时糊涂，有时又聪颖过人，对于陆曼曼，朱恩平真的不想说什么，颜面与自尊，让他与陆曼曼过着同床异梦的生活。

六十七

李慧娟日渐消瘦，身材更加苗条，走起路来让人感觉弱不禁风的样子。她对镜而视，突然发现自己如花似玉的脸蛋仿佛一夜之间变成了黄脸婆，心中一阵疼痛，泪水又流了出来。

凄凄复凄凄，嫁娶何需啼。

李慧娟上午迷迷糊糊睡不实，就是不想起床；下午就混迹在白黑蓝舞厅，只有身子的跃动，只有音乐的律动，才能让她获得短暂的快乐；晚上肆无忌惮地包少爷，沉浸在温柔乡里。

“找个好人嫁了吧。”王玲美的声音时常在她耳畔响起，嫁给谁呢？她茫然不知自己的前途所在，命运何样，她看不到未来，前程一片黑暗。

有钱人同样也有无穷的苦恼。

“喂，李总，下午有空吗？我是杨天一，我带你去喝茶聊天吧。”

杨天一喜欢称李慧娟李总。

“我带你去品茶，欣赏茶道，让你轻松轻松，怎样？”杨天一力邀李慧娟。

“好吧，到哪？”李慧娟伸了一个懒腰。

“我们去江心路上的江心小吧，下午 2 点，我在那儿等你，要不要我来接你？”杨天一关心地问道。

“好吧，你来接我，你吃过午餐了吗？”李慧娟懒懒地问道。

“还没有，我现在就来接你吧。”杨天一轻快地说道。

“好的，也好久没有在一起吃饭了，我现在就起床，你来接我。”

杨天一开车来到李慧娟家，大门紧锁着，吴丹青不在家，只好再打电话给李慧娟，她披头散发地跑下楼开门，“还没有起床啊，觉睡得好香，是吗？”杨天一笑聊着。

“你上来吧。”李慧娟和杨天一并肩上了楼。

李慧娟挽着杨天一的胳膊，一直走进卧室，“我还想再睡一会儿，你陪我。”李慧娟撒娇地说道。

杨天一把李慧娟按到床上，坐在她身边，“你妈回来怎么办？”

“不怕，我要你。”李慧娟脸潮红起来。

杨天一见李慧娟一天比一天消沉，心中不忍，他要好好安慰她的心，让她尽快从失败的婚姻中走出来，重新好好生活。

李慧娟赖在杨天一怀里不肯起床，“好起来吃饭了，我们还要去喝茶品茶呢。”杨天一温柔地说道。

李慧娟紧盯着杨天一，情意绵绵。

三点钟，他们来到了江心小吧，选了一个雅座坐下，“给我们安排一个茶道师，我们喝功夫茶。”杨天一吩咐道。

李慧娟环顾四周，见这里装饰典雅，轻柔的音乐让人痴迷，心神谧然，外面小桥流水，鸟语花香，“我们江心市也有这么好玩的地方？”李慧娟心情大好起来。

客堂经理打电话给何洁扬，请她的茶道队过来一人为客人展示茶艺。“对不起，我们今天有任务，抽不出人来，很是抱歉，对不起。”何洁扬忙打着招呼。

“要不就派毛碧娇过去应付一下吧。”客堂经理让服务员叫来毛碧娇，“有客人想喝功夫茶，你去应付一下吧。”毛碧娇应允准备去了。

毛碧娇款款地来到雅座，先与杨天一、李慧娟打了声招呼，然后开始烧开水，拿出铁观音，摆好茶具，坐在杨天一和李慧娟面前，向他们介绍起他们福建的茶叶来，把铁观音的来龙去脉一一道来。

水开了，毛碧娇坐直身子，洗茶，净杯，再泡茶，然后将茶叶水倒入细筒茶具里，请杨天一、李慧娟闻香，然后又倒了两杯，先端给李慧娟，“请您品茶。”李慧娟接过茶杯，见仅有牛眼大，先试了试冷暖，然后一饮而尽；毛碧娇又给杨天一端上一杯，他也一口干了。

毛碧娇细心地察看了他俩的举动，心中有底了，他们不会品茶。

毛碧娇打量着眼前的这一对男女，男的瘦黑，满眼都是对女的关心之神，女的，人虽消瘦，但保养得还算得体，只是眼神有点游离。

“李总，你要经常来散散心，喝喝茶，听听音乐，不要总是睡懒觉，跳舞，晚上睡得太迟也不好，长期这样下去，身子会垮掉的。”杨天一殷情地劝导着李慧娟。

“好，我知道了。”李慧娟含情脉脉地望着杨天一，心中有了幸福的感觉。

杨天一见李慧娟脸色红润起来，心里高兴，他约她出来喝茶，就是为了让她开心。杨天一与李慧娟天南海北地神侃起来，杨天一上次在张家界与范松萍云雨之后，觉得张家界是个好地方，半年后的十月，他带李慧娟去了张家界。

晨曦的光芒被厚厚的云层挡住，秋雨斜斜地下个不停，游览金鞭溪大峡谷的心情有些微堵。吃过早餐，杨天一与李慧娟奔上大巴，来到武陵源风景区门口，换乘景区观光车，在荡漾着涟漪的装满翠绿的湖边徐行，在烟雾缭绕的崖边蜿蜒而动，通过一片原始森林，他们就置身于金鞭溪大峡谷内。

烟雨张家界，云收起了雨滴，阵风吹散了先前还笼罩山谷的雾，杨天一、李慧娟尽情漫步在金鞭溪峡谷的栈道上，慢慢欣赏这满谷的诗情画意。

金鞭溪峡谷隐藏在原始森林中，参树伟岸，灌林曼舞，杂草丛生。依山势而铺的栈道虽由人作，似为天成。小溪上巧架木桥，供游人留影纪念。溪中小鱼集群而嬉，犹如水中之花，黛青脊背与清清溪水一色，不注意细观，鱼群已随流远去。

溪流在幽静的原始森林中轻快地奔流着，水流湍急，水花四溅。听不到世俗的喧哗，听不到鸟语兽啸，只听到溪流时而哗哗激越，时而叮咛轻婉。溪谷稍有落差，美丽的微型瀑布便显现在眼前，白白的水帘被五颜六色的圆滑石块溅起白白的水花，不致壮观，唯供美艳，让溯流而上的游人大饱眼福，心旷神怡。

金鞭溪的水是从每一棵树、每一根草、每一条石缝下面渗透出来的，没有阴沟作源，没有水库来蓄，久旱不断流，久雨水碧清。溪为山之脉，水为山之魂。与溪水相伴，与翠绿为伍，与岩峰同在，心境澄明，神采奕奕。

峡谷中的古树森森，秀木古树，高傲无比。武陵松粗壮高大挺拔，是张家界当家树品；红椿伟岸，国家二级重点保护落叶乔木，有“中国桃花心木”美称；黄檀喜光耐瘠薄土壤，高大的身躯让人仰观它的姿容，木质坚韧致密，富有弹性；五眼果又叫南酸枣，能速生，适应环境能力强，果可生食；银鹊树质轻纹美，实属稀有树种；女儿木姿态奇特，叶形秀丽，是园林绿化的珍品。张家界国家一级保护树种有 57 种，名木古树多达 1150 株，森林覆盖着百分之九十八的区域。金鞭溪，天然的大氧吧，置身在这原始森林中，漫步在溪边，新鲜的空气沁人肺腑，让人神清气爽，乐不思归。

猴子跳跃在栈道边的树间枝上，出没于曲径小道，向游人觅食，与游人嬉戏。有的坐在路边心满意足地美食着；有的很是听话，挂在树枝上摆设造型让人们拍照取乐；有的去泡一下清澈澈的溪水，逆流冲浪，追捕小鱼。猴子成了这大谷底的明星，游人纷纷与之合影，李慧娟与人们竞相施食，笑逐颜开。

长寿泉中，乌龟静静地伏在池中的岩石上，有的伸出头来笑看游人清闲，有的闭着双眼安享祥慈，有的一动不动，不注意还以为是标本化石。长寿泉水，长年慢慢地流淌着，杨天一掬起喝一口，清凉口口，甘心润肺。

板根奇特，岩石附着树根，从地面脱出，粗壮的树根，扎向土下，支撑着树干，板根之奇，让人叹为观止；树抱石随处可见，树根抱着石头，根系绕石下扎，直入土层，欲把石块尽藏根怀。沿途的母子峰、文星岩、劈山救母、千里相会、水绕四门、猪八戒背媳妇景观让杨天一、李慧娟忍俊不禁，欢乐、开心、惬意围绕在她身旁。

杨天一、李慧娟想着张家界之行，言语滔滔不绝，回想那段美妙的旅程，让李慧娟心花怒放，

他们足足聊了三个小时，太阳西斜，落日的余晖饰抹着室内，室内更显柔和。“时间不早了，我们出去吃饭吧。”李慧娟感到饿了，站起身来准备离开。

“看，我爸。”李慧娟突然发现李全才下车向江心小吧走来。

“没事，我们在喝茶，又没有做什么坏事。”杨天一淡定地说道。

毛碧娇站起身，朝外一看，是李全才，她抬眼又望了一眼眼前的这一对男女，这个女的，原来是李全才的女儿，她一定就是李慧娟了。李慧娟的名字，李全才无数次说起，因为她，让李全才难过生气；因为她，让李全才与老婆吴丹青不知道吵过多少次嘴；因为她，让李全才几乎与家庭决裂。

“请你去给我们结一下账吧。”杨天一把钱交给毛碧娇，和李慧娟又坐下来，等李全才进入包间后，他们两人才迅速离开了江心小吧。

六十八

“你上次说的事，想得怎样了？”李全才关心地问道。

“我现在决定了，我要离开这江心小吧，去找何洁扬，加入她们的茶道队，那儿有一帮我们福建家乡人。”毛碧娇淡淡地说道。

“可是星月亲水茶道队是赵启航的，他会不会同意你去呢？”李全才不放心地问道。

“我想，赵经理肯定会同意的，他的经营理念就是一旦任用谁，就会放手其发展的，我和何洁扬是一个地方的人，平时交往也比较多，何洁扬肯定会用我的，我上次与她讲过我的想法后，她没有反对。再说了，你是赵启航原来的老丈人，他可不知道我们俩的事，即使知道了，他赵启航也不会怪罪何洁扬的，我最近跟我的小姐妹已经开始复习茶道技艺了，我本来会一点，就是不太精湛，我相信自己能做好的。”毛碧娇把自己的想法又重述了一遍。

李全才知道毛碧娇已经决定了，就不再反对，她离开江心小吧可能是个好事，对自己也许真的是个好事，无论如果，我得给她买一套住房，那是我余生的安乐窝了。

“你也不要住在那出租房里了，我不能再去了，被人传出去总是不好的，我们买套房吧。”李全才试探性地说道。

“你哪来的这么多钱，你的钱财不是全被你老婆控制了吗？江洲集团的财务不是也被你女儿李慧娟掌控了的吗？”毛碧娇忧忧地说道。

“我有私房钱，这张卡里面有 120 万，密码是你的生日，你去挑选吧。”

毛碧娇接过卡，“以你的身份证去买吧，房产办在你的名下吧。”毛碧娇是真心地爱着李全才的，她绝不是为了钱才与李全才同居的，她与李全才在一起倍感幸福，只要有他人在就好了，钱财又有什么用呢？

“还是办在你毛碧娇名下吧，这是我给你留下的唯一念想。”李全才像是走上不归路之前的临别语，说得毛碧娇眼泪都下来了，“李局，我已经下定了决心，终身不嫁，我就这样默默地服侍你，直到老死，我们能在一起，这是我最大的幸福。”

“全才，在你来之前，你猜我在服侍谁了？”毛碧娇故意绕弯子。

“谁？我猜不出。”李全才不愿意去海想天思。

“下午你的宝贝女儿李慧娟在这里坐了半天呢。”毛碧娇把下午的情形如实报告给李全才。

“慧娟怎么这么瘦？原来就是这样的吗？看来她生活的不开心。”毛碧娇直截了当地说了自己的看法。

“唉，这孩子，尽让我操心。”李全才听到李慧娟三个字后，叹起气来。“今晚我就不住在你那儿了，我还是回家去看看吧，已有三周没有回去了吧？”

毛碧娇想算了一下，“真的已二十天住在我这里了，你回去吧，不要发火，多点耐心，对自己的身子才好。”毛碧娇劝慰道。

李全才与毛碧娇吃过晚餐后，径直回家去了。

李全才 61 岁的人了，年底就要退休了，他没有打车，也没有叫来司机，就在这街道上慢行，边走边想着无边的心事。

李全才回到家中，吴丹青正和李慧娟在客厅里说着话，“娟娟，你一日三餐要准时吃，不能饥一餐饱一餐的，否则对身子不好，特别是对胃不好，你要注意了，看你日见消瘦，营养够不上啊？明天妈给你买鸡回来煲汤给你喝。”吴丹青怜惜地对女儿说道。

“妈，我就是不想吃饭，我没有事儿，我先上楼去睡了。”

李慧娟今天晚上和杨天一一起在江心食府吃晚饭，胃子有点疼，她吃了一点点，就看着杨天一吃。眼前这个男人虽然没有赵启航优秀，也没有冷三风流倜傥，可是，看得出杨天一对自己的情意。

“他是一个靠得住的男人吗？”李慧娟不敢确定，“如果他是靠得住的，那么，石穡为什么要离开他远走高飞了呢？”李慧娟按着胃部，冷静地观察着杨天一。

杨天一见李慧娟时而皱着眉头，时而眼里露出痛苦的神色，“你怎么了？不舒服吗？要不要到医院去看医生？”杨天一连问道。

“没事，胃子有点不舒服，可能是刚才吃得太快了，你吃吧。”李慧娟安慰着杨天一。

“明天我陪你去做个胃镜吧。”杨天一关心地说道。

“过几天再说吧。”李慧娟懒懒地说道。

李慧娟和杨天一吃完晚饭后早早回到家里，她今天下午过得很愉快，杨天一陪了她一个下午，说了半天话，她的心里舒坦多了，好像烦躁一下子全消了，她现在多么渴望有一个安稳的家啊，可是婚姻是爱情的坟墓，她害怕结婚，她也不想结婚了，世上还有谁比赵启航还要好呢？连冷三这个让她爱得死去活来的男人都变了心，“世上男人没有一个是好东西。”李慧娟在心里恨透了男人。

李慧娟准备上楼时，刚好李全才进了门，“爸，这么多天你去哪儿了？”李慧娟随意问了一句。

“娟娟，你最近怎么这么消瘦啊？哪里不舒服？明天爸爸带你去医院做个检查吧。”李全才有20天没有见到女儿了，见女儿消瘦得不像人形儿，心里突然疼痛起来。

“爸，我没事，可能是这几天累了，过几天我自己去看看吧，你晚上在哪儿吃得晚饭？”李慧娟似有意也似无意地问道。

“你什么时候关心起你老爸了？我在单位食堂吃的。”李全才知道女儿是故意问的，随口编了一个谎话，他怕说实话吴丹青又要闹起来。

“以后你还是回家吃饭吧，妈一个人也不好煮的。”李慧娟突然间好像懂事了，她从自己失败的婚姻中好像懂得夫妻必须经常在一起，否则，婚姻就会摇摇欲坠的道理来。

“你先上去睡吧，不要再玩电脑、手机了。”李全才还是在心里十分疼爱自己这个宝贝女儿的。

“你还认识家啊？”吴丹青没有好气地说道。

“吴丹青，我不想跟你吵，好好照顾你的女儿吧。”李全才自己倒了杯茶，坐在客厅里看起电视来。

“你今晚不睡在你小三那里了？小三也让你烦了吧。”吴丹青又挖苦李全才。

对于吴丹青，李全才真的是无话可说了，她放着好好的一个家庭不要，她只知道钱，只知道自己的想法都是对的，一切都得按她的意愿去办，她心眼小得连根细丝也穿不进去，结婚 40 年了，女儿也是近 40 岁的人了，他们夫妻俩也争吵了 30 年，李全才一忍再忍，他好不容易爬到局长的位置，他不能因为家庭闹出风波来影响他局长的位置的稳固。如今快要退休了，他也就没有了先前的耐心，得过且过吧。

要不是毛碧娇一再劝阻，李全才还真的要和吴丹青离婚，现在这个家是名存实亡的，他已经很累了，也不想再伪装下去了。

今天女儿也去了江心小吧，看来那里已是不安全了，他心里已然同意了毛碧娇重新择业的想法，“让她过上自己愿意的生活吧。”李全才在回家的路上已经想好了。

今晚他回家，是要把单位的电脑带走，那是单位的固定资产，自己正在办退休手续，年底自己就无官一身轻了，可以带着毛碧娇四处走走了。

江洲集团目前由吴珂管着，不管怎样，家大业大，就江洲集团的名声也能让公司活上几年，赵启航没有做下杀手的事，他没有引走一个他原来手下的客户，没有从事与江洲集团相同的业务生意，更没有挖走任何一个自己的所谓铁哥们，总之，赵启航没有做一件不利于江洲集团发展的事儿，这是李全才没有想到的，吴珂的担心完全是多余的，吴丹青的猜测更是小人之心度君子之腹。

李慧娟倒是希望赵启航能来与江洲集团抢业务，挖墙脚的，她现在是多么希望能与赵启航说上话，不管他能不能原谅自己，让她说出心里所想，她已经是十分地满足了。

人啊人，失去的总是最美好的。

李全才坐在沙发上喝茶看电视，任由吴丹青说着毫不讲理的言语，这样的日子李全才已经习惯了，他的心好像铁打的了，耳朵好像塞了东西，根本就听不到吴丹青讲的什么内容，他的思想已经固化，吴丹青的所有抱怨，他一点都没有思想，当然也就没有了什么心烦气躁了。

人，一旦到了了无所想的心境，那是经历了怎样的修炼。

六十九

何洁扬率领茶道队在怡心园一连待了四天，于啸主席、虞杰豪他们已经享受过献茶之乐了，对于何洁扬她们的到来，于主席组织大家一起到餐厅商量，是让她们一家一户地表演，还是几家并在一起欣赏，还是集中起来享受。

“一家一户地表演，小何她们要花四十个人次，要花掉她们好多时间，我看就自愿地组合吧，四五个人一组比较好，大家在一起热闹，人少了没劲，人多了又太吵，我看就这么定了。”工会组织委员如此说道。

“大家看看还有没有其他要求？”

于主席快人快语，办事果断。大家没有其他别的想法，就由着大家自行组合。

大家坐在家里一边听着茶的故事，茶的饮法，茶的器具趣闻；一边看着姑娘的表演，看着她们纤纤素手翻飞；一边品着姑娘们献的浓茶，领略茶的色香味；一边思着想着茶文化的乐趣。

毛碧娇离开江心小吧第三天跟着何洁扬来到怡心园。

“你们星月亲水真会选地方，把荒凉的江滩弄成了这么富有诗意的清静之所，赵启航不简单啊。”毛碧娇不由自主地赞叹着。

“这是我们赵经理的人格魅力所在，他是个商人，但他更是个诗人，是个慈善家，是个农民。”何洁扬经过几个月的观察、相处，认定了赵启航，要跟着他去创业，当初选择施广发，也有施广发是跟着赵启航之故的，常言道近朱者赤，近墨者黑，施广发有赵启航这样的朋友，一定也是不错的人，当施广发说出他的求婚意思后，何洁扬在内心是狂喜着，喜得一心人，白头不相离。

“毛碧娇，听姐妹们讲，你的茶道技术不错啊，原来你是个懂茶道的人。”何洁扬这几天在怡心园，为新疆客人表演茶道技艺，与姐妹们闲聊时，听她们讲毛碧娇会茶道，而且口才很好。

“认识你这么多年了，还不知道你原来究竟是做什么的？”何洁扬好奇地问道。

“唉，一言难尽啊，女人，一步走错，就会掉进无边的深渊。”毛碧娇感叹起来。

“我原来是在机关工作的，因我长得还算可以，就在办公室当差，有什么宾客来访时，我就过去为他们倒茶，有时陪饭陪酒。我本来和机关的天使们一样，有着无忧无虑的生活，相夫教子，其乐融融。我很喜欢浪漫的生活，喜爱拍照，喜欢郊游，喜欢写游记。我的一篇游记还在报纸上发表过。”毛碧娇脸色红润起来，想起风华正茂的岁月，她的内心激动不已。

她打开手机，搜索了获奖作品《南山一隅》，何洁扬轻声读起来：

“信步在崎岖山路上，黄土间杂着碎石，碎石厮磨着足穴，一入山就让我心花怒放。满地的黄叶有的阔大如掌，有的窄细似针，在路的两旁堆积着。走在厚厚的枯叶上，沙沙的、窸窣的，脚下响起了曼妙的轻音乐，让独行的我多了伴儿，多了别样的心情。

路边的树木杂乱无章、闲情逸致地覆着岚岗，乔树高昂着头，像是监视丘陵的哨兵，又像是在显摆自己的威风；槿条只能甘心做陪衬了，遍野的灌木把林地填得满满当当的。绝大多数的树已经卸妆，枝枝丫丫的在冬风中尤呈劲骨，不屈不挠地坚守在南山深处，尽托南山——福山的风骚。

蜿蜒的山径携我来到一座山的南侧，眼前豁然开朗，山坡上一片翠绿。一垄垄茶树从山腰直排下来，像一列列受阅的军阵，高约米半，宽有米余。垄间窄道是采茶女翩翩的舞池，是风姑娘调节茶林小气候的仙道，是茶农致富的阳关金道。茶树叶茂色绿，茂得健壮阳刚，生机勃勃；绿的深碧，秀色可餐。阳光一个劲地普照着，光合作用让茶树积蓄着巨大的能量，待到春归时，嫩芽脆脆生，我仿佛已闻到那浓醇香馨的气息，不禁舌生馋津了。

前几天下过一场透雨，茶林间道在中午明媚的阳光下有些湿滑，解冻的泥土散发着芳香；茶树根边，鲜嫩的小草已迫不及待地钻出脑袋来了，细径嫩得有些发白，叶儿小绿，稚气地依着茶树，像未见过世面的孩童见着生人倚在大人的腋下，那样的腼腆。忽有蜜蜂嗡鸣，在我眼前飞越，许是蜂儿感知到严冬后的春天就要来临，先行翩舞起来，寻觅早开的花蕊。敧道树旁，有一个身着华丽的红衣女子在专心地挖荠菜，小心翼翼的样子，娇娇滴滴，满脸祥和，阳光在她身边驻足、守护，幸福荡漾在她的脸上。荠菜为十字花科植物，是一种人人喜爱的食用野菜，营养价值很高，红衣女真会享受生活。阡陌明艳采荠女，万绿丛中一点红，她是大山深处春的使者，她的徜徉让南山熠熠生辉。

荡过茶林，引来犬吠声声，杉木掩饰着幽居，铁锹、钉耙、粪桶，柴竹、方桌、炊烟，这也许就是传说中的隐士雅院吧。东晋艺术家戴颙隐居在南山苍松翠柏之中，梁昭明太子在这南山深处建读书台编纂文选。润州到处皆幽绝，庭院前是大片的高高细细的水杉木，阳光束束地泻进来，暖洋洋的。一地银针似的黄叶上，群鸡悠闲，有的躺着晒太阳，有的啄食，有的还好奇地抬起红冠看看我这山外来人。花园中的月桂飘来清香，侧停的轿车展示着现代文明的辉煌。坐在桂花树下的石几上，对着石桌上的棋盘，遐想连连，真想与院主人喝茶下棋聊天，享受这仙境似的清幽。恋恋不舍、几番回望、不思归之情油然而生。

转过花园，寻淙淙流水声，谷中小塘旁养蜂人在抽水，塘面不像千岛湖、金山湖那样清洁无杂物，水草是自然少不了的，只是叶子已枯黄伏在水面上，枯叶下的水清澈见底，芦苇立在水面上，芦叶干枯，芦秆挺拔，芦花特别惹人注目，花丝细如发柔如线，白的亮锃刺眼，白的遭人喜怜，一串串的在风中婀娜地摇曳着，真想把她拥入怀抱带回家，抑或投到她的怀里，轻闭双眼，回味她的美丽，体味她的沁香。

水塘不远处，一靓女身着婚纱，摆弄着各式姿势，在这冬日的阳光下娇艳无比，摄影师真会选景：与芦花合个影，与丛槿亲密相依，相拥在樟树下，合抱松树，牵手漫步在山岚，冬的苍茫为背景，冬的劲节作画布，冬的豪情表情怀，冬的希望写人生，欢乐泻满南山，幸福溢满福山，永结同心，百年好合，张张玉照，把青春永驻心田。

信步在南山深处，呼吸着清新空气，晒着骄阳，筋舒血活，心旷神怡，顿生敬意。”

“毛碧娇，原来你还是个文人，看走眼了。”何洁扬开心地说道。

“因为我经常在外面陪客人就餐，回家当然就晚了，一次、二次、三次，丈夫还能容忍，可是时间长了，流言蜚语就传到我丈夫耳朵里，在一次宾馆开房结账时被丈夫抓了个现形，丈夫把我的领导打了一顿，由于气愤，下手太重了，造成领导骨折残疾了，丈夫一怒之下与我离婚了。”

“唉，都是我的不好，让丈夫流泪了，让他心碎了，让他有了牢狱之灾。”

“我在上大学时就把陆羽的《茶经》研究个透彻，对茶道知之甚多，我在机关办公室时，有时即兴也会展露几手。”

“唉，成也萧和，败也萧和，就是因为我长得美丽，展示茶道技艺时又是那样的让人心醉，我被某个市领导看中了，成了他的地下情人，要是我不会茶道，长得平常，也许我会过着人上人的生活。”毛碧娇想起往事，心中有种切切的恨意，恨自己路没有走好，一时贪图虚荣，一时贪图享乐。

离婚，丈夫又因为自己的风流之事入了狱，机关里的言语和眼神就像双刃剑，时时射向她的胸膛，让她心里汩汩地流血，她无脸在机关上班，也无颜面对公婆和乡邻，更是对不起生她养她含辛茹苦地把她养育大学生的父母。家乡是呆不下去了，她愤然离开了家乡，离开了她的梦想成真的地方，离开了她心爱的事业，来到了江心市，尘封起自己的往事，做了一名茶座服务员。

“海水不可斗量，人不可貌相。”何洁扬心里叹服着，毛碧娇的过去经历，自己又何尝没有呢？红颜自古多薄命，女人必须要自强自立，才能在社会上立足，才能有尊严地活着。

“今天是最后一次在怡心园为新疆客人表演了，今天你表演吧，”何洁扬说道。

“行，我来试试。”毛碧娇应答道，她与何洁扬一起走进早已聚集等候的人们的怡心园家里。

“让我先来给大家介绍茶圣陆羽吧。”毛碧娇抑扬顿挫地讲起来。

茶圣陆羽，名疾，字季疵，号意陵子、桑苎翁，又号“茶山御史”，毛碧娇像个教书先生，把陆羽的名字进行了详细叙述。

陆羽一生嗜茶，精于茶道，以著世界第一部茶叶专著——《茶经》而闻名于世，对中国和世界茶业发展作出了卓越贡献，被誉为“茶仙”，尊为“茶圣”，祀为“茶神”。

陆羽对茶叶有浓厚的兴趣，并长期实施调查研究，熟悉茶树栽培、育种和加工技术，擅长品茗。

唐朝上元初年（公元760年），陆羽隐居江南各地，撰《茶经》，一共三卷，成为世界上第一部茶叶专著。

《全唐文》中撰载有《陆羽自传》，曾编写过《谑谈》三卷。

陆羽开启了一个茶的时代。

毛碧娇、何洁扬精心地为新疆客人表演着茶道，一丝不苟的样子，让客人们赞赏不已。人们惊诧眼前的美妇人，江南秀水养育一方人，江南女人身上体现出的特有温柔魅力，吸引了客人们的浓情蜜意，愿意和她们待在一起，天南海北地侃说。江南美妇人的欢声笑语，荡漾在让久居边远地区的人们的胸中，他们幸福着她们的幸福。

七十

范松萍与吴珂从青海回来后，心情久久难以平静，30大几的老姑娘了，是应该嫁人了，再迟就不好说了，吴珂、杨天一在她脑海里时起时落，还有别人介绍过的，以及自己谈过的男人的嘴脸在她脑海里浮动，谁让自己清高的呢？遇上一个还希望下一个更好，等她回头看看时，他们早已成为别人的新郎了，而自己依然是孤身一个，现在这个岁数，想找一个没有结过婚的处男，那是异想天开了，如果男人到这个年纪还没有娶媳妇的话，那他要么是弱智，要么是有病，真正是为了寻找爱情而延误下的，那真正是人类奇葩。

范松萍不敢想去找个没有结过婚的男人，当吴珂向她表白爱情时，她的内心是荡起了涟漪的，她的心潮澎湃起来。

“喂，范松萍，最近不带队出去吧？”吴珂殷勤地打来电话。

“下个月还要出个短差，不是很远，主要是学生。”范松萍回应道，“你在哪里？”

“我在公司呢，下午有事吗？如果没有事，我请你喝茶聊天吧。”吴珂热情地说道。

“好吧，反正下午我没有事，去哪儿？”范松萍轻松地低问着。

“你选吧，女士优先，我不在行。”吴珂谦逊地说。

“那我们去江心小吧吧。”范松萍眼前浮起那个小吧的风情，“那里条件不错，有情调。”范松萍本来想说到江边怡心园的，可是一想，不对，那儿已经客满了。

“好的，我们约好 2 点到，行吗？”吴珂约会范松萍心里还有点紧张呢。

吴珂、范松萍准时到了江心小吧，他们要了间雅座，点了一些点心，一壶碧螺春，她们不像小情人那样躲躲闪闪的，想说什么就说什么，敢爱也敢恨，说的爱的恨的全部在玩笑之中。

“范松萍，怎么到现在还不找个男人结婚？”吴珂嬉笑地盯着范松萍看，模样俊俏的范松萍是那样的可人，他怎么也想不明白，她还是一个单身光棍。

“好男人经不起诱惑，全被别的女人抢跑了，本姑娘没有力气，挤不过那些浪劲十足的疯女。”范松萍说完哈哈大笑起来。

“那你为什么要和老婆离婚了，是不是外面有了小三？中央电视台向全国人民忠告的，你都忘了？”范松萍一本正经地问道。

“什么忠告？”吴珂一时想不起来忠告是什么。

“外面彩旗飘飘，家中红旗不倒，你家里的红旗怎么倒下了？是不是外面的彩旗迷昏了你的双眼了？”

“哪里，我没有彩旗，是我性格软弱，被家里的红旗相欺了，我无奈，只好劳燕分飞了。”吴珂心里一下子黑暗起来，老婆性格开放，活泼可爱，可是活泼得过了头。她喜爱跳舞，吴珂就陪她去跳；她喜爱唱歌，吴珂就去订包间，约来好友一起去嗨，可是终究是关不住人心的。

“我没有当这江洲集团经理之前，是江上柳器厂的厂长，一个小厂，几十号工人，农副产品价格低，产品又不被人们所认知，与其说是个厂长，还不如说就是一个小队的生产队长。老婆说我不善经营，不是个企业家的料，说我是个猪脑袋，她恨铁不成钢，她有她的情人了，这件事已经不是秘密了，你说我怎能忍气吞声呢？”吴珂倒也不假装，一五一十地把他老婆的光荣经历都讲出来。

吴珂的老婆就是明月村的宣传委员徐香琳，徐香琳比吴珂大两岁，结婚后育有一个女儿。等女儿大了，徐香琳就把女儿交给吴珂管，自己在大队里唱歌跳舞，与舞伴谢海洋好上了。

徐香琳带她的好友薛丹丹去唱歌，谢海洋又瞄上了薛丹丹，五六次唱歌后，谢海洋与薛丹丹缠绵在一起了，把个徐香琳气得直骂。可是，谢海洋又不是她徐香琳的专属，她也没有办法。好在薛丹丹也不想独霸谢海洋，徐香琳与谢海洋在一起的日子还是很多的。

好事不出门，坏事传千里。徐香琳与谢海洋的事在他们村里传开了，风声传到吴珂耳朵里，男人的尊严受到极大的污辱，再柔弱的男人也会受不了，吴珂很快就和徐香琳分了手。

“这就是我的故事，不要笑话我。”吴珂在讲完后怔怔地看着范松萍。

“原来你也是个铁骨男儿。”范松萍听完他们的故事后，第一反应就是这“铁骨”这两个字。

“你上次讲，要我在你和赵启航之间搭一个桥，我看赵启航不像你们所想象的那样，事实上，他可没有从事他原来的产业，他是在全新地摸索新路子，他要带领农民们走在富裕的康庄大道上。”范松萍凭她与赵启航打交道这么多年的印象，还是坚持自己的看法。

“这一点，我也相信了，听你的，我不会与他作对，不会影响你和马子涵的关系的。”吴珂高兴地说道，他相信范松萍的见解，“其实我姐夫李全才也相信赵启航不会对江洲集团下手的，他曾对我讲起赵启航的事来，说他一心只在江边，无意城里的事了。”

范松萍见吴珂对赵启航没有了敌意，心中阳光起来，她与马子涵是同生共死的姐妹，马子涵已经与赵启航订婚了，自己不能因为与吴珂相处而影响了她与马子涵之间的关系。

“你那个宝贝外甥女李慧娟近况怎样？还是那么凶不讲理吗？”范松萍问

道。

“还好，她脾性改了好多，就是人不如意，时常独坐痴想，人也变得消瘦了许多。”吴珂心疼李慧娟，想要让她尽快调整好心态，开心地生活下去。

吴珂与范松萍东拉西拼，谈天说地。夜幕已然降临江心大地，霓虹灯闪耀着彩色的身姿，装扮着江心城市。范松萍与吴珂走在这五光十色的大街上，心情明艳，神澄气爽。

七十一

徐香琳这几天一直在忙着她的文艺排练。

“喂，薛丹丹，在哪？今天上班吗？如果没有事，我们去唱歌吧。”徐香琳在心里一点也不和薛丹丹争风吃醋，反而她们两个倒像是狼狈似的，搭档好得很。

“今天我多约几个人去唱吧，我这儿有田明兰、秦荣书记还有闻小凤，你那儿有几个人？”徐香琳开心地说道，她今天可以大摇大摆地和秦荣书记一起去唱歌，是因为赵启航的新疆客人快要结束他们的旅程了，文艺互动就在眼前，书记说了，现在要加紧再排练，争取把星月亲水文艺会演成功。

“我这边没有几个人，不知道冷三有没有时间，他最近比较忙，说是接到一笔大业务，在加班加点忙设计呢。要不我把陆曼曼叫来吧，虽然她不要脸，总是缠着冷三，但是她的歌确实唱得好，而且舞也跳得好。”薛丹丹这时还挺大方的。

“干脆把马子涵、范松萍也找来，大家在一起好好乐乐，”闻小凤建议道，“把她们列为演唱编外队员，应急用。”

“全是女的，唉，如今的男人只会赚钱，不懂得花钱，男人有钱就会变坏，真希望自己的男人没有钱多好。”田明兰忧忧地说道，大家哄然大笑起来，“女人变坏就有钱，这句你怎么不说呢！”

“男人没有本领忙钱，那男人还有什么用？养家度日子需要钱吧，你说做什么不要钱？你还怕钱多得用不了，真是有钱人不知没钱人苦恼啊。”徐香琳打趣道，见田明兰最近的话语少了很多，徐香琳故意和她抬杠。

秦荣、徐香琳、闻小凤、田明兰、马子涵、范松萍、薛丹丹，陆曼曼八个人齐聚在白黑蓝歌厅，欢快地唱起歌来。秦荣今天特别开心，“这么多美女围绕在我身边，我仿佛比贾宝玉还要贾宝玉，”说完哈哈大笑起来，“看看你们一个比一个美的样子，让我眼馋了。”秦荣书记和大家开着玩笑，拿起话筒，先开了头。

时光匆匆，快乐的时光总是不经意间迅速地遛走。半天时间在他们唱兴刚起时已悄然过去，时光匆匆，快意人生，幸福安详的生活人人都向往，个个都想法子得到满足。

“让赵经理破费怎样，我们这都是为了他的新疆客人才拼命地唱啊跳的。”范松萍看了一眼马子涵，起起哄来。

“喂，赵经理，我是秦荣，我们在为你流血流汗的，看我一个人应付 7 个美女，你说我是多么的辛苦，你得请我们吃饭。”

“好啊，秦书记，你们在白黑蓝歌舞厅，那就到江心食府吧，那儿也有音响，你们吃过饭后，再在那儿疯吧。”赵启航打电话订了餐桌。

晚上，赵启航打电话给何洁扬，让她到江心食府吃晚饭。

何洁扬想到了毛碧娇，干脆也把她给叫上，反正迟早要见赵启航的，还不如就在今晚，何洁扬与毛碧娇一起赶到江心食府。

大家刚坐下，秦荣又发话了，“哈哈，今晚是什么节目呢？一个赵启航，带了九大美女，你太有艳福了吧！”

马子涵紧靠着赵启航坐着，秦荣坐在上手位，徐香琳、薛丹丹、陆曼曼依次而坐。范松萍坐在马子涵这边，余下依次是闻小凤、田明兰、何洁扬、毛碧娇。徐香琳介绍了薛丹丹、陆曼曼，何洁扬介绍了范松萍、毛碧娇还有闻小凤、田明兰，马子涵、赵启航、秦荣大家都很熟，就不用一一介绍了。

“我们这儿有一个才女，”何洁扬把毛碧娇隆重推出，“她不仅文章写得好，还得过奖，她还有一手的茶道绝活，晚上我们给你们表演茶道艺技吧。”

大家见毛碧娇肤色润白，脸盘姣好，谈吐得体，一看便知她是一个人物，秦荣的眼光直了，他悔恨没有坐到她身边，“陆曼曼，我们换个座位吧，让我坐到美女身边去。”秦荣就是会开玩笑，有他在，气氛一定会十分的热闹。

“毛碧娇是我们茶道队的顶梁柱，请大家今后多多关照。”何洁扬说完，有意看了一下赵启航。

“认识你，很高兴，我是赵启航，欢迎你加入星月亲水。”赵启航举杯遥祝毛碧娇在星月亲水过得开心。

赵启航见毛碧娇长得好看，人也稳重，话语不多，慈祥面善，李全才能找到这样的一位红颜知己也值了，毛碧娇看上去比吴丹青可人多了，这下李全才可以过一个安稳的日子了，赵启航在心里为李全才叫好。

“来，我敬赵经理和马总俩人一杯，郎才女貌，早点结婚，早得贵子。”秦荣与马子涵、赵启航又嬉闹起来。

大家有说有笑地敬着酒，欢乐的氛围，让大家都有好心情，个个脸上洋溢着幸福的光彩，马子涵是今晚最幸福的，她有丈夫在身边守着，她的娇柔，赵启航神会心领着。喜得一心人，白头不相离。

“小妹妹，在江心市有没有可心人啊？”秦荣端着酒杯转到毛碧娇身边来敬酒闹笑。

“有了，当然有了心上人了。”毛碧娇坚定地回答着秦荣，堵住他的嘴，让他说不出下面的话来。

“唉，可恨自己生不相逢时。”秦荣又自闹起来，与陆曼曼碰了两杯，又与范松萍闹腾起来。徐香琳、薛丹丹俩人坐在那儿等秦荣敬酒呢，可是秦荣好像忘了有她们俩人存在。

男人的心都是黑的，良心被狗叼走了。徐香琳、薛丹丹在心里骂着秦荣，但她们还是十分开心的，“赵经理，我们算不算是你星月亲水的部下呢？”薛丹丹笑问道。

“对，对，我们是不是星月亲水集团公司的一个部门？”徐香琳也笑着大声说道。

“这个得问问我们的田明兰经理了。”赵启航见田明兰一直坐着，很少讲话，就把球踢给了田明兰。

“田明兰，我们组织一支文艺队，名字得叫得响亮才行。”闻小凤爽快地说道。

“叫什么好呢？”田明兰自言自语道。她抬头看了一眼赵启航，见赵启航怪怪地笑着，脸一下子红了起来。

“兰姐姐还害羞呢，脸都红了。”马子涵不失时机地打趣着赵启航和他的兰兰妹。

大家你一言我一语地议论起来，就叫“星月亲水长江吟”吧，毛碧娇轻轻说道。“有诗意，大方，得体，适合星月亲水之意，我看行。”赵启航评论着毛碧娇出的队名，赞许毛碧娇的敏捷思维。

“那我们就以星月亲水长江吟为队名了，我们要唱反映时代发展的进步歌曲，还需要讲文明，让我们星月亲水长江吟越办越好。”田明兰说道，“我看这支星月亲水长江吟，就由徐香琳来领头吧，你做团长最适合。”田明兰建议道。

“我也有这个意思，想请徐香琳出任‘星月亲水长江吟’演出团团长，大家看好不好？”在赵启航的鼓励下，徐香琳当上了演出团团长。她的团员有秦荣，陆曼曼、薛丹丹、毛碧娇、何洁扬、闻小凤、田明兰、孔含笑、另外还有两个机动人员马子涵和范松萍。

“为我们星月亲水又正式多了一个团队干杯。”赵启航站起来向大家敬酒祝贺，“文艺的力量是无穷的，希望你们利用业余时间，多加排练，常言道：台上一分钟，台下十年功，预祝你们旗开得胜，生命常青。”

七十二

兰町在新疆又有了新进展。他对旅游有了新的看法，旅游，就是出门看亲戚，有主动去看，也有被动去看。主动总比被动好，一地的风景现在可以视频传送，也可以现场实录。一张蝶片，就可以容纳好多座城市、地方的名胜、古迹了。如果就是为了赏名胜，览风景，就没有必要旅途劳顿了，坐在家里，一样可以看世界各地的奇景异风了。

旅游，从一个城市跑到另一个城市，上车睡觉，下车拍照，名胜古迹，到此一游。浪费时间，浪费精力，浪费钱财，也浪费了感情。

兰町和虞雪莲回新疆的飞机上，讨论着赵启航的怡心园。

“怡心园最大的特点，就是那一间间院落，有种回家的感觉。”虞雪莲回到江心市，到怡心园父母住的小院去过。经过星月亲水门卫处，无人值守的门卫，形同虚设，然而，他便是星月亲水的灵魂所在，“这一方天地是我的，我心自由自在”；怡心园门楣，竹楣轻灵，龙飞色舞，鲜花簇拥，入内者热肠烈心、倍感亲切；进入庭院，盆景醒目，香气沁人，不大的厨房，让人真正地感觉到“游子归来了，我到家了”；打开房门，室内一览无余，一张床，一个挂衣柜，一张方桌，四张凳子，一组沙发，茶几上赫然置放着一套茶具，墙角有一间卫生间，窗外便是波光滟滟的湖塘，隐匿在绿荫丛中；再向远处看，便是外江堤，江堤外面，就是华厦之魂——长江。怡心园的家简洁明了，温馨自在，没有夸张的豪华，没有伪装的静谧。

父母在江心市的家是那样的小巧玲珑，环境优雅，空气润湿，江滩湿地让父母整天像个孩子似的，老父亲又可以大显身手了，他的散文又要进入另一种境界了。虞雪莲心里暖融融的，想象着父母蹬蹀在江边的心情，一定是怡人的，一定是澄明的，一定是无忧无虑的。

“你看我还带来了星月亲水的宣传画册呢，风景多美啊，这是你的家乡吗？这是江心市吗？这分明就是人间仙境，是天堂。”虞雪莲学着她爸虞杰豪抒情，她倍觉文思涌动了。

“兰町，我们回到新疆，你看怎样宣传星月亲水呢？”虞雪莲轻轻问道，兰町是她今生也看不够的，天天看到才心安理得，兰町是她虞雪莲的天，要不然，他怎么会跑这么远，来到她的身边呢，这不是上苍安排好的姻缘吗，虞雪莲每每想起，心中都有一种自豪，今生遇见他兰町，终身无憾矣。

“我们直接去找新疆最有名的旅游公司，把我们江心市星月亲水怡心园推介出去给他们，等于主席他们回来后，他们便是最优秀的怡心园推介大师。”兰町的豪情又上来了，他自认为自己就是当领导的料，他有这个才能，他也十分努力向上，可是，多情总被无情恼，他在官场失败了，他是败给谢玉环的，他是败给仲高旺的，他是败给李全才的，准确地说，他是败给兰町自己的。

任何人都不能被别人打倒的，只有自己才能让自己倒下。

“好，我们回去后就去办这件事。”虞雪莲性子直，心眼好，她不会钩心斗角，也不愿意被虚伪左右。

兰町和虞雪莲来到克拉玛依“风情旅行社”，张建国经理热情待了他们，虞雪莲当然会讲一口地道的新疆话了，维吾尔语讲得特别好听，她生在新疆长在新疆，她是喝着白杨河、克拉苏河里水长大的。

虞雪莲把星月亲水画册递给张建国，张经理翻了翻，“全是风景画，没有名胜古迹，要看风景，来我们新疆啊，全世界的风景也没有我们伊犁好。”张经理快人快语，直来直去。

“张经理有眼力，你再仔细看看，那里的风景，以灵秀为美，水，才是这本画册的灵魂。”兰町看着张经理淡淡地说道。

“新疆以旷达为美，克拉玛依以黑山为美，有最瑰丽的雅丹之美。新疆是个好地方，所以我来了。”兰町为新疆辽阔的地域而自豪，他从心里喜欢新疆，喜欢她的辽阔，喜欢她的旷达，喜欢她的纯朴。

“千年成活、千年不倒、千年不腐的胡杨，那醉人的黄啊，让人激动万分，欣喜若狂。胡杨，那是金色的胡杨，鹤立在大漠上的胡杨，在戈壁夕阳下，浑身披上了金光，十分的招摇。”兰町眼前忽然浮现出胡杨来，那是他终生难忘的黄。

“你对我们新疆感情还挺深的嘛。”张经理开心地笑着，他最喜欢别人赞美他的家乡了，赞美克拉玛依，赞美新疆。

“我们江心市，以秀水灵巧为美，我们怡心园以居家怡情为美。休闲、慢生活是人们的向往，我们努力打造怡心慢生活圈。”兰町突然总结星月亲水怡心园是个典型的慢生活场所，原来赵启航的星月亲水怡心园的精灵之所是慢生活，兰町打心底佩服起赵启航来。

“张经理，你认识我们的工会于主席吗？”虞雪莲柔声地问道。

“你说的是于啸主席吗？对了，他就是去江心市的，这边组团还是我帮的忙呢。”张经理笑眯眯地说道。“他们一行有 54 人，说是去江南游玩，要去江心市，我查了半天，江心市的旅游资源根本没有优势。”张经理看着眼前的两位中年人，“于啸主席是你们的什么人？”

“我是油田职工，他是我们的领导，我叫虞雪莲，他叫兰町，来自江心市。”虞雪莲说完挽着兰町的胳膊，看着张建国窃窃地笑着。

“啊，你是小雪莲？原来你是虞雪莲，都认不出你了，你小时候，我还抱过你呢，你爸虞杰豪是我的老朋友了，他教书，我旅游，每次我回到新疆都要讲故事给他听，后来他结婚了，我去了北京，我们这一分别就是35年，后来，我又回到了克拉玛依，这不，开了这一家旅游公司。”

“等你爸回来，看他的游记，我就知道你们讲的是不是名副其实了。如果江心市真的有你们讲得那样浪漫，我就想法子把想去南方旅行的游客带到那个叫什么，对，江心市，到你们星月亲水怡心园去。”

“我的朋友在江心市也开了一个旅游公司，她也可以与你合作，她的一眼望去旅游公司，名字多好听，真情真性，旅游，就是让人们开阔视野，怡然自乐。”兰町已经知道了马子涵与赵启航订婚的事了，不失时机地推介一眼望去，他忽然想到，让赵启航、马子涵到新疆来度蜜月，到时我们又可以聚在一起多玩几天了。

“一言为定，张叔叔。”虞雪莲没有想到此人还抱过自己，怎么一点印象也没有呢，还是等父亲回来好好问问吧。

“虞雪莲，我怎么对旅游业突然感兴趣起来了？看来我可以做旅游公司之间的中介了，这肯定是一个很好的职业。”兰町异想天开地笑起来。

“我们到敦煌去看雅丹地貌吧，”兰町想起克拉玛依迷人的雅丹地貌，他想旅游，“我们去甘肃。”

茫茫戈壁滩，不亲临是想象不出一马平川样子的，也无法领略它的旷达和苍寮。纵有千军万马疾驰，也绰绰有余。一眼望去，广阔平整，无边无际，戈壁的尽头与天紧紧相拥，骆驼刺点点簇簇，大片大片的仿佛要将戈壁滩装扮成绿洲。

西出戈壁滩上的明珠——敦煌后不远，兰町、虞雪莲眼前就一亮了，第一感觉戈壁滩没有想象中的荒凉。

大巴车在戈壁大道上奔驰，砂石渐渐多起来，黄土越来越少了，戈壁滩的颜色丰富起来，泥黄渐深，砂石隐见红、白、灰、紫、黑，鸣沙山有五色彩沙，想不到在这茫茫戈壁滩上还有这五色沙砾让兰町兴致勃勃起来，单调的戈壁风景有了别样的情结；骆驼刺稀珍起来，小小的越发短瘦；黑黝黝的远山，还以为要进入煤矿了，黑山在阳光下有点刺目；没有生命的迹象越发明晰，飞鸟当然是找不到的，骆驼呢？也不见踪影，传说在这茫茫戈壁滩上曾出现过骆驼，眼前是没有的。车子刚刚前行了一小时许，心中便没有了先前的念想了，车身下不是草原，不是沙漠，而是没有生命迹象的茫茫戈壁滩。

历史的风刀把昔日辉煌的玉门城堡削得面目全非了，几株胡杨让虞雪莲活泼起来，千年不死千年不倒千年不腐的胡杨一下子醉了兰町、虞雪莲的心。车子颠摇着出了玉门关向西北续行，雅丹地貌的诱惑放在一边了，满眼的戈壁风光，让人思想放飞，奇思着有一只飞鸟突然出现在视野里，一只走兽欢蹦乱跳的在眼前遛过，哪怕有一株参天大树也好，其实能有一棵小小胡杨也能让戈壁风光旖旎起来。黑黑的柏油路孤独地向前伸去，好像要一直伸到天上去，带兰町去寻找月仙子来这戈壁滩上嬉耍，唤醒这寂寞的戈壁。

汽车在河西走廊——戈壁滩上静静地奔驰，怕是惊扰了戈壁的美丽沉梦。戈壁为蒙古语言的音译，意为地表布满大小砾石、石块的荒漠。一般无植物生长，主要由冲积、洪积砾石或残积碎石覆盖而成。水草丰美、“塞上江南”的黑河流域逐渐被沙漠化、荒漠化，形成了今天的静默。

车上的旅客大多睡着了，歪歪斜斜的，在梦中去欣赏这戈壁美景了。司机师傅卖劲地拨弄着方向盘，娴熟地开着他的爱车；清醒的还有兰町，兰町学中文的，他先前在新疆转了不少地方，他是不想失去置身戈壁、欣赏戈壁风景这千载难逢的良机的。双眼紧盯着窗外的戈壁，沙砾、黄土、平川、远山在我眼里都是风景；车子行进戈壁越来越深，只能偶见骆驼刺，还有阻砂高手——低矮的红柳；想象着这戈壁地下是否有宝藏，有石油吗？也许有呢，也许还十分的丰富；想象着祖国的阔广可爱，若干年后，这里也许会热热闹闹起来的，建设城市，发展工业，或许会跃为最佳旅游胜地呢，心中满是自豪与期待。

天空云很多，有厚有薄，太阳旅游去了吧，许是去了南国度假去了，只留下缕缕光线牵挂着千里迢迢而来、好奇着戈壁风情的人们。风是呼呼的，但是没有领略到劲风，有点遗憾。戈壁的平坦是风的杰作，气象人在大漠深处顽强地建起了自动气象站，记录着戈壁的温湿压风、降水和蒸发量，还有光强度，为研究治理利用戈壁积聚珍贵的气象资料，戈壁变成绿洲也许真的有一天能实现呢。而今，甘肃西洞镇画就了建“千亩食用菌种植示范园”的蓝图，石头滩里生长出白生生的蘑菇已成为现实，寸草不生的戈壁滩流淌着收获的希望了。

兰町神游在广袤无垠的戈壁之中，心胸开阔起来，眼界高远起来。远处的白云亲吻着戈壁，米余高的“龙卷”打着转转，像试验室里的模拟，嬉耍着称奇的人们。

兰町欣喜着河西走廊的辽阔与神奇，体会甘肃人把这茫茫戈壁叫作“西湖”的意境与期望。

兰町曾独自去过克拉玛依的雅丹地貌，被誉为世界魔鬼城，又名乌尔禾风城。在那里，他第一次看见雅丹地貌的真容。

位于准噶尔盆地西北缘，克拉玛依市东北部乌尔禾区境内，距克拉玛依市约 100 千米，呈北西—南东走向，整体面积约 120 平方千米。其中景区长约 5000 米，宽约 3000 米，面积约 15 平方千米，地面海拔 350 米左右。

景区内地表沟壑纵横，岩层千姿百态，属于典型雅丹地貌，是世界著名的两大雅丹地貌之一。因该地处于风口，四季多风，每当大风到来，黄沙漫天，故称“风城”。又因大风在群岩间激荡回旋、凄厉呼啸，如同鬼哭狼嚎，令人毛骨悚然、惊恐万状，继而成为奇观美谈，故又得名“魔鬼城”。

多年来，魔鬼城吸引了世界及全国各地众多游客旅游观光。

2008 年 11 月，魔鬼城景区被命名为国家 4A 级旅游景区。2009 年，被评为新疆维吾尔自治区优秀旅游景区。

兰町在游完甘肃的雅丹地貌，在回去的车上一直想着克拉玛依旅游的事，他要请赵启航、马子涵，还有施广发、何洁扬他们来新疆玩，来克拉玛依住上一个月，他要带赵启航他们去体验世界 50 大鬼城之一的乌尔禾风城的魔力。

他要带他们去白杨河谷地，领略那里的自然风光。

白杨河谷地是白杨河水库至乌尔禾区之间的一段河道谷地，为东西走向，由白杨河水冲积而成。峡谷全长 24 千米，两侧河岸陡峭，陡壁险峻，岸高 20 至 30 米不等，河谷水面 5 至 10 米。

河水曲曲折折沿谷地蜿蜒而下，历经亿万年的风雨剥蚀，形成了如今千奇百怪的形状。

水流两侧是茂盛的胡杨林以及灰杨、毛柳、尖果沙枣、铃铛刺、蔷薇、白刺、甘草、芨芨草等灌木杂草。野鸡、野鸭、野兔、黄羊、狐狸、狼、鼠等

野生动物出没其间。谷内绿地覆盖面积达 60% 以上，整个峡谷犹如一条翠绿长廊，是旅游休闲的理想之地。

要是田风、田野、田江海、田明珠一起来游玩该是多好啊，兰町梦想着。

七十三

冷三这几天忙坏了，整天待在他的三雅公司修改设计方案，厚厚的一叠设计平面图、效果图，还有预算清单堆在他的面前，他今天要去见朱恩平局长，洽谈合同的事宜。

朱恩平局长接待了冷三，态度不冷不热，他对冷三是了解的，他的妻子陆曼曼是他的舞伴，他心中十分的不爽，他知道陆曼曼与冷三关系匪浅，肯定是陆曼曼把粮食局办公大楼要装修的情报告诉冷三的。

对于社会上的议论朱恩平也有耳闻，但是他不相信，他也不愿意相信，流言又总是让人心中很是不爽，当冷三搬出陈达夫时，他心里明白，他得罪不起陈秘书，更准确地说他得罪不起自己的顶头上司，任何一位市长只有心中对谁有了介缔，这个人的日子就不会好过。

这个社会就是不差人。

朱恩平不想因为自己的私心，把乌纱帽弄丢掉，只好把工程给冷三做。

朱恩平心中对冷三有些不爽，但是，冷三这人还是讲道上规矩的，出手不凡，他也就乐意放手，这也是对妻子陆曼曼的一点安慰吧，毕竟自己也有心上人，他对陆曼曼已经没有了激情，只是尽一份家中男主人的责任。

“你的报价总计 356 万，下浮 10%，你看怎样？”朱恩平放缓了语气，笑对冷三，他不愿意在冷三面前讨价还价，粮食局又不他朱恩平个人的，再说了，装饰资金有陈达夫帮忙呢，自己落得个好人。

“好的，就按朱局长的意思办。”冷三没有想到协议会如此轻松就谈成了。

粮食局办公室主任与冷三签订了装饰协议，“过几天你来拿预付款吧，预付款总价的 20%。”朱恩平吩咐道。

“谢谢朱局，请你们中午到江心食府聚聚吧，我打电话给陈秘书。”冷三约好了陈达夫，中午不见不散。

冷三与朱恩平面对面，虽然合同洽谈成了，但他也看到了朱恩平眼中的不满，甚至有点无奈，自己对陆曼曼用情太深，伤害了朱恩平。“那是以前的事了，不能再荒唐下去了。”冷三在心中不能原谅起自己来。

“祝贺你，老同学，你终于长大了，你有企业家的风采，我相信你的三雅公司一定能创造辉煌。”陈达夫喝着酒，开心地说笑着。

“朱局长，你成人之美，必有好报，我敬你一杯。”郭心仪举起酒杯，与朱恩平干了一杯，“你放心，我们会尽力为你们粮食局说好话的，你是一名有能力的局长。”郭心仪在酒席上谈笑风生。

陈达夫与郭心仪形影不离，他们是一对好搭档，好秘书，也是生活里的好朋友，郭心仪的大胆，陈达夫有时还真的有点害怕，毕竟他们都是有妇有夫之人，过分的亲密，在政府大院是很危险的。

“你们听说过星月亲水怡心园吗？”陈达夫卖弄起来。

“去年底，我们随欧阳市长视察全市重点工程时去过，星月亲水还是欧阳市长提的名字，那里就一江边公园而已。”朱恩平说道。

“现在的光景可不一般了，被赵启航搞成了休闲胜地，”陈达夫说起赵启航，脸上溢出兴奋的色彩，“那里清静优雅，是一所怡心养性的好场所。”陈达夫说话，眼光扫了一下郭心仪，郭心仪心知肚明，他们俩常以下乡调研、写文章为由，去过好多次怡心园，在那里，陈达夫与郭心仪有说不完的知心话，郭心仪更是欣喜，与陈达夫在一起，她的心总是激奋，她的情感世界完全释放，想说什么就说什么，甚至想做什么也由她当时之想可为的。

冷三自然不别说了，他带陆曼曼、薛丹丹，还有华春香，不知光临过多少回了，今天在这样的场合，他可不敢乱加评论，他的任务就是倒酒，敬酒，陪说，陪笑。

“朱局长，什么时候可以进场？”冷三敬着朱恩平的酒，兴奋地问道，他一旦喜欢上他认为可以做的事，就是一个工作狂，他想尽快进场施工，看看自己的劳动成果，获取成功的喜悦。

“下周吧，我让办公室通知下去，让他们这几天就搬出去，集中办公，你们要加紧施工，不要拖工期，要文明施工，单位人多嘴杂，不要让大家怨声蜂起。”朱局长喝了不少酒，讲话有点不利索了。

酒足饭饱之后，冷三又约朱局长及办公室的一帮人去洗澡休闲。陈达夫与郭心仪对了眼神之后，便离开了江心食府，到星月亲水驿站享受茶道去了。

晚上朱恩平回到家中，陆曼曼缠倚在他身边，“我加入星月亲水长江吟演唱团了，我们一共有 10 个姐妹呢，过几天要与新疆来客歌舞互动呢。”陆曼曼欢快地与朱恩平分享着她的快乐。

“今天冷三去把合同签订了。”朱恩平坐在沙发上喝茶，冷不丁地说了一句，他本来不想说起这事的，见陆曼曼今晚特别兴奋，满脸都是幸福的笑花，听着陆曼曼讲着长江吟演唱团的趣事，心头一热便把合同的事儿说了出来。

“哦，太好了，冷三是我的朋友，他为人还不错，舞跳得特别好，尤其是摄影技术高超，做老师让他整天无所事事，他现在做起装修业务来，务正业了。”陆曼曼显然更加高兴，把冷三赞扬了一番。

“嗯……”朱恩平本想说些什么的，到嘴边的话打住了，陆曼曼说到冷三眉飞色舞的样子，让他心头不愉悦，钱桂芹的身影在他脑海里浮现。人真是个怪物，他与钱桂芹在一起时，干劲十足，可是与娇妻陆曼曼相处时，显得力不从心。

陆曼曼因为开心，谈兴甚浓，倚在朱恩平身边磨来磨去的，像初恋时一样，满眼的风情悸恸，朱恩平多年不见的感觉又回来了，搂着妻子，在客厅里吻吮着。

陆曼曼热情似火，多年的僵持在今晚消融了，他们沉浸在幸福的海洋里，欢乐在滚翻的浪尖上。

七十四

赵启航与蒋爱民一直待在驿站办公室里，他们像是指挥千军万马的将军，在作战室里认真研究着设施农业的具体实施方案。

“蒋秀才，我们构筑一条十里长廊如何，长廊可以作为连接大棚的链条，把一垄垄大棚串起来，长廊是纲，大棚为目，一方面便于大棚管理，方便运输；另一方面，可以作为观光者甬道，为城里人来玩农场提供便利，还可以牵种葡萄、丝瓜，藤蔓之类，更重要的是可以减轻风灾，一举多得。你看怎样？”赵启航的思想永远超前，他能举一反三，统筹考虑。

“我看行，这次台风来袭，离江堤近的大棚损坏较少，离江堤远的，损毁较重，你这个主意很好，只要我们把长廊的位置选对，我们的大棚就多了一份安全，我们江边将又多了一条靓丽的风景带。”蒋爱民信心十足起来，“大力发展设施花卉、设施果园，为观光农业打下坚实基础，我们的农业经济一定会大幅度上升的。”

“大棚种植食用菌、草莓、绿色蔬菜，保证按季节供应市场；设施花卉大棚最好用钢结构加阳光瓦建筑，保证游客安全，保证花卉及时供给。”蒋爱民提议道。

“我看行，具体建设，我们请田明珠来设计、施工，这是我们设施农业三大计划中的堤内主要建筑构想，你整理一下，形成报告，我们还要请市里专家会商定笃。”赵启航安排蒋爱民着手按照他俩的想法去策划，把具体要求写清楚，好请人制作效果图。

堤内设施农业发展框架基本形成，赵启航、蒋爱民有了前进的方向，头绪清晰，他们分头行动起来。

赵启航找到田明珠，把他的十里长廊的构思讲了一遍，“这么大的工程，我看十里长廊就用钢筋水泥构架比较好，一方面安全耐用，另一方面成本低，工期快，易操作。”田明珠头头是道地讲起来。

“那你把尺寸形状好好考虑一下，最好画成草图，”赵启航与田明珠聊了起来，他忘了田明珠是个土八路，他根本就不会制图，“这个我不会，我知道怎样做，可是画图之类的，我可是个门外汉呢。”田明珠基本的施工图会看懂一些，这是他多年的经验积累。可是，让他画图比登天还难。

“没事，你把要求写下来，我去设计院找人设计。”赵启航忽然又有了新的想法，整个设施农业的建设，必须要有懂档案的人来收集各种图纸，才能对后续发展、推广应用有好处，他决定要聘用这方面的人才。

赵启航到设计院讲了自己的十里长廊构想后，把设计任务交给了他们。一周后，赵启航拿到了施工图、效果图的草图。蒋爱民经过三天的思索，把设施农业结构考虑进去，又把大棚方案的想法记录下来，交给设计院，很快效果图、施工图弄好了，交给了赵启航。

赵启航和蒋爱民又认真地写好实施报告，装订成册。

“哈哈，赵经理，跟着你干，我聪明多了。”蒋爱民喝着茶，和赵启航聊起天来。

“好你一个蒋秀才，明明是你聪明才智过人，还夸我。设施农业，你是专家，我听你的。我有你这样的盟友，是我的福气，这么大的工程项目，让你累坏了，再过几天，我的侄儿田建就来兴农园了，我让他跟着你干，你多教教他，让他尽快从书生变成老农。”赵启航谦逊地说道。

赵启航上次见到三嫂王玲美时，知道了田建的志向，他心里十分高兴，“田建，好样的，我的星月亲水今后就要依靠他了。”

“你可不能把他惯坏了，让他多帮帮你，你也要好好引导他，他一直视你为榜样，他与你也最亲呢。”王玲美很高兴儿子跟启航在一起奋斗，启航的为人她心里最清楚，他们兄弟四人中，数他赵启航最灵活，也最能经商。

“海哥怎么看？他同意田建到我这儿来吗，我知道海哥一心要让田建从事他的交通事业的，希望他能有一个稳定的职业，和他一样吃皇粮。”赵启航很敬重三嫂，三嫂有九婆婆的风范，言语不多，正心正人，中规中矩的。

“你三哥拗不过田建，他同意了，他把你的设施农业规划看了好几遍呢，他认为你走的路是对的，毛主席都说了广阔农村天地大有作为呢，田建他自己决定的事别人是很难改变的。”

王玲美把上次周军、韩阳珍、田江海、田建讨论赵启航的设施农业规划之事一一和赵启航说了，“对了，你哥还有周主任他们准备用自己的房产为你贷款呢。”赵启航听后，心潮沸腾，有海哥，他就什么也不怕，和小时候一样。赵启航在心里感激三哥三嫂、周主任、韩阳珍他们的恩情。

蒋爱民听到有大学生过来帮忙，心里自然是欢喜异常。

农民缺少的就是方向问题，一旦有人领路，他们的干劲比谁都大，比谁都能吃苦。

“好，我一定好好带他，现在的大学生们识多知广，接受新事物能力强，田建一定会比我更能干的。”蒋爱民真切地说道。

赵启航带着蒋爱民来到了陈达夫的办公室，“陈秘书，请你帮忙指点指点。”赵启航把他的设施农业具体实施方案向陈达夫详细地进行了汇报。

“很好，实施有创意，具体可操作。”陈达夫翻看起设计效果图，“欧阳市长一定会万分欣喜的。”

陈达夫带赵启航、蒋爱民去向欧阳市长汇报。欧阳市长认真看了效果图、实施报告，欣慰而笑，“赵启航，我没有看错你，短短半年时间，你把怡心园、兴农园、星月亲水搞得有声有色，很好，对你的投资值得，你大力发展观光农业，符合时代发展要求，你的设施农业规模让我们看到解决三农问题有了眉目。”欧阳市长笑呵呵地说道。

“好一个十里长廊，我们江心市有了风光旖旎的观景处了。”欧阳市长兴奋起来，“你把这套资料留下来，我要在常委会上为你宣扬，我们还要加大力度扶持你们。”

“设施农业星火计划项目快要批下来了，你们星月亲水榜上有名，你们要建好台帐，把效果图做成展牌，你们要成为全市三农建设的样板。”欧阳市长亲切地吩咐道。

“你们的食用菌异地培种的经验值得推广，你们的思维很开放，世界之大，也之小，地球变成地球村了，你们要大胆创新，走出三农建设的新路子来。”

“你们要做三农发展的带头人，领路人，你们放手大干，经费不足，我们可以向你们倾斜，这是政策允许的，也是国家支持的。”欧阳市长指示道。

赵启航得到市政府的充分肯定，决心更大，眼界更加开阔，他不仅要发展观光农业，他还要发展农副产品加工业，他还要在农业设施上大展宏图，他的目标清晰起来。

经过施工图会审后，赵启航来到明月村委会，“赵经理，你要的设施农业办公室已经为你准备好，两间，一间经理室，一间接待室，如果人多，可以用村会议室。”秦荣书记见到赵启航，高兴地引他先去看看办公室。

“条件不错啊，过几天再挂牌吧。”赵启航心里高兴起来，感谢村里的大力支持。秦书记办事还真是实在，想得也很周到。

赵启航向秦书记介绍了十里长廊观光甬道的构想，把效果图展示在秦书记等一帮村干部面前，“哈哈，我们明月村要发生翻天覆地的变化了，”村干部们议论开来，“赵启航，真有你的，你的胆子也太大了，是个干大事的人，你说怎么干我们就怎么做，要人有人，要力气有力气。十里长廊，我们明月村的全部江堤啊，好，这样没有后遗问题，你想得周到。”秦荣书记喜形于色，他这个土皇帝可以号令全体村民加入三农建设会战了。

“明天开始，我们去定址放样吧，把堤内河道改造与十里长廊一并加以建设吧。”赵启航说明了来意。

“我们全体村干部出动，协助你们划线定位。”秦书记干事利索，一点也不拖泥带水，他当即安排好了村干部下一阶段的工作。

十里长廊，设施园区，整体规划，分步实施，田明珠忙碌起来。

七十五

田明兰与徐香琳、薛丹丹她们天天在一起练舞唱歌。怡心园有施广发和郭小美管着，不用她操心了；赵启航正在和马子涵热恋着。

田明兰心下想：航航哥看来也不需要自己关怀呵护了，心中多少有些失落；大哥田明珠和嫂子王丽琴天天工作在承包建筑工地上，娘还是由嫂子王丽琴照顾着。

田风、朱秋艳的明月簁养鱼场，规模越来越大，渔场工人也有近 20 人，他们苦力活少多了，而且目前他们的主要责任是负责新疆客人的钓鱼安全。

闻小凤、胡红云、张媚她们在蒋爱民的帮助下，在馥馨园里，大批栽种着树木苗圃，她们的柳条方阵让人看着还想继续欣赏。

兴农园在蒋爱民的带领下，群众的热情很高。

驿站由何洁扬、孔含笑站着，工作有条不紊地开展着。

田明兰好像一下子失业了，有事没事就捧着手机给张小龙打电话，显然，她清闲得有点慌。

田明兰坐在九婆婆身边才会心安理得。

长江吟演艺团由徐香琳统领着，田明兰好像也只有这个团队需要她，她也乐意与她们在一起唱歌、跳舞散心。

离与新疆客人唱歌跳舞的日子越来越近，他们来到江心市，来到怡心园已经 50 天了，回疆的机票已经订好了。

长江吟演艺团得加班加点排练了，说不定哪天就要上演节目了，田明兰和徐香琳、薛丹丹她们在一起的日子更加多起来，除了唱歌跳舞，女人们在一起时，也是够风流快活的，言语刺耳惊心，男女间的事在她们嘴里好像没有禁地，张口就道来，也不害羞，田明兰本已封锁的心被她们几个闹泛得活络起来，对张小龙在外面更加不放心了。

这是一个开放的社会，是一个由穷变富的转型时代，是人们的思想大解放的时代。在这复杂的社会背景下，人心思变成了社会的暗潮，汹涌激荡。

其实，田明兰的担心不是没有道理的。上次张小龙没有对自己讲实话，她心里十分清楚，为了丈夫的颜面，也为了自己的命运，她没有揭穿张小龙，她的心胸有时宽广的很，肚量也大得很。

那天张小龙去退票时，还是给申雪映打了电话，说老婆突然空降了，不能去浙江了，让她自己处理业务。

“还不是你挂断手机之果？”

张小龙在申雪映身上得到了比田明兰更快乐的东西，让他收手，哪能那么容易。

这几天张小龙的银行卡里多了 20 万资金，他去银行查了一下，是自己的老关系户打过来的，他有些纳闷，怎么会有钱入账呢？最近没有预付款可打，也没有余款可催，怎么会有钱进来呢。

张小龙找客户去问原因，“张总，是你的产品销售款项，上次你带的那个小雪来办的汇款，她说你出差了，没有时间来结账，派她来结账的。”

张小龙想是不是申雪映弄错了，自己没有接那笔业务啊。他打电话给申雪映，“小雪，你是不是给我打了一笔款子？”张小龙问道。

“是我打的，那是你的所得，你上次没有时间来浙江，我给你办好了，我们讲好的，盈利对半分的，这次我们一共赚了 40 万多一点，我给你打去 20 万。”申雪映轻松地说道。

“我没有参与，无功不受禄，我不能接受这笔款项，”张小龙坚定地说道，“我要退还给你。”

“你怎么还？我们之间的感情债你怎么还？”申雪映牵强地回道。

“不好，那是你的劳动成果，我不能分你的辛劳之果。”张小龙坚持己见，要把这 20 万元退给小雪。

“张小龙，你现在在哪？”申雪映问道。

“我在郑州。”张小龙坦然地答道。

“那好，我今天刚好要到郑州来办事，下午见。”申雪映说完挂断了手机。张小龙怔在那里，见，还是不见？见了，对不起田明兰，不见，又对不起申雪映。心中矛盾着，纠缠着。

“还是当面把事情说清楚了好，免得缠绕不清。”张小龙最后作出了如此的决定。

“喂，张小龙，你到郑州新世纪宾馆来，我已入住 806 房间了，我等你。”申雪映一到宾馆，放下包就打电话给张小龙，约他在宾馆见面，然后洗好澡，坐在沙发上等张小龙。

张小龙匆匆赶到宾馆，敲开了 806 房间，见沐浴后的申雪映，清纯动人，长发披肩，水灵灵的美丽的大眼望着张小龙，樱桃小口红痕犹存，十分性感的内衣是那样的熟悉。张小龙怔住了，进退两难，待在门口。

“快进来啊，我会吃了你不成？”申雪映站起身，拉着张小龙入内，反锁上门。“小龙哥，看来你也是神清气爽啊。”说完双手勾住了张小龙的脖子，张小龙无法反抗，他也不想反抗，顺手环住了申雪映的小蛮腰。

两条有力的舌头缠在一起，申雪映轻哼起来，张小龙热血沸腾，冲动溢满全身，把申雪映轻轻抱起，两人在床上扭动起来。

“小龙哥，你是来还钱的吗？”申雪映笑意盈盈地说道。

“就你坏，小妖精。”张小龙再也无法克制自己，多日的相思，无法再兑现对田明兰的诺言，终于又一次拜倒在申雪映温柔的怀里。

天上有时还真的会掉馅饼！

“小龙哥，没有你的神助，我也跑不成那笔业务，小女子我知恩图报，那20万是你应得的，是你的就是你的，我不会黑心坑你。”申雪映柔声柔气地说道。

“我保证不再关你的手机了，也不跟你抢手机挂断，”申雪映似玩笑似认真地说道，“有你，我就足够了，我不是贪心的女人。”申雪映说完又投入张小龙的怀里，极尽温柔，极尽疯狂。

田明兰心神老是不定，也许是夫妻之间有心灵感应吧，张小龙与申雪映醉倒在温柔乡里时，田明兰唱歌走调，舞步零乱，她有点气极，跑到门外清醒了一下脑袋，深呼吸了几次，坐在椅子上休息，心还乱，神不宁，她拿出手机给张小龙打去电话。

张小龙正在兴头上，手机响了，拿起一看，田明兰的，他赶忙坐起身子，“喂，你在哪？”田明兰急促的声音响起，“我在郑州，有事吗？”张小龙小心地问道。

田明兰听到张小龙那甜美的男中音，心情立马好些了，“没事，就是想你了，你什么时候回来？”田明兰柔柔地说道。

“再过一周吧。”张小龙这次学乖了，没有说谎。

他们又闲聊了几句，问了平安、业务、生活之类，“早点回来。”“你在家等着我。”挂断了电话。

田明兰走进歌厅，继续唱起歌来，神清气爽，怡然自得，反正自己也没有什么事，江上柳器厂已经好长时间没有去了，自从赵启航回到农村，她知道后，就没有去上班，后来干脆辞掉了工作，一心要帮着赵启航渡过难关。她自己无法确定是出于什么样的心理，当然她是不敢想，这份心理就是爱极的一种表现，她在心底埋藏着一份爱，她对赵启航的一举一动，一笑一愁，都是那样的关心。张小龙、赵启航，这两个男人，在她心目中的分量谁轻谁重，她自己真的无法知道，也许她更在乎赵启航的一切吧。

张小龙被田明兰的电话吓了一下，“她怎么会这么敏感呢？”他在心里这样想着，见申雪映温柔的眼睛盯着自己看，张小龙周身血液循环加速，虽然深深地爱着田明兰，可是申雪映的出现，完全打乱了他原本安稳的心理防线，他无法抗拒申雪映给他带来的欢悦魔力，张小龙与申雪映又律动起来。

七十六

“马经理，一周后是你送团还是我送团？”范松萍来到马子涵的办公室开口问道。新疆旅游团二个月的休闲生活快要结束了，一眼望去旅游公司得要将客人安全送达机场，才能算是完成了接团的全部工作。

“范松萍，还是你去吧，新疆旅游团还是喜欢你。”马子涵最近忙于出境旅游事项，把国内的旅游事务几乎全部交给了范松萍。

“死丫头，最近听说你在恋爱了？”马子涵笑看着范松萍，自从自己情定赵启航后，她享受人生美妙的生活之时，她的脑海里还有一个人，就是范松萍，一起与她打拼六七年的老同学，为了事业，放下爱情，至今还是天空行马独来独往，马子涵内疚，没有照顾好自己的老同学。

“还不是为了你，”范松萍脱口而出，“你知道吴珂为什么突然组织职工到青海旅游吗？他要打动我，让我在你面前为他说好话，进而打动你，让你在赵启航面前为他说好话，叫赵启航不要对江洲集团下手。”

“怎么会是这档子事呢？不是要把你我夹在他们两个男人之间吗，就为一个李慧娟？”马子涵好像有点心事了，“那是他们男人之间的事，他吴珂可以直面赵启航，何必要走出这样的弯路来呢？”

“我对他反复讲，赵启航不是他们想象中的那样的小心眼，他有宽宏的气量，他更有一副菩萨心肠，他重情重义，他不会对江洲集团几千号工人下冷手的，否则，那就不是赵启航了，可是吴珂他们不相信，把我当作他们的救命稻草了，你说可笑不可笑。”范松萍皓齿一展，望了一眼马子涵。

“是啊，赵启航就是不念及李慧娟，也会念及跟他一起打拼十年的工友们的，启航是不会对江洲集团下杀手的。”马子涵十分自信，她看准了的绝对错不了，她的赵启航是个顶天立地的男人，不会做背后整人的奸佞小人所做的勾当的。

“经过这几周的相处，我发现吴珂也不是什么无能之辈，他又不是不择手段地取得江洲集团领导权的，是他姐夫姐姐让他来救场的，起初有人不理解，不相信吴珂的能力，在赵启航离开后纷纷重谋高就，现在好了，快一年了，江洲集团稳定下来了，吴珂得到大多数人的认同，公司运行情况开始好转。”范松萍对江洲集团是上心了，对吴珂有了别样的理解，脑海里时常有他的身影在晃动，她是真的爱上了吴珂。

“看你左一个江洲集团，又一个江洲集团的，是不是吴珂给你下了迷魂药了。”马子涵取笑范松萍，“上次我和田明兰聊到在哪上班时，田明兰提到了吴珂的，她说吴厂长这个人总体来说还是好的，属于好男人范畴。”

“找个好人就嫁了吧，”马子涵轻哼起来，她从范松萍讲到吴珂的神态中发现，这个死丫头已经爱上了吴珂了，“喜得一心人，眉头挂喜悦。”马子涵打趣着范松萍。

“唉，命中注定吧，我们姐妹俩的命是相同的，当初我无怨无悔地跟你来到江心市，想不到我们竟然是因为上帝安排了同样的命，天下那么多的男人，我们俩为什么偏偏就都爱上了离婚的男人呢？”范松萍感慨起来，旋即粲然一笑。

不是冤家不聚首。

马子涵、范松萍两个事业型女人爽快地笑起来，她们的笑，是出自内心的欢乐，是一种成熟的笑，是一种无怨无悔的笑。

“那就情定吴珂吧。”马子涵坚毅地说道。

“是的，他正是我这么多年来苦苦追寻的类型，像白娘子修炼三千年，情定凡间许仙一样，无怨无悔。”范松萍自嘲道。

“赵启航与吴珂两个男人，一定会成为好朋友的，退一万步讲，田明兰也不会让赵启航对吴珂下手的，赵启航事事都听田明兰的，我比田明兰幸运，是她把赵启航让给我的。”马子涵悠悠地说道。

“今天我们把吴珂叫来，和他把话讲开，怎样？”马子涵突发奇想，“我要为你们做大媒，当你们的红娘。”

吴珂应约来到了星月亲水驿站。

赵启航、马子涵、吴珂、范松萍在茶室坐下，毛碧娇为他们表演茶道。

“吴经理，江洲集团目前业务稳定，人心稳定，形势大好，谢谢你给几千号员工有了光明的前程。”赵启航开门见山，赞扬着吴珂。

“要说谢，我代表江洲集团三千名员工向你致谢，是你开辟了江洲集团的天地，是你让江洲集团在十年内一跃成为江心市第一大集团，是你把江洲集团打造成自动化生产集团，是你把员工打造成团结向上的团队，我吴珂何能何德，都是你赵启航打下的江山，我代表全体员工向你致谢。”吴珂说完，站起身来，向赵启航鞠了一躬。

“快别这样，吴经理，你是受命于危难，把江洲集团带上新的辉煌，我们都不讲这些了，请喝茶。”赵启航谦谦君子风范打动了在座的所有人。

“饮茶，始于神农，有 4700 年的历史了，以茶代礼，我敬你们这两位顶天立地的真男人”毛碧娇深情款款地向赵启航、吴珂敬上茶。

“茶之为饮，发乎神农氏。”毛碧娇展示着茶艺。

“在中国的文化发展史上，往往是把一切与农业、与植物相关的事物起源最终都归结于神农氏。”

“中国饮茶起源于神农的说法，也因民间传说而衍生出不同的观点。”毛碧娇讲起茶经来头头是道。

“有人认为茶是神农在野外以釜锅煮水时，刚好有几片叶子飘进锅中，煮好的水，其色微黄，喝入口中生津止渴、提神醒脑，以神农过去尝百草的经验，判断它是一种药而被发现的，这是有关中国饮茶起源最普遍的说法。”

“另有说法则是从语音上加以附会的。”神农有个水晶肚子，由外观可见食物在胃肠中蠕动的情形，当他尝茶时，发现茶在肚内到处流动检查，查来查去，把肠胃洗涤得干干净净，因此神农称这种植物为“查”，再转成“茶”字，而成为茶的起源。

“大腹能容，容天下难容之事。”赵启航、吴珂两个男人哈哈大笑起来。

赵启航直到现在心头的一块石头终于落地了，他不再有愧跟他风里在来雨里去的江洲集团的几千员工了，他走得匆忙，没有来得及安排好接管人，虽然人已离开，可是他一刻也没有忘记江洲集团发展情况，他还向陈达夫打听过消息，准确把握江洲集团真实的经营状况。

吴珂悬着的心也终于安稳了，正如范松萍所说，赵启航是个翩翩君子，为人光明磊落，他看到了赵启航对江洲集团的情深意切，深深被赵启航的高风亮节所感动，“来，赵经理，我敬你一杯茶，共祝愿星月亲水、江洲集团兴旺发达。”吴珂真诚地说道。

“谢谢。”赵启航也顾不上细品了，一饮而尽。

“来，吴珂，范松萍，我敬你们，祝你们爱情事业双丰收，今天我要为你们牵线搭桥，做你们的红娘。”马子涵认真地说道。

范松萍粉脸红润起来，“谢谢马经理，我也正要请你，让你见证我和范松萍之间的爱情。”吴珂微笑着。

“那我们成了一大家子人了，祝贺你，范松萍，喜得一心人；祝贺你，吴珂，抱得美人归。”赵启航开怀大笑起来。

“赵经理，你的茶室清雅幽静，真是会客待友的仙境。”吴珂由衷地赞美道。

“吴经理，你的江上柳器厂现在谁接管了？”赵启航不经意地问道。

“唉，别提了，关门了，本来就在风雨飘摇之中，经济效益上不来，我又走了，员工们更加没有心思了，半年前，关门了。”吴珂还在心疼着由他一手操办起来的柳器厂。

“证照齐全吗？”

“齐全呢，都在办公室主任田学洪那里，他舍不得丢弃，就先由他保管着，厂房的产权是明月村委会的。”吴珂淡淡一笑，“赵经理，你怎么突然问起柳器厂了？你不会……”

“我来接手吧，也还你的心愿。”赵启航坚定地说道。

吴珂激动起来，“如果你去，厂里的工人肯定会自动回来的，谢谢你。”吴珂也是事业型男人，他对工人也情同手足。

“元旦，我们一起举行婚礼吧。”马子涵建议道。

“好，就定在元旦。”赵启航、马子涵，吴珂、范松萍四人悠然在幸福的康庄大道上。

七十七

转眼二个月的时间即将过去，明天新疆客人就要踏上归程。于主席、秦书记、赵启航、徐香琳一大早就坐在一起商量下午的文艺演出事宜。

“赵经理，我们这次来，没有带演出服，也没有我们新疆的乐器，就唱唱歌，跳跳舞，我们大家完全是自娱自乐，大家在一起开心就好。”于啸主席开心地说道，这二个月，他好像年轻了十岁，整天乐呵呵的。

“我们就是纯农民，常言说得好，人品极处只木然，我们也不化妆，不穿戏服，敲敲锣打打鼓，热闹热闹，就算是我们为你们送行。”秦荣书记愉悦在说道。

“我们指派两个人主持这台文艺演出吧，我们这边由秦书记主持，你们那边就由于主席当主持人吧。”赵启航建议道。

“我看行，就由我们俩人主持。”于主席和秦书记握了一下手，开心地在一起聊起节目主持来。

“卡拉 OK 点歌音响系统我已经联系好了，我们文化站的工作人员等会儿就来调试。”徐香琳兴高采烈地介绍道。

演出定在下午三点正式开始，就在怡心园广场上演唱。

九婆婆、许队长、田婶她们吃过中饭就相互搀扶着，往怡心园走去。秦书记的“乐队”很早就在江边锣鼓喧天起来，附近的老百姓三五成群地向怡心园聚集。

天上的云朵很是美丽，波浪形的云儿似是也要停下脚步看看热闹；阳光在云隙间洒下金光，在热情洋溢的人们脸上驻足；热浪今天没有来袭，许是要保护大家的这份热情；江风微送，湿润的空气让人们心旷神怡。

欢快的锣鼓震天响，人们从餐厅里搬出板凳，让年老的坐在前面，年轻力壮的站在后面，靠在房屋边自然留下一条通道，那是让上场演出的“演员们”粉墨登场的，文化站的同志们已经架好了音响，一切准备工作就绪。

三点，准时开场。

“乡亲们，大家好，我是克拉玛依油田的于啸，人们嬉叫我于主席，其实我也就是一个工会主席，反正大小也是主席了，大家可以喊我于主席。”于啸开场白引来大家的哄堂大笑，于主席真是了不起。

“今天下午，我要和你们的秦书记当一回主持人，下面请秦书记讲话。”于啸主席幽默有趣。

“乡亲们，大家好，我们今天下午在这里热烈欢送我们的名誉村民回新疆，明天他们就要回美丽的新疆了，我首先预祝他们一路平安，旅程快乐。我们明月村 54 名村民外出远行，这是我们村的大喜事，你们说，村民远行，我们要不要欢送啊？”“要！”秦书记调动起大家的热情，欢呼声直冲云霄。

“希望我们的荣誉村民回到新疆后，不要忘记明月村的父老乡亲，常回家看看，下次来，你们一定能看到更加美丽的明月村，我们的观光农业正在起步，我们的十里长廊已经设计好，正在加班加点施工，我们随时会把建设新成果转告给你们。”秦书记热情洋溢的讲话博得了雷鸣般的掌声。

“新疆——明月村文艺互动现在开始。”

“下面请我们的严夫人唱一首家喻户晓的歌——新疆是个好地方。”

欢快的音乐响起，严霜动情地唱起了《新疆是个好地方》：

“一路走来一路唱，一路春风到新疆。
三山叠翠彩凤翔；两盆聚宝闪金光；
十大湖泊明晃晃；塔里木河腾银浪；
沙漠奇观驼铃响；高昌古城逛一逛。
亚克西，亚克西，新疆是个好地方，到处一派好风光。
一路走来一路唱，一路春风到新疆。
迎客舞蹈舞的狂；敬酒歌儿情飞扬；
听那一曲冬不拉，千言万语话情长；
看那十二木卡姆，三天三夜赞刀郎；
亚克西，亚克西，新疆是个好地方，你是歌舞的海洋。
一路走来一路唱，一路春风到新疆。

天山脚下看牧场，漂亮姑娘放牛羊；
哈密瓜园喷喷香，翡翠葡萄晶晶亮；
棉花田里歌荡漾，白云朵朵送吉祥。
亚克西，亚克西，新疆是个好地方，你有富强好儿郎。”

如诗如画的新疆好像就展现在人们的眼前。

新疆人天生就能歌善舞，当严霜在深情地演唱时，大家坐不住了，下场伴舞，围绕着严霜跳起了欢快轻灵的新疆舞。

“亚克西，是新疆语，汉语的意思就是好的意思。”于主席解释道。

“亚克西，亚克西，于主席亚克西。”现场气氛热烈、欢庆。

“下面请欣赏《新疆亚克西》，有请我们的画家为大家献唱。”

画家深情地唱道：

“金色的太阳照边疆，丰收的棉田翻银浪；
机器采棉轰隆隆的响，采下的棉花像山一样。
火车飞机游四面，新疆的棉花天下扬；
亚克西亚克西什么亚克西，新疆的棉花亚克西。
高高的井架排成行，一眼眼油井出油忙；
长长的一条管子通向东方，天然气送那上海港。
地下的一条游龙飞上了天，为西部开发献力量；
亚克西亚克西什么亚克西，新疆的石油亚克西。
高速公路多漂亮，火车贯通了南北疆；
一架架飞机飞在蓝天上，地上是新修的航空港。
天上地下开拓了新的丝绸路，欢迎朋友新疆来观光；
亚克西亚克西什么亚克西，新疆的交通亚克西。
新疆处处是好风光，新疆的瓜果千里香；
新疆的各族人民大团结，共同为建设家乡献力量。
新疆人民心肠火一样的热，欢迎各地朋友来新疆；
亚克西亚克西什么亚克西，开发新疆亚克西。”

画家边唱边舞，又有人加入伴舞阵容，互动节目，完全自主上场，没有编导，没有固定安排，参与度广，积极性高。

薛丹丹演唱了《有缘千里来相会》，陆曼曼唱起了《天路》，何洁扬唱起了《茉莉花》。

孔含笑演唱了一首《情人》，陆曼曼、薛丹丹伴起舞来，新疆客人见状纷纷加入，亦歌亦舞的场面又热闹起来。

新疆客人齐上阵，伴舞的、独唱的、对唱的，把怡心园变成了欢乐的海洋。《达坂城的姑娘》《新疆之恋》《欢迎你到新疆来》《各族人民奔小康》《博尔塔拉》《百灵鸟》《喊一声大西北我的亲爹亲娘》，一首接一首地唱着新疆民歌。

徐香琳、田明兰也纷纷下场，《美丽的新疆我的家》《我爱你，新疆》，她们学唱新疆民歌，新疆客人更加疯狂，加入了徐香琳、田明兰的演唱。

秦荣耐不住了，独唱《敢问路在何方》，最后大家围在一起，跳欢快的新疆舞，人们的脸上满是欢乐，满是幸福，满是自由自在。

三个小时的互动时光很快就过去了，大家唱意尤浓，相约下次聚会再唱。

赵启航设晚宴招待了新疆客人，画家把一幅《垂钓长江风》赠送给怡心园留念，虞杰豪也把采风写下的《怡心园风情》复印本赠送给赵启航。

七十八

第二天午后，施广发、郭小美、何洁扬、孔含笑、闻小凤等人把怡心园清理一遍，赵启航安排人把《垂钓长江风》做成了四十五块匾，挂在了每一个房间、餐厅、无人门卫和星月亲水驿站。

田建回到了江心市，来到了怡心园，他带来了五个同学，加入了设施农业建设大军。赵启航、蒋爱民和田建及其同学，到明月村向秦书记报到了。

“田建，这是你们的办公室。”秦书记今天又开心起来，他的村民又多了六位，而且还是大学生，是学农的大学生。

“今天设施农业办公室正式挂牌了，蒋爱民，这是你的经理室，田建你们六个就在这间大办公室上班吧。”赵启航又吩咐施广发去为他们置买办公桌椅、办公用品，“另外再去购买六辆电瓶车吧，不能苦了我们的大学生们。”

“你们就住在怡心园吧，房子你们自行选择。”赵启航见田建他们是三男三女，心思一动，也许他们是三对呢，就由他们自己决定住处吧。

田建带回了女朋友郭思莹，好友钱定军，他的女朋友肖慧，室友李阳阳和他的女朋友林颖。他们商量了一下，决定田建、钱定军、李阳阳、林颖、肖慧、郭思莹依次为邻。

“蒋才子，你也选一间房子吧，下雨天就不要往城里奔了。”赵启航安排好住处后，又安排施广发要为他们尽心服务，早饭、午餐、晚饭等等得安排妥当。

“施经理，我可把这些才子才女们交给你了，你得加倍呵护，保护好他们。”“蒋经理，你如今是兵强马壮了，你是他们的带路人，他们的成长全靠你了。”赵启航见一切安排妥当，打电话给秦书记，让他带领村干部晚上到怡心园为田建他们接风洗尘。

“田建，你回到乡下，理当先去看看奶奶。”赵启航提醒道。“好，我这就去，钱定军，你们先进家安顿吧，晚上见。”田建一路小跑，来到老屋。

“奶奶，我回来了。”田建一下子挽住九婆婆的臂膀，开心地笑着。“好孙子，想死奶奶了，上次你妈妈说你要回来到你四叔这里工作，我真的好高兴，哪里都没有我们农村好，这下我可以天天看到你了。”九婆婆忙把田建上下打量了一番，见田建健康活泼，高高大大地站在自己面前，心中满是幸福。

“奶奶，我还带来了五个同学一起来的，要和四叔在一起大干一场。”田建简单地把五个同学的事和奶奶说了一遍，“晚上我就给奶奶引见我的同学们。”田建刚毅的脸庞，注定他要在农村大显身手，他和启航一样，是我们田家的好儿郎，九婆婆与田建说笑着。

夜幕降临了，田建搀扶着奶奶来到了怡心园。

“九婆婆，快来看田建他们的宿舍，你看可好？”赵启航扶着九婆婆来到田建的“家”里，“好，好，比你那小屋强多了，田建啊，我看比你那城里的房子好，你看这窗外的风景多美，这空气多新鲜，不像城里的空气让人透不过气来。”九婆婆心里高兴，笑呵呵的，“航航，还是你想得周到。”

赵启航叫来了大哥田风，大嫂朱秋艳，二哥田野、二嫂闻小凤，又把田明珠、王丽琴、蒋爱民、严馨香他们叫来，打电话给田明兰时，她正在和王玲美、马子涵、何洁扬她们在一起喝茶论道，“我们就不回来吃晚饭了。”田明兰说道。

秦书记、赵启航、蒋爱民、田风和田建他们六位大学生围坐一桌，九婆婆和朱秋艳、闻小凤、王丽琴、严馨香、田野、施广发、郭小美、徐香琳等一帮人坐在一起。

施广发自从接手怡心园后，就着手考察厨师，他请来了五名厨师、服务员共同为怡心园客人服务，听从他们的点餐招呼，饭菜自然是可口爽人的。

“首先我代表明月村全体村民，欢迎你们这六位大学生，欢迎你们来到我们明月村，加入我们的三农建设，从今天起，你们就是我们明月村的一分子了，让我们共同举杯，为你们接风洗尘。”秦书记作了开场白。

“我代表我们同学们表个态，我们的根在农村，我们会和大家奋战在一起的，为明月村的面貌一新奉献出我们的毕身智慧。”田建和钱定军他们站起来，感谢秦书记。

“这是我的奶奶，她有一个好听的名字，人人都叫她九婆婆，有时我也这样喊她，你们也可以这样称呼她九婆婆。”钱定军、李阳阳、站到九婆婆面前，齐声叫道“九婆婆好！”郭思莹、肖慧、林颖也来到九婆婆身边“九婆婆，孙女向您问安，九婆婆好。”

九婆婆乐得无以形容，连说好好。

“九婆婆，这是钱定军，他是我的好朋友，这是他的女朋友肖慧。”田建向九婆婆介绍了钱定军和肖慧。

“这是我的室友李阳阳，这是他的女朋友林颖。”李阳阳和林颖又齐声给九婆婆问安。

“这位是郭思莹，也是我的好同学。”赵启航向奶奶介绍了郭思莹。郭思莹挨着九婆婆，和她说起话来。

“田建，你还没有介绍清楚，郭思莹是你的什么人。”钱定军和李阳阳与田建闹起来。

“奶奶，她是我的女朋友。”田建大方地说道，他又把田风、田野、田明珠、朱秋艳、闻小凤、王丽琴等人向他的同学们一一介绍。

“好，欢迎你们，设施农业需要你们这些大学生来做，农村天地大有作为，这里是你们展示才能的大舞台，你们就放手干吧，我们会全力支持你们的。”赵启航简单地向田建、钱定军他们介绍了设施农业发展规划和先前所开展的工作。

“秀才，你来讲几句吧。”赵启航见蒋爱民开口少，把蒋爱民推到众人面前。

“希望你们把学到的知识运用到这实践之中，把你的大胆设想与我们的赵经理讲，他是个精明的企业家，他最能捕捉一瞬即逝的机遇。”蒋爱民对赵启航十分佩服，他在赵启航这里工作了短短的三个月，发现赵启航是个不折不扣的实干家，肚量大，意志刚；发现他还是一个战略家，眼光宽广，预见能力强。

“这是我们的养殖大户田风，他的明月箢养殖场规模大，他有养殖的丰富经验，你们要多向他请教，向他取经。”蒋爱民把田风朱秋艳介绍给钱定军他们。

“农村广阔天地大有作为，让我们一起为三农建设出力出汗吧。”蒋爱民思绪翻飞，是赵启航改变了他的人生轨迹，是赵启航让他发挥了聪明才智，是赵启航让他生活得有尊严，他在星月亲水生活得十分开心。

“田建，你二婶现在要搞设施花卉呢，她现在的苗圃搞得还可以，馥馨园的建设要你们呢。”蒋爱民又把闻小凤的星月亲水馥馨园向田建、钱定军他们介绍了一番。

“田建，你们分工一下吧，兴农园、馥馨园、明月箢三处，先好好熟悉一下，然后再作打算。”赵启航对田建他们说道，“首先你们要学会脚踏实地，书本知识总是浅，实践才能出真知，这是我的经验。”赵启航不想让他们走弯路，第一天报到，他便将最重要的东西讲给他们听。

六个大学生商量了一下，“李阳阳和林颖到大伯那儿去，负责明月箢的养殖方面的事宜；钱定军和肖慧到二婶的馥馨园去，负责设施花卉的工作；我和郭思莹到兴农园，与蒋经理并肩作战，四叔、蒋经理，你们看怎样？”田建分工完毕，征求赵启航和蒋爱民的意见。

“好的，就这样，分工不分家，晚上你们可以在一起共同研究，分享心得，我希望你们成为一个团结的团队，资源共享，共同发展共同进步。”赵启航殷切地说道。

“工资待遇，基本工资 3000 元，养老保险、医疗保险由星月亲水负责，吃住免费，年终奖看你们的工作业绩。”赵启航喜欢事先把话讲明。

钱定军、李阳阳、郭思莹、肖慧、林颖都认为待遇不错，“我们的目标，持股分红，总会有那么一天的。”田建自信地说道。

“好小子，有骨气，向着你的目标奋进吧。”赵启航高兴地说道。

九婆婆见田建、赵启航他们谈说甚欢，放心了，田建能融入农村这个环境之中，真是他的福气，她又偷偷地看了一眼郭思莹，“这个小姑娘好俊，大方，一脸的笑容，田建有眼力呢。”九婆婆心想着。在她身上，九婆婆仿佛看到王玲美的身影，“我们老田家有福气。”九婆婆打心眼里喜欢上郭思莹。

七十九

田明兰忙好怡心园的卫生后，送何洁扬、孔含笑回城，反正也没有什么事，就到一眼望去旅游公司找马子涵玩，她忽然想起王玲美，就打电话给她，“三嫂，你在哪？”

“哦，是兰兰啊，我在上班啊，你在哪，有事吗？”话筒里传出优美的女中音，王玲美接到田明兰的电话，欣喜万分，好长时间没有听到兰兰的声音了，她关切地问道。

“我在四嫂这里呢，你有空吗？来驿站玩吧。”田明兰看着马子涵，做了一个怪脸，伸了一下舌头，笑意盈盈地与王玲美在电话里嬉笑着。

“死丫头，我打你。”马子涵站起身来打了一下田明兰，脸上是放着光彩的，真正是口非心是了。

“好的，我马上到。”王玲美挂断电话，整好办公桌，开车向星月亲水驿站驶去。

“走，我们去驿站等你三嫂吧，四嫂，请。”田明兰又顽皮地与马子涵闹起来，她心里是十分高兴的，航航哥有了归属了。“四嫂，肚子里有了小启航了吧。”

马子涵脸唰地红了，追着田明兰打闹起来，三四十岁的女人，在一起搞闹起来，要比小姑娘们热烈多了，讲话更为直接、大胆。

王玲美还是第一次来到星月亲水驿站，“好个启航，真有能耐，把个星月亲水都搬到城里来了，亏他想得出，这个茶座，高雅幽静，有品位，有文化。”王玲美自进了田家门，一直叫赵启航为启航，视他为亲兄弟。

“三嫂，四嫂打我。”田明兰躲到王玲美身后，笑对马子涵。“看你们都这么大的人了，也不知道持重。”王玲美哈哈大笑起来。

“三嫂也不知道矜持，笑不露齿，三嫂的皓齿似玉呢。”田明兰又打趣起王玲美来，“是要好好打你了，看你这张利嘴，张小龙是不是一直被你欺负了？怎么不找一个厉害的老公好好整整你。”王玲美笑嘻嘻地反击道。

“要是航航哥在，她就不敢了。”马子涵想说服田明兰，脱口而出，一想不对，自己叫赵启航为航航哥了，也不害羞，她立马转移话题：“何洁扬，你叫毛碧娇来给我们表演茶道吧。”

马子涵、王玲美、田明兰、何洁扬依次坐定，她们心情大好，正是品茶的最宜境界，四个女人品着茶，有说有笑着，其乐融融。

“今天我们要敲三嫂的竹杠，三嫂，你请客。”田明兰又闹开了。“那是一定的，你来到城里，理当我请你。”王玲美开心地说道。“我们去中央商场去吃吧。”马子涵建议道。

“行，那儿的环境还不错。”王玲美带着田明兰、马子涵、何洁扬、毛碧娇来到中央商场美食居，选好位置坐下。

王玲美点了一桌小吃，五个美女悠然自得地品尝着山珍海味来。“兰兰，你多吃点，发现你最近瘦了。”王玲美关心地给田明兰夹菜，把田明兰当成小孩一样看待。

女人天性喜欢逛街，她们吃完后，就在商场里转悠。

“三嫂，你今天怎么有空逛商场了？兰兰，你也在啊？”李慧娟在商场又遇见了田明兰，看见王玲美，她主动走上前去，与她们搭起讪来。

“李慧娟，你好，你也来逛逛，吃过饭了吗？”王玲美见李慧娟一个人在商场闲逛，便与她说起话来，“你还是叫我王玲美吧，我不是你三嫂了，叫王玲美比较好。”

“你要注意身体，看你瘦多了，生病了吗？”王玲美气量大，不与人为敌，她尽量大方地与李慧娟打着招呼。

“这是一眼望去旅游公司的马经理，这是驿站的何洁扬，这是茶道队的毛碧娇。”王玲美一一作了介绍，李慧娟想起姓马的和姓何的上次见过面，李慧娟与她们点点头算是打了招呼。

田明兰故作好奇店里的服饰，不与李慧娟目光相遇，拉着马子涵去看衣服，李慧娟自觉没趣，说了几句便离开了，变了方向，独自闲逛。

“你怎么不理李慧娟？”马子涵回过头来，想把李慧娟再看清楚点，已不见踪影了。

“哦，一步错，步步错，做女人好难啊。”王玲美忽然可怜起李慧娟来，她原来是多么的风光啊，姣好的脸颜，如今变得松弛无肉了，消瘦的面颊，让她显得更为苍老。

王玲美无意的叹息，让毛碧娇、何洁扬心头一紧，心猛地疼痛起来。“是啊，要是不错走一步路，怎会来到江心市，自己也像王玲美一样，在机关里享着清福，让别人敬仰羡慕呢。”毛碧娇心伤起来，“要不然自己在福建也享受着公主般的待遇呢。”何洁扬尴尬地想着心事。

八十

送走了新疆客人，赵启航打电话给吴珂，要了田学洪的手机号，约他到明月村委会见面。

“我是赵启航，田主任，近来好吗？在哪高就呢？”

“高就谈不上，你找我有什么事吗？”田学洪见眼前的这个自称赵启航的人气度不凡，疑问道。

“想找你谈谈柳器方面加工的事，你认为柳器发展方向是什么？”赵启航直截了当地说道，他不想拐弯抹角，拖泥带水。

“你怎么对柳器加工有兴趣？”田学洪不解地问道。

“你不是也保留对柳器加工的希望吗？”赵启航看着疑云满腹的田学洪笑说着。

“唉，别提了，柳器加工，人工费较高，机械作业比较难，过去我们江上柳器厂主要是资金短缺，产品附加值不高，产品没有竞争力。”田学洪提起柳器加工，感情一下子调动上来，“其实，我们江心市柳条供应没问题，主材成本低，是要好好想想办法，如何发挥我们的优势。”

“田主任，你认为柳器加工产品向什么方向发展呢？”赵启航一语中的，加工什么样的产品是企业的生命问题，选错了，倒闭那是必然的，如果选对了，前程还是光明的。

“这个我也没有什么好的建议，反正不能走江上柳器厂的老路，要开辟新产品才行。”田学洪认真地说道，“闲在家里，有时还真的想着柳器加工的事儿呢。”

“田主任，现在时代不同了，人人都注重环保，柳器产品正是环保型的，我们是不是可以改变思路，向日用品方向发展，发展精品工艺。比如，狗窝猫窝之类，玩具之类，家常用品之类，桌椅之类，甚至装饰之类，手提包之类，你看我们能生产出来吗？”赵启航一口气提出了如此多的产品，有的是他田学洪想都不敢想的。

“你是做什么的呢？”田学洪对眼前的自称赵启航的人感兴趣起来，他的思路真是太空行马，宽广的很，看来这人不简单，是个创业的行家里手。

“我原来是江洲集团的经理，由于很多原因，我辞职不干了，把江洲集团交给了你们江上柳器厂的厂长吴珂了。”赵启航亮明了自己的身份。

“原来是赵经理啊，你创造了江洲集团的奇迹，我有眼不识泰山，”田学洪唯诺起来，“想不到是我们江心市的企业家到这里了。”

“你保留了江上柳器厂的营业执照、税务登记证等证件，足以证明你对柳器加工的深情厚谊，你心中有梦想存在，有一种期冀存在，我说的没错吧。”赵启航精明呢，一下子调动了田学洪的积极性来。

“赵经理，柳器加工可以用整条的，制作粗大型产品；也可以剥成柳皮发展精加工，制作精巧的工艺品，向微型精品发展，你的思路对头，能实现。”田学洪看到了柳器加工的希望。

“田主任，你看从什么地方下手呢？”赵启航请教道。

“我们可以从两方面着手，一方面从大型日用品加工开始，比如桌椅、沙发、花篮、配以布艺，只要设计新颖，制作精致，产品就有生命力；另一方面，我们可以从柳皮、柳丝方面着手，编织精细灵巧的产品，向精加工过渡。可惜我们没有资金保证，空想而已。”田学洪说道。

“好，那就先从大型日用品开始，你能来厂里指导吗？我聘请你加入。”赵启航说出了找田学洪的真正用意，他总是先让受聘者有信心能做好，进而挖掘人才，培养人才。

“跟你干，好，我有信心，我干。”田学洪是个爽快人，看准了的就义无反顾地投入，决不后退。

“好，明天我就派人先把旧厂整理一下，你找人去帮忙吧。”赵启航说干就干，他要抓住一切机遇发展农副产品加工，让农村经济迅速发展壮大起来。

辞别了田学洪，赵启航来到田明珠的工地，“明珠哥，这儿先放一放，你明天组织人马去江上柳器厂，把那里破旧的建筑拆的拆，修的修，增加一个大仓库，每个车间都要出新，把场内的地面浇成水泥地，特别是厂门要扩大些，要有气派，让他亭亭玉立，让来人感到他的实力和气派不凡。”赵启航吩咐道。

“不要放过每个细节，完全改变江上柳器厂的面貌，你找许江华，把水电弄好，把厂长室装饰得豪华气派些，接待室桌椅全部换新，食堂、卫生间要一尘不染。”

“另外，把‘星月亲水柳条工艺品厂’做得醒目些。”

“柳条工艺品厂要以全新的面貌迎接工人回归，这是我们星月亲水第一个工业实体，一定要高标准修建。”赵启航他又要向他的制造业进军了。

二天后，赵启航又找到了田学洪，“田主任，柳器加工企业你比较熟，你准备一下，出趟差，一方面看看人家的发展动态，另一方面定购最先进的设备。”赵启航永远不想落在别人后面，要做，就得从一流标准层面上去发展。

田学洪又出差了，这次他是带着希望去的，带着他憧憬的事业去的，他仿佛已经看到星月亲水柳条工艺品厂欣欣向荣的前景。

转眼一个多月过去了，星月亲水柳条工艺品厂修建完工了，最先进的设备已进厂调试。田学洪早已经收购了柳条，备足了原料，召集了人马，万事已经具备了。

赵启航找到田明兰，“最近怎么不见你的影子，你都跑到哪里去了？”赵启航温柔地问道。

“最近一个多月，我天天和马子涵在一起，告诉你一个惊天的好消息，你要当爸爸了，马子涵怀孕了。”田明兰乐呵呵地说着，两眼直视赵启航，看他有什么异样表现。

“你说什么？是真的吗？”赵启航跳起来，高兴地抓住田明兰的手差一点喜泣。这一消息，对于赵启航无异于惊天动地，他生怕田明兰在捉弄他，“是真的吗？”他迫不及待地又重复道。

“是真的，这个我怎么会骗你呢？”田明兰开心地瞧了一下兴奋中的赵启航，“你终于当爸爸了，祝贺你。”“前几天马子涵见你一门心思在忙着柳条工艺品厂，怕劳你的神，就喊我陪她去医院进行了检查，千真万确，马子涵有了小宝宝了，她怀孕反应大，我得好好陪她。”

“兰兰，你是我的好兰兰。”赵启航激动万分，话不连篇了。

“今天马子涵回家了，她说要把这一好消息告诉她的母亲，你放心好了，马子涵由她妈妈照顾，比谁都好，你就做你的大事吧。”

“哦，我正要找你，这几天田学洪正陪着机械厂的师傅调试设备呢，今天调试完毕，我准备明天安排工人参加培训，请厂家教工人们正确使用设备，不能再全部依靠手工操作了。”赵启航谈到工作，情绪平静下来。

“我已经想好了，决定聘你来当柳条工艺品厂厂长，绝大多数工人是江上柳器厂的员工，他们自愿来工艺品厂上班，现在这方面的熟练工人难寻觅呢，”赵启航这几天找来原来柳器厂的工人，问计于他们，向他们阐明自己的加工方向，“经验丰富的编织老人很想回到工艺厂来发挥余热，我已经答应他们了，明天就到厂里参加培训。”

“你当厂长，田学洪当副厂长，你得培养一名质检员，你与田厂长商量各道工序的人事安排，量才而用。”赵启航对于工业生产轻车熟路，产品很重要，但用人更重要，用人就要用他的长处，不要盯着人家的短处，要发挥人的积极性，这样领导的工作才能轻松，企业的发展才能长远。

田明兰、田学洪再作冯妇，勤奋在柳条工艺品开发、加工的征程上。

八十一

兰町从新疆回来了。

他又签订了一笔阀门业务，他的事业发展很顺心，岳父虞杰豪、岳母严霜从江心市回到新疆后，激动的心情久久不能平静，这次快乐之旅让他们的人生多了好多回忆。于啸主席专门请兰町大餐烤羊腿，“谢谢你提供了这么好的休闲胜地，下批休息的同志，仍然去你们江心市，你们把我们看成自己人，服务多，收费少，这些人情我们记下了，全部款项已汇给赵经理了，请你务必转达我们的谢意，也欢迎他来我们新疆，我看我们之间的合作前景很光明，我们有丰富的资源，你们有很强的创造能力，赵经理的合作共赢的理念能拉近我们之间的距离。”

“张建国老伙计为人很好，很直爽，他对我也讲了你和子涵去向他推介你们的星月亲水的事了，张建国、虞杰豪，还有我，我们三人是好朋友，过去经常在一起喝酒聊天，他听我讲了江心市的休闲趣闻后，很是心动，虞杰豪把他的大作也复印了一本送给他了，他很兴奋，他想在国庆期间带一批客人过去，去体验江南秋高气爽的艳艳浓情。”于主席回到新疆，向油田领导汇报了这次休假的情况，建议明年春季，让轮休的同志去江心市好好休息调整。

“于主席，昨天赵启航经理打来电话，说他的柳条工艺品厂开工了，我们江心市江滩辽阔，柳条遍野，你也看到了，星月亲水的柳条成方成阵的，那是人工插栽的，柳条是我们江心市的一宝呢。”兰町向于啸主席详细讲述了赵启航发展农副产品的思路，“赵经理要在柳条上做文章，他要向精细加工业发展，也许不久的将来，你们也可以用到我们的产品。”

兰町是个精明的商人，他向于主席推荐起柳条产品来，或者更为准确地说，他想与于主席沟通，看看油田有没有要用到柳条产品的地方。

“其实，你所说的柳条，就是指能用来编织器具的柳条。它是属于杨柳科柳属，你们那里的是水柳，我们北方还有旱柳。”于主席说道，“柳条抗逆性强，耐旱、喜湿，耐严寒和酷暑，根系庞大，触须伸得很长。”

“柳条在我们北方，主要用于盖房子、做栅门，围圈窝，盛物品，柳条是人们生产和生活的一个有机组成部分，到处散发着一种自然的清香和人文的温馨。”于主席似乎对柳条有过专门的研究，他向兰町介绍起柳文化来。

“赵经理柳条工艺品加工的思维很有特点，他看重的一定是它的环保特点。”于主席分析道。

“北方人对柳器的感情是丰厚的，精致的柳艺工艺品，一定会受到大家的青睐，你把最新的样品带给我们看看，我们帮你推广。”于主席是个热心人，他与兰町无话不谈。

兰町第二天就飞回了江心市。

“发展很快啊，这几个月你是在加速启航啊，怡心园、兴农园、馥馨园、茶道队搞得红红火火，工艺品厂以崭新的面貌又出现在人们面前，赵启航，你想做多大啊。”兰町心里佩服赵启航，他是个玩命的角色，事业的路途上，他是无法刹车减速的。

“我的目标，是把明月村江边搞成人人羡慕的胜境，到那时，我就可以安慰生我养我的父老乡亲了。”赵启航坚毅的目光放出精锐的神采。

“你的设施农业规划蓝图让人振奋，如今田建他们又来助你一臂之力，不出三年，你便可以大功告成了。”兰町开玩笑地说道。

“哪有这么快，目前还属于小打小闹阶段，真正把观光农业搞成，任重道远呢。”赵启航坚定地说道，“只有努力不懈，一步一个脚印，我想，目标终会实现的。”

“兰町，你也是星月亲水的一员，你专门负责外线作战，引进来，推出去，你的作用太大了，责任更大，担子更重。施广发、蒋爱民的担子也不轻，星月亲水的发展得靠你们来实现。”

“有空你去郑州看看，顺便探望张小龙，看看他最近在忙什么，怎么也不见他回家，你看田明兰，话越来越少了，人也变得深沉多了，看得出，他是在担心张小龙啊。”赵启航对兰町低语着，他心中怎么也放心不下田明兰，这辈子欠她的太多太多了。

“这是田学洪副厂长，负责技术，以后你要多帮衬他，带他出去走走，看看外面的发展，启发他的灵感，闭门造车总是不行的，任何一个产品，脱离了现实社会需求，它就没有生命力了。”

“这十里长廊开始建设了，田明珠一个人来得及吗？”兰町见明珠脸黑亮的，指挥着一帮人立模浇铸，心疼地问赵启航，“不能让他这么拼命地干活，让他多找些工人，或者分段招标吧。”兰町建议着。

“好，就按你的意思办吧，你去找田明珠说说，让他思想转过来。”赵启航不想让田明珠误会，在手的工程要分一部分给别人做，他会不会因此而误解呢？他会不会明白这样做是为了他的健康着想呢，为他的规模经营考虑呢。

吃过晚饭，兰町来到田明珠家里，他给田婶捎来些慰问品，王丽琴热情地让座倒茶，问这问那，甚是关心，毕竟他们相识好些年了，彼此都很关照。

田明珠心里十分高兴，虽然知道兰町从新疆回来了，昨天白天还看见他和赵启航在江边转了一圈，但他没有想到兰町会专程从城里赶来和他叙旧。

“兰町，这些年你业务跑得不错啊，有本事。”田明珠打心眼里喜欢启航的这位朋友，他从来没有把自己当外人来看，他和启航一样是个热心人，是个讲义气的人。

“你老丈人人挺好的，你岳母看得出是个大家闺秀，他们对你一定很好吧。”王丽琴坐下，和田明珠一起与兰町拉着家常。

“明珠哥，你也要注意身体，看你的脸黑得像锅底了，整天在太阳下曝晒，怎么吃得消？”兰町心疼地说道。

“也没什么，哪里有泥瓦匠不晒太阳的，雨天不好干，晴天怕太阳，那还怎么砌房造屋呢，没事，我身体壮得很。”田明珠悠然地说着。

“现在条件好了，不比小时候那般艰苦，现在要好好享受生活，不是所有的事一天都能做完的，也不是所有的事都由一个人来做的，要劳逸集合。”兰町给田明珠递了支烟，俩人悠闲自得地喝茶聊天。

“我的经验，要多用脑力去赚钱，去完成任务，全由自身体力去做，也做不了什么大事儿，一个人的力量是有限的，得依靠大伙的力量才行。”兰町呷着茶，漫不经心地说了句，看似轻描淡写，细想确实有他的深刻道理。

田明珠想着自己从十几岁就辍学外出学瓦工，到如今已经三十年了，人生如梦，时光匆匆。业务充足，时时感到人手不够，自己一个土瓦匠，遇有什么难事儿也得由自己解决，有时还真的感到力不从心呢，可是，他天生不怕吃苦，自己不做，让谁去做呢？

启航的十里长廊，工程量不小，时间进度也不能拖得太久，否则会影响他的大棚搭建，启航是不会催他工程进度的，他这个人就是太重感情了，赵启航是不会对田明珠提任何条件的。

“兰町说得没错，不是所有的事儿由一个人来做的，明珠，我看我们也得换位思考，不能再这样折腾自己了，得让我们好好享受生活，累活就让给年轻人去做吧。兰町，你帮他想想法子，看他怎样做才最好。”王丽琴是个聪明的女子，她见兰町与明珠谈起工程，就想到了明珠根本没有能力独自完成十里长廊的，心中好像明白了什么，经兰町一说，她也心痛起丈夫日夜操劳的苦难。

“我看，你可以分包，你接一个工程，可以让一部分分包给其他人来完成，这样，你可以轻松许多，昨天在江边看到你时，心里疼痛呢，我和启航商量了一下，得给你想想法子，减轻你的劳动量。”兰町和盘托出他和赵启航的想法。

“赵启航的设施农业基础工作量大，大棚建设不能再依靠农民的肩担臂提了，得依靠机械作业，你还是想想法子转到设施农业的基础建设上来，田建他们六位大学生，他们有办法为你提供构筑物的方案，你只要组织人马施工就行了，你就不要亲自去做了，这就是现在流行的说法：向管理要效益。”兰町一五一十地说清今晚找田明珠的来意。

“赵启航的意思，是要组建一支农业设施专业队伍，专门从事农业设施建设。”兰町又把设施农业的基础建设、构筑物不同于建筑物的理念说给田明珠听，让田明珠放弃原来的经营之道，重新构思发展。

“赵启航已经把名字想好了，就看你能不能转过弯来。”兰町说道。

“叫什么名字？”王丽琴、田明珠来了兴趣，不约而同地问道。

“星月亲水农业设施服务公司。”兰町把赵启航的深思又讲了一遍，“赵启航有意让你来担任这个公司的经理。”

“我能行吗？”田明珠不敢相信，赵启航会用他这个大老粗。

“你不要担心，有田建他们呢，还有李八斤可以请教呢。”兰町会心一笑，田明珠心里已经松动了，不再固守陈规了。

“赵启航没有直接找你谈，是怕你思想有抵触，怕他就会用智慧迫你就范，他如果让你做，你肯定是要做的，可是你心里的结可能难以解开，原来你一个人说了算，现在要在他赵启航的领导下开展工作，他怕你想不通，就让我来找你好好谈谈。”兰町十分真诚在把与赵启航商量的事儿全部说出来，让田明珠自己去决定。

“明珠哥，你这几天好好想想吧，也不着急，过几天再决定也行。”兰町临别时又叮咛了田明珠几句。

“明珠，我想通了，启航这是要做大做强我们的建筑队伍，你想想，整个明月村的设施农业什么构筑物，全由我们公司来做，你说，还需要我们整天去提心吊胆地找业务、施工、讨钱吗？现在竞争又这么激烈，钱又不好要，有钱人房子砌好了，就是不肯按合同给钱，现在这个社会诚信让人不放心，可是，启航是不会害我们的，我们就跟他干吧。”王丽琴是个明理的女人，是她让田明珠在这个社会上还算过得下去，什么疑难之事，王丽琴抢先去为田明珠解忧除愁。

“其实也没有什么，我也想加入启航的团队呢，明天我去找他，让他给我参谋参谋。”田明珠当然最清楚赵启航是个什么样的人，否则，他怎么会一直把赵启航当作自己追求的偶像呢。

田明珠向赵启航讨教发展之策，“我已经给你想好了，让你专业从事农业设施建设安装工作，我给你物色一个建筑工程师，现在工程质量终身制，凡是经手的工程，必须严把工程质量关。百年大计，质量第一。”

“好，我听你的，组建星月亲水农业设施服务公司，我赞成，公司发展你还得多费心，我只是一员战将，我可不是帅才，总之，我听你的，你指挥，我执行。”田明珠是真心的，不是吹捧之词，出苦力，他还可以，让他成立公司，他还真的有点赶鸭子上架呢。

“实践出真知，我相信你，一定能做成大事的，明珠哥，我对你有信心。”赵启航把聘请建筑专业毕业的吴灿的情况向田明珠介绍了一番，看来赵启航组建农业设施服务公司是志在必得的。

星月亲水农业设施服务公司成立了，田明珠成为公司的经理，吴灿为副经理，专门从事结构力学方面的具体工作。吴灿也被安排在怡心园，与田建他们住在一起。

兰町在江心市待了好几天，他常泡在工艺品厂里，了解柳条工艺品的制作工序，发展前景，以及新颖的设计方案，他对柳条工艺品心中基本有数了，他在心里一直盘算着从什么地方下手推销。

看着田明兰忙碌的身影，忽然想起赵启航的话来，“对，我得去一下郑州，去探探张小龙这个家伙究竟在做什么。”兰町心中想着，不由多看了一眼田明兰，“多么可爱的人，多么坚强女人。”他在心里赞叹着。

八十二

蒋爱民带着一帮大学生们在江边忙碌着。

“田建，进入十月份，我们就要着手种植秋平菇了，这夏平菇已进入终潮期，要准备清除菇床内的杂物了，这夏菇棉籽可以作为田里的肥料，但要作一些处理，不能让霉菌影响到秋菇种植，菇床更要小心处理，可以用生石灰杀毒。”蒋爱民手把手地教田建、郭思莹他们种植平茹的经验。

“我们要把处理方法教给农民，让他们自觉行动起来，过一些时间，你跟我去新疆育种，在秋平菇的生长期内，你要记录下大棚内的小气候要素，为科学调节大棚内的小气候提供依据，这小气候的观测、记录方法，你们在大学里已经学过，基本没有什么变化，等我们经济有了一定的实力后，我们可以引进自动观测仪，到那时，大棚内的小气候要素，便能显示在屏幕上，调控更加直观。”

“好的，这些我和郭思莹来做。”田建开心地说道，“有你这位老师，我们的信心更足了，如果有什么问题，我们随时向你请教。”

“关键得让老百姓能够听得懂，学得会。所以，我们更需要向农民传授更加直观的语言。”蒋爱民多年与农民打交道，深深知道农民的心声与需求。

“目前我们的设施农业的基础还是比较差的，等十里长廊建成后，固定大棚就可以加紧建设，眼下我们不能等，要因地制宜，先用简陋的大棚，争取最大的经济效益，同时，我们更加需要积累经验，等秋平菇种植成功后，我带你们到外地参观，向取得成功的设施农业种植区学习经验，争取少走弯路。”蒋爱民离开单位与赵启航并肩战斗才四个多月，已经成熟多了，由一介书生向企业家转变着。

蒋爱民吃住在星月亲水，回家的次数不是很多，严馨香也不抱怨，她很高兴蒋爱民的选择，她悠然地工作在农委，有时也应约去喝喝茶。

其实，严馨香是知道赵启航的，也知道星月亲水，更知道星月亲水驿站。那天她应约到驿站去喝茶，她已从欧阳市长那里事先知道了赵启航的为人，当赵启航再度去农委找蒋爱民时，她在办公室里已经看见了，只是心里有些隐匿，她怕赵启航认出她来，故意没有像赵启航第一次去找蒋爱民问有关养鱼事项时到蒋爱民办室探好奇。

没有人知道她与欧阳市长相识，蒋爱民当然是一无所知的，严馨香本来打算请欧阳市长给蒋爱民安排一个好的位置的。可是，蒋爱民一介书生，书生气十足，对于官场他一点兴趣也没有，他只想能让他发挥自己的才能就行，每当严馨香对他唠叨时，他的心在流血，阳台成了他唯一可以逃避的港湾，就这样浑浑以度终日之时，赵启航改变了他的命运，在严馨香一顿埋怨之后，他毅然作出了决定，投奔到赵启航的帐下。

男人有泪不轻弹，男人流泪了，心也就碎裂了。

不管怎么说，蒋爱民现在生活得还是有滋有味的，在兴农园，他能发挥自己的作用，自身价值得以体现就足够了，正所谓士为知己者死，蒋爱民在兴农园比在农委坐办公室要苦要累多了，可是他反而感到更加快乐。

现在，他又有了一批爱徒，六个可爱的大学生，生龙活虎地出现在他的面前，他一点也不感到孤单，他有信心把兴农园搞得有声有色，不辜负赵启航的知遇之恩。

至于严馨香，他也懒得过问，只要日子过得比以前好就行了，现在的社会，金钱已不是万能的了，开心才是第一位的，“愉快而轻松地活着。”蒋爱民心里常常这样想着。

“李阳阳他们在明月篴怎样了？”蒋爱民对于田风的养鱼场信心十足，不过他还是希望李阳阳、林颖他们能对田风有更大的帮助。

“李阳阳向我大伯推荐罗非鱼养殖了。”田建好像也对罗非鱼情有独钟。罗非鱼，俗称：非洲鲫鱼，是一种中小形鱼。现在它是世界水产业的重点科研培养的淡水养殖鱼类，且被誉为未来动物性蛋白质的主要来源之一。原产于非洲，属于慈鲷科热带鱼类，和鲈鱼相似。通常生活于淡水中，也能生活于不同盐分含量的咸水中，也可以存活于湖，河，池塘的浅水中。它有很强的适应能力，在面积狭小的水域中亦能繁殖，甚至在水稻田里都能够生长，且对溶氧较少的水塘有极强的适应性。绝大部分罗非鱼是杂食性，常吃水中植物和碎物。

“罗非鱼产量高，生长期短，最适合人们垂钓了，李阳阳想在大伯浅水塘里放养一批鱼苗。”

“好啊，因为罗非鱼对溶氧要求不高，长得快，垂钓起竿的频率很高，垂钓者的心里一定很愉悦。”蒋爱民很高兴，想不到现在的大学生还真有两下子呢，能把所学很快地就融入实际工作之中了。

“钱定军他们野心很大，他和肖慧想种很多品种的花卉，只是我二婶她们还不敢大胆引种。”田建介绍了钱定军、肖慧他们在设施花卉上下了不少功夫，查阅了大量的资料，现在就等着实施种植了。

“闻小凤、胡红云、张媚她们慎重是必须的，因为适合设施花卉的大棚还没有建成，风险很大，钱定军、肖慧他们的设想是正确的。”蒋爱民阐明了自己的观点。

“蒋经理，江滩外面怎么搞？我们六个同学晚上也在研究这个呢，”田建兴奋起来，“我们准备搞成大型鹅鸭养殖场，利用外滩的活水，围堤内养。”

“你们准备怎样围堤呢？”蒋爱民也来了兴趣。

“讨论的最终结果，受到了我四叔的十里长廊的启发，我们也搞一个千米长廊，把滩涂挖成上百个小塘，堆成上百个小岛，岛上种上树，晴天为鹅鸭遮阳，晚上让它们栖息，还可以让它们生蛋，用曲桥把这上百个小岛连起来，可以投食，可以收获，也可以供人参观。”田建一口气把他们这么多个晚上的杰作和盘托出。

“很好，后生可畏，我看行，等到冬季枯水期，这个计划可以实施，改天我和赵经理商量一下，由他决定。”蒋爱民心宽了，自己有了接班人了，他喜上眉梢，心里十分自豪。

“只是围堤之事难办，我们想不出更好的办法。”田建也把他们的忧虑道清说明。

“赵经理一定有办法，我们把球踢给他。”蒋爱民和田建开心地笑起来。

八十三

李慧娟这几天心中不爽，虽然杨天一时不时地陪她说话逛街喝茶吃饭，但她心里总是觉得空空荡荡的，睡不实，吃不香，玩也不开心，在白黑蓝虽然让她短暂忘记了忧愁，音乐的律动让她大脑一片空白，少爷的热情，也只是包场的费用，包租过夜也只是敷衍了事。每每回到家中，心中失落，她看不到前途，不知道接下来的日子能怎样过下去。

她不想去江洲集团上班，一跨进江洲集团大门，赵启航的影子就会出现在眼前，心情更加糟糕。

“慧娟，你来一下。”吴珂见李慧娟失魂落魄的样子，心疼自己的外甥女，把她叫到自己的办公室。

“慧娟，看你现在瘦到什么程度了，是不是身体不好，还是睡眠不足，吃不好？”吴珂极尽关心地问道。

“不是的，舅舅，我心里难受，你看我爸爸他退休了，不回家了；我妈她只知道打牌，把所有的怨恨全部化在家中的吵闹之中；自从赵启航他净身出门后，我的压力特别大，世上没有后悔药，好好的一个家就被我和妈妈给毁了。”李慧娟痛哭起来。

“慧娟，现在后悔也没有用了，你要振作起来，不能再这样混日子了，你还是找一个人结婚吧，只要人老实就行了。前段时间，我见你和杨天一走得比较近，他不是也离婚了吗？你们两个就在一起过日子吧。经济，一点也没有问题，只要你提出，我尽量满足你，反正这个企业是你的，舅舅给你代管着，你就放心好了。”吴珂劝着李慧娟，给她倒了杯水，让她缓缓神。

“舅舅，公司现在状况怎样？”李慧娟自赵启航离开江洲集团之后，第一次问及公司的事。

“公司发展很好，你放心，不会像外界传的那样，公司不会倒闭的，赵启航也不会拿公司下手的，前几天我和他谈过，听得出他还关心着集团呢。”吴珂把上次与赵启航、马子涵、范松萍的谈话略略地说了一遍。

“你是说，那个一眼望去旅游公司的马经理，现在是赵启航的女朋友？”李慧娟怔怔地问道。她忽然想起上次在中央商场见到王玲美时，听她介绍过马子涵，原来赵启航有了新女人了。李慧娟心里一阵紧痛，泪水又汩汩地流出来。

“赵启航，那是过去的人了，你不要再在他的圈子里乱想了，已经不可能了，现在最重要的是你要好好振作起来。”吴珂见李慧娟又哭起来，小心地劝导着她。

好半天李慧娟才止住了悲伤，大错已经发生，后悔已没有用，依靠男人，男人是靠不住的，只有自己争取，只有自己能掌控自己的幸福，她努力镇静自己，是要好好想想自己以后的人生了。

冷三现在做起了装饰业务，他有陆曼曼在支持着，时彩凤不会再与他打架了吧。虽然李慧娟在心里恨着这个朝三暮四的坏男人，可是她的心底还是喜欢冷三的，就是这个让她神魂颠倒的男人，让她失去了美好的生活，让她日渐消瘦。可是，李慧娟在冷三身上享尽了人生的快乐，每每想起，她心中还是甜美的。

爱和恨，千古甄别，千古不分，千古不朽。

她决定接手江洲集团的餐饮业，找点实事去做做也许更好，“舅舅，我想到悦凯愉旋酒店去工作，把自己变得忙碌点。”

“好，你去当经理吧，你要尊重那里的袁勤副经理，他管理酒店经验丰富，他可是赵启航原来手下的猛将。”吴珂当即打电话把悦凯愉旋大酒店的曹经理请来。

“曹经理，悦凯愉旋你搞得不错，发展势头也好，谢谢你这么多年的坚守。现在有一个重要的岗位需要你来承担，集团企划部部长一直空着，我们江洲集团的发展更需要企划部的精心谋略，考虑再三，只有你最合适，”吴珂对曹经理的工作很满意，他确实有重用他的意思。

“那悦凯愉旋谁去？”曹经理问道，他可不甘心让他奋斗了近五年的基业付之东流，“是袁勤当经理吗？”

“不是，我想让李慧娟去当经理，袁勤辅助，还是副经理。”吴珂直言，“你看行吗？”

“也好，让李总去也行。”曹经理不再言语，回到悦凯愉旋，整理好自己的东西，与李慧娟进行了交接，到集团去上班了。

李慧娟把袁勤找叫来，“袁经理，餐饮业你主管，我只是来坐镇的，悦凯愉旋还得依靠你，你放手去做，我会鼎力支持你的。”李慧娟柔声说道，“每月只要把财务状况向我汇报一次就行了，我相信你。”

对于悦凯愉旋大酒店的经营状况，李慧娟还是知道一些的，她在集团担应财务总管，当然对各个公司的状况是了解的，只是近大半年来，她无心事业，也懒得去管。

袁勤召集全体员工，向大家介绍了新的总经理，把李慧娟介绍给大家认识。“各位工友，你们的努力，我在集团时就知道，你们好好干，我不会亏待你们的。”李慧娟就这几句，让大家悬着的心又归于平静。

李慧娟忙于熟悉酒店各方面的情况，有事忙着，空虚的心一下子充实了许多。她并不一门心思去赚钱，她只是要让自己生活得充实些，让自己处于忙碌的状态，也许她会开心些。

八十四

马子涵在她母亲冯凝紫的悉心照料下，度过了妊娠初期的反应，渐渐稳定下来了，眼看国庆就要到了，旅游带队的任务重起来，范松萍负责国内，她负责境外游。

她做了一面队旗“江心市旅行团”，还印制了一眼望去旅游公司的名片，第一站马来西亚，她把马来西亚的名胜又温习了一遍。

“子涵，你一定要去吗？亲自带队虽然好，可是，你有了小宝贝了，我不放心。”赵启航体贴地说道。“还是让别人带队吧，好让娘照顾你。”冯凝紫更不想让子涵带队辛苦。

“没事，宝宝才怀了两个多月，我会小心的，你们放心好了，我会自己照顾自己的，我又不是小孩子。”马子涵开心地说道。

银鹰在10000米高空飞行着，舷外零下53度的空中，窗外的太阳艳艳地照着，真刺目，机翼下的云层一个劲地反射着光亮。就近望去，云儿似吹皱的雪痕，似遍野梯田，似滚滚的浪花，连绵的云儿一望无际，想观察云的结构是不可能了。此时，在地面观测，一定是蔽光高积云吧。

飞机向南疾航，马子涵坐在机窗旁，云层后退着，向远方看，一个个天然湖泊呈现在眼前，湖水湛蓝，仿佛碧玉镶嵌，湖中有仙子们在嬉水吧，神仙们都在湖边逍遥吧。阳光就是在这样的湖泊中向地球传递热量，传递光明。此处的地面，一定阳光明媚，人们在蓝天下自由自在地悠闲着吧。

瞧，忽隐忽现的沙滩！那儿有一大片的海，海上似有薄云，海水倒映着白云，不是那样醉人的蓝，海中有无数的岛屿，海边还有城堡林立，令人心旷神怡，让人遐想翩翩，那个地方的地面观测也许是多云天气，丝丝云彩挂在天空，气象人一定能观测到美丽的高云，那儿的人们云淡天蓝心情爽，或许信步闲庭，或许正在忙于秋作吧。

飞机越过千山万水，机身下的云儿活泼起来。有的像轻雾般在舷外飘逝；

有的似松松蚕丝堆起，阳光透过，秀丽的难以形容；有的耸起还拖着似松鼠的尾巴；有的似削过的山崖，奇峰壮观。此处的地面观测看来要复杂多了，是否有降水？是甘霖普惠万物，还是豪雨肆虐？不敢擅自猜测。

飞机穿越结构松散的云层，气流摇晃着机身，原来如此薄的云层，气流也有劲头，让人们享受婴儿般的礼遇。

云，越来越黑，太阳下山了，美丽阔气、蔚然壮观的云海消失在黑幕中。

座椅后背上的屏幕显示着航速、航向、经纬度，海上的岛屿与深蓝的大海形成鲜明的反差。飞机已经接近赤道了，开始下降，星星点点的灯布满了下面的城市，飞机在新加坡机场安全着陆，然后转乘大巴向马来西亚进发。

地导热情地欢迎来自中国的旅客，向来自江心市的游客介绍着马来西亚。

“马来西亚俗称大马，地理位置十分重要，它是东南亚小国，由13个洲和12个联邦辖区组成，是联邦制国家，我们的首都是吉隆坡，我们有古老的民俗民风、悠久的历史遗迹。”

“我们大马旅游资源十分丰富，阳光充足、气候宜人是我们的最大特色，我们这里有原始热带丛林，拥有很多高质量的海滩，奇特的海岛。”地导热情洋溢地介绍道。

“我们现在所在地是京那巴鲁公园，俗称神山公园。公园占地754平方公里。从热带到寒带植物都有，品种众多，可以说是世界上再也找不到的一个生态会合地，被誉为世界自然遗产胜地。”

“公园内的京那巴鲁山是东南亚最高的山峰，有4000米高，山上有多种多样的动植物，风景宜人，在约1500米处还有一座生态植物园，夏可避暑，冬可泡温泉。”

游客们被奇妙的植物深深地吸引着，有许多平生没有见过的植物，让人叹为观止。

马子涵到达马来西亚第二天，被带到云顶赌场参观。

“云顶是在亚洲范围内为数不多的堪与澳门葡京赌场和菲律宾赌场相提并论的赌场之一。葡京多靠澳门赌博传统及其多年的江湖地位取胜，而论及规模及气势，则略逊云顶。”

“云顶集团的老板林梧桐是一个中国福建人，他生于1918年，20岁来马来西亚谋生，是个木匠出身的建筑商。1965 年，林梧桐在云顶高原兴建酒店。1970 年获首相特许在酒店开办赌场，林梧桐在云顶共有 6 座大型星级赌场酒店。据 1994 年美国《福布斯》杂志统计，林氏的资产逾 50 亿美元，而同期的澳门赌王何鸿燊只有 19 亿美元。自从林梧桐退休以后，其集团业务就由他的次子林国泰接手成为集团主席及首席执行官。”

“云顶其实更像是一个大的娱乐城，除了庞大的酒店外，还有花园游乐场、室内体育馆及高尔夫球场等。云顶里的云星剧场也是华人巨星经常光临之地。”

从大堂到赌场要经过一个长长的扶梯，抬眼望去，全是港台大明星的巨照，最醒目的要数情歌王子张信哲演唱会的巨照了，新生代林志颖、谢霆锋也在这里开过演唱会。

这种将赌博与其他娱乐业打包在一起的方式，或许也正是云顶的老谋深算之处。

马子涵和江心市游客饶有兴致地听着地导海侃。

在游玩过马六甲海峡之后，大家来到马来西亚最后一站乐圣岭天后宫游玩。

到这里游玩的大多数是中国人。有一对老头老太大约 80 岁了，还在那里做义工，见“江心市旅行团”旗帜猎猎飘着，主动迎上前来，和旅行团人们闲聊着。

老人的中国话讲得还算行，语速不快，马子涵他们都能听得懂。

“乐圣岭天后宫是 1987 年建的，1989 年开幕启用，是我们华人标志性的庙宇，是主祭天后妈祖的。”老人看到中国人显得很是激动，“这里也成了吉隆坡的旅游景点了，也是我们社团活动的场所。”

“江心市在哪里？”老人看见马子涵举着旗，上面的江心市三个字特别鲜目，不由好奇起来。

“我们江心市是江苏省的一个县级市，地处长江中间，所以就叫做江心市了。”马子涵向老人简单地介绍了江心市的人文和地理位置。

“你说的是真的吗？”两位老人惊奇地看着马子涵，又重复地问了一遍。

“老人家，我们是来自江心市，过去叫江心县，后来经济发展了，人口增多了，就改为江心市了。”马子涵认真地答着。

“姑娘，那你知不知道有个明月村吗？你听说过吗？”老人急切地问道。

“您老怎么知道我们江心市有个明月村？”马子涵十分好奇，见这两位老人衣着华丽，头发虽然全白，但精神矍铄，腰板硬朗，耳聪目明，一种亲近感油然而生。“老人家，我知道明月村，现在那里还有个星月亲水公园呢。”

“还有公园？不是江边上的那个明月村。”老头对激动着的老太讲道。两位老人有点失望，相互看了一眼，一种失望的情绪深深地显现在眼里。

“老人家，您误会了，我说的明月村就在江边，那个星月亲水公园就在明月村和明星村交界处，所以取名叫星月亲水。”马子涵赶紧把星月亲水仔细地讲述一遍。

“那你认识马九英吗？”老头满眼希望地问道。

“不知道。”马子涵确实不知道九婆婆就是马九英。

“姑娘，你住在哪个酒店？”

“我们住在豪景酒店，老人家，这是我的名片。”马子涵双手递过名片，“我住在 1617 房间。”

马子涵作别了老人，离开了乐圣岭天后宫，随着地导回到酒店。马来西亚是个欢笑的国家，华人也很多，今天在乐圣岭天后宫，见到许多华人，感觉像是回到了中国一样。马子涵安顿好旅行团吃住，讲清明天的行程，让大家早点休息。

八十五

“希锴，你说刚才那姑娘讲的江心市，是不是我们的家乡？”

“从那个叫马子涵的话语中，她讲的江心市就是我们的家乡，她还知道明月村、明星村。看来，我们多年的愿望能够实现了，晚上等归中、田雨他们回来后，和他们商量商量。”田希锴心里高兴，虽然没有打听到马九英，但他隐约感觉到这个马子涵与他有缘。

“杏花，小航今年有多大了，是不是已经45岁了？”田希锴轻轻问道，他见姚杏花情绪不稳定，都四十多年了，她还是时不时发呆发怔，他与姚杏花提起了赵启航。

“是的，小航今年45岁了，不知道他是不是还活在这个世上，苦命的孩子，都是我不好，我不应该抛下他不管，一个人跑了。”姚杏花老泪又流了出来，这么多年了，她每每想起小航，她的心都绞痛。

“杏花，都过去了，我们快80岁了，有生之年，我们还是回去看看吧。”田希锴忧虑地说道。田希锴这几年时常与姚杏花唠叨，希望她能回心转意，与他一起回国，回到江心县去看看，他要向田纪英、许秀英报告田荣根、许泰银的不幸，向自己的妻子马九英深深地道歉，他对不起马九英，让她一个人挑着沉重的担子。

姚杏花她不敢回去，不敢面对村上的人，是她抛弃了儿子，抛弃了家，只顾自己，她悔恨的情结一直没有解开，虽然在马来西亚过着优越的生活，还育有两个儿子。

她更不敢面对赵铎的遗像，赵铎尸骨未寒，自己就跟着别人跑了，丢下3岁的儿子不顾，她觉得无脸面对赵启航。

她与田希锴组成家庭，她更觉得对不起马九英，平时与马九英是那样的要好，经常端着饭碗到马九英家里话说短长。

当田希锴一次次地劝说她一起回到家乡时，她的心里就泛起沉重的往事，她心里虽然也很想回去看看，去看看她的儿子小航，可是，“无法面对”这四个字像一个沉重的十字架，压得她喘不过气来。

“你大儿田风今年应该是53岁了，二儿田野也有51岁了，小儿江海49岁。”姚杏花这么多年来，一直记着田风、田野、田江海、赵启航，他们的年岁记得清清楚楚，只是模样一点也不记得了。

“你和九英同岁，要是她还活着，今年已经79岁了。”姚杏花想起马九英，心头很不自在，“就是不知道她是否还活着，还有许秀英、田纪英她们，不知道她们是否也活在世上。”

“秀英只有一个儿子，叫许晶，田纪英的儿子田明珠比小航大1岁，还有兰兰、小梅二个闺女。”田希锴和姚杏花这几年闲着没事就数典数经，把田荣根、许泰银、赵铎他们忆起。

田希锴在家里，还立着田荣根、许泰银、赵铎三个兄弟的灵牌，按照中国人的习惯，过年过节时，给他们上香，与他们说话。

自乐圣岭天后宫开幕后，他们时常去那里，最近几年，他们经常去天后宫做义工，帮助华人解决在马来西亚生活中遇到的烦恼事。

今天一大早起来，姚杏花心里乱得很，自来到马来西亚安顿下来后，从来没有过的感觉，心里惦记着天后宫，她也弄不明白，为什么这么想着天后宫。吃过早饭，姚杏花就缠着田希锴去天后宫。

鬼使神差，让他们遇见了马子涵带的江心市旅行团。

“也许是天意，昨天、前天都没有去，你今天一大早就闹着要去，果真遇上贵人了。”田希锴开心地说道。

“我也不知道怎么回事，早上起来，就想着要去天后宫，以前从来没有这样的感觉，你说怪不怪。”姚杏花忧忧地说道。

“不知道这个马子涵知道不知道小航、田风、田野、江海他们。”姚杏花满心的思绪，一种期盼在胸中浓浓地升起，多想知道她的小航的情况，来减轻对自己的自责。

田希锴、姚杏花二个老人整理好衣衫，净手后来到田荣根、许泰银、赵铎灵位前，上了香，“兄弟啊，家乡来人了。”田希锴面对三个灵牌，忧郁地说道，希望他们三兄弟冥冥有知，把终于打听到家乡的消息告诉他们，自己好带他们回家。

大儿赵归中带着媳妇尹红回来了，见父母在上香，“爸爸、妈妈，你们今天怎么上香了？”赵归中看着衣衫整洁的父母，小心翼翼地在摆放着供果的台前，双手合十，念念有词，不禁好奇地问道。

田希锴与姚杏花到马来西亚二年后结婚了，次年产下一子，“希锴，这个儿子就让他姓赵吧，赵铎如今没了，唯一的儿子小航才 6 岁，家乡又是那么的穷困，不知道他能不能活下来，还是给赵铎留个后吧。”姚杏花希望田希锴能明白她的一番苦心。

田希锴当然明白姚杏花的心思，她抛家弃子，心里对不起赵铎，想让儿子来补偿她内疚的心。“好吧，就给儿子取名赵归中吧，早晚他还是要认祖归宗的。”

又过了两年，他们的第二个儿子出生了，他们给他起名叫田雨，顺着田风、田野、田江海而名。

“归中，你来，我和你妈今天见到家乡人了。”田希锴把马子涵的名片递给归中，把今天在天后宫遇到马子涵带的旅行团一事与他说了一遍。

“妈，爸，这可是好事啊，你们不是一直都在想着要回中国吗？你们做梦都想要回去一看究竟的，现在中国发展很快，是该回去看看了。”赵归中兴奋起来，他知道老人家的心思，他们平时经常在他和弟弟田雨面前提到中国，自己的名字还叫归中呢，归中就是归到中国去。

“你们有没有与那个叫马子涵的人交谈过，详细问清了家乡的事吗？”赵归中也很想知道父母亲生活过的农村是什么样子，还有他的几位哥哥的情况。他知道父母为什么一定要他和田雨说中国话，写中国字，母亲虽然没有提过要回去，但从母亲的平时言词中，还是嗅到她心中思乡的浓浓气息的。

“我们没有和马子涵深谈，只是问了你大娘的事，她说不认识你大娘马九英。”田希锴有点后悔，没有好好地问清，他白天看到姚杏花的情绪时好时坏，也不敢太得意忘形，只是凭他的想象，这个马子涵一定会与自己有缘的。

“走，爸，妈，尹红，我们去豪景酒店去，我打电话给田雨，让他们直接去酒店。”赵归中不由分说拉着母亲和父亲向豪景酒店赶去。

八十六

马子涵吃过晚饭后，没有出去走走，虽然是第一次来到马来西亚，吉隆坡的夜景十分迷人，可是她一点出去玩的心情也没有，每晚都向赵启航汇报她的消息的，今晚也不例外。

“启航，有空你也出来走走吧，异国他乡的风景引人入胜，马来西亚是一个欢乐的国都，华人也很多。今天我们去了马六甲海峡，我们到赤道了，这里的天气真好玩，一分钟前还是阳光明媚，一分钟后便雨落眼前，天空中的云朵就像婴儿的脸，说变就变，淡淡的云层一下子会变成成堆的白云。”

“眼前是无边无际的大海，湛蓝的大海让人心旷神怡，很想一下子跳入大海，在这美丽的大海里畅游。”马子涵开心地向赵启航介绍着今天的行程。

“启航，我们今天还去了乐圣岭天后宫呢，我们家乡不是也有一个叫天后宫的地方吗？”马子涵与赵启航通电话的心情是愉悦的，人是幸福的，真想一口气把在异国他乡所见所闻全说给他听，也不管话费多少，只要报平安、听到对方的声音就十分的安心、祥和。

“这里的天后宫是华人集会的地方，是纪念妈祖的，今天我们还见到二个打听你们明月村的老人，他们还问我认不认识马九英呢，我不知道马九英是谁。”

“打听马九英？马九英就是我九婆婆啊，他们有没有说与九婆婆有什么关联呢？”赵启航关心地问道，与九婆婆有关，他当然是特别上心的，“他们叫什么名字？”

“我没有问，看样子快 80 岁了吧。”马子涵当时并没有在意，也就没有详细地问清，“他们只是说在那里做义工，帮助华人。”

“哦，你早点休息吧，注意安全。”

“他们会是谁呢？我们家没有海外关系，也许是九婆婆小时候的朋友吧。”赵启航默默地想着。

“请问你是马子涵，马经理吗？”电话里传来普通话，很是好听，倍觉亲切。赵归中带他父母亲和尹红来到了豪景酒店，弟弟田雨带着林悟也赶到了酒店。

“我是马子涵，请问您是谁？”马子涵礼貌地问道。

“我是赵归中，今天在乐圣岭天后宫问你江心县的那两位老人家是我的父母，我们在一楼，你能下来一下吗？”赵归中客气地说道。

“好的，我马上下来。”马子涵忽然想起赵启航问的话，是要好好问问他们与九婆婆是什么关系，怎么认识九婆婆的。

“你们好，我是马子涵。”马子涵快步走到两位老人面前，报以灿烂的笑容，转过身来与其他四人点头致意。

“打扰你了，马经理，我们去那边咖啡馆坐坐吧。”赵归中邀请着，他见这个叫马子涵的人美丽大方，温柔善良，和蔼可亲，一种亲近感油然而生。

田希锴、姚杏花坐下，让马子涵坐在姚杏花身边，赵归中、尹红坐在马子涵身边，田雨、林悟他们依次而坐。

“请问马经理，你是明月村的人吗？”赵归中问道。

“我不是明月村的人，但是我与明月村的人有联系，很多人都很熟。”马子涵认真地回答道，她仔细看着这个叫赵归中的人，健康活泼，热情洋溢，面带笑容，是个典型的中国好男人形象。

“哦，对了，老人家，刚才我打电话回去了，你们问的那个马九英，人们都叫她九婆婆，我只知道叫她九婆婆，先前不知道她的大名。”

“她还活着？”田希锴听到马九英的消息时，飕地站起来，激动地追问道。

“老人家，我九婆婆她健康的很，今年 79 岁了，身板硬朗呢。”马子涵开心地说道，提起九婆婆，马子涵打内心里喜欢她老人家，是她棍棒下面培养了田风、田野、田江海、赵启航，让他们腰板硬，行正道，更让她得到赵启航的爱，喜得一心人，白头不相离。

“那你认识小航吗？”姚杏花两眼放光，急切的样子，像是十分关心叫小航的人。“他姓赵，他的小名叫小航，他的大姓叫赵启航，你知道这个人吗？”

“你们认识赵启航？你们是他什么人？”马子涵站起来，怔怔地问道，“没有听他说马来西亚有他的亲戚朋友。”

“姑娘，你认识吗？”田希锴颤颤巍巍地问道。

“老人家，我何止认识赵启航，我花了很多时间才追到赵启航，他是我的爱人。”马子涵幸福地说道，“启航现在是星月亲水的总经理，他手下有好几个公司呢。”

“你们是启航的什么人？”马子涵从幸福中醒来。

“孩子，你真是启航的媳妇？启航还活着？”姚杏花泪流满面，盯着马子涵急切地问道。

“老人家，启航活得好好的。”马子涵把赵启航的事简单地说了一遍，姚杏花喜一阵悲一阵。

“那你认识田风吗？”赵归中问道。

“认识，田风是我九婆婆的大儿子，他现在办了一个养鱼场，规模可大了，他和他妻子管着鱼塘，他有两个孩子呢，儿子叫田新语，女儿叫田新青。”

“田风的二弟叫田野，他现在是运输队的队长，生意红红火火呢，他也有两个孩子，女儿叫田新凤，儿子叫田新晨。”

“田风还有个三弟，叫田江海，江海哥是我们市的交通局局长，他的儿子田建大学毕业后到启航星月亲水来帮他四叔。”

“田风的四弟就是赵启航，启航是九婆婆一手带大的。”马子涵的话匣子一打开就一口气把九婆婆一家人讲了一遍。

赵归中、田雨听完马子涵的介绍，心花怒放，一切都与父母亲平时唠叨的一样。眼前的马子涵没有说谎，她真的就是自己要找的亲人。

“嫂嫂，小弟赵归中向你问好。”

“大嫂，小弟田雨向你问安。”

赵归中、田雨向马子涵行鞠躬礼。

尹红、林悟也连忙站起身来向马子涵问好。

“你们是？”马子涵满腹疑虑，怔怔地站在那里。

“子涵，一言难尽，我是田风田野田江海的爸爸，我叫田希锴，这两位是我的儿子赵归中和田雨，这个是归中的媳妇尹红，这位是田雨的媳妇林悟。她是启航的妈妈，叫姚杏花，也是归中、田雨的妈妈。”

马子涵惊呆了，想不到在马来西亚竟然巧遇启航的妈妈，还有九公公。她连忙给田希锴、姚杏花行礼，“老人家，子涵给你们鞠躬，五弟六弟你们好，两位妹妹你们好。”

姚杏花、田希锴激动得无以言表，“苍天有眼，让我们在残烛之年还能见到我们的亲人，子涵，这些年你九婆婆过得怎样？”田希锴伤感地说道，他一直以来都在自责，不应该让马九英一个人带着三个孩子艰苦生活。

“那许秀英、田纪英她们还在吗？”姚杏花止住激动，急急地问道。

“许队长、田婶、九婆婆她们三个人经常在一起，许队长身体还好，就是田婶的身体一直不好，听田风讲，那年他父亲带着生产队的许泰银、田荣根一

起外出采煤，只知道煤矿出事了，不知道他们兄弟三人究竟怎样，田婶听到消息后就病倒了。”

“许队长就一个儿子许晶，他现在和田野一起开着运输公司；田婶有三个孩子，儿子田明珠现在也跟启航他们在一起，还有田明兰、田明梅两个妹妹。”马子涵把明月村上的熟人一一介绍着。

“听启航讲，九婆婆一直很坚强，他一个人把田风、田野、田江海，还有赵启航带大，田风、田野很小的时候就辍学了，回来帮九婆婆，田风还去煤矿采过煤，后来分田到户，联产承包，田风和田野买了拖拉机，耕地、搞运输，日子一天天地好来，九婆婆把田江海、赵启航培养成大学生，九婆婆还是住在那间老屋，就是不肯住到城里去，也不肯住到田风、田野的别墅里去。”马子涵动情地说道。

“归中今年 38 岁了，他和尹红育有一女，叫赵晓月；田雨 36 岁，他和林悟生了一个儿子，叫田晓亮。”田希锴望着身边的儿子，向马子涵介绍着。

“你和启航有孩子了吗？”姚杏花拉着马子涵的手亲切地问道。

马子涵情不自禁地摸了一下肚子，“我们准备元旦结婚，现在我已经有了。”马子涵的脸红了起来。

“嫂子，让我来瞧瞧。”林悟不由分说，就给马子涵搭起脉来。

“妈，爸，她真的怀孕了。”林悟高兴地说道，“几个月了？”林悟是个医生，她的父亲是一名中医，从小就跟着父亲学习中医，后来上了医科大学，学得也是中医。

“已有两个多月了。”马子涵不好意思起来，红着脸轻声地说道。

“好，好，我们老赵家有后了。”姚杏花喜上眉梢，开心地笑起来，“孩子，你要多休息，不要累着。”田希锴心情大悦，尹红、林悟与马子涵问这问那，谈笑风生。

八十七

“爸、妈，我们元旦回中国去吧，去参加启航与子涵的婚礼吧。”赵归中喜笑颜开地对田希锴、姚杏花他们说道。“是啊，妈，我们回江心市吧，我要去看看大娘和田风他们。”尹红、林悟也凑起热闹来。

姚杏花痛苦起来，急迫回家的心情与内疚的情愫交织着，已经四十年了，这种痛苦一直在折磨着她，举棋不定，两难抉择。

田希锴心里明白姚杏花的难处，他开导了姚杏花 30 多年了，不见她松口，也只好由着她，等待时机吧。

“大哥，我们得想个办法，让妈妈回心转意，其实妈妈她很想回家的，她一直都在担心着启航哥的，我知道她一直在想着启航哥，只是心理这一关难过。”田雨与赵归中商量着，思寻对策。

“既然已经知道了大娘他们还好，都健在，没有什么过不了的坎。”赵归中想着马子涵说的话，家乡的景象心中已然有了眉目，只是父母亲他们的心理有障碍，也不知道大娘的心里会怎么想，毕竟他们都快 80 岁了，经不起打击的。也不知道启航还认不认母亲，他从小就被母亲抛弃了，他会原谅母亲吗？一切都是未知数。

“听子涵嫂子讲，启航在搞设施农业，我看就从这方面着手，与他先联系上，先看看他的想法。”田雨认为大哥归中可以把他的橡胶生产技术与启航沟通，都是农副产品，也许会有什么结合点呢。

第二天一早，赵归中和田雨又赶到豪景酒店。

“嫂嫂，你看我们怎样从中撮合，把爸妈他们带回中国，圆他们的一生梦想？”赵归中直截了当地问道。

“我们主要考虑父母、和大娘他们，不能让他们太过激动，不知道大娘知道爸妈组成家庭这一消息后会怎样想，也不知道启航会怎样想。”田雨把问题直接提了出来。

“是啊，这是一个棘手的问题，你们兄弟怎么考虑的？”马子涵不隐瞒观点，“不能突然出现在九婆婆眼前，得让她有思想准备，启航那里我可以跟他说，启航通情达理呢。”

“那你回国后先不要讲这边的事，我想个法子去找启航哥吧。”赵归中、田雨、马子涵他们商量起办法来。

“还是我去中国，找启航谈合作之事吧，这些年，父亲带我们挣得了很大的资产，如今他老人家已经退休了，他把公司交由我掌管，我们主要从事橡胶生产，制造橡皮。”赵归中向马子涵介绍道他们的一些简单情况。

“橡胶树一词来自印第安语，意为流泪的树，原产于亚马孙森林，1873 年被移植于英国邱园，1877 年 22 株三叶橡胶树被运到新加坡，1898 年才传到马来西亚。”提起橡胶，赵归中兴奋起来，他经营多年了，对橡胶有了丰厚的感情。

“最初的时候，橡胶被当作财富或极其珍贵的物品使用。橡胶树只要小心地切开树皮，乳白色的胶汁就会缓缓地流出来，经过凝固、干燥就能制造成天然橡胶，天然橡胶具有很强的弹性和良好的绝缘性、可塑性、隔水、隔气、抗拉、耐磨等特点。橡胶广泛运用于工业、国防、交通、医药卫生和日常生活。”赵归中侃侃而谈，把马子涵当作知己似的说个不停。

“橡胶树的种子榨成油，可以制造油漆和肥皂；橡胶果壳可以制造优质纤维。”赵归中饶有兴趣地介绍着橡胶树方面的知识。

“父亲开辟了一大片橡胶树林，我们家开始靠这些橡胶树度日，后来橡胶的用途越来越广，销售不成问题了，价格越来越高，我们的财富就跟着上涨，后来，又办起了橡皮厂，生意红火。”

华人在马来西亚能立足，一是靠智慧，二是靠吃苦耐劳，勤俭持家。

“橡皮能擦掉铅笔字，是在 1770 年英国科学家普里斯特利首先发现的，普里斯特利的这个发现引起很大的轰动，最早的橡皮是用天然橡胶做的，擦字时不会掉碎屑，只能把铅笔末粘在橡皮上，这样的橡皮越擦越脏。”田雨向马子涵讲起他的职业来。

“后来，人们在制作橡皮时加入了硫黄和油等物质，使得橡皮很容易掉屑，被擦掉的铅笔末随着碎屑离开橡皮，这样一来，橡皮能保持干净，也不会把纸弄脏。”

“我们提供橡胶，我们也制造橡皮，生产形势喜人，我的橡胶园每年都迎来大批游客参观，这是观光农业的一种。”赵归中侃侃而谈。

“我种植橡胶，弟弟田雨负责制造橡皮，我们的产业发展的很快，我们从小就受到父母的熏陶，勤俭持家，资金结余充足。”赵归中兴奋地说道。

“我们可以搞设施农业投资，就用这个办法，我先去与启航接触，再想法子与大娘接触，一步步来，嫂子你看怎样？”赵归中坦诚地说道。

“我看这个办法行得通，也在理，我先在启航面前旁敲侧击吧。”马子涵很想让赵启航现在就知道他母亲还活着的消息，昨晚与田希锴、姚杏花、赵归中、尹红、田雨、林悟分别后，回到1617房间后，就想打电话告诉启航的，可是一想，不能太过突然，不能伤害启航，等等再说，回到国内再与他提起吧。

“也好，你先回国看看启航的设施农业规划再说吧，你们兄弟先见见面也好。”马子涵心里高兴，想不到奇迹会发生在她身上，也许是天意，把她与赵家田家结合在一起的。

她高兴地与赵归中、田雨说笑着，“我在国内等你们。”

马子涵带着江心市旅行团离开了马来西亚，到新加坡、泰国旅游后，回到了江心市。

八十八

金秋十月是个繁忙的季节。蒋爱民在九月下旬就带着田建、钱定军、李阳阳和郭思莹、肖慧、林颖他们去新疆育秋菇去了，十月上旬，兴农园的秋菇大棚已经全部弄好，秋菇生长势头良好，农民们有了夏菇种植的经验，再经过这一帮大学们的指点，已经掌握了平菇的种植技术，田建、郭思莹和蒋爱民在兴农园指点着，李阳阳和林颖一心一意要发展设施花卉，赵启航让田明珠先在长廊选好地方，建成一个钢构大棚，让李阳阳、林颖指导闻小凤、胡红云、张媚她们种植花卉。

田明珠承建的十里长廊进展顺利，有三个工程队进场施工，吴灿整天在工地上跑前跑后，严把质量关。

施广发的怡心园来客众多，大多是三四十岁的男男女女，也有举家一起租房过周末的，有时一过就是两天，吃住在怡心园。

“赵经理，怡心园的规模是不是可以扩大些？要是有像新疆组团来时，散户就无法入内，这就影响了怡心园的声誉，驿站那边不好交代。”施广发找到赵启航，说起了自己的设想，“最好能再建 30 间独门独院的房子。”

“经过上次有惊无险的台风之后，我觉得休闲住处得考虑搬到堤内，这样吧，我让吴灿设计一下，看看怎样与十里长廊相结合，建一处休闲院落，一字排开也不好看，又占地，建成异样回字形建筑群。”赵启航把设计任务交给吴灿，把自己的想法与吴灿说清，“要从十里长廊的整体风格去考虑，为以后的观光农业打基础。”

很快，吴灿拿出了设计方案，赵启航找来田明珠、施广发一起商量吴灿的设计方案，“把李头请来吧，让他帮助参谋参谋。”施广发建议道。

李八斤应约而来，仔细看了一下设计方案，认为总体构思可以，实施起来也不成问题。“我看房间距还是放大些好，虽然这个方案符合设计要求，但从实用上看，我建议在原有的基础上扩大 50%，空地可以建设曲径，搞一个内花园什么的，形成景中有景的格局。”李八斤悠悠地说道。

“我看可以，李头，这样好不好，扩大一倍，建筑群也扩大。原来建 50 间院落的，建成 100 间院落。另外增加辅助建筑，设计一间框架房屋，建成多功能厅。”赵启航坚定地说道。

“好，大手笔，我赞成你的想法，尤其是多功能厅，设计要尽量全面，把能想到的都设计进去，这里将成为江边设施农业的中心。”李八斤见世面广，想得层次更高些。

“田经理，这些堤内建筑是永久性的，不同于怡心园原来的工棚改造，抗大风、防雷击都要考虑进去，吴灿，再把设计修改一下，外形建成公园仿古型。”赵启航下定了决心，本来还没有这么快就建这些，等手头有了足够的资金再建的，考虑到客人的安全和星月亲水的形象，他决定提前实施。

经过两个月的准备，一切手续办妥，经过设计院的修改，设计更加完善，效果图也制作成册，春节后就可以着手开工建筑。

国庆后的两个月，外滩建设也开展起来。

赵启航按照田建、钱定军、李阳阳、郭思莹、肖慧、林颖他们的构想，与蒋爱民、施广发、兰町他们商量，又征得秦书记的同意，决定建成大型鹅鸭养殖场。

赵启航请水利局的朋友设计了3000米的钢丝网围栏，主要目的是阻止鹅鸭外游，在钢丝网两侧筑成混凝土小路，加固围栏，低水位时方便内塘管理。

上百人的挖掘队伍在江滩上紧张地劳动着，秦书记讲话算数，只要有利于明月村的发展，动用劳力不成问题。

人多力量大，经过近二个月的配套施工，江滩外的大型养殖场初具雏形，接下的事就是蒋爱民、田建、钱定军、李阳和郭思莹、肖慧、林颖的事了。

100个栖岛用曲桥相连，栖岛上栽上水杉、垂柳，还有些香樟，2000多米的外滩，形成了一个大的湖泊，远远望去，仿佛像个千岛湖，等到丰水期，那是怎样的一个浩浩荡荡的景观呢。

临近元旦，马子涵和她的父母在忙着结婚事宜，田明兰放下手上的工作，把柳条工艺品厂交给田学洪管理，一心一意帮助马子涵忙结婚。怡心园也做好准备，赵启航与马子涵的婚礼就在怡心园操办，他们不讲排场，只要热闹就行。

赵启航在星月亲水驿站，与蒋爱民策划着十里长廊建成后，花卉园、植物园、兴农园、净菜配送中心建设事宜。

“你好，请问你是星月亲水的赵经理吗？”赵启航听见是个外地人的声音，放下手上的报告，“我就是赵启航，请问你是谁？找我有事吗？”

“我是马来西亚的赵氏橡胶园的赵归中，想找你聊聊有关设施农业的事。”

“好的，你在哪？要不要去接你？”赵启航亲切地问道。

“我在你们车站，我已上了出租车，请问在哪里可以找到你？”赵归中尽量用普通话向赵启航问路。

“那好，你让出租车师傅送你到星月亲水驿站来，我在驿站等你光临。”

赵启航打电话给何洁扬要她马上过来，并通知施广发准备一桌晚餐。

赵归中来到星月亲水驿站，赵启航等候在楼下，“你是赵经理？”来人客气地问道。

“我就是赵启航，你是从马来西亚来的赵归中先生？哈哈，我们同姓。”赵启航握住了赵归中的手，请他到二楼茶座喝茶。

赵归中是从马子涵那里得到赵启航的电话的，他记得赵启航与马子涵元旦结婚，经与田雨商量，就由他做代表赴中国，到江心市来参加他们的婚礼，当然他是以项目合作人的身份而来的。

“看你这驿站的装饰，想必赵经理是一个文化人，清静优雅。”赵归中见赵启航堂堂正正的样子，心中十分欢喜，可是他不能有其它的表示，只能在心中暗暗叫声哥哥了。

“请问赵先生，你在马来西亚从事什么职业？与设施农业有关吗？”赵启航与赵归中聊起来。何洁扬在一旁默默地泡茶，见他们两人谈兴正浓，也就不好介绍她的茶道了。

“我在马来西亚从事橡胶树的栽植，采胶，做橡胶生意，我的橡胶园与观光农业有关联。”赵归中见赵启航身强力壮、精神饱满、双目炯炯有神、有一副善良的面孔，对眼前的同母异父的哥哥亲近起来。

“听人讲，你在江心市搞设施农业，我很感兴趣，想过来与你聊聊这方面的事，看看有没有合作的地方。”赵归中轻声说道，他见赵启航不卑不亢，闲聊谈吐有节，知道赵启航正如马子涵所说，他是个明理的人。

“你们马来西亚设施农业发展的很好，我在网上浏览过，尤其是设施农业与旅游业结合得很好。”赵启航与赵归中谈起设施农业来。他见赵归中高高大大，一表人才，脸上挂着微笑，在心里自然而然地与赵归中亲近了，这个赵归中是他回到农村搞设施农业后，是第一个来谈合作的，而且还是国外来宾，赵启航当然更加不会怠慢，热情友好地与赵归中交谈着。

“我们马来西亚休闲农业的发展，改变了马来西亚山区的面貌，促进了城乡一体化发展。”赵归中讲的与中国目前聚焦三农是一脉相承的，赵启航默默地想着。

“休闲农业也称观光农业，是农业产业结构调整过程中产生的一种新型农业生产经营形态。”赵归中在来中国之前狠狠地把大马的设施农业研究个透，他不能在赵启航面前太过出丑，因为他没有专业从事设施农业的经营，如果说橡胶园也算设施农业，那他也仅仅对橡胶有认识，对参观橡胶园有认知。

“观光农业就是把农业资源与旅游资源结合起来的一种休闲方式。”赵启航表示赞同，他的怡心园第一笔大单就是典型，他的思想就是大力挖掘农村资源，把农村资源效益放大，赵启航的本钱就是农村资源。

“我们马来西亚农业观光园主要有五种形式。其一以农村公园为主体，主要集中在近郊。其二在农村居住，欣赏农村风光。其三对土特产进行深加工。其四体验农村生活，参加农村劳动。其五花卉种植与旅游业结合起来。”赵归中笑谈着马来西亚观光农业，想给赵启航留下深刻印象。

“不知道你赵经理的设施农业主攻方向是什么？我的橡胶园每年能吸引无数游客来参观，旅游观光收入也很丰厚。”赵归中悠悠地说道。

“赵先生，我在江心市也准备大力发展设施农业，目前我已办起了兴农园，以种植平菇为主，以后还要搞立体栽培蔬菜；我们正在搞设施花卉种植，我们的十里长廊观光带正在建设之中，我们还有怡心园、养殖场，我有一个设施农业发展规划，已经在市政府立过项了，明天再与你详细说说我们的规划，今天我带你去江边实地看看吧，感受一下我的星月亲水。”赵启航真诚地说道，讲得好不如现场看，看过后再商量合作之事也许更见效果。

赵启航带赵归中来到了兴农园，参观了秋平菇生产基地，秋平菇长势喜人，菇盖健壮，菇脚有力，椹桑均匀，丰收在望。蒋爱民、田建、郭思莹他们大棚内指导农民们科学管理，采摘、通气、增湿等。

“我们还将大力种植食用菌，世界上已被描述的真菌达 12 万余种，能形成大型子实体或菌核组织的达 6000 余种，可供食用的有 2000 余种，能大面积人工栽培的只有 40 ～ 50 种。”

“食用菌在分类上属于菌物介真菌门，绝大多数属于担子菌亚门（如平菇、香菇），少数属于子囊菌亚门（如羊肚菌）。中国食用菌资源十分丰富，据卯晓岚（1988）统计，中国已知的食用菌约 657 种，它们分属于 41 个科、132 个属，器重担子菌 620 种，子囊菌 39 种，2000 年统计中国的食用菌达 938 种，人工栽培的有 50 余种。”蒋爱民向赵归中介绍道。

“解决人们吃饭问题是全世界的共同追求，大力栽培食用菌前途无量，成本低、见效快，经济价值高，而且技术成熟，是个好的农副产品项目，值得大力推广。”赵启航补充道。

赵启航把赵归中带到星月亲水馥馨园，“这是我二嫂闻小凤，她们正在搞设施花卉培植，这是我们的二位农大的大学生，毕业后自愿来到我们星月亲水，要在农村广阔天地里大展宏图。”

赵归中笑容可掬地问了闻小凤好，“我们马来西亚的花卉节成了旅游的首选，发展设施花卉，大有作为，如果你们有兴趣，可以到我们马来西亚来参观，到时我给你们当翻译，给你们推荐最好的技师给你们指导。”

他们又去了明月筵养鱼场，“这是我大哥田风，大嫂朱秋艳，这位是马来西亚的客人，叫赵归中，是个华人，来参观你们的养鱼场。”赵启航给赵归中、田风、朱秋艳介绍互相认识。

“想不到你的养殖场这么大，了不起，让我尊称你们一声大哥、大嫂吧。”赵归中心里高兴，他可以很自豪地向他的父亲讲起田风了。

“小伙子，给我们来一张合影吧，以大片水域为背景。”赵归中把相机交给李阳阳，与田风、赵启航、朱秋艳一起合影留念。

赵启航又把赵归中带到柳条工艺品厂，“这是田明兰厂长，她可是我们的穆桂英，女中豪杰。”赵启航饶有兴趣地带着赵归中参观工艺品厂。

“走，到我们的怡心园去瞧瞧吧，大哥、大嫂，晚上来怡心园共进晚餐。”赵启航带着赵归中来到了怡心园。

赵归中站在“垂钓长江风”前，好一幅自由自在的意境，间间院落小巧玲珑，优雅洁净，“赵经理，今晚我就住在这里了。”赵归中很喜欢这怡心园的院落，窗外的滩涂虽然已经荒芜，远处的江水在阳光下泛着精白，江风吹得让人心醉，这里没有城市的喧嚣，没有都市的霓虹明滟，只有让人清静的幽雅，让人耳目一新的舒畅。

“好啊，我陪你住在这里，介绍一下，这位是怡心园的经理施广发，这位是马来西亚的赵归中先生。”赵启航今天喜悦，心情愉快。

八十九

赵启航打电话把田明兰、何洁扬、田野、闻小凤也叫来，马子涵去了娘家，她母亲不让她在外面乱跑，她要亲自照顾她的起居。赵启航没有把赵归中当作外人，喊来田建、吴灿他们七个大学生，还有蒋爱民、大哥大嫂一起来陪同赵归中用餐，大家在一起热闹，欢迎赵归中参观星月亲水。

“二哥，这位是我们的客人，马来西亚的赵归中先生，这个是我的二哥田野。”赵启航把田野、赵归中介绍相互认识。

大家坐定，17 人围坐一桌。“赵先生，我对你们马来西亚的花卉节很感兴趣，能给我们讲讲吗？”田建请教道。

“花卉盛会在每年的 3 月到 8 月举行，花卉节以生动绚丽、颇具创意的形式向世界各地的游客展示马来西亚丰富的花卉资源。”赵归中介绍道。

“马来西亚曾在美国帕萨迪玫瑰花车游行锦标赛中获得多个奖项。”

“花卉节主要包括花卉摄影大赛 / 花卉摄影获奖图片展、花卉工坊、花卉马拉松、插花设计 / 花卉装饰比赛、花车游行、花车展、花卉市场这七大部分。”赵归中向大家介绍着马来西亚的花卉节。

“田建，如果你们有兴趣，可以到马来西亚来，我带你们实地考察。”赵归中邀请道。

“四叔，我们是要去看看，我想也在我们江心市、星月亲水搞个花卉节，我们捷足先登，抢占市场。”田建兴奋地说道，“我们想去看看，四叔，批准吧。”田建磨起赵启航来。

“开春再说吧，小子，就你鬼精灵。”赵启航开心地说笑着。

“来，何女士，你给我们来一张聚餐照吧。”赵归中把相机递给何洁扬，他有他的心思，他要把这些珍贵的照片带回去，给他父母看，给他们带回欢乐，带回安慰。

何洁扬在不同角度连续拍了好几张。

“来，田建，我们来张合影。”赵归中高兴的像个小孩，拉着田风、朱秋艳合拍一张，拉着田野、闻小凤拍了一张，拉着赵启航拍了几张，又和他们一起合拍了一张，最后又和田建他们七个大学生合了一张影，才重新入座。

大家边吃边聊，欢声笑语，其乐融融。

吃完晚餐，赵启航安排赵归中在怡心园住下，又在院落里与赵归中天南海北地聊起来。

“我们赵氏橡胶园想在中国投资，看了你的星月亲水，我看到了你的实干精神，回去后，我们再商量一下，怎样合作，我父亲的意思是要找到合适的项目，才可以投资，他也是农民出身，他希望投资农业，他对工业投资不太感兴趣。”赵归中坦诚地说道。

“你们出资金，我们出设施、人力、市场，我对你们橡胶园感兴趣。”赵启航也真诚地讲明了自己的态度，“至于如何合作，你回到马来西亚后起草文本，我们再研究。”

“好的，我回去就着手准备，你也走出去看看，总会有收获的，现在交通方便了，来回用不了几天，有机会到马来西亚来看我。”赵归中满眼期待，心潮澎湃。

“赵先生，看你年纪轻轻，事业心这么强，你很了不起，我得好好向你学习。”赵启航给赵归中斟满茶，露出惺惺相惜的情愫来。

“看得出，你是一个十分优秀的人，这么多人都向着你，跟着你干事业，你有企业家的风范，做事干净利落，决策果决，你我好像是兄弟一般。”赵归中盯着赵启航望着，见赵启航双眼露出坚毅的目光，一种坚定的信念在他胸中盘踞，赵归中十分欣慰。

“明天我想到你们农民家走走，看看中国农民生活得怎样，我好回去向大家宣传中国，让更多的马来西亚人来中国旅游观光。”

“好啊，热烈欢迎到我们农家作客，也可以住在我们农民家中，与我们的村民同吃同住同劳动。”赵启航很愿意与赵归中聊天，和他聊天，心中有一种亲近感，赵启航仿佛找到了知音。

“我父母都健在，我还有一个弟弟，他在做橡皮生产业务。”赵归中又和赵启航谈起家庭琐事。

“我母亲也健在，今年 79 岁了。”赵启航忧忧地说道，“我的大哥、二哥你都见到了，我还有一个三哥，就是田建的爸爸。”

“他们都姓田，你怎么姓赵呢？”赵归中试探着赵启航。

“我是我九婆领养的，我在小时候父母亲都病故了。”赵启航眼中掠过一丝忧郁。“我九婆婆待我如亲生，要是我父母泉下有知，他们一定很满足了。”

“看我们多有缘，一见如故的感觉，不知不觉地已讲了 2 个多小时了，早点休息吧。”赵启航见时间不早了，道了晚安，就起身离开赵归中的院落，回到自己的屋内。

第二天吃过早饭，赵启航邀请赵归中到明月村走走，他们先来到了小屋，自从马子涵与赵启航确定了姻缘关系后，田明兰就很少来到这小屋，只是九婆婆还是经常过来看看。

“赵先生，这就是我小时候的家，我一直保留着呢。”赵启航待人真诚，他早已经把赵归中当作自己的朋友了，对他一点也不隐瞒什么。

赵归中走进小屋，见里面打扫得一尘不染，很是整洁，“原来娘就是住在这里的啊，已经 42 年过去了，赵启航还把这小屋保留得好好的，看来赵启航好像知道他的母亲没有病故，否则他为什么还要保留这小房子呢？”赵归中心里想着猜测着，见赵启航对这小屋有如此深的感情，赵归中心里有底了，凭他赵启航的为人，凭他的通情达理，他一定会原谅母亲的，也一会认娘亲的。

“走，去见见我的九婆婆吧。”赵启航带赵归中往老屋走去。赵归中见空空荡荡的村头，就这两间旧房子，不禁好奇起来，“赵经理，怎么就这两间老房子呢？”

“我们村上的人都搬到居民点上去了，九婆婆不肯离开老屋，也许我九婆婆在等待什么，我的小屋，也没有拆，我对它有感情，我从小到大都住在那小屋，后来去省城上学，九婆婆就帮我看着小屋，毕业后我留在城里，在城里创业，也就对小屋没有拆除另砌新房，一直留着。”赵启航和赵归中边说边向九婆婆住处走去。

“九婆婆，来客人了。”赵启航在坝头就高声喊道。

“来什么人了？”九婆婆迎了出来，见启航领着一个三十多岁的年轻人，笑眯眯地来到九婆婆面前。

“老人家，您老好。”赵归中诚挚地给九婆婆行了个礼，他见老人家精神抖擞，耳聪目明，心中大悦，“您老身板硬朗着呢。”赵归中笑逐颜开地看着九婆婆。

“启航，这位小伙子是谁啊？”九婆婆猛见赵归中心里咯噔了一下，似曾相识，可是确实没有见过。

“老人家，我来自马来西亚，我叫赵归中。”

“什么马？”九婆婆没有听说过马来西亚，问赵启航，“他是哪里人？”九婆婆又盯着赵归中看了一眼。

赵启航把赵归中的情况简单地向九婆婆讲了一遍。

“原来是洋人，快进屋坐。”九婆婆见眼前的这个年轻人面善和蔼，相貌堂堂，和启航一样让人喜欢。

“你们做生意我不懂，孩子，到我们农村来玩，好啊，这里空气新鲜得很。”九婆婆见赵归中笑眯眯的样子，一下子喜欢着这个小伙子，“他多像一个人啊。”九婆婆心里想道。

赵归中拿出相机，给九婆婆拍了一张照片，又给赵启航与九婆婆合影了一张，然后让赵启航给他与九婆婆合影。

“九婆婆，明天你早点到怡心园去，我让兰兰来接你。”赵启航明天要结婚了，他的妻子马子涵已经怀孕四个多月了。

“好的，你让子涵小心点，婚礼不要太闹，不要伤着子涵。”九婆婆疼爱马子涵，更疼爱她肚里的孙子。

赵启航带赵归中到别墅区去参观，顺便看望了许队长和田婶，赵启航请许队长、田婶明天和九婆婆一起到怡心园去吃喜酒。

离开了江边，离开了星月亲水，赵启航带赵归中又来到了星月亲水驿站，“赵先生，这是我的设施农业规划，还有十里长廊、千米大型养殖场的效果图，请你详细过目。”赵启航给赵归中倒满水，然后自己坐在一旁，等着赵归中认真阅看规划，自己看着净菜配送中心建设方面的资料。

“赵经理，你的规划很有创意，和我们马来西亚设施农业大同小异，充分利用农村资源，让民生问题与休闲结合起来是你的特色，我本人很有信心与你合作，你就静候佳音吧。”赵归中看完赵启航的规划后，坚定地说道。

“你们江心市的交通建设得太漂亮了，带我去转转吧。”赵归中心里想着，还没有见到田江海，他便把话题引到交通上来。

“是啊，这几年江心市的最大变化就是交通，四通八达，我海哥功不可没，要不要见见我三哥？”赵启航真的把赵归中看成自己的好友了。

“好啊，去见见这位筑路英雄。”赵归中心中大喜，这正是他所期盼的，他要见到自己的三哥，他不能让父亲有一点遗憾。

赵启航带着赵归中来到交通局，找到了田江海。“这位就是我的三哥田江海。”赵启航向赵归中介绍着。“海哥，我给你介绍一位客人，这位是马来西亚的客商，叫赵归中。”赵启航把赵归中有意投资星月亲水的事讲了一遍。

“行啊，几个月前，我还和周主任商量着如何帮你筹钱呢，想不到如今财神爷找上门来了。”田江海回过头来与赵归中寒暄着。

九十

赵启航打电话给陈达夫，向他报告马来西亚有人想与星月亲水合作建设设施农业，“很好啊，外商我们不能亏待，我向欧阳市长汇报一下。”

“喂，赵经理，欧阳市长中午宴请马来西亚的客人，地点就定在江心食府吧，把你哥也叫上，我打电话给周主任，让他也参加接待。”陈达夫办事精明细致，雷厉风行。

欧阳市长请赵归中、周军坐在自己左右，赵启航坐在赵归中身边，田江海坐在周军身旁，陈达夫、郭心仪坐在末席。

“热烈欢迎赵先生来到我们江心市，我代表江心市人民欢迎你的光临，我们江心市是江中明珠，经济强，人民富，环境美，社会安定，文明和谐。”欧阳市长向赵归中介绍江心市的整体状况。

我来介绍一下让大家认识。

“这位是马来西亚橡胶园的赵先生，他有意向对星月亲水设施农业投资，

我们星月亲水设施农业项目，目前是我们江心市最大的农业项目，也在寻求与世界企业合作。”

“这位是我们江心市发改委主任周军，他对我市的经济发展作出不可磨灭的贡献。”

“这位是我们的交通局长田江海，我们江心市的五桥三渡的建成，田局长付出了毕生的精力。”

“这位就是星月亲水的赵启航经理，大家都认识的。”

“这位是陈秘书，这位是郭秘书。”

欧阳市长风趣地介绍着在座的每一个人。

“合作共赢是赵启航孜孜不倦的追求，江洲集团在他这一理念带动下经过十年工夫，建设成我们江心市最大的企业，现在他仅用了一年多时间，就把星月亲水搞得像模像样的，设施农业规划又呈大手笔，发展势头迅猛，为三农建设带了头，树起了标杆。”欧阳市长热情洋溢地说道。

“周军，星月亲水申报国家星火计划落实得怎样了？”欧阳市长问身边的周军。

“基本没有问题，已经立项入围，保守估计将获得 1 亿资金资助，并可无息贷款 4 亿。”周军把最新进展向欧阳市长汇报着，其实欧阳市长已经知道了这一信息，他是要在赵归中面前加大合作洽谈的筹码，故意让周军再作介绍。

田江海向大家介绍起最近研究的筑路计划，市委市政府为了加大沿江开发，决定建成一条通向星月亲水的亲水大道，双向六车道，彻底改变江心市北三镇的投资环境，真正实现城乡一体化。

“亲水大道春节后就放样开工建设，亲水大道穿过城北三镇，全长 26 公里，预计用二年的时间建成通车。”

“公路两侧还将规划一个工业园区，一个物流中心，一个农村集居区，用不了十年，城北三镇将成为我们江心市的又一新城。”欧阳市长自豪地说着近期、远景规划，“我们市委市政府下定了决心，立足本届，一干到底，一届接着一届干。”

赵归中认真听着欧阳市长的宏远计划，他要把在江心市看到的、听到的，全部告诉父母亲，让他们也高兴着家乡的变化和发展，他更加坚定了对赵启航的设施农业进行投资。

“欧阳市长，谢谢你在百忙之中还来会见我这号小人物，我回到马来西亚后，一定尽快拿出合作文本，与赵启航经理商量，尽快达成协议，尽快实现投资。”赵归中真诚地说道。

“就是没有你欧阳市长出面，我也会对我四哥投资的，我还担心他不要我加入呢。”赵归中心里想着，脸上却露出灿烂的笑容，有这么多人关心着启航，为启航的发展出谋划策，启航他了不起，回去后一定要好好向母亲说说，让她老人也高兴高兴。

“赵先生，你的橡胶园经过三十年的开发，规模发展到如此之大，很了不起，你们成功的经验值得我们借鉴，我对你们的农业观光旅游很感兴趣，我们建造亲水大道的用意也是要把江边的设施农业做大做强，一方面改变我们江心市的整体面貌，另一方面，开发江滩，打造临港产业，提升我们江心市的区位经济。你们的加盟一定能让我们的星月亲水如虎添翼，加之我们市政府的大力支持，星月亲水一定能快速发展。”欧阳市长举起酒杯，“祝你们合作能取得成功，祝星月亲水兴旺发达。”

“田局长，亲水大道是市政府确定的明年重点工程，你们一定要抓紧进入实施状态，征地拆迁要人性化，因为是公益设施，你们要做到工作细致，深入人心，我相信我们江心市人民的素质，为了更加美好的江心市，人民群众能够理解接受的，关键还在于做好群众的工作，要走群众路线，不要高高在上。”欧阳市长趁机鼓动田江海，让他发扬连续作战的精神，为江心市的发展再立新功。

“陈秘书，你与商务局联系一下，帮助赵启航与赵归中先生洽谈，确保合作成功，要本着合作共赢的理念，全力支持他们。”

“明天就是新年第一天了，赵归中先生准备怎样度过元旦呢？”欧阳市长关心地问道。

“我要到元月 3 日才返回马来西亚，明天我没有安排。”赵归中诚实地回答道。“不过，你们也不要专门陪伴我，我可以到怡心园去找田建他们大学生聊天，和他们讨论设施农业。”

“那好，赵先生，那你明天就参加我的婚礼吧，就在怡心园举办。”赵启航邀请道。他本来不想打扰赵归中先生的，他为人一直很低调。

“那太好了，我想看看中国式婚礼。”赵归中高兴极了，心想“我的目的达到了，我要好好摄下这珍贵的场景，带回去给爸爸妈妈、田雨，还有尹红、林悟，以及晓月、晓亮他们观看，他们不来真是太可惜了。”

欧阳市长他们吃完午餐，赵启航想到海哥、周军还没有去过驿站，就邀请他们一起去驿站喝茶。

九十一

兰町从新疆直接去了河兰，他到达郑州后，找到了自己的道上朋友马铮，马铮在郑州跑业务已有十几年了，对江心市的业务员还是比较熟悉的。

“马铮，你认识我们江心市的张小龙吗？他也在河南跑业务。”兰町打听着张小龙，赵启航吩咐的事一直没有空暇去完成，这次回江心市，一是元旦到了，他要到父母那里报到，这么多年来，他元旦都是在家里和父母一起过的，二是因为赵启航元旦要结婚，想到当初自己结婚时，赵启航与施广发还赶到新疆去参加自己与虞雪莲的婚礼呢。兰町让虞雪莲先回江心市，说自己在河南还有一笔业务要谈，很快就回江心市的。

“你问张小龙做什么？他先前非常出色，能吃苦，能动脑筋，他的订单比在河南的江心市业务员都多，他在驻马店还开了一个开屏厂，他的弟弟也在那里。”马铮慢悠悠地介绍起张小龙的情况来。

“张小龙真有耐力，有时为了一个合同，他可以几天几夜与人家磨在一起，直到签订了合同，才回到住地休息。”

“张小龙待人真诚，心地善良，心软是他的大敌，他吃亏也就吃亏在心太软上。”马铮顿了顿，接着又讲开了。

“自从张小龙遇上浙江的申雪映后，张小龙就把持不住自己了，申雪映确实为张小龙联系到了许多业务，也赚了许多钱，可是男人为了博得女人一笑，大脑就没有了思维。”

“申雪映在郑州开快车出了事，把另一辆小轿车撞翻后滚到了河里，车上五人全部遇难，她虽然做了车辆保险，可是，死者家属并不认同保险公司的赔偿，申雪映只好自己赔偿，总共要搬出现金 460 万元，否则小命不保。”

“与申雪映打得火热的张小龙，四处奔波，帮申雪映借钱，可是，业务员身上都没有这么多钱，张小龙又不好向田明兰要钱，他害怕一旦田明兰知道后会与他没完没了。”

“张小龙也找到了我，我当时劝他不要插手管这档事，让申雪映自己想办法，大不了的去坐牢而已，可是张小龙魂不附体了，他一定要为申雪映凑足这笔钱，不得已，把驻马店的开屏厂抵押去贷款，作为死者家属的抚恤金，一次性地支付给死者家属。”

“张小龙以为事情得以解决，只要努力去赚钱就可以把贷款还清。让他万万没有想到的事发生了，张小龙与申雪映把 460 万元钱交给死者家属，当时在场所的只有两位，他们说一起带回去，还打了收条，张小龙和申雪映以为事情解决了，就没有多想，收好收条，把现金交给了来人。”

“就在当天下午，又来了四个人，跟申雪映要抚恤金，申雪映说已经全部付清了，还拿出了收条，可是，四个人就闹开了，说打收条的是司机一家人，另外四个死者乘坐的那辆车是黑车，他们一分钱也没有拿到，他们把张小龙和申雪映押到开来的车上拉走了。”

“后来他们把张小龙放出来，要他尽快把钱付清，走投无路的张小龙到处借钱，可是哪有这么多钱能借到，他在好心人的帮助下，借到了钱，那是放高利贷的钱，我也不道他究竟借了多了钱。从此以后，张小龙就陷入了旋涡了，他向公安局报案，可是出借高利贷的人拿出的是正常的借贷手续，不予受理。”马铮把张小龙为了红颜知己倾家荡产的事与兰町说了一遍。

兰町惊呆了，难怪不见张小龙回家，田明兰还以为他在外面忙事业，还打电话叮嘱他注意身体，不要太累着。

“那张小龙现在在哪里？”兰町急切地问道。

“我也好久没有见到他了，打电话给他，他说在外面，过几天才回郑州，他还是原来的电话。”马铮忧心忡忡地说道，“都是江心市人，平时还比较要好，可他就是不听我劝，真的是自作孽不可活。”

兰町打通了张小龙的电话，“张小龙，我是兰町，你在哪里？元旦回来吗？”

“哦，是兰哥，我在河南呢，可能元旦回不去，有一个合同一直没有签下来，厂方说就在这几天要签订呢，我得等。”张小龙在电话里轻松地说道。

“兰哥，你回到江心市了？昨天明兰还打电话给我，问我什么时候回去呢，我已经和她讲了，合同一签我就赶回去。”张小龙还真能装，说起谎来像是信手捡来，毫不费力。

“赵启航元旦结婚呢，你不回来祝贺喝喜酒？”兰町忍住愤怒，他想把张小龙骗回去再说。

此时，张小龙和申雪映漫无目的地走在新乡的街头，他们一点办法也没有，郑州是不敢回去的，前几天刚到郑州就被债主“请”了过去，让他付利息，归还债款。放高利贷的一伙人穷凶极恶，一言不如意便是拳掌侍候，张小龙只好吃哑巴亏，谁让他自己不学好呢。

“龙哥，我们逃吧，逃得远远的，让他们找不到我们，我们去东北、西北都可以，让我们在这个世界上销声匿迹吧。”申雪映自闯了祸之后，在张小龙面前一直低声下气，她知道张小龙为了她已经是倾家荡产了。

“往哪里逃呢？上天无路，入地无门了。”张小龙无可奈何起来，他深深地知道，不用几个月，债台将高筑千万，凭他二十年的努力所争得的财产，也不能还清债务了。

张小龙担心债主会到江心市找他，怕伤及无辜的妻子，他不敢换电话号码，他只能以说谎来应付，能拖一天是一天。

张小龙与申雪映辗转在河南的边远城市。当申雪映深深睡着后，张小龙隐入了愁思，自己打拼 20 年，终于取得了成功，在河南立住了脚跟，业务承接得还算可以，利润丰厚，妻子田明兰贤惠可人，温柔体贴，儿子启雄聪明可爱，活泼开朗，一家人过着幸福美满的生活。而现在，鬼使神差，让自己遇到了申雪映，她的出现，改变了自己的命运，生活变得不可收拾，惨到现今的逃债生涯，张小龙暗泣起来。

看着身边的申雪映，白皙丰腴，容颜姣好，思绪万千，难怪自古英雄难过美人关，自己虽然不算是英雄，却被眼前的美女拉下了水，并且万劫不复。

闯下了这么大的祸，怎样面对父母，怎样面对妻儿？张小龙理不清头绪，找不到出路，看不到光亮。

“龙哥，早点睡吧，明天再想法子吧。”申雪映翻了一个身，又呼呼入睡了。张小龙在背后搂着申雪映，少妇身上散发的特有香气，让张小龙麻乱的心有了一丝安慰，申雪映好像并没有睡着，转过身来，抱紧了张小龙，深深地吻着他，张小龙暂时忘记了忧愁。

兰町没有法子找到张小龙，只好悻悻而回，他见到赵启航时，想把张小龙的事告诉他。可是，见赵启航一直在忙于他的设施农业建设，后来又与从马来西亚来的赵归中洽谈合作之事，再说了，赵启航马上就要结婚了，不能让他分心而忧，只好先把张小龙的事先放在一旁，等过了这阵子再说吧。

九十二

李慧娟在悦凯愉旋安顿妥当，她把酒店的大小事务都是交给袁勤，由他全权负责，吃饭当然不成问题了，她想吃什么，厨房都能及时给她做，可是她在内心深处却仍然高兴不起来，难以欢颜。

杨天一是她唯一招之即来的人，她有时成天与杨天一待在一起，不想出门半步，时间一久，她的心更加痛苦，“愿得一心人，白头不相离。”可是那个“一心人”在何方呢？

她仍然起居无常，有时通宵在外面鬼混，有时成半天在白黑蓝舞厅喝酒跳舞，少爷们把她当作财神爷，小心侍候着，李慧娟的心里仍然在想着两个人，一个是交臂又失的赵启航，一个是爱恨交加的冷三。这两个男人的影子总是无法在脑海中抹去。

懊恼悔恨的情结让李慧娟日渐消瘦，脸上失去了昔日的光彩，美丽的眼睛开始内陷，失去了女子特有的柔媚。内分泌系统开始失调，经常深更半夜胃疼痛起来，她就是不肯去医院，她害怕听到医院两个字，就是医院害得她变成现在如此的狼狈不堪，要是不去医院把孩子打掉，也不会惹赵启航如此动怒，如

此绝情地净身离去。

吴珂打电话给袁勤，让他在悦凯愉旋准备酒宴，元旦他要与范松萍结婚，他邀请姐夫李全才参加，“到时再说吧，我现在在浙江千岛湖。”李全才没有肯定回答要回来参加吴珂的婚礼。

退休后的李全才，全国各地到处跑，他一个人跑到千岛湖。

李全才登上沁园13号豪华游船，向千岛湖中的神农岛进发。舷外的湖水清澈诱人，浪花纯洁得晶莹透亮，农夫山泉矿泉水就是取自这千岛湖的，很想掬一把尝一尝，体验一下是不是真的有点甜。满天的云彩遮住了日头，云层不是很厚实，光芒不时透射下来，湖水更显湛蓝，碧玉盘中嵌翡翠，虽没有泸鸪湖蓝宝石般绝美，却也让人心醉。目之所及，岛岛相连，层层叠叠，郁郁葱葱，清清的湖水明亮亮的一直伸展到远方，许是去迎接岛峰深处的仙女来共度元旦佳节吧。

神农岛位于千岛湖中心湖区南山列岛东端，面积百余亩。神农岛上健朗的古树与低矮的槿条相得益彰，苍翠欲滴，满山的新鲜空气直沁心田。蟒蛇、毒蛇、美女蛇让游人大开眼界，金蛇狂舞，喜迎八方游客。人们近距离地与蛇接触，惊险、神奇围绕周身。蛇，浑身是宝，也是忠贞爱情的象征，是人类的朋友。

摩肩接踵的人群放飞着欢愉的心情，也许金庸先生亦隐其中闲游欣赏神农岛的丽景呢，游人仿佛成了侠客，李全才在神农岛上畅行，享受着吉祥盛世的欢愉。

大世界3号把李全才泊在了龙山岛西码头。龙山，横嶂排空，不附群峦，形似苍龙而得名，海拔208米。清官道两侧，挺拔的翠竹纯朴清明。千山破浪尽刚峰，人们品赞着海瑞大人的铮骨，尊崇他的孝心，纷纷在“生母七十”“寿”字前拍照留念。

锦心秀水，李全才在千岛湖上喜气洋洋，虽然毛碧娇没有同行，她现在工作顺心，就让她安心做她的茶道师吧，李全才是个明事理的人，他当了十几年的局长，素质还是比较高的。

李全才翩翩跹跹在湖中小岛上。1078个岛屿林立在湖中，“千岛湖”因此而冠得美名。约3600个西湖大的水域，碧波荡漾。水晶宫里浸乾坤，千岛湖的前身是新安江水库，位于浙江省淳安县内。

“千岛湖秀水之下，贺城安静地潜伏着，把现代文明深储于湖底，是让后人一探现今之文明吧，若干年后水系若变迁了，贺城一定能再现历史风采。”李全才思着想着，他退休后很幸福，游山逛水成了他的爱好，他不愁钱，除了退休工资外，江洲集团是他的钱库，他又从来不随意挥霍。

李全才在湖光山色中踏浪穿行，置身在月光岛上人流之中。月光岛景区由锁岛、鸟岛、奇石岛和中心岛四座小岛组成，状元桥、幸运桥、鱼乐桥把梦圆、心圆、系圆、情圆串在一起，让月老见证人世间的真爱。情人们把生肖八字写在一起，把爱情锁在了锁岛之上，湖枯石烂永相随。“要是碧娇在多好，我们可以买把锁，学着年轻人的样子，把我们的爱情锁住。”李全才会心一笑，他现在不再贪恋什么情感了，只要她毛碧娇好好活着，也不枉自己爱她一场。

乐鱼桥中间，白鱼、青鱼、灰鲢、金鱼等追逐着游人投放的饵食；熙熙攘攘的游人，兴味盎然地在千岛湖上敞开心扉，开心的笑声在湖中荡漾。鸟语花香，让游人真切感受鸟与人类的和谐。

奇石岛上的百孔石陪伴着状元郎们诵读诗文，透过圆孔观湖，千岛湖仿佛成了一镜山水画，真切自然，巧夺天工。

李全才在返程的游船上，远眺千峰，绚丽多彩；近凝碧湖，娇柔秀美。“离故里再兴基业融三省，守家园重整山河旺一湖。”三十万淳安人舍家报国，功垂金石。

千岛湖的秀水让李全才心旷神怡，千岛湖的郁葱让李全才流连忘返。

吴珂打电话给李慧娟，她还没有起床，“慧娟，你现在感觉好些了吗？你要有作息时间，没有规律的生活会让人很累的，要是感到有什么不适，你告诉我，我派人陪你去看医生。”

“元旦你不要到哪里去，我与范松萍元旦举行婚礼，就在悦凯愉旋酒店，你和你妈妈一起来参加。”吴珂关切地与李慧娟说着话。

“舅舅，上次听舅妈范松萍讲，她的经理马子涵与赵启航也是元旦结婚？”李慧娟听到她舅舅请她吃喜酒，这才想起赵启航也在元旦结婚。

“慧娟，你不要多想，等过阵子，舅舅托人给你说合说合吧，一个人过也不是事儿，孩子听话。”吴珂心疼起来。

亲情胜过任何情感。

李慧娟放下电话又伤心地大哭起来，她也不能恨赵启航的无情，见赵启航结婚了，心中大悲，把一个大好的男人送给了别人，落得自己孤苦伶仃。

李慧娟忽然感到天旋地转起来，胃病又犯了，疼得她虚汗直沁，黄豆般的汗珠从脸上滚落下来，她缩成一团，不知是汗水还是泪水，枕头上湿了一片。

李慧娟病倒了。

九十三

“喂，王玲美，在做什么呢？下午如果有空，我们去怡心园看看你儿子田建吧。”韩阳珍自收到赵启航元旦赴怡心园吃喜酒的邀请后，就一直想先到怡心园去看看。

“那好，我现在赶紧把报表做好，下午我们去怡心园吧。”王玲美爽快地答应道，自儿子回来已快半年了，她还没有好好去探望儿子，她不是不想见到儿子，她心里明白，儿子现在正和启航他们奋战在设施农业第一线呢，还有他一帮同学，天天聚在一起，几次让他带同学到城里来聚聚都没有成行。

韩阳珍自从上次与施广发在沁茗忆乡茶座一聚后，心里坦然了，施广发现在安顿下来了，一心从事着自己的工作，不再聊发少年狂了，丈夫周军好像一直没有发现自己与施广发之间的事，她也不忍心再给周军戴绿帽子，她得做一个正规正矩的女人。

她今天突发奇想，想到江边去，去看看星月亲水究竟怎样，看看怡心园有着什么样的神奇，她约好王玲美同去，免得周军多心。

男人的心肠是软的，但是有时也会变得十分僵硬，一旦男人流泪，男人的心就会粉碎。

王玲美开车载着韩阳珍到了星月亲水，韩阳珍是第一次来到怡心园，她见怡心园隐蔽在一片树林之中，虽然已是冬天，江滩上依然绿叶成行，香樟沿道路两侧一字儿排开，怡心园的竹楣门让人遐想，原来施广发经营的是这样的休闲幽境，难怪他意气风发，志得神畅。

施广发见王玲美、韩阳珍来到怡心园赶忙迎出来，“三嫂，今天你怎么有空来我怡心园？周夫人好。”施广发喜笑颜开，“来看望田建？”施广发让她们进屋坐坐，“或者是来看望小叔子赵启航的吧，反正不是来看我的。”施广发与王玲美开起玩笑来。

“就你贫嘴。”王玲美开心地笑起来，“看到你的怡心园，田建在你这儿我也就放心了。”

“今天田建他们七个人去明月村委会去了，说是去联欢，欢迎新年的到来，后天就是元旦了，秦书记说晚上要好好招待田建、吴灿他们七位在大学生呢。”

“施经理，你混得不错啊。”韩阳珍与施广发搭起讪来，眼前的这个男人，是她一辈子也忘不了的男人，说不清她是爱他还是逢场作戏，除了他施广发，她是为周军守身如玉的。

施广发打开一间院落，请王玲美、韩阳珍进屋喝茶。

“施经理，你的怡心园布置得真好，很有人情味。这里幽雅、境美，仿佛是原生态下的民众安居园。”王玲美赞赏着怡心园的布局。

“这真是个好地方，能让人心神澄明。”韩阳珍也赞不绝口道。

“这一切都是赵启航经理想到的，这是他的第一个产业基地。”施广发毫不怜惜对赵启航的溢美之词。

施广发为王玲美、韩阳珍她们泡茶倒水，把田建和郭思莹的事讲了一遍，“我看这个郭思莹是个很好的姑娘，思维敏捷，才思过人，人也长得好看，我海哥见到一定会十分欣喜的，反正九婆婆是喜欢她的。”施广发又拿田江海开起玩笑来。

王玲美也不和施广发多谈郭思莹，她不想上施广发的当，拿丈夫说笑。“哦，对了，我还给娘买了些吃的，我去一下，你们先聊吧，我去去就回。”王玲美上午做完手上的工作，想到了九婆婆，便去商场为九婆婆买了些好吃的。

王玲美走后，韩阳珍与施广发坐在院落里，对视着，韩阳珍心跳得特别厉害，她有心里话要对施广发讲。可是，他一想到了周军，把到嘴边的话又生生地噎回去。

“在这里闲下来坐坐，远离麻将，远离喧嚣，远离灯红酒绿。或品品茶，看看书，悠然自得；或约上老友下下棋，激活脑细胞，忘却身外事，乐在其中；发发呆，整理脑中所存，思虑应做之事，理清脉络，去掉不该记忆的繁琐事，驱散不快，让自己保持一种轻松自在的状态。”施广发悠扬地说道。

“泡上一杯介于绿茶和红茶之间的半发酵茶——铁观音，七泡余香溪月露，满心喜乐岭云涛，领略清香雅韵，津津回味。思绪或远或近，或繁或简，或空或明；发发呆，心旷神怡。”施广发大谈发发呆之妙。

“发发呆，笑笑自己，胸无宿物。无争权夺利之望，无涌泉相报之欲；无得志之狂喜，无失落之悲膺。利欲得失，不过如此而已，该放手时就放手，无牵无挂倒觉心安理得，自由快活。”

“发发呆，笑笑自己，了无憾事。曾经壮志凌云，曾经金戈铁马，曾经鹏程千里。而今半百人生，对得起自己的铺胸纳地，对得起自己的青春年华，对得起自己的实干壮志。俱往矣，风流还在往后！”施广发百感交集，深有感悟，像是在总结他的人生。

“发发呆，笑笑自己，不应有恨。何需结环反哺，何需唯唯是从。人各有志，海阔凭鱼跃，一飞冲天还需喜贺遥祝。”

“发发呆，笑笑自己，三省乎己。人非圣贤，知错即改。除陋习倡明风，责己严恕人宽。心态年轻，永远年轻，良骥伏枥志千里。”施广发灿灿地露出祥和的笑容。

韩阳珍一言不发，静静地听着施广发议论着。“他成熟了，长大了。”韩阳珍心中高兴起来，这个男人没有让她白爱过。

韩阳珍真心地满足起来，天天在一起也未必是好事，她与周军结婚这么多年了，虽然生活无忧，日复一日的同样生活让她心中有点枯燥，她时常去公园走圈，去呼吸外面的空气，她不想一直待在家里，当全职太太并不是好事，只能让人变得更加寂寞无趣，没精打彩。

九十四

陆曼曼与朱恩平过着若即若离的生活，自从冷三接到粮食局装饰业务之后，陆曼曼对朱恩平的态度有了好转，不再纠结于朱恩平与钱桂芹的事情之中了。

冷三的装饰快近尾声了，除了开工前拿到的预付款之外，一直没有拿到钱，找朱局长不是在外开会，就是在市政府被领导约谈，一连推托了三四个月，冷三又不好意思找同学陈达夫，只好硬着头皮拖欠着装饰店里的材料款。

前几天遇到陆曼曼，说起了装饰之事，见冷三欲言又止，一再追问之下，才知道朱恩平拖欠着他的工程款。

“工人已经三个月没有发工资了，眼看快要过年了，装饰店又催着要材料款，工人们回家过年必须发工资的，我到处筹钱，可是如今社会，人家怎么可能借多少钱给你呢，我已经走投无路了，今天又去找朱局长，他黑着脸说没有钱，说陈秘书承诺的追加经费一分钱也没有着落，朱恩平说没有钱。”冷三忧忧地说道。

“这就是朱恩平不对了，是为他们粮食局装饰房子的，他不给钱谁给？”陆曼曼心中不满，“晚上我找他说说，问他是什么意思。”

朱恩平红着脸回到家中，看得出，今晚他喝了不少酒，到家后就躺到床上，倒头便睡。

陆曼曼给朱恩平倒了杯白开水，让他喝下，“恩平，你们粮食局的装饰到什么地步了？”陆曼曼柔软地说了一下。

“快好了。”朱恩平心不在焉，生硬地回答道。

“那你工程款有没有付了？”陆曼曼低声地问道。

“还没有完工，付什么钱？他找你了？”朱恩平没有好气地诘问了一句话。

男人的胸怀是宽广的，但是男人的心有时比针孔还要小。

“今天我遇到了冷经理，与他聊起你们粮食局的装饰做到什么程度了，怎么，不好问吗？”陆曼曼气愤起来。

“与你有关系吗？这么上心。”朱恩平声音高了起来。

“朱恩平，你什么意思？”陆曼曼眼里噙着泪花。她已经好久没有和冷三在一起了，她的心中是装有朱恩平的，为了这个家，她已经让步了好多，也收敛了好多。

“你以为我不知道你们之间的事？”朱恩平爬起身，穿上衣服，摔门而去，陆曼曼没见到过朱恩平发如此大的脾气。

“朱恩平为什么要发如此大的火？”陆曼曼想不通，“都这么多年过去了，是他自己先与钱桂芹不清不楚，然后自己才与冷三厮混在一起的，也怪不得我。”

陆曼曼边想边流泪，自己今晚没有说什么，就问了工程款的事，朱恩平就翻脸了，他是不是真的知道自己与冷三之间的那些事呢？她不敢确定，这个世界奇大又奇小，是不是自己与冷三在一起时被别人发现了告诉了朱恩平呢？

其实那天陈达夫带着冷三找到朱恩平，问起粮食局大楼装饰之事时，朱恩平就知道陆曼曼与冷三关系决非一般，晚上才与陆曼曼说的装饰之事，第二天冷三就知道了，还搬出陈达夫来压他，真是欺人太甚了，以前的听闻得以证实。朱恩平迫于陈达夫的压力，只好把工程交给冷三去做。

朱恩平不动声色，细心观察，工程开工后不久，陆曼曼与冷三相聚过一次，后来的几次约会，朱恩平都知道，朱恩平愤愤思策，决定永久性拖欠冷三的工程款，他把冷三送给他的好处费送到了局纪检组，记录在案，吩咐充公。

今晚喝酒，朋友们在酒席上谈笑风生，话题自然转到女人身上，男人无聊时就会拿女人开心。谈论的风花雪月之事，刺痛了朱恩平，别人好像在含沙射影，他内心深处疼痛不已，碰杯时都是整杯整杯地一口干，当即醉倒了二人，大家见这样喝酒没有意思，就散席回家了。

朱恩平本不打算回家的，可是今晚的心情不好，也没有心思去找钱桂芹玩，不如回去睡觉。

进了家门，见陆曼曼一反常态对自己献殷勤，又是倒水又是问候，心中不爽，他习惯了陆曼曼的冷漠。

当陆曼曼问起装饰工程款时，朱恩平愤怒的情愫再也压抑不住，原来今晚的殷勤全是为了冷三，他终于说出了一句“你以为我不知道你们之间的事。”屈辱感布满全身，他愤然离家而去。

陆曼曼猜测到朱恩平已经知道她与冷三之间的事了，心中凄凉，她想离婚，可是与朱恩平同床异梦了这么多年，几乎是你不管我，我不管你，凑合着过，维持着家，维持着脸面。

女人一步走错，有时会带来灾难性的毁灭。

朱恩平与陆曼曼又打起冷战来。

几天后，陆曼曼约冷三到怡心园去喝茶，把朱恩平的话捎给了冷三，“怎么办呢，朱恩平肯定是知道我们之间的事了，拿不到工程款，不是白忙了吗？”陆曼曼忧心如焚地说道。

“算我认清了朱恩平，让我想想法子。”冷三开始后悔自己所做的荒唐事了，更不应该去接粮食局的工程，让朱恩平难看。

“曼曼，你就不要过问我的事了，更不要再在朱恩平面前说起装饰之事，今天是我们最后一次约会，以后我们各自相安吧。”冷三理了理头绪，“不能再这样下去了，不能去伤害别人。”冷三在心里下定了决心。

冷三让陆曼曼先回去，他到兴农园去找蒋爱民。

“老同学，你现在好得志啊，兴农园搞得有声有色，工程搞得如此之大，赵启航太了不起了。”

“冷三，你今天怎么有时间来看我？你的三雅公司经营得怎么样？”蒋爱民很高兴见到老同学，“找我有没有什么事？”

“老同学，是有一件事，想找你商量商量。”冷三这几天跟朱恩平要不到工程款，他心里隐约感知到了什么，他一直在思考着对策，当陆曼曼约他来怡心园时，他满口答应，他本来就想来找蒋爱民的。

“我想把三雅公司转让掉，”冷三忧忧地说道，“我不是经营之才，没有这个能力，我只会纸上谈兵，实战不行。”

“好好的，怎么一下子就没有了毅力了，遇到困难就放弃，这不是你的性格啊。”蒋爱民不解地问道。

“不要问为什么，我是认真的，我思考了好些天了，你看有没有适合的人选接手我的三雅公司？”冷三坚毅地问道。

“好吧，不问为什么。不知道许江华有没有心思来接手，我打电话约他来谈谈吧。”

许江华、蒋爱民、冷三在怡心园喝着茶、谈论着三雅公司。

“许江华，至少你不会赔本，现在粮食局的装饰工程已进入尾声，工程款仅付了 30%，我把三雅交给你，只要你去与朱恩平局长打交道，工程款肯定能要回来，可是我无法要到，其中原因，你们就不要问、不要传了。”冷三静静地说道，“所欠的工人工资、装饰材料款，会计那里都有记录。”

“那好，冷经理，让我再想想，元旦后我给你答复。”

九十五

田新青、田新凤围着马子涵转，“四婶，什么时候把小弟弟生下来？我要抱他。”田新凤快乐地说道。“四婶，你今天好漂亮，我也要做新娘子。”田新凤拿马子涵开起玩笑来。

“鬼丫头，你也这么大了，如意郎君找到没？”马子涵刮着田新凤的鼻子，开心地打趣着。

“我梅梅姑还没有嫁人呢，不急不急。”田新凤笑着又和田明梅说笑起来。“你这个小丫头片子，还敢拿你姑姑开玩笑，看我怎样打你。”田明梅装着要打田新凤，“兰兰姑，快救我。”田新凤躲避到田明兰身后。

元旦放假，田新语从省城回来了，带回他的妻子和孩子，来参加四叔的婚礼，田建、男新晨、兰朝晖他们特别开心，与大哥田新语天南海北地海侃，他们难得相聚，得好好说个够才行。

王玲美搀扶着九婆婆，对九婆婆、许队长、田婶她们问寒问暖；朱秋艳、闻小凤、王丽琴、何洁扬、胡红云、张媚她们在厨房帮忙，欢声笑语在厨房里回荡；田风、田野、田江海、田明珠、许晶、许江华他们围着赵启航和赵归中闲谈聊天，畅谈星月亲水美好蓝图；钱定军、李阳阳、吴灿、郭思莹、肖慧、林颖一帮大学生欢天喜地地说笑着；施广发、蒋爱民听着兰町讲天南海北的所见所闻；虞雪莲、严馨香蹽蹀在江边，观赏着冬景，明媚的阳光把江水照得精白而刺眼，新鲜的空气让人心旷神怡；亲朋好友纷纷赶来祝贺，周军、韩阳珍、秦书记、徐香琳还有一帮村干部也赶来凑热闹。

今天最开心的要数九婆婆和冯凝紫、马涛了，他们脸上挂满了笑意，启航、子涵终于结婚了，了却了老人的心愿。

他们更为开心的是，马子涵已经怀孕了，而且已有近5个月了，虽然谈不上老来得子，但也是高龄添丁，不容易啊。

赵归中来到九婆婆面前，“老人家，也让我跟赵启航一样叫你九婆婆吧。”“好，好，孩子，就叫我九婆婆，大家都这样叫我呢。”九婆婆喜上眉梢，一个劲地看着赵归中，心中欢喜。

赵归中与九婆婆她们叙说趣闻，他拿出相机，尽情地摄下这热闹的场景，“要是他们知道我是谁，他们也许会更加开心吧。”赵归中心里美滋滋地想着。

马子涵见赵归中与九婆婆说笑，看得出九婆婆挺喜欢他的，心里甜蜜，她真想现在就宣布好消息，可是赵归中的眼神阻止了她的冲动。

“四嫂，恭喜你，祝你新婚快乐。”赵归中来到马子涵身边，开心地祝贺道。

“赵先生，谢谢你能来参加我们的婚礼，我和启航真的好感动，什么时候请你们全家来江心市玩玩，大家在一起聚聚，一定会其乐融融的。”马子涵幸福地说道，“要是姚杏花婆母回来多好，让她老人家见证我和启航的婚礼，她一定是最幸福的人，一定会喜笑颜开的。”马子涵心里想着。

“我代表我母亲大人，祝福你，祝你们百年好合，永结同心。”赵归中拿出一条项链，双手递给马子涵，“四嫂，小小礼物，不成敬意，还请你接受我们全家的祝福。”赵归中来江心市的另一重要事项，就是要参加四哥赵启航、四嫂马子涵的婚礼，他来之前，与尹红一起精心挑选了一条项链，本来想给九婆婆带些礼品的，但是他怕露馅，没敢唐突。

九婆婆看着赵归中，好像很熟，真是太像了，田希锴的影子在她脑海里盘旋着，自前天第一次见到赵归中，她就吓了一跳，一个活脱脱的田希锴就站在自己面前，可是她不敢相信，要是希锴还活着，今年已经79岁了。

九婆婆不敢相信眼前的这个年轻人，与田希锴是有关联的。

“谢谢你，五……谢谢赵先生。”马子涵情不自禁地想喊五弟，到嘴边的“弟”字硬是吞了回去。

简单、热闹、祥和的婚礼举办完毕，赵归中跟田建、郭思莹等一帮年轻人离开了怡心园，田建他们到城里去唱歌，赵归中他到城里找到照相馆，把相机里的照片全部洗出来，他又来到网吧，把相机里的照片传给弟弟田雨。

赵归中来到一个茶座，选了一个临窗的座位坐下，要了一壶铁观音，拿出相片，一张一张地仔细看起来，他记住了每一位亲人，看着他们的笑容倍感亲切，“明月村，我们一定会回来的，九婆婆你等着我的好消息，星月亲水，我也要在这里大干一场。”赵归中心里坚定地想着，喝着茶，欣赏江心市悠闲的行人，心里暖暖的。

九十六

人生，好的时刻，总是匆匆流去。

美妙的时间，在悦耳的劳动号子里匆匆流去；在之乎者也、字里行间、上下求索中匆匆流去；在情人的絮絮叨叨、缠缠绵绵中匆匆流去；在激荡青春的广场舞中匆匆流去；在一颦一笑、嬉嬉娱娱中匆匆流去……所有的人都拥有匆匆流去的时刻，有钱的没钱的，有地位的没地位的，都能享受时光匆匆流去的温馨。

让幸福填满胸膛，让开心写满脸上。

马子涵顺利产下一子，赵启航开心得像个小孩，不知所措，九婆婆静坐在产房外，听到孩子的啼哭声，悬着的心放下了，开心地与冯凝紫说笑起来，大家期待的心情一下子得到释放，欢笑起来，活跃起来。

“启航，你们给孩子起好名了吗？”九婆婆问道。

“子涵说男孩叫赵晓明，女孩叫赵晓珂。孩子的名字就叫赵晓明吧。”赵启航开心地说道。

春节期间，赵启航与马子涵闲聊中提起孩子的名字，“叫什么名字好呢？”赵启航轻声地问道。

“启航，我想好了，男孩叫赵晓明，女孩就叫赵晓珂。”马子涵倚在赵启航怀中幸福地说道。

“为什么一定要叫晓什么呢？”赵启航问道。

“你有一个侄女叫晓月，还有一个侄儿叫晓亮，以后你会懂得。”马子涵幽幽地说道。

“你说的话，我不明白，我哪来的晓月侄女，晓亮侄儿呢？”

“你喜欢赵归中吗？”马子涵半途提到了赵归中。

“当然喜欢，一见如故的感觉。”赵启航第一眼见到赵归中时，心里就有一种亲近的感觉，他自己也不明白怎么会有这种感觉。

元旦后半个月，赵归中打来电话，说橡胶园愿意与星月亲水合作设施农业，他把协作文本传给赵启航，条件十分优越，赵启航当即答应就按赵归中的文本执行。

十天后，赵启航收到了赵归中的第一笔合作款，一亿六千万。

蒋爱民、田建、郭思莹、钱定军、肖慧、李阳阳、林颖他们在外滩放养了一万只鸭子、一万只鹅，外滩成了鲜黄的天下，星星点点的，景况十分壮观。

十里长廊加班加点地进行建设着，堤内怡心园建设工地也是热火朝天，再过二个月就可以交付使用了，施广发高兴地在怡心园筹划着，他的天地更加宽广了。

兰町在新疆外贸公司接到一批柳器编织业务，总价值6000万元，田明兰日夜奋战在柳条工艺品厂里，她把心中的不快全部忘记了，她要用劳作排除心中的愤懑。

张小龙春节还是没有回来，这让田明兰有了不祥的预感，她有心再去河南找他，可是元旦后她去了一次郑州，没有找到张小龙，电话也打不通了，整个人好像在地球上消失了。

春节前，兰町向赵启航一五一十地把元旦前去河南了解到张小龙的情况进行了汇报。赵启航陷入了沉思。“这个张小龙，真是太湖涂了。”

赵启航打电话给张小龙，电话已成了空号。兰町打电话给马铮，马铮说也不知道张小龙的音讯。赵启航只好做田明兰的思想工作，让她向好的方面着想。

时间一晃又过去四个月了，张小龙仍然是杳无音讯。

星月亲水的各项工作按部就班地进行着，设施农业星火计划也得以正式上榜，1 亿元的支农资金也全部到账，赵启航可以大干一场了。

元旦后，许江华找到了赵启航，把冷三的三雅装饰公司转让的事与他说了，让赵启航参谋参谋，虽然赵启航对冷三不满，但是，李慧娟与自己无关了，也就不再追究冷三。如今，许江华想接手冷三的三雅公司，赵启航分析了一番后，支持许江华收并，并把三雅装饰公司改名为星月亲水装饰公司，由许江华担任经理。

冷三处理完三雅公司，顿感心中空荡荡的。他又一次来到怡心园，取了号牌，进了一间房子，浇好水，泡了壶茶，坐在沙发上，抽着烟，想着自己这一生所做的事情。

想当初意气风发，大学年代拼命读书，整天在图书馆地肯着书，各种书都看，笔记写了十几本，累了就到操场上锻炼身体，他是学校的体育健将，保持着学校 100 米记录，期盼着能干一场事业，出人头地。

自从认识了时彩凤结婚生子后，一切都改变了，时彩凤的蛮横，让冷三心灰意冷，什么理想信念全抛到九霄云外了，荒废了教学，他开始放荡起来，在女人堆里胡混，先是倒在了李慧娟的石榴裙下，后来又在陆曼曼、薛丹丹、华春香之间游离，成了中年妇女的杀手。

本想依靠自己的美术水平大干一场的，可是没想到，社会是如此的无情，他是斗不过朱恩平的，他也不想再去伤害陆曼曼，朱恩平第一次拒绝付钱时，他已经意识到什么，只是没有想到朱恩平竟有如此深的心机。眼看就要过年了，工人的工资、装饰店里的材料费没有着落，在市场经济下，他又不是一个善于应变的人，更没有能力投机取巧，他只好转让三雅公司，以求解脱。

他不能再在女人堆里厮混了，他恨起自己健壮的身体、英俊的面容来，他决定彻底与她们决绝。

“做什么好呢？”冷三这几天无数次地问自己。

空有一身学识，但是，自己的本领还是知识面宽广。冷三抽了许多支烟，房间里已是烟雾弥漫了，烟气把自己的眼泪都熏出来了，他呆呆坐着，思考着自己的人生。

夜幕已经降临，江面上传来声声汽笛，或长或短，鸟已归巢，他经过一个下午的整理，脑中已经有了清晰的决定，他要离开江心市，到边远的地方去，“去支教，把自己的学识、把自己的余生交给边远的地方，让那里的孩子学到文化，把他们教育成材。”冷三推开了院门，坚毅地走进夜幕里。

赵启航亲自找到了朱恩平，把来意与朱局长讲了，“请朱局长帮忙，我的装饰公司刚起步，以后还请你多多指教。”

朱恩平认识赵启航，他与田江海也是朋友，同在仕途混，经常在一起开会，他当即按照合同支付了工程款。

粮食局的装饰工程完工后，许江华承接了田明珠的四幢别墅楼的装饰任务。

“许经理，怡心园的装饰，你要仔细地设计一番，时间紧，任务重，材料要用正品，六月底交付。”赵启航吩咐道。

“启航，六月底全部交付有困难。多功能厅恐怕要到年底才能弄完。”许江华讲明了理由。

“那好，其他的院落要按时完工，兰町说，新疆还有旅行团要来，大约在7月中旬。”赵启航工作起来就是玩命，他善于听取其他人的意见，能及时修改自己的决策。

儿子出生后，马子涵由她母亲照顾着，三嫂王玲美时不时地去探望马子涵，赵启航可以把所有的精力都投入到他的事业之中。

“明兰，明天我去一下河南，张小龙平时住在哪里？”赵启航问清了张小龙的住址，只身去了河南。

九十七

兰町已经在郑州等着赵启航。

“启航，我来到郑州，找到了马铮，他在郑州熟人多，他发动了江心市的业务员帮忙找张小龙，他现在人在新乡。”

“有没有打听到他到底借了多少钱？向谁借的？”赵启航问道。

“马铮已经打听清楚了，是向一个叫七哥的人借的，他叫罗七俊，是郑州地面上的一霸，手下打手很多。”兰町把这几天了解到的情况仔细地讲给赵启航听。

“马铮已经与罗七俊接触过了，张小龙一共向他借了500万，实际拿走400万，100万是前二个月的利息，当即被扣下了，现在已经过去七八个月了，利上滚利，债台已经垒到千万了。”兰町痛心地说道。

“马铮与罗七俊接触后，罗七俊怎么讲？”赵启航问道。

“罗七俊要张小龙一次性归还950万元，否则，只要抓到张小龙，就要他好看的了，不会仅仅打他了。”兰町忧心忡忡地说道。

“你把马铮叫来吧，请他吃个饭吧。”

赵启航找到一个小饭店坐下。

“这位是赵启航，这位是马铮。”兰町介绍道，赵启航起身与马铮握过手请他坐下。

“马铮，让你费心了，张小龙现在人怎么样？还好吗？”赵启航问道，他对张小龙并不是十分的熟悉，因为他是田明兰的丈夫，他必须要解救张小龙。

“张小龙被打怕了，他到处躲避，开始还与那个申雪映在一起的，后来不见那个女的了，张小龙一个人躲新乡小旅馆里，后来具体发生了什么事情我也不清楚。”马铮是个精明人，他自己没有借钱给张小龙，现在见赵启航和兰町来问张小龙的事，他便把托朋友打听到的情况一一向赵启航道来。

“那罗七俊怎么讲？”赵启航问道。

“罗七俊凶得很，黑白两道通吃，他说可以让张小龙50万，要他一次还清欠款。”马铮又把与罗七俊接触的事与赵启航讲明。

“有没有什么办法少给些呢？能不能找到中间人出来调和？”赵启航盯着马铮又问道。

“张小龙不知道怎么认识秦道根的，就是秦道根介绍张小龙认识罗七俊的，秦道根外号剥皮，这是当时张小龙告诉我的，我也不认识这个秦剥皮。”马铮说道。

“你能找到秦道根吗？约出来谈谈。”兰町说道。

“上次张小龙把秦道根的号码给了我，我来翻翻看。”马铮翻着手机，找到了秦道根的号码，打电话给秦道根，约他过来吃饭。

很快，秦道根来了，马铮介绍了一番，互相认识。

“秦经理请坐。”赵启航尽量客气地说道，兰町又点了几个菜，要了二瓶酒，四个人边喝边聊。

“赵哥，不是我说张小龙，欠钱也不应该躲起来，他能躲到天上去，还月球上去？他逃得了初一，怎么可能还能逃得了十五？”秦道根酒有些多了，开始数落起张小龙来。

“那他张小龙欠了你们多债？”赵启航不露声色地问道。

“当初他张小龙走投无路的时候，是我帮了他，他现在倒好，恩将仇报了，现在本金加利息，他已经欠我们1050万了。”秦道根恨恨地说道。

“张小龙现在躲起来了，春节都没有回家，你们没有把他怎么样吧？”赵启航不经意地轻问道。

“春节前，我们也在到处找他，他在信阳时被我们抓住了，被狠狠地打了一顿，还有那个女人，被七哥睡了，七哥舍不得打她，让我们兄弟们好好享受了一番。”秦道根提起申雪映，美滋滋的感觉浮现在嘴角。

“我们要张小龙回家去拿钱，他说家里也没有钱了，上次460万元钱中有一部分是从家里弄出来的，驻马店的开屏厂有一半资产是他弟弟的，他没有办法全部抵押去贷款。”秦道根把春节在信阳抓到张小龙的事说了一遍。

赵启航怒火中烧，他忍住了，“那后来他怎么没有回家过春节呢？是你们不让回去的吧？”兰町忧忧地问道。

“没有，我们要他赶快回去弄钱，七哥还准备送他回去呢，去买车票时让这小子跑掉了。”秦道根双眼发红，狠狠地喝了一大口酒。

“张小龙现在回去也没有用，他已经跟任何人都借不到钱来归还你们了，秦总，你是郑州地面上的有脸面的人，本领高，能力强，办法多，你看怎样来解决这件事呢？”赵启航又是秦经理又是秦总地呼唤，秦道根漂浮起来。“我们只管借钱，只管跟他要钱，不管他用什么法子去弄钱。”

“秦总，我想你一定会有办法的。”赵启航也喝了一口酒，忽悠着秦道根，他也只能死马当作活马医了。

“来，喝酒，秦兄好酒量。”赵启航站起来又与秦道根碰了一杯。

“办法嘛，倒有一个，就是想法子把骗张小龙的人抓住，问题就可以解决一半了。”秦道根卖着关子，挟了一块鸡肉，放在嘴里细嚼起来，又喝了一口酒，然后说道：“那个骗张小龙的人我们找到了，可是我们有规矩，不能轻易黑吃黑。”

赵启航问清了个骗张小龙的那个司机家属的详细地址，“秦总，你说的没错吧？”赵启航递给秦道根一支香烟，又跟他耳语片刻。

“赵哥是个爽快人，我讲的是真的，如果我骗你遭雷劈，天打五雷轰。”秦道根赌咒发誓，“赵哥，你高抬我，我很高兴，如果你想帮张小龙，我可以帮你解决一些事。”

坏人在良心发现的一刹那，人之初的本性也会体现出来的。

赵启航吃完晚饭后，带秦道根去了美容院，理好发，又去泡澡，把个秦道根喜得直把赵启航当作亲哥哥一样看待。

男人还是必须有钱的，没有钱，什么事也办不好。

与秦道根分手后，赵启航立即打电话给陈达夫，把张小龙的事原原本本地说给他听，“陈秘书，你路子广，看能不能请公安局经侦大队派人来把骗子带回江心市？”

“没问题，我有同学在公安局，我现在就联系，听我好消息。”

第二天下午，江心市公安局经侦大队的三位公安便装到了郑州，晚上悄无声息地把人带回了江心市。

经过十多天的审讯、取证、传唤，骗子的家属没有办法，只好把骗到的

860 万元钱如数归还。

赵启航约秦道根到酒店喝酒，拿出 10 万元现金，递给秦道根，“我这个人一言九鼎，说到做到，这是那天和你讲好的，秦总，你点一下，收好。”

秦道根只提供了一个地址就轻松得到 10 万元，心中大喜，认定眼前的这个人是个讲信用的人。“赵兄，你讲义气，又为我们出了一口恶气，这几天七哥可开心了，称赞江心市的公安厉害。”

“张小龙的事，我帮你约七哥来谈谈吧。”秦道根献着殷勤。

“好的，事成之后，我照样支付你辛苦费，加倍，如何？”

“好，赵哥是个讲信用的人，我帮你。”

第二天中午，赵启航在郑州大酒店订了一桌，罗七俊、秦道根，还有罗七俊的跟班打手一共 8 个人，喝酒猜拳，热火朝天。

“赵经理，你们江心市的公安厉害，一出手就把何巴子给治服了，间接地给我出了口气，何巴子何雄死有余辜，他是碰瓷专家，有多少外地人栽在他的手里，他的黑车刹车片被他动了手脚，只有一碰撞，包准出大事，坐车的人都是他找来的无业游民，成了冤死鬼。”罗老七边喝酒边大谈特谈何雄倒霉的事，他开心至极。

“罗老大，张小龙是我的朋友，他现在也够倒霉的了，有家不敢归，到处躲藏，这样下去也不是事儿，他欠你的钱，还钱是天经地义的，可是他还不起，你就是打死他也没有用，你说是吗？”

“让张小龙还一个是一个，你也好减少损失。”赵启航徐徐道来，“这样好不好，我帮张小龙把驻马店的开屏厂转让给你，算作借款和利息，这样你就可以把损失减到最低限度了，而且你也有了根基，有了事业发展的根据地，你看如何？”

“七哥，我看行，赵经理的主意很好，我们也可以名正言顺地做生意了，而且还可以以此来壮大我们的势力，你看电视上的老板，不是都有自己的产业吗？”秦道根嘻嘻地说道。

罗七俊仔细地想了一下，认为赵启航说得在理，弄死张小龙也追不回欠款，况且自己也早已想着要办一个什么实体，现在，空手套来了一个开屏厂，真是天助我也。

“好，赵经理，看来你是一个做大事的人，有主见，有办法。你说让张小龙还我多少钱？”罗七俊反问赵启航。

“张小龙实际从你那里拿了多少钱？”

“他写了借条，500万，利息，20%，现在算来，已超过1000万了。”罗七俊说道，他还在思考着开屏厂的事，“你说开屏厂能赚钱吗？”

“开屏厂肯定能赚钱，现在卷材生意好，你们河南地大物博，需求量大，否则张小龙也不会在驻马店开这么一个厂。”赵启航认真地说道，“你们还可以做与之相关联的生意，你们现在缺少的就是一个能支撑的基地，看你们个个身强力壮的，开屏厂在你们手下比在张小龙手里更能赚钱。”

“开屏厂的总资产2100万，张小龙兄弟两个一人一半，你只要出资1000万，就可以把整个开屏厂全部拿走。”赵启航不想让张小龙兄弟两个在河南做生意了，让他们回江心市再说，他粗估了张小龙的开屏厂资产，故意加大了1000万元。

“这样好不好，赵经理，我出10万，让张小龙兄弟把屏厂全部让给我，张小龙先前拿了我500万，现在还欠我1000万，这几个月的利息又涨了。”

“这样吧，我替张小龙兄弟作主，罗总，你出800万给张小龙的弟弟，其它的事我来做。”赵启航谈起生意来，那是一等一的。

“太多了，我付20万来买，赵经理你不要讨价还价了。”罗七俊先前开心，又与赵启航谈得来，随口说了句。

“那张小龙的弟弟肯定不会转让的，你最起码出600万，才能得到开屏厂。”赵启航坚持道。

罗七俊一心想要得到开屏厂，“罗总。再出600万，加上先前借给张小龙的400万，共花1000万买2100万的资产，还是大赚了。”秦道根兴奋地说道。

“那好，就这样一言为定。”

赵启航端起酒杯，与罗七俊干了一杯酒，赵启航没有法子再提价了，这个张小龙所做的傻事，也只能这样来解决了。

第二天，赵启航与罗七俊、秦道根一起到驻马店找张小龙的弟弟，谈妥一切后，罗七俊把600万钱打到赵启航的卡上，把张小龙的借条归还给了赵启航。

赵启航带着张小龙的弟弟到银行把贷款归还了，与罗七俊办好了转让手续，晚上赵启航约出了秦道根，把 20 万元的辛苦费如数给了他。

在郑州办好事情后，赵启航松了一口气，带着张小龙的弟弟一起赶到新乡，按照马铮提供的地址找到了张小龙。

张小龙见赵启航从天而降，又见弟弟也来了，心中大悲，哭得不成人形。

张小龙人瘦得皮包骨头了，赵启航不忍心再说他什么，拿出他跟罗七俊的借条，“张小龙，一切都给你办妥了，你好放心地跟我回家了。”赵启航又把抓捕何雄何巴子的事与张小龙说了一遍，“你被骗的 860 万元钱全部被追回来了，把你的开屏厂变卖了，这个教训你要牢牢记住。”

九十八

李慧娟在元旦前病倒后，吴珂派人把她带到医院检查，胃镜结果出来后，让吴丹青大吃一惊，李慧娟患的是胃癌，而且已到了晚期。李全才决定带女儿到上海长征医院去看病。

手术很成功，李慧娟的胃整个被切除了，吴丹青陪伴着女儿，她突然之间老了许多，花白的头发披散着，皱纹在脸上横七竖八的，想着苦命的女儿，她的心更加绞痛，她忧心忡忡地坐在病床前，看着李慧娟，老泪纵横。

李慧娟消瘦的脸庞隐藏在散乱的头发之中，手术是痛苦的，术后的化疗更加难受，人整个的没有一点精神。经过三个月的化疗，美丽的头发已不见踪影了，骨瘦如柴，遇风即倒的感觉，她经不起任何的风雨了。

不堪回首的往事，在她脑海里像过电影，命运捉弄人，要是自己没有美丽的容貌，没有生在有钱人的家里，也许自己现在过得很坦然，很自在，儿孝女柔，夫妻恩爱，家和情浓呢。李慧娟胡思乱想着，她任性的本质此时还是改变不了，什么都是别人的错，连自己的家庭、自己的容貌都让她气恼，让她悔恨。

病痛折磨着李慧娟，她怕化疗，也怕吃药，她一心想着早点离开这个人世间，“到极乐世界去吧。”李慧娟的脑海里浮现起少女时代憧憬的美丽天堂。

心痛折磨着李慧娟，家散了，一儿半女也没有，现在连领养一个的机会也没有了，账户上的钱是那么多，可是又有什么用！让谁去享受呢？

“赵启航结婚了，真正地离开了自己。自古只听新人笑，他现在一定是欢喜两重天了。”李慧娟在病榻上想得最多的还是赵启航，对赵启航，她一点也恨不起来了，恨得全是她自己。

吴珂元旦与范松萍举行了婚礼，李全才、吴丹青没有法子去参加，得知女儿病倒的消息后，李全才从浙江匆匆赶回，他再也无趣在外面游荡了，也无心与吴丹青闹别扭了。

李全才带着李慧娟又去长征医院复查，结果让李全才深深地失望，癌细胞已经转移到了肝上，证实了开刀前医生的预言。

“还能活多久？”李全才哽咽着，“最多还能活二个月，”主治医生坚定地说道，“如果病人没有坚强的意志，恐怕随时都可能走，你们要有心理准备。”

李慧娟进食已经困难，李全才、吴丹青两个老人束手无策，吴珂天天来看望她，劝慰着姐姐、姐夫，“想开点，我们已经尽力了，你们自己要保重身体，你们年岁也都大了。”

剧烈的疼痛让李慧娟缩成一团，讲话已经不能成句，杨天一守护在她的身边，李慧娟清醒时看到杨天一在，她的心有了一丝的安慰，这个男人重情重义，还是他好。

李全才、吴丹青、吴珂他们开始为李慧娟准备后事了，一切都不可逆转了，李全才与吴丹青对视着，他们抱头痛哭，他们没有好好保护好女儿，没有尽到做家长的责任。

杨天一耳朵贴近李慧娟的嘴边，仔细辩听着她在讲什么，断断续续的蚊吟，杨天一费了好大的神，“是不是想见到赵启航一面？”李慧娟艰难地点了点头。

听到杨天一讲到赵启航，看见李慧娟像是点头的样子，吴珂走出病房，打电话给赵启航。

“赵经理，现在慧娟已到了弥留之际，她想见你一面，人之将死，其愿也诚，你还是过来见一面吧。”吴珂恳求道。

“好，马上到。”赵启航放下手上的工作，赶到医院。

赵启航来到李慧娟身边，“李慧娟，我来看你了，我是赵启航。”

人是有心灵感应的。

昏迷中的李慧娟脸上露出了笑容，笑容永久地停留在她的脸上。

赵启航的眼里填满了悲哀，他一言不发，拉过被单轻轻地覆盖在李慧娟的脸上。

老来失女的李全才、吴丹青痛苦得无以言表。

赵启航在回驿站的路上，痛苦地悲泣起来，毕竟与李慧娟生活了十年，纵然是她有千般错，纵然是她怎样的不好，李慧娟终究是自己原来的妻子，她才41岁。

英年早逝，总是让亲戚朋友悲痛不已的。

昨日斗酒会，今日已是沟水东西流了。

九十九

田建、钱定军、李阳阳、郭思莹、肖慧、林颖在蒋爱民的带领下，乘上了飞向马来西亚的航班，他们应邀去参观花卉节。

飞机在万米高空速航，田建安静地坐在舷窗旁。临行前，他去看望四婶马子涵，见小弟弟活灵活现的双眼，手舞足蹈的样子很是可爱。

“田建，给宝宝拍几张照片带到马来西亚去，让赵归中看看，让他的爸爸妈妈看看。”马子涵笑眯眯地说道，她的心思啊，早已经认了田希锆、姚杏花他们了，迫不及待地要把赵晓明的相片带给老人家先睹为快呢。

“好的，四婶，你抱好。”田建从不同角度一连拍了六张照片，还特意给小宝宝来了一张特写。

“四婶，刚才你说要把晓明的照片带给赵归中的爸爸妈妈看，为什么？”

田建在拍完照片后忽然想起马子涵刚才讲的话，他不明白为什么四婶特意要自己把晓明的照片带到马来西亚去。

“田建，你想你爷爷吗？”马子涵轻轻问道。

“我从来就没有见过爷爷，小时候我还问过奶奶呢，当时奶奶说爷爷出远门了，长大以后，问我爸爸，才知道爷爷已经不在人世了。”田建回忆道。

“田建，你对赵归中印象怎样？”马子涵又问道。

“赵先生，我很喜欢他，他为人直爽，好像跟谁都很亲热，你看我四叔对他多亲，好像是兄弟一般呢，赵先生对我们大家都很好，和我们合得来。”田建把赵归中元旦期间住在怡心园，晚上与他们七个大学生聊天的情形描述给马子涵听。

“那几天赵归中是不是拍了好多我们家里人的照片？有与九婆婆合影的，有与你大伯、大伯母；你二伯、二伯母，还有你爸妈、你四叔他们合影，还有你奶奶的老屋，你四叔的小屋，赵归中都特别感兴趣，不是吗？”

“是啊，当时我们都没有在意，还以为他好奇，好动呢。”田建想起赵归中讲的许多话，隐约觉得有什么不对劲的地方，“那为什么呢？好像你与赵归中先生也很熟的样子。”

“开始几天我没有见到赵归中，元旦后，临行前，赵归中把他拍的照片给我看了，他已经全部洗了出来，你知道他为什么要那样做？”马子涵决定不对田建隐瞒什么了，他已经长大了，而且田建为人真诚，有孝心，是个懂事的孩子。

“赵归中是你五叔。”马子涵说完，双眼紧盯着田建，看他有什么反应，她一直不敢对赵启航讲，上次赵启航问小宝宝出生后叫什么名字，她曾暗示地讲了几句，当时赵启航并没有认真想。

“什么？我五叔？赵归中是我五叔，我怎么不知道，从来没有听说过。”田建好奇起来，坐在马子涵对面，想弄清楚是怎么回事。

“田建，你爷爷还活着，我见到他老人家了，还有你四叔的妈妈也活着，赵归中是你五叔，你还有一个六叔叫做田雨。”马子涵把去年国庆期间带队到马来西亚旅游时在乐圣岭天后宫见到田希锴和姚杏花的事详细地讲给田建听。

“田建，先不要对你妈你爸还有你四叔讲，更不能对九婆婆讲，你这次去马来西亚其实是你五叔赵归中的主意，他想让你去见见你爷爷、奶奶。”马子涵叮嘱田建到马来西亚后，去拜见他的爷爷奶奶，然后想法子把他们缠回来。

飞机在新加坡机场降落了，田建回过神来，与蒋爱民他们一起走出机舱，来到行李处等候取行李箱。

赵归中和田雨他们在出口处等候着，见田建他们走出来，赵归中忙迎上前去，“田建，欢迎你们来到马来西亚。”

“这位就是田江海的儿子田建，田建，这位是我弟弟田雨。”

“两位叔叔，你们好。”田建开心地与赵归中讲着话，又向田雨问安。赵归中和田雨得知田建真的来马来西亚了，便乘车来到新加坡接机。

大客车把田建蒋爱民一行人带到了马来西亚，赵归中已经为他们办好了酒店预约，“这一次你们在马来西亚的旅程由我全权负责，你们尽情畅游参观。”

赵归中安顿好蒋爱民他们住下，来到田建的房间，“田建，这位是你的六叔。吃过饭后跟我去见你爷爷奶奶吧，你来之前，你四婶马子涵已经和我说好了，要把发生在马来西亚的传奇故事全部告诉你。”

“五叔，六叔，昨天我四婶已经把这里的情况讲给我听了，我现在就想去见爷爷、奶奶。”田建见到田雨十分高兴，“那你就是我最小的叔叔了，今后我就叫你小叔，好吗？”田雨哈哈大笑起来，“好啊，孩子，就这样叫我。”

赵归中请蒋爱民他们吃晚饭，在异国他乡遇见中国人，当然开心啦，遇到熟悉的赵归中更是快活，他们谈论着马来西亚，介绍着马来西亚，尤其是正在举行的花卉节，吸引着田建、钱定军他们一行人，他们专程来到马来西亚，为的就是设施花卉的发展方向。

晚上，田建跟赵归中、田雨来到了赵归中家里。

“孩子，你是田建。”田希锴迎着田建，一看见田建就情不自禁地喊着田建名字。

“爷爷，奶奶。”田建大声喊着田希锴、姚杏花。

元旦节后，赵归中回到了马来西亚，把所见所闻仔仔细细地和全家人讲了，把洗好的照片拿出来，让他们慢慢欣赏。

田希锴看到马九英，精神矍铄，心中大慰，看见大儿子田风和大儿媳朱秋艳弄的养殖场，百亩水域，形势大好；看见二儿子田野、二儿媳闻小凤，都有出息了；三儿子田江海稳重，三儿媳王玲美端庄秀气，老人家喜形于色。

姚杏花盯着赵启航的照片看了好久，儿子长大了，他没有夭折，她心中悠然起来，快乐起来。

姚杏花见许秀英也已经老态龙钟了，还有田纪英，三个人都还活着，姚杏花笑容可掬。

两个老人把照片一张一张地看，儿孙满堂，看得出，他们现在过得很好，赵归中给他们一张一张地讲解着，田希锴、姚杏花已经把家中大大小小都认识了，还能叫出他们的名字。

"这是你五婶尹红，这是你妹妹赵晓月；这位是你小婶婶林悟，这位是你小弟田晓亮。"赵归中把家里其他人一一介绍给田建认识。

田希锴、姚杏花拉着田建坐下，问这问那，时喜时悲，一家人专心听着田建的介绍。

"田建哥哥，中国是怎样的一个样子？你都大学毕业了？你是农民吗？"赵晓月好奇地围着田建问这问那，"还有，你是共产党吗？"问得大家都笑起来。

"晓月，我们中国可大了，有万里长城，有黄河，还有长江，长江很长，有六千多米长呢。你下次来中国，我带你去爬长城，看长江，我们家就住在长江边。"

"长江好看吗？水是不是也像大海一样蓝？你会游泳吗？"田晓亮问道，"我在电视上看过中国，中国首都是北京，我爱北京天安门这首歌我还会唱呢。"田晓亮高声唱起《我爱北京天安门》来。

"长江水很清，但是没有大海这么蓝。"田建讲起长江的传奇故事来。

"长江在云南东边叫金沙江，她的上游叫通天河、沱沱河，她的下游叫荆江、扬子江，这条长达 6370 公里的河流，就是我们的母亲河——长江。"田建虽然学的是农业，但是对中国地理却十分熟悉。

"长江起源于唐古拉山各拉丹冬西南侧，干流流经青海、西藏、四川、云南、重庆、湖北、湖南、安徽、江苏、上海 11 个省、自治区、直辖市，于崇明岛以东注入东海，是我国最长、世界第三大河流，它源远流长，与黄河一起，成为中华民族的摇篮，哺育了一代又一代中华儿女，被誉为母亲河。”

“在金沙江有一个被称为长江第一湾的地方，有一个传奇的故事：上游江水在青藏高原东脚匆匆流来，忽然转出山脚，向第一湾迤逦而来，美丽的横断山脉，让人浮想联翩。怒江、澜沧江、金沙江在三条峡谷中由西向东平行在横断山脉中穿行，形成了三江并流的壮丽景象。相传怒江和澜沧江两姐妹要向南行，寻找她们的天堂和归属，金沙江纯真爱美，不愿跟随她们南行，自己要迎着太阳寻找光明，于是毅然在这里拐向东北而去，在华厦大地奔驰，奔向日出的圣地——大海。”田建把长江第一湾美丽的传说形容得神乎其神。

“爷爷、奶奶，我要看长江，”晓月、晓亮缠着田希锴和姚杏花，要到中国去，要到长江边游玩。“我要爬长城，不到长城非好汉。”

“爷爷奶奶，你们看。”田建拿出手机，打开相册，“这是我四婶养的小宝宝。”田希锴、姚杏花看着马子涵抱着小孩，小孩子活泼好动，肉肉的小手在空中乱抓，“他叫什么名字？”爷爷田希锴问田建。

“叫赵晓明，是子涵婶婶起的名字。”田建把马子涵、赵启航的公司情况又向你爷爷奶奶他们详细做了介绍。

“村上人都叫我奶奶九婆婆，我启航叔从小到现在还是叫她九婆婆，如果我爸爸伯伯叔叔们不听话，或者在外面打架之类的，九婆婆不管三七二十一，一顿打那是肯定的。我大伯田风，二伯田野挨打的机会少，我爸和启航叔被打的次数最多，可是他们都愿意被九婆婆打，只要九婆婆不生气，被打一顿也觉得很开心，现在他们四个人都是好人，常言说得好：棍棒之下出孝子，我伯伯叔叔还有我爸对奶奶十分孝顺。”田建把九婆婆的口头禅“打你”说给爷爷奶奶们听。

“我四叔小时候，只要下水游泳，奶奶知道后，就把他打得半死，后来听我爸爸讲，奶奶怕启航叔掉在水里淹死，说他爸爸就是会水而被水淹死的。”田建又讲起九婆婆打赵启航的事来。

姚杏花听后，老泪纵横，自己的丈夫水性很好，可是还是被江水淹死了，后来才有了她离家出走的事。

“九婆婆她老人就是不肯住到城里去，也不愿意住到大伯田风二伯田野的家里，她一直住在我们家那间老屋，不曾离开一次。问她为什么不住到别墅里去，奶奶说小屋的空气好，其实她老人在等爷爷回去呢。”

接下来的日子里，田建带着女朋友郭思莹去看望爷爷奶奶他们，赵归中领着蒋爱民、钱定军、李阳阳、田建、郭思莹、肖慧、林颖他们在花卉节里窜行，边看边指指点点，回到酒店，讨论得很激烈，设想着星月亲水如何搞。

赵归中领着他们去参观自己的橡胶园，“田建，这是你爷爷来到马来西亚后开垦的，这些全是我们家的资产。”

蒋爱民仔细看着橡胶园，脑海中浮现起星月亲水桃园、梨园的盛景，“对，回去后可以搞星月亲水设施果园。”蒋爱民仿佛已经看到了星月亲水果园参观者人潮涌动了。

赵归中又带领大家参观了国家农业公园，马六甲海峡，把马来西亚主要景点都带他们玩了个遍。

一周时间匆匆过去，田建天天晚上都去看望爷爷奶奶他们，磨着他们，要他们与自己一起回江心市去。

经过一周的接触，姚杏花心里有了松动，“等晓月、晓亮他们放暑假，我们就带他们一起回一次明月村吧。”田希锴又和姚杏花说起归乡之事。

“好，我们全家都回去。”姚杏花坚定地说道。

赵归中、田雨、尹红、林悟他们策划着归国行程。

一〇〇

赵启航在星月亲水察看着工程进度，十里长廊已经修建过半了，新的怡心园装饰也进行到收尾清理阶段。再过几天，新疆第二批旅行团就要来了，他决定把田建、郭思莹、钱定军、肖慧、李阳阳、林颖、吴灿，还有蒋爱民他们都搬到堤内怡心园去，新疆客人这次也住进新的怡心园。

“赵经理，你是不是给这堤内的怡心园另外起个名字，这样也好区别，否则叫起来太别扭了。”施广发随同赵启航在工地上察看。

赵启航想了想，“就叫做星月亲水园吧。”他吩咐施广发去做一个大的广告牌，架在多功能厅屋顶上，“星月亲水园要亮化，要醒目，你看着办吧。”

“怡心园还是按照原来的经营模式进行，让城里来的人们更好地休闲，不要打扰了他们的清静，今后团队就住在亲水园，所有散客全部在怡心园，怡心园就交给郭小美管理吧，这么长的时间，我发现她还是不错的，她有这个能力，也好给李头一个交代，我们不能忘恩，常言说得好滴水之恩当以涌泉相报。”

赵启航和施广发来到怡心园，与郭小美商量，“赵经理，施经理，我哪有这个能耐啊，不行，我还是当施经理的助手吧。”郭小美推辞道。

“施经理还有亲水园要管理呢，他忙不过来。你有管理好怡心园的能力，你办事实在，也有主见，再说了，遇有什么事儿，你可以找施经理协助解决，你多向他请教就行啦。”

郭小美不好再推辞，接受了怡心园经理一职。

赵启航转到柳条工艺品厂，见张小龙也在，高兴地与张小龙攀谈起来。

“张小龙，我看你还是先熟悉这柳条工艺品吧，你把业务转移到这工艺品的销售上，你看这么多的产品，尤其适合现代人的起居，现在人们讲究环保，连动物也住上了环保型窝舍了，猫和狗是人类的朋友，人们舍得在这方面花钱，有人爱猫狗胜过爱自己，对猫狗的照顾比亲爷亲娘还亲呢。”赵启航和张小龙坐在田明兰的办公室里，喝着茶，讨论着销售对策。

“赵经理，兰町的外贸业务进展顺利，第一批货已经发出了，货款也打过来了，还有田学洪厂长的技改也进行得有眉目了，新型编织机已经能够上线生产了。”田明兰在张小龙被赵启航带回江心市后，也没有过多地计较张小龙的出轨，知错即改就行了，她在心里十分感激着赵启航，她对赵启航的爱只能放在心里，谁让她失之交臂的呢。

“对了，兰町这几天就要回来了，他带新疆游客回来。前段时间他去了内蒙古，实地察看了柳器的使用情况，也到市场上转了转，他说形势大好，对我们走柳条工艺品生产有信心。”

“田明兰，我九婆婆再过一个月就要过八十大寿了，你看放在什么地方好呢？”赵启航这些天天天忙着他的设施农业的大棚建设，筹划着太阳能在设施农业方面的应用，没有时间回去与田江海、田风、田野他们商量，见田明兰在翻看日历，突然想起九婆婆过八十大寿的事来，顺便与田明兰商量。

“是啊，我们得好好地为九婆婆她老人家过大寿，我看也不要到城里去，她不喜欢，上次三嫂王玲美还提起过，说是不是放到悦凯愉旋去的，那里热闹。”田明兰把上次与王玲美商量的事情与赵启航说了。

“放到城去，九婆婆肯定不会答应，我在想是放在大哥田风家好，还是放在怡心园好，拿不定主意。”

“那你与大哥商量下，看看他的意见。”田明兰见赵启航头上已有白发了，心中疼痛不已，当着张小龙的面又不好说什么。快两年了，赵启航在拼命地忙着他的星月亲水，他的事业在农村已初见成效。

张小龙为赵启航斟满茶水，插话道：“赵经理，你看这星月亲水公园很大气，基础设施也比较好，我想，我们是不是可以在那里搞一个水上游乐中心，买几只游艇，周末可以让家长带着孩子来游玩？”

“对，这是一个好主意，改天我去水利局了解一下情况再说吧。”

晚上，赵启航打电话给田风、田野、李八斤，让他们到怡心园来聚聚。李八斤听说委任郭小美当怡心园经理，哈哈大笑起，“赵启航，你是在还我人情啊，其实没有必要嘛，你能让她来你公司上班，对我已经是最大的回报了。”李八斤是个直爽的人，见赵启航笑而不答，“赵启航，你做什么鬼啊？”

“李头，你好像对郭小美没有信心啊，她很能干，怡心园经理非她莫属，你看她把怡心园管理得多好，省了施广发一大半心，也帮了我很大的忙，让我能专心做设施农业项目。李头，谢谢你给我找到了这么好的经理来。”赵启航有意逗李八斤，“你啊你，还红颜知己呢，她的能耐你怎么没有发现呢？”郭小美羞得脸红起来。

李八斤很开心，自从郭小美到怡心园上班，姚霞也就不和他太多计较了，反正不再开理发店就行，姚霞见李八斤不像以前那样整夜不归，心里舒服多了，李八斤也有更多的精力忙他的建筑公司了。

“今天我还要宣布，我给堤内的建筑群起了一个名字，叫星月亲水园，施广发去当经理。”赵启航开心地说道。

“再过几天新疆第二批旅行团的人就要到了，我们有第一次接待的经验，现在也不用如临大敌了，各自做好各自的事就行了，大哥、大嫂你们明月筵还是要做好安全措施，要有专人负责客人的钓鱼安全。”赵启航与大哥田风讲起钓鱼乐之事。

“二哥这几个月日夜奋战在亲水大道工地上，也不要太辛苦了，要注意身体。二嫂的设施花卉进展不错，品种不要太多，不要着急，要一步一个脚印。钱定军、肖慧你们的努力没有白费。”赵启航关心起田野来，见二哥人黑了不少，有些心疼。

“我今天在兴农园转了一圈，夏菇长势喜人，沟渠里的罗非鱼很好看，蒋爱民，田建、郭思莹还有李阳阳、林颖，辛苦你们了，今晚我要好好招待你们。”

“明珠哥服务公司技术越来越好了，多亏了吴灿，你们配合得很好，许江华这几个月太辛苦了，工期抓得很紧，又保质保量，我很是欣慰，没有你们，就没有我赵启航的成功。”

赵启航又表扬了田明兰、田学洪。

“祝我们星月亲水前程似锦，来，干杯！”赵启航和大家欢快地喝酒聊天，畅谈未来。

“我还要宣布一件事，从今天开始，我们星月亲水又多了一名猛将，张小龙决定加入我们了，大家欢迎。”赵启航鼓动起气氛来，让大家开心，为大家解除疲劳。

“大哥、二哥，离九婆婆过八十大寿不到一个月了，我想好好为她老人过生日，你们看放在什么地方办好？”赵启航与田风田野协商起来。

“去我家过吧，我家地方大，可以请办酒公司来。”朱秋艳首先开口道。

“我赞成秋艳讲的，去我家吧。”田风立即表了态。

“去我家吧，小凤不太忙，让她在家准备。”田野坚持道。

“我知道九婆婆的脾性，哪里都不会去，你们也不要争，就在这里办比较好。”田明兰不把自己当作外人插嘴道。

“我看九婆婆的八十大寿放到星月亲水园办比较合适，一来为九婆婆祝寿，二来给星月亲水讨个好彩头。”许江华建议道，“也好让新疆客人沾沾喜气。”

“对，就在亲水园办。”施广发、李八斤、蒋爱民、田明珠都说好，正好举行一个竣工宴，让星月亲水园热闹起来。

“这样好不好，明天我们兄弟四个商量商量再定吧。”赵启航还想听听田江海的意见。

“四叔，我打电话给我爸妈，让他们现在就来一趟怡心园吧。”田建拨通了田江海的电话，把大伯二伯四叔他们商量为奶奶过生日的事告诉了他们，要他们现在就赶过来商量，田建跑到外面又打了好长时间的电话。

“这里太小了，我看还是到城里大酒店去办吧。”田江海摆着理由，王玲美也认为这里太小，酒席办不了几桌。

经过一番利弊争论，家里人多，左邻右舍的要请，亲戚朋友一大帮子，八十岁是大喜事，兄弟仨人采纳了田江海的建议，决定到城里江心食府去办。

田建跑进来，笑嘻嘻的，很是开心，“臭小子，你独自乐个什么？”田江海严肃地问道，王玲美来到田建身边，问他有什么喜事。

“我宣布一件喜事，”田建故意清了清嗓子，“我要为奶奶送一个天大的贺礼。”田建脸上洋溢着快乐的笑容。

“什么天大的礼物？快讲。”田风、田野好奇地问道。

“不要卖关子了，说说看，是什么天大的贺礼？”赵启航满腹疑虑地问道，最近马子涵也是神秘兮兮的，有时只一个劲地傻笑，和现在的田建一样的模样。“马子涵与田建一定有什么事瞒着自己。”赵启航这样想着，“会是什么天大的贺礼呢？”

赵启航回头找郭思莹，想从她的嘴里知道是什么秘密。

郭思莹见赵启航看着她，笑意盈盈地说道，“我可不当叛徒，我不知道。”说完哈哈大笑起来，银铃般的笑声在餐厅里回响。

除了田建、郭思莹，所有的人都感到莫名其妙，无论他们用什么法子，也无法从田建和郭思莹嘴里知道究竟是怎么回事。

“都别猜了，到时真相就会大白，一定会让你们开心的，惊讶的，欢天喜地的。”田建开心地唱起歌来。

—〇—

风情旅行社的张建国经理和兰町随新疆旅行团向江心市进发。

旅行大巴一进入江心市，张建国就睁着双眼，验证着兰町对他介绍的江心市的美貌，欣赏着洁净大道两侧的住宅，幢幢别墅造型独特，别具风味，“啊，真是一座小巧玲珑的城市，确实是江心明洲。”张建国经理对身边的兰町赞许着江心市的美丽。

“我们江心市是全国百强市。”兰町又自豪地说道，他一心想与张建国合作，把江心市列入他带队外出旅行的目的地。

“我还是认为旅游就是休闲，何必非要到古人去过的地方到此一游不可呢？”兰町与张建国讨论着旅游的真谛。

“什么地方过得开心，那这个地方就是旅游胜地。”兰町为江心市积沙成市的历史仅有三百年而与张建国争辩着什么是旅游胜地。

“那旅游有什么意思呢，住在家里不是一样开心吗？”张建国不以为然。

“旅游就是从一个地方到另一个地方生活。”兰町坚持己见，不知不觉地已经来到星月亲水园，施广发安排大家住在星月亲水园院落内休息。

江风送爽，温湿宜人，江水滔滔，东奔不息。芦苇轻荡，柳条曼舞，翠帏柔茵，鸟鸣嬉翔。张建国站在江堤上，环顾四周，景色醉人，堤内十里长廊已俱雏形了，堤外岛岛相连，养殖场内鹅鸭成群。

张建国吃完晚饭，和一些游客们来到星月亲水公园。皓月挂在公园的上空，清冽夺目，月光软软地撒娇在公园的高高低低、边边角角。踩着月色，行走在堤顶公路上，漫步在栈道上，徜徉在林间鹅卵石曲径上，心中的快意在周身上下穿流。如此曼妙的夜晚，如此幽雅静谧的公园，让张建国他们心澄神明，悠然自得。

堤内堤外的高林低木，舞动着枝叶，笑意盈盈，倩影分外柔和；高低不一的野草，伸长了颈脖，窥视着闲逛的男男女女，窃笑着，曳动细腰，欲与靓男靓女比俊赛艳。堤外的江水精白，洁洁柔柔，环抱着星月亲水公园，偶有船儿游移其间，仿佛被公园的美艳拽住，不疾不徐，悠悠哉哉。

张建国他们走在2米余宽的栈道上闲逛。栈道幽幽静静地曲布在江滩水滨旁，水草时见茂盛，时现孤影，或站在水中欢娱，或伏在水面嬉耍。栈道有的穿梭在芦苇之中，两旁的芦花已见斑白，有的昂首观月，有的低垂赏滟。芦叶沙沙，轻歌微吟，对对男女最喜置身其间，或轻拥，或摩肩，或小憩，说不完的情话，享不尽的甜蜜。

栈道彩灯蜿蜒，在滨水旁俏丽游走。水面滟滟，月影、灯影、树影，填满一湖。水草兴高采烈，芦苇欢舞动容，柳条活泼可爱。孩子们东瞧西望，欢声笑语，幸福溢满胸膛。

张建国坐在栈道木条凳上，静赏眼前的艳景，远观影影绰绰，享受着江风拂面，吮吸着湿润的空气，听着悠扬的轻音乐，心旷神怡，乐不思返。

蹀躞在公园水生植物池旁，一方方荷池，一块块茨塘，在水泥浇筑的曲径间高低不一地陈列着，给公园增添文化色彩，也许有很多美丽的传说，也许有深刻的含义吧。

星月亲水湿地公园，是一个天然氧吧，空气清新，情景和谐，是物我两忘的休闲胜地。在这安详的夜晚，一天的劳顿一下子消融殆尽，拾撷着闲情喜悦，憧憬着梦想希望，享受着满满的幸福，心胸开阔，神清气定。

施广发像接待第一批客人一样，分阶段为他们表演节目，让他们自由自在地生活在亲水园，享尽这无边的惬意。

“妈”、“九婆婆”田江海、赵启航叫着九婆婆来到老屋，九婆婆正在烧水，赶忙站起身，赵启航坐在灶膛前，给灶膛添柴。

“妈，再过二天，就是您的八十大寿了，我们在城里定好了酒席，请亲朋好友去为您老祝寿。”田江海小心地说道，他怕犟不过母亲，就把赵启航也拉来一道做九婆婆的思想工作。

“不去，我就在这老屋下碗面条吃，你们忙你们的，我在这里过开心。”九婆婆不由分说就阻止了田江海的游说。

“九婆婆，你猜田建送给你什么贺礼？”赵启航边烧火，边与九婆婆聊天。

“他还给我送贺礼？不要，不要。”

“九婆婆，田建说，他要送给您老人家天大的贺礼，这可是田建自己向大伙儿宣布的，我没有说谎，我说谎，你打我。”赵启航开心地说道，“九婆婆，那晚我们大伙儿一个劲地追问田建，是什么天大的贺礼，这小子就是不肯透露秘密。”

“小建会送什么天大的贺礼呢？”九婆婆自言自语道。

“九婆婆，我们和田风、田野都商量过了，就在江心食府给你祝寿，就是以前我们春节在那里聚会的地方，田建把天大的贺礼藏在那里了。”赵启航搬出田建来，田建是九婆婆最疼爱的孙子，“田建还说，奶奶最疼爱他了，奶奶会在那里接受天大的礼物的。”

“妈，你就去吧，我们都定好了，又不好退。”田江海恳求道。

九婆婆看着田江海、又看看赵启航，这两个孩子一片孝心，人又走正道，是个正派人，她心里十分安慰，上次明兰也跟自己磨了半天，劝说她到城里去办八十寿宴，想想这一帮孩子也不容易，得给他们面子，好让他们在别人面前抬得起头，九婆婆答应了田江海的安排。

田建向蒋爱民请了三天假，说进城有事。他确实有事，而且事情很重要，他要带赵晓月、田晓亮到扬州去玩。

田希锴、姚杏花带着赵归中、尹红、赵晓月，田雨、林悟、田晓亮在九婆婆八十大寿前三天就到了江心市。田建把爷爷奶奶他们一家人安排在离江心食府不远的长江世纪大酒店住下，他们要在九婆婆生日那天突然出现，给九婆婆她们带来欢喜。

“田建哥，你说带我们去长江边玩的，我们要去。”晓月晓亮围绕在田建身边，说这说那。

“好，明天我带你们去扬州玩吧。”田建说道。

“扬州，我知道，天下美女出扬州，我要去看美女。”赵晓月开心地跳起来，她的小脑袋里还存储着不少中国知识呢。

“爷爷奶奶就不去了，就待在宾馆里，你们去玩吧。”姚杏花对赵归中说道，“注意安全，早点回来。”

“爷爷、奶奶，那你们自己在城里玩吧，不要走得太远，我们去玩了。”

田建包了一辆依维珂，到了扬州，先请五叔小叔他们六个人吃富春包子，“这是扬州最有名的包子，富春包子甲天下。”

吃完富春包子，田建把他们带到瘦西湖、平山堂、个园转了一圈。赵归中和尹红俩人并肩走在扬州公园内，在春柳长堤上漫步，在小金山前逗留，在五亭桥上轻语，在白塔前观顾，在二十四桥前驻足，在琼花树前慎视，在竹林中徜徉，心中无比的快活。他们虽然是中国人，但一直没有机会回到中国来，他们对中国文化特别感兴趣，对中国的一草一木倍感亲切。

田雨和林悟边走边说边笑，林悟摆弄造型，让田雨为她拍下珍贵照片，她要带回马来西亚给自己的父母观看，让他们领略中国的风景，中国的山山水水。

田建租来一条游船，请五叔赵归中、五婶尹红、小叔田雨、小婶林悟，先上船，然后和晓月、晓亮一起蹦上了游船，游船被装饰得花枝招展，扬州小调腔纯味浓，七个人坐在游船上听着好听的扬州歌曲，欣赏着瘦西湖两边的风景，心神静安，怡然自得。

田建领着赵晓月、田晓亮在公园疯玩，看见什么小食，田建就买给他们吃，有时也硬要尹红婶、林悟婶吃，三个地方玩下来，扬州小食都让他们吃饱了。

“我喜欢五亭桥，将来我要建一座六亭桥。”田晓亮开心地比划着，他说长大了要当桥梁专家。

“我喜欢二十桥，我喜欢公园里的字，我要写毛笔字。”赵晓月嘴里还在念叨着“二十四桥明月夜，玉人何处教吹箫。”

“我还要到长江边去玩。”赵晓月还没有忘记长江。

“等九婆婆过完生日，我们就住到长江边上去，保证天天都能看到长江。”田建向赵晓月保证道，晓月又欢跃起来。

一〇二

“爷爷奶奶，要不要打电话把我爸叫来，让他先知道你们回来了呢？”田建他们从扬州回到江心市，在长江世纪大酒店吃完晚饭后，田建与爷爷奶奶们商量，他突然感觉到到九婆婆过生日那天爷爷他们突然出现会不会带来什么不测之事，他心中没有底。

“好吧，田建，打电话让你爸爸妈妈他们过来。”赵归中和田雨商量后，觉得田建让他爸爸先来有一定的道理，便对田建说道。

“爸爸，你在哪里呢？”“我在家呢，你在哪里，有事吗？”

“妈妈在家吗？”“你妈在家呢。”

“那好，你们来一下长江世纪大酒店吧，我在这儿等你们，你们直接到1802房间来，你们来了就知道了。”

田江海、王玲美接到田建这个莫名其妙的电话，有点担心，这几天田建很神秘，不知道他在搞什么鬼，他们急匆匆地赶到长江世纪大酒店，敲开了1802号房间。

开门的是赵归中，“三哥，三嫂，你们好。”赵归中笑盈盈地和田江海、王玲美打着招呼。

“唉，赵归中先生，你怎么在这里？什么时候来江心市的？没听启航讲啊。”赵归中把田江海、王玲美让进房间。

“爸、妈，这么快就到了。”田建走到王玲美身边，对母亲做了一个鬼脸。他转过身来，“这是我爸爸，他叫田江海，田局长。”田建拿他爸开起心来。“这位美女是我妈妈，王玲美。”田建笑嘻嘻地介绍道，被王玲美轻轻打了一下，田建避让在一旁嬉笑着。

“我叫田雨，江海哥，你好。”田雨不等田建介绍便自报家门。

“哦，田雨，你好。”田江海客气地回敬道。

“三伯伯，我叫晓月，我认识你。”赵晓月开心地跑到田江海身边，田江海笑呵呵地摸了一下晓月的头。“三娘娘，我也认识你，我在照片上认识你们的。”晓月又跑到王玲美身边，牵着王玲美的衣角只摇。

“三伯伯、三娘娘，我也认识你们，我叫田晓亮。”

田江海、王玲美被这突如其来的几个人弄糊涂了，“可是，我们不认识你们啊。”王玲美爱抚着田晓亮的头说道。

“爸，妈，还是我来介绍吧。”田建走到田希锴面前，“爸，妈，他是我的爷爷，他叫田希锴。”田建望着爷爷笑了笑，他又走到姚杏花面前，“她是我的奶奶，姚杏花。”

田江海大惊，赶紧仔细地看着坐在那里的老人，“不认识，田建，你说他是你爷爷田希锴？”

“他是你爸爸。”田建重复着。

“江海，孩子，我是田希锴，我是你爸爸，田建说得不错。”田希锴激动起来，“来，孩子，过来。”田江海走到老人面前，怔怔地看着老人。

“孩子，”田希锴声音哽咽，泪流满面，抚着田江海的脸，悲痛欲绝。“43年前，我和田荣根，许泰银一起去9424挖煤，不成想出了大事。”田希锴话不成句了，颤颤巍巍地望着田江海。

“爸爸，真是你？”田江海跪倒在田希锴面前，放声大哭，“爸爸！”田江海说不出话来，泪水汹涌而出。

“爸爸！”王玲美也跪在田希锴面前，痛哭起来。

过了好久，田希锴从悲恸中清醒过来，“江海，她是启航的妈妈，姚杏花，现在也是你的妈妈。”田希锴指着姚杏花，又老泪纵横起来。

田江海赶紧转过身，见姚杏花已哭成了泪人，他和王玲美又跪在了姚杏花面前，“妈。”田江海痛哭不已，像个小孩似的，哭倒在姚杏花的膝前。

赵归中赶紧扶起田江海，又搀扶起王玲美，让他们坐下，田雨给田江海和王玲美倒了杯茶。

王玲美见尹红和林悟站在姚杏花身旁，赶紧起身，走到她们面前，抱着尹红和林悟又哭泣起来。

田江海坐在田希锴身边，问这问那，语无伦次，他万万也想不到自己的父亲还活着，虽然对父亲的印象已经全无，但思念一直在他心中缠绕着，想不到，梦想成真了，父亲竟然突然出现在自己的面前，田江海欣喜万分，感慨万分，悲泣万分。

田江海又与田雨问寒问暖着。

晓月、晓亮走到田江海面前，跪下，请三伯伯的安。

田江海悲喜过后，镇定下来，又与爸爸田希锴说起娘的事，说起启航的事，说起明月村的事。他转过头来，对田建说："快打电话给你大伯、二伯和你四叔，叫他们赶快过来。"

田江海不愧为交通局局长，他思维敏捷，这就是田建要送给九婆婆天大的生日贺礼啊，要是爸爸妈妈他们真的在九婆婆生日那天突然出现在母亲的面前，不知道母亲能不能坚持住这悲喜两重天的激动来。

赵启航接到田建的电话，他正在星月亲水驿站，忙着张小龙提议的星月亲水游艇之事。

白天，他到水利局去了，找到水政科长刘清源，向他说明了要在星月亲水公园搞一个游艇娱乐场所。

"那里正好是个夹江，不是主航道，理论上可以搞，你先弄一个方案来，我们好帮你向长航局申报。"刘科长热情地说道，"赵经理，你的这个想法很好，我们有这么好的江堤优势，建设一个游乐场所正好开发利用堤岸资源，我想，应该没有问题。"

接到田建的电话后，赵启航放下手上的工作，第一个赶了过来。听完江海哥的叙述后，赵启航直愣愣地看着姚杏花，"妈。"赵启航跪倒在姚杏茶面前，昏厥过去。

田江海、赵归中、田雨慌了神，林悟赶紧上前按压住赵启航的人中，好久赵启航才醒了过来。

"妈。"赵启航放声大哭起来。

赵启航三岁成了孤儿，被九婆婆领去，与田风、田野、田江海一起，在九婆婆的羽翼下艰难长大，也可以说是明月村的父老乡亲把他养大，在他六岁时，他知道了家中的遭遇，九婆婆、许秀英、田纪英三个人在一起嘀嘀咕咕的时候，把姚杏花骂了个狗血喷头，说她太狠心，把三岁的儿子就这样抛弃，小启航记住了"原来父亲是真的死了，母亲没有死，她跟人家跑了。"深深地烙在脑海里，他没有拆除小屋，他自己也不清楚究竟是为了什么，也许是潜意识里是盼望着母亲能够归来。

赵启航对母亲是一点印象也没有的，他在小屋里时常想着母亲能突然出现在自己的眼前，其他小朋友都有妈妈，可是自己却没有见过妈妈，他对九婆婆的依赖更加强烈，他在九婆婆面前，从来都没有表现过他不是九婆婆亲生的意念，他怕九婆婆伤心。在他去省城上学前，九婆婆才把他的身世说了，其实赵启航早就知道的。赵启航下定决心，他要掌握本领，报答九婆婆和明月村的父老乡亲的养育之恩。

他日夜思考着星月亲水：怡心园、亲水园、兴农园、馥馨园、工艺厂、装饰公司、农业设施服务公司，他要为明月村创建更多的实体，让江边的农民过上更加美好的生活。

最大限度利用江滩资源，开发好农村资源，从根本上解决三农问题，让农业不再靠天吃饭，让农民不再面朝黄土背朝天，让农活成为一种休闲，成为一种享受，成为一种神往。

今天，在赵启航脑里又清晰地产生了一个思路，那就是靠山吃山、靠水吃水，张小龙的提议，一直在他脑海里回复，他要办一个大型游乐园，名字都想好了，就叫做“星月亲水游乐园。”

姚杏花突然出现在江心市，出现在自己的面前，赵启航悲喜交加，这就是自己无数次想象中的母亲？这就是自己恨之深念之深的母亲？赵启航怔怔地看着姚杏花。

“小航，”姚杏花悲恸地哭个不停，抖抖索索地摸着赵启航的头、脸、肩，泪流满面，“是妈妈对不起你，是妈妈错了。”姚杏花痛不欲生，悔恨不已。

田风、朱秋艳、田野、闻小凤也赶到了。听完三弟的介绍讲述，田风带着朱秋艳，田野带着闻小凤给田希锴、姚杏花跪拜请安，又和六弟田雨，以及尹红、林悟、晓月、晓亮他们相识、问好。

说不尽的相思苦，道不完的衷肠话。

“赵归中，原来你元旦期间的到来是另有目的啊，合作之事是你对家的顾爱？你怎么不早说啊。”赵启航、田风、田野又和赵当中攀谈起来。

马子涵敲开了1802号房间。

“子涵娘娘，你怎么才来？”赵晓月奔到马子涵面前撒起娇来，“子涵娘娘，今天我们去扬州城了。”田晓亮开心地跑到马子涵面前。

“爸爸，妈妈，你们来啦，欢迎你们归来。”田希锴、姚杏花止住了悲欢离合的情愫，忙把马子涵喊到身边，问晓明怎样，问她身体怎样。

赵启航这才明白，马子涵早已经知道了田希锴和姚杏花了，赵归中跑到江心市要和星月亲水合作，一定也是这个马子涵的大作。再看看田建，想着田建的话，田建天大的贺礼原来是这件事啊。

马子涵与尹红、林悟打过招呼，又和田雨、赵归中聊起分别后的思念来。

马子涵见田风哥四个目瞪口呆地看着她，不好意思起来，“大哥、二哥、三哥、启航，不要怪我事先没有告诉你们，我是不敢说，我要等待时机，不能让你们太过惊喜，太过悲欢离合，我和归中、田雨两位弟弟策划的，由田建来完成的。”马子涵又把在马来西亚遇到老太太老人家的事详细说了一遍，把吩咐田建到马来西亚后去请爷爷奶奶回家的事与大家说了，悲伤感叹过后，一大家子人高兴起来，开心起来，说笑起来。

一〇三

江心食府热闹非凡，空调温度被调到26度。

九婆婆身穿王玲美和田明兰挑选的唐装，暗紫大花，典雅高贵。田江海在大堂主席台前，特意安放了一张太师椅，让九婆婆坐下，接受儿孙们的觐拜。

田风、朱秋艳领着儿子田新语、女儿田新青及儿媳、孙子一起，跪在九婆婆面前，祝九婆婆龙体安康，千禧幸福。

田野、闻小凤带着女儿田新凤、儿子田新晨给九婆婆祝寿，祝九婆婆笑口常开，1200岁。

田江海、王玲美携着田建，刚想跪下给九婆婆请安，郭思莹冲了上去，挨着田建身旁，和田江海、王玲美、田建一同跪下，给九婆婆叩拜。

“田建、郭思莹，对拜一个。”钱定军、李阳阳、林颖、肖慧起起哄来，羞得郭思莹红透了脸，红通通的脸上飞扬着笑意，郭思莹幸福极了。

赵启航给九婆婆叩了三个响头，“祝九婆婆身体康健，洪福齐天，启航如果不学好，九婆婆还是要打我。”赵启航拜了又拜。大堂又哄笑起来，“九婆婆打他，九婆婆，打他。”九婆婆听到自己的口头禅，开心地大笑起来。

马子涵抱着儿子赵晓明，跪拜在九婆婆脚下，“九婆婆金安，祝九婆婆心想事成，只要想到就能得到。祝九婆婆幸福永远，万事胜意。”

田明珠、王丽琴领着儿子田新天给九婆婆祝寿，“祝九婆婆寿比南山，福如东海。”

田明兰拉着张小龙来给九婆婆拜寿，“祝九婆婆寿比星辰，福如三江，”张启雄又给九婆婆叩头，“九婆婆，启雄不学好，九婆婆你就打我，祝九婆婆身强力壮，力大无穷，”张启雄的拜寿语引起一片笑声。“九婆婆，打我。”成了口号，欢声笑语溢满大堂。

田明梅跪倒在九婆婆脚下，笑嘻嘻地低声对九婆婆说：“九婆婆，都祝你活到1200岁，别成了妖精。”九婆婆听后哈哈大笑起来。“死闺女，我打你。”大堂又哄笑起来。

许晶、胡红云带着儿子许及时、女儿许雪梅给九婆婆祝寿，“祝九婆婆天天开心，时时快乐，觉睡得香，饭吃得甜。”

许江华、张媚领着许壮给九婆婆叩头拜寿，“祝九婆婆龙体康泰，全家幸福。”

兰町、虞雪莲、兰朝晖给九婆婆拜寿，“亚克西，亚克西，九婆婆亚克西，祝九婆婆福如新疆之宽广，寿如天山之永长。”

施广发、何洁扬双双给九婆婆祝寿。

蒋爱民、严馨香给九婆婆祝寿，“祝九婆婆八十大寿吉祥、开心、幸福。”

周军、韩阳珍；李八斤、姚霞；吴珂、范松萍纷纷给九婆婆拜寿。秦荣、徐香琳、郭小美等人上前拜寿。

左邻右舍的人一一上去拜寿，许秀英、田纪英也给马九英问好、祝寿。

新疆客人也纷纷站起来，给九婆婆祝寿。

田建看看大家拜得差不多了，就带着另外六个大学生一起来给奶奶祝寿，“祝九婆婆，耳聪目明，精神矍铄，腰好、腿好，牙齿好，祝九婆婆万寿无疆。”七个人一字排开，给九婆婆叩了三个响头。

“下面，我宣布，送给奶奶天大的寿礼——到了。”

“祝奶奶身体健康，孙女赵晓月给奶奶叩头。”赵晓月跑到九婆婆面前叩完头，爬起来就扑到九婆婆怀里。

“孙儿田晓亮给奶奶叩头，祝奶奶长命百岁。”田晓亮叩完头也跑到九婆婆身旁。

九婆婆看到这两个孩子十分可爱，一个自称孙女，一个自称孙儿，给自己拜寿，她弄不明白，这两个孩子是谁家的，也不去多想，抚摸着晓月、晓亮的头，笑容可掬地连说“好、好。”

赵归中、尹红跪倒在九婆婆面前，“祝母亲大人龙体安康，寿比南山。”九婆婆见赵归中也来了，还叫她母亲大人，心中十分欢喜，“这是你媳妇？好看，好看。”九婆婆认识赵归中，元旦期间，这个赵先生来到老屋多次，和她说了不少话，她心里很喜欢赵归中，只是不知道他们为什么自称是儿子媳妇。

田雨、林悟忙也跪下，“儿子田雨、儿媳林悟给母亲大人祝寿，祝母亲大人寿比南山，福如东海。”

九婆婆见眼前这两个男女也叫她母亲，心中大喜，她好像没有了思维，以为今天大家都开心，可以叫她九婆婆，也可以喊她母亲、妈妈什么的。“快起来，孩子，起来。”九婆婆对着这两个陌生人直笑。

“奶奶，这是我爸爸赵归中，这是我妈妈尹红。”赵晓月指着赵归中、尹红说道。“你爸爸，我认识。”九婆婆爱怜晓月，把她拉到怀里，亲切地说道。

“奶奶，我来介绍，这位是我的爸爸田雨，这位是我的妈妈林悟。”田晓亮在一旁忙插嘴道，“田建是我哥哥。”田晓亮自豪地说道。

“建建，你搞什么鬼，弄得这么神秘。”九婆婆对田建笑说着。

“奶奶，你可开心？”

“当然开心了，当然开心了。”九婆婆看着赵归中，脑海里一个念头一闪而过，“不会的，不会的，不会这么巧。”

“大家静一静，今晚最大的客人闪亮登场，他们是来自马来西亚的贵客，有请田老先生，姚老太太。”田建拉开了嗓门，来到了九婆婆面前。

赵归中赶忙搀扶着田希锴，林悟扶着姚杏花，来到了九婆婆面前。“老人家，给你贺喜来了，祝你寿辰开心、幸福，祝你身体健康，万事胜意。”田希锴、姚杏花双手合十，深深一拜。

“您老幸福，您老安康，您老长寿。”九婆婆怔怔地看着眼前这一对老人，仔细辨认，不认识，再仔细看，似曾相识。看看赵归中，又看看田希锴，“你，你是？”九婆婆缓缓地站起来，“你是？你是？”她又仔细看着姚杏花，摇摇头，自言自语地说：“不认识，不认识。”

“奶奶，他是我爷爷，她是我奶奶。”晓月指着田希锴和姚杏花介绍道。

田建见一切正如他所导演的一样，便拿起话筒，“拜寿仪式结束，晚宴正式开始。”

赵归中扶着田希锴、林悟搀着姚杏花回到了自己的位子坐下。从田风开始拜寿起，田希锴和姚杏花，带着赵归中、尹红、赵晓月，田雨、林悟、田晓亮就选好一张桌子坐下，看着马九英，衣冠楚楚，精神矍铄，笑容可掬，兴高采烈的样子，心中大慰，见马九英腰板硬朗，声音宏亮，田希锴百感交集，是她一肩挑起了家的沉重担子，把田风、田野、田江海抚养成材，还让她独守 43 年，盼望 43 年，真的是对不起马九英了。

姚杏花盯着马九英看，这个疯婆子不简单呢，她可是我们赵家的大恩人，是她把小航抚养长大，教育成材。

姚杏花又在人群中找许秀英、田纪英，分别年代太久了，大家都老得变了形，只有依稀的一点印象。

“就听田建的安排吧，明天再到明月村去，当面向马九英认罪吧，不要坏了马九英今晚的心情。”他们像吃喜酒的客人一样，热闹着眼前的热闹，幸福着马九英的幸福。

一〇四

太阳高高地悬挂在天空，一丝云彩也没有，轻风微动着树枝，葱绿的叶儿曼舞着秀丽的身姿，江风吹拂过来，带着湿润，带着温馨，江边的夏日让人心旷神怡。

九婆婆还沉浸在昨晚的欢愉之中。田江海、王玲美让她住在城里，可是她说什么也不肯，田江海也不敢太过拂了母亲的意愿，让田建开车和奶奶一起回明月村。赵启航、马子涵、田江海、王玲美四个人等宴席散了之后，搀扶着田希锴、姚杏花回到了长江世纪大酒店，又和他们说了许久话，安排着明天与母亲见面。

田建和郭思莹一大早就来到了老屋，给九婆婆请安，帮她烧了两瓶开水，田建还拿起扫帚把地清扫了一遍。九婆婆静静地看着田建的一举一动，心想“好个孙子，你想干什么？”

“田建，昨晚那个晓月、晓亮他们人呢？”九婆婆忽然问道。

“晓月、晓亮他们住在城里了，奶奶，你想他们了？”田建笑嘻嘻地问道。

“两个可爱的孩子，他们怎么也自称是我的孙儿孙女呢？”九婆婆记得清清楚楚，晓月说是她的孙女，晓亮说是她的孙儿。

“那两个老头老太是谁啊，怎么看起来眼熟？就是想不起来。”九婆婆怔怔地想着，又问了田建好多问题。

“奶奶，要不我打电话叫我爸爸妈妈把晓月晓亮他们叫过来聚聚？”田建开心地说道。

过了一个小时后，晓月、晓亮蹦蹦跳跳地来到了老屋，“奶奶，早上好，我们给你带礼物来了。”赵晓月、田晓亮小手上拎了两大袋子的礼物，笑呵呵地送给九婆婆。

郭思莹赶忙帮九婆婆接过礼物，“好孩子，你们这么小就给奶奶带礼物来了，真懂事，应该是奶奶给你们拿好吃的东西。”九婆婆忙打开柜子，拿出好多好吃的东西给晓月晓亮他们吃。

“九婆婆，你好，我们来看望你老人家了。”赵归中、田雨、尹红、林悟他们手上也拎了好多礼物，“请九婆婆不要推辞，礼轻情义重，这些礼物还是从马来西亚带过来的，专门孝敬您老的。”赵归中爽快地说道，与田建、郭思莹说着开心的话。

“你们来就好，还买这么多礼品。快坐，田建，快给客人倒茶。”九婆婆真得太高兴了，昨晚没有来得及问他们，今天要好好地问问他们。

“你们怎么都自称是我的儿子媳妇了？”九婆婆好奇地问道。

“昨晚给您老拜寿，理当要叫的，必须那样叫，妈，你说是吗？”赵归中笑眯眯地问道。

“你爸爸妈妈人呢？他们叫什么名字？他们怎么好像有点熟，可是我又想不起来，看我老糊涂了。”

“九婆婆，你看我爸爸妈妈人还好吧？”赵归中试探地问道。

“好，好，人还很精神。”九婆婆昨晚看到那老头，心中忽然想起田希锴，看到姚杏花，就觉得这个老太太是个熟人，可是怎么也想不起来她是谁。

九婆婆见笑意盈盈的赵归中，活脱脱的就是田希锴年轻时的模样，可是，可是，不会的，绝对不会的。九婆婆心中想着，又盯着赵归中看。

“九婆婆，你看我像谁呢？”赵归中不紧不慢地问道。

“你爸爸到底叫什么名字？”赵归中赶紧走到九婆婆面前，抓着她的手，轻松地说道：“您老不要太激动，其实你已经猜出我爸爸是谁了。”赵归中有意卖着关子，与九婆婆笑嘻嘻地说着。

“我哪里猜得出，你不要惹我急，惹我急，打你。”九婆婆“打你”两字说出口，怔住了，她这一辈子只打过田风、田野、田江海、赵启航，只是轻轻打了一下田明兰，她何曾打过外人？今天竟然说要打赵归中，她心里翻腾起来。

“我不学好，就打我，我愿意。”赵归中嬉笑道，“我不学好，你也打我。”田雨上前对着九婆婆也真诚地说道。

“看你很像一个人，真的很像。”九婆婆自言自语道。

“他要是还在人世上，今年也要过八十岁了。”九婆婆忧忧地说道。“江海的爸爸，43年前到煤矿上去挖煤，至今还没有回来，生不见人，死不见尸。”九婆婆忧伤起来。

“要是他老人家还活着，你不会恨他吧。”赵归中给九婆婆倒了杯水，不经意地说道。

“都这么一大把年纪了还说什么恨不恨的，只要他回来看一眼就好了，让我和许秀英、田纪英知道当年究竟发生了什么，是怎么回事就行了。你们看这老屋，我一直不想拆，就是为了给田希锴他回来能认得家。”九婆婆神色镇定，悲喜早已经历得太多太多了。

“奶奶，启航叔叔的妈妈叫什么名字？”田建插嘴道，他要先给奶奶打预防针。

“启航的妈妈叫姚杏花，她也是一个苦命的人，在她嫁给赵铎后她的父母得病双亡了，后来启航的爸爸赵铎在一天早上下江打鱼时被淹死了，姚杏花生活过不下去了，跟着隔别村的打鱼人王根明跑了，这么多年，王根明也没有回来过。”

“年轻时我和许秀英、田纪英、姚杏花四个人比较要好，互相帮衬，互相照顾。田希锴、许泰银、田荣根、赵铎他们四个人也好得形影不离，村上人都说他们好得合穿一条裤子呢。”九婆婆限入深思。

“九婆婆，你所说得那个叫田希锴的老人，他今年八十岁了，他还活着。”赵归中坚定地说着，双眼紧盯着九婆婆，怕她有什么意外。

“他还活着？人呢？他在哪？你怎么知道？”九婆婆一连串地问道。昨晚回到小屋，那个给他祝寿的老人，让她想了整个晚上，他是希锴吗？太像了，可是他为什么不回来呢？不像，不是田希锴。

那个老太婆第一眼看上去好像认识，很熟的样子，可是再仔细地看，又不认识，晚上好好想想，有姚杏花的影子，但是，她不会是姚杏花，否则，为什么不回来呢？

九婆婆忽然听赵归中说田希锴还活着，心中一紧，她心里无数次地祈祷田希锴还活着，在她有生之年回来与她团聚。

“昨晚给你祝寿的那个老人，是我的爸爸，他叫田希锴。”赵归中一字一字地给九婆婆讲述着。

“真是他？真的是他吗？这个死老头子，回乡也不来看我。”九婆婆激动起来，田建连忙给奶奶端茶，让奶奶喝了一口，“奶奶，你不要着急，爷爷还活着，真的还活着。”田建把四婶在马来西亚巧遇爷爷的事和九婆婆讲了一遍。

“这么神奇，原来子涵早就知道了？”九婆婆盯着田建问道，“这么说，你也早已知道你爷爷还活着？”

“奶奶，我本来早就想把爷爷还活着的事告诉你的，可是我怕你一时接受不了这个事实，就想慢慢地告诉你，让你心里有个准备，”田建扶着九婆婆的臂膀，“孙儿不是有意的，如果是孙儿错了，奶奶，你打我。”田建装作给奶奶打的样子，“你们这些年轻人啊，把奶奶当作糊涂人了，田建，是不是你爸你妈、你大伯大娘、二伯二娘还有启航他们都早已经知道了？”九婆婆怒问道。

“奶奶，最先知道的是四婶，第二个知道的是我，还有郭思莹。”郭思莹赶紧来到九婆婆身边，“奶奶，我们在马来西亚时知道的，我们还去过爷爷的家里呢。”

尹红、林悟也赶紧走到九婆婆面前，“妈妈，你不要生气，这不，我们都回来看你来了。”

“我奶奶她不会生我们的气呢，你看奶奶对我和晓亮多好，奶奶，晓月乘吧，晓亮也乘吧，还有田建哥哥也好。”晓月缠着九婆婆，让九婆婆心花怒放，她昨晚经过一夜的追思，她真的只想在有生之年见到田希锴就心满意足了，也算她这 43 年没有白等。

“快告诉我您的奶奶叫什么名字。”九婆婆对晓月说道。

“我奶奶叫姚杏花，你叫马九英，我爷爷常常提起你的名字，后起听田建哥哥说你还有一外名字叫九婆婆，我也要叫你九婆婆。”晓月倚在九婆婆怀里柔声说道。

“原来真的是姚杏花，难怪昨晚我第一眼看到她时，好像是认识的。”九婆婆自言自语地说道。

“田希锴、姚杏花他们现在在哪里呢？让他们回来，让他们回家。”九婆婆坐正身子，她在心里已经斗争了一整夜了，只是不敢确定，现在一切都明白了，她的心也好放下了。

放无可放，从头再放，人生没有什么放不了的。

“我爸爸妈妈他们还在城里呢，他们不敢来见你，怕你受不了打击。”赵归中轻声地说道，“我爸爸妈妈也有他们的苦衷，你知道后，就会原谅他们的。”

“你让他们回家来。”九婆婆坚毅地说道。“田建，打电话给你爸爸，让你爸爸把你爷爷他们接回来。”

“归中，你打电话给启航，让他现在就来见我。”九婆婆像个指挥官，一一吩咐道。

赵启航来到了老屋，见九婆婆面色坚毅，双目炯炯有神，知道九婆婆已过了心理关了，心中暗自高兴。“九婆婆，你叫我？”

“启航啊，你妈回来了，你妈姚杏花回来了，想必你已经见过面了，你怎么想？”九婆婆年事已高，但脑子并不糊涂，思维还是很敏捷的，她怕赵启航陡然见到姚杏花会受不了，怕他恨姚杏花抛家弃子而怨恨。

“启航，你是个孝顺的孩子，姚杏花回来了，你妈妈回来了，她岁数也大了，你要好好孝顺她，43 年了，不容易啊。”九婆婆忽然伤感起来，想想自己这 43 年所吃得苦，所承受的相思累，她心里痛恨起田希锴，恨他不声不响一走就是 43 年。

“九婆婆，都听你的。”赵启航认真地说道，他现在还处于幸福之中，虽然对母亲姚杏花一点印象也没有，但是亲情就是情亲，是永远也改变不了的事实。

田江海带着田希锴、姚杏花回到了明月村，向老屋走来。

姚杏花一眼就看出那小屋，还有门前的两棵梧桐树，她心跳动得很快，想立即走进小屋，去看看是不是还是 43 年前的景象。

田希锴也看到那老屋，离姚杏花的小屋 500 米左右，周围已经没有多少房子了，这两间老式房子还挺立在那里，十分醒目。

田希锴、姚杏花走进老屋，九婆婆端坐在堂中央，“九英，我回来了，你还好吗？”田希锴扶着姚杏花颤颤巍巍地来到马九英面前。

“姚杏花，我也把她带回家了，还有许泰银、田荣根也回家了。”田希锴忧心忡忡地说道。

“回来好，回家好。”九婆婆激荡的心已然平静，不管怎样，终于把他给盼回来了，恨也好，喜也罢，总之她的心愿得以实现，43 年的苦等没有白费，如今，田希锴终于站在自己的面前。

“杏花，你也老了，你看看启航，他多精神。”九婆婆恨不起姚杏花，虽然还不知道她与田希锴究竟发生了什么才走到一起的，但是，毕竟有姚杏花搀扶着田希锴渡过了 43 年。

“九英，对不起，我没有脸回来见你，没有脸回来见启航，也没有脸回来面对父老乡亲。”姚杏花把这么多年来的苦衷用了三个“没有脸”来概括，她泪流满面，当着这么多儿女孙辈，她哭得像个小孩似的。

“希锴，我就知道你一定还活着，你究竟为了什么，43 年不回来看我？”九婆婆平静地对田希锴说道，她一直意念着田希锴不会死，他不会轻易死去的，她一直守着老屋不肯离开，为的就是要等他回来。

许秀英、田纪英闻讯田希锴回来了，急匆匆地赶到马九英家中，她们苦等了 43 年，她们要田希锴告诉许泰银、田荣根的消息。

赵启航忙让许队长、田婶坐下。

田希锴让赵归中从旅行箱里请出了许泰银、田荣根的灵牌，颤抖地交给许秀英和田纪英，向马九英、许秀英、田纪英及孩子们讲述起 43 年前发生的一切。

当年赵铎因为父故之因没有同田希锴、许泰银、田荣根一起去 9424 煤矿采煤，田希锴他们仨兄弟日夜劳作在矿上。

一天傍晚时分，姚杏花拖着疲惫的身子出现在田希锴、许泰银、田荣根面前，田希锴他们赶紧弄来好吃的，让姚杏花先吃饭。晚上他们四个坐在夜幕下，姚杏花把赵铎、王根明的事与他们仨兄弟一一道来。

“你们走后不到一个月，赵铎早上起床还是好好的，吃过早饭，就像往常一样下江捕鱼，直到下晚时分，村上人在江边闸口发现了赵铎的尸首，一个会水的被水淹死了。”姚杏花泪眼兮兮，抽泣不已。

“失去了赵铎，家里的顶梁柱倒塌了，我又没有体力维持家业，每晚都梦见赵铎在小屋里转叹，我没有一夜能睡得安稳，就抛下小航跟邻村的王根明外出谋生，想不到他到集镇上去卖鱼后就再也没有回来，我也没有脸回家去，一路走一路问，才找到你们。”

姚杏花把其中的过程，大体与田希锴、许泰银、田荣根说了一遍。

田希锴仨兄弟伤叹不已，刚出来两个月，好兄弟赵铎就亡故了，要是赵铎跟他们出来就不会有如此的不幸了，四个人在黑夜里唏嘘了好一阵子。

“希锴，我们先把姚杏花安顿下来，等过年带她一起回家吧，你看看有没有什么办法能帮她，让她也在这矿上做事。”田荣根、许泰银与田希锴商量着。

“好吧，明天上午我不下井了，我带她去附近的饭店去找工作。”

第二天早上，许泰银、田荣根下井了，田希锴带着姚杏花走出矿区，到小镇上去找饭店。

田希锴、姚杏花他们刚到镇上，就听到猛烈的爆炸声，田希锴向爆炸声望去，“不好，是我们矿上发生了爆炸。”田希锴拉着姚杏花向矿上奔去。

煤矿发生了瓦斯爆炸，下井的人全部遇难。

田希锴大惊，田荣根、许泰银两个人跟他出来做工，想不到他们却死在了矿上，自己怎么向许秀英、田纪英交代呢。

“幸亏你来了，要不，我也难逃一死，我怎么回去向他们家里人交代啊。”田希锴心中狂躁不安起来，他害怕了，他没有了主意。

田希锴带着姚杏花四处漂泊，后来跟福建的船队下了西洋，来到了马来西亚。

田希锴向许秀英、田纪英、马九英讲述了当初的遭遇。三个老太太这才知道了 43 年前发生的一切，伤心不已。

姚杏花带着赵启航、马子涵、赵晓明在小屋给赵铎安下牌位，供起盘果。许秀英和儿子许晶、儿媳胡红云，孙子许及时、孙女许雪梅一家人把许泰银灵牌安放在正堂，叩头祷告，祈求亡灵安息。

田纪英带着田明珠、王丽琴、田明兰、张小龙、田明梅、田新天、张启雄，把田荣根灵位安放好，跪倒在地，痛哭不已。

一〇五

赵启航搀扶着父母，参观了农业观光十里长廊、兴农园、馥馨园、亲水园，然后来到怡心园、养殖场参观，又到明月簁养鱼场、设施农业服务公司参观。在柳条工艺品厂里，赵归中、田雨他们有着浓厚的兴趣，设想着马来西亚众多场合使用环保型柳艺制品来。

赵启航领着父母亲、弟弟、弟媳、侄儿侄女他们到星月亲水驿站领略茶道风采，又去参观了装饰公司、田野许晶的运输公司，田希错心中大慰，姚杏花心情好起来，回乡没有受到别人的责难，九婆婆的大义让她心态轻松起来，启航的孝心让她心花怒放。

错已然错了，唯有放下才能走上人生的正途。

“星月亲水水上游乐中心”批下来了，赵启航找来江边打鱼为生的渔民，学习掌握游艇驾驶技术，学习水上急救知识，买来十艘游艇，和一批救生衣，聘请了专业安全员，游乐中心着手准备与亲水大道开通庆典之日开业，赵启航任命张小龙为经理，让他全权管理游乐中心。

虞雪莲在新疆成立了“星月亲水旅行社”，与张建国的风情旅行社、马子涵的一眼望去旅游公司互补互惠，虞雪莲专做星月亲水的休闲旅游，把一批批新疆客人带到“家”里休闲。

年底，十里长廊终于竣工了，第二年国庆节，亲水大道举行了通车庆典，赵启航成立了星月亲水集团公司。

“田建，你们的花车、花展、游园准备得怎样了？”赵启航这几天向欧阳市长汇报，要在通车庆典那天，举办“第一届江心市花卉节”。

赵启航带着田建、蒋爱民、钱定军、李阳阳把“花卉节”构想、活动安排等情况向欧阳市长仔细地进行了汇报。

“很好，这也是宣传我们江心市的绝好机会，我们将大力支持你们举行花卉节。”

欧阳市长是从大队农技员做起，一步步地走向了领导岗位的，他对农民的感情是炙热的，他的灵魂通着农村的地气。

为了尽快确定“花卉节”方案，赵启航特意把田建、蒋爱民、钱定军、李阳阳带到市政府引荐给欧阳市长。

“赵启航，市里今天上午已开会决定，这次亲水大道通车仪式以你们的花卉节为主，尽情表演你们的花卉节目，节目越丰富越好，你们要把花卉节举办得热火朝天，要名扬全省，要让更多的农民加入到花卉养栽之中。”欧阳市长给赵启航指明了举办方向。

田建在亲水大道重要地带摆放了花坛，鲜花簇拥，艳丽多彩，整条大道成了花的海洋；精心装扮的花车，在亲水大道上招摇，移动的花圃在围观的人群前徐徐缓行，让人们大饱眼福。

馥馨园内，各式花卉竞相开放，芳香沁人心脾；花架前，游人如织，拍摄着美丽，拍摄着灿烂，感受着花艳，感受着花香，感受着生活的丰富多彩。

兴农园内，人们徜徉在十里长廊上，进进出出各类大棚，长廊边的沟渠里，罗非鱼尾动着美丽的尾巴，成群集队地游来游去，让赏园的人们惊叫、兴奋。

这天晚上，田建郭思莹，钱定军肖慧，李阳阳林颖举办了集体婚礼，他们要永远记住这一天的辉煌。这是他们人生的新的转折点，他们立志要把自己的青春年华和所有的聪明才智全部奉献给农村大地，他们要成为新一代的农民，成为有知识有理想有才干的新型农民。

“田建，四叔想请你出任集团公司的总经理。这几年，你们这些大学生成熟了，思维敏捷，敢想敢干，创新能力强。这是个知识爆炸的年代，没有创新就没有出路。星月亲水交给你们，我放心。”

“农村广阔天地大有作为，记住：永远不要与民争利，你的事业就会飞黄腾达。”赵启航一心要把田建推到三农建设的大舞台上，三农建设要有年轻人参加，让大学生们学有所用，有施展才华的空间，用知识用智慧开创美好未来。

心有多大，舞台就有多大。

梧桐叶又一次张开翅膀，在立冬后的秋风里，脱去墨绿的盛装，旋转着枯黄的身躯，在低空中盘恒欢跃，在行人的身边飘过，在车水马龙的街道上曼舞，兴高采烈地飘落大地，回到母亲的怀抱里，沃壤护根，为来年的茁壮积蓄能量。

赵启航蹬蹀在星月亲水的十里长廊里。

看，杨柳娇气，耳闻秋讯，便忙换装，把绿色素深深藏起，着起黄衫，乘着初起的秋风，抢先在河边、堤岸飞舞起她们的尖叶，跟着漫步的人们嬉耍；寒风一顾，便毫不怜悯母亲的牵挂，飘飘荡荡，游戏人间。

香樟经历一夏的叶绿素新陈代谢，叶片或蓝绿诱人，或黄绿可亲，油油绿绿，娇娇滴滴。太阳又南巡了，寒风渐送，天干物燥，樟叶诗性不减，类胡萝卜素、叶黄素堆栈，早早地在树冠上变换着衣衫色彩，粉红的、淡黄的、白里透红的，竞相向人们展示着身缎，装点着初秋的艳丽。北风呼呼，可怜了她们的单薄，片片瓣叶，随风起舞。

赵启航走在星月亲水的园林中，脚下的枯叶发出沙沙的声响，似哀犹吟。她们也曾辉煌过，嫩绿装扮着春意盎然，让人们遍赏春踪；充当炎炎烈日的防护卫士，呈上凉凉的惬意，让人们清爽度夏；着墨迷彩，秋色更比春花艳，爽目宜人，苍劲壮丽。一生平凡的落英，在这萧萧的寒风里，令人爱怜，让人敬佩。

赵启航和田明兰攀上览江楼，眺目凝望，色彩斑斓的星月亲水公园、练白的长江、影影绰绰的游船，有一种神秘的感觉，让人遐想，让人意会。真想登上一方兰舟，在夜色长江之中轻漂，品一壶香茗，抑或呷一口小酒，伴着江洲小曲，或许能醉倒在家乡的怀抱里，和着爱人的情义，在家乡美丽的夜下酣睡，该是享不尽的惬意吧！

后 记

6年后，赵启航遵照母亲的遗愿，和田江海一起飞赴马来西亚，与赵归中、田雨一起护送父母亲的骨灰回到了明月村。田希锴、马九英、姚杏花的骨灰与赵铎安葬在一起，四位先人同穴而眠。

10年后，田建把明月村建设成星月亲水新城，亲水大道把江心市城区与星月亲水新城紧密相连，实现了城乡一体化，星月亲水新城成为江心市的耀眼明星。

星月亲水集团在田建的带领下，创造了一个又一个辉煌业绩，他不慕官场，一心只愿意奋斗在农村这片肥沃的土地上，生根、发芽、开花、结果，星月亲水设施农业经验在全市推广，“星月亲水”成了著名农副产品商标。

石穡在离开江心市的前夜，到怡心园与赵启航道别，那一夜，石穡不肯离开怡心园，她哭倒在赵启航的怀里。而今，儿子赵怡德已经16岁了，赵启航突然出现在他们面前，幸福犹如电流，流遍了石穡的全身。

赵启航践行了他对兰町的诺言，只身飞赴新疆，与兰町一起畅游在广袤的新疆大地上。